Della stessa autrice
Un bel quartiere

Titolo originale:
It All Comes Down to This

Prima edizione Neri Pozza Editore, 2022
Prima edizione BEAT Bestseller, 2024

ISBN 979-12-5502-191-9

www.neripozza.it

THERESE ANNE FOWLER

TRE SORELLE

traduzione dall'inglese di
Ada Arduini

BEATBESTSELLER
NERI POZZA

Questo libro è per tutti voi che, come me,
avete avuto bisogno di un po' di luce in un tempo oscuro.

Quando non siamo troppo innamorati, non lo siamo abbastanza.

Roger de Rabutin, conte di Bussy

Determinate aspettative

Come sarebbero state diverse le vite delle sorelle Geller se quel febbraio C.J. Reynolds non fosse uscito dal carcere. Oppure se fosse uscito ma non avesse deciso di ricominciare da Mount Desert Island, nel Maine, dove forse sarebbe stata messa in vendita la vecchia casa fronte lago di Marti Geller. Supponiamo che invece di prendere un aereo da Columbia, South Carolina, fino a Bangor, C.J. fosse tornato nella sua città natale, Aiken, per cercare di farsi perdonare.

Invece quell'aereo l'aveva preso e cosí facendo cambiò il proprio futuro e quello delle tre sorelle Geller, nate e cresciute a Manhattan, per niente il tipo di donne a cui C.J. era abituato prima di finire dentro insieme a migliaia di altri uomini il cui comportamento grossolano l'aveva fatto sentire come se fosse ancora al primo anno di liceo. Fuori posto. Terrorizzato. E in testa sempre il rimpianto di non essere nato in una famiglia diversa, di non avere una vita diversa.

È sorprendente la quantità di conversazioni carcerarie incentrate sul seno femminile. E su altre parti del corpo. E sul sesso in ogni sua forma possibile – la detenzione rende certi uomini veramente creativi. A quelle conversazioni C.J. aveva scelto di non partecipare. Aveva scelto di non partecipare a quasi nessuna delle attività facoltative del carcere, un posto in cui non avrebbe dovuto trovarsi. Eppure ci era finito, e questo l'aveva spinto a interrogarsi su dove invece avrebbe dovuto trovarsi e sul destino in generale.

Si era anche chiesto se a Gesú, che secondo lui era esistito e aveva davvero fatto almeno una parte di ciò che gli veniva attribuito, sarebbe piaciuto essere chiamato in causa da molti criminali incalliti come loro personale salvatore, nella speranza che quel legame li aiutasse a ottenere la libertà condizionale. C.J. non si era affidato a Gesú per difendersi; invece aveva speso un bel po' di soldi per un avvocato del cui rapporto con Gesú (se esisteva) non sapeva niente, ma che aveva un solido e sicuro rapporto con la legge, le prove e certi giudici. Tuttavia non era bastato a tenerlo fuori di prigione. Forse gli era servito a non rimanere dentro piú a lungo, e questo valeva molto piú del denaro che aveva speso.

C.J. era stato estremamente fortunato a poter disporre di quel denaro, soprattutto perché non se l'era guadagnato da solo; ne aveva ereditato un mucchio, anzi una valanga dalla nonna paterna, che non lo aveva mai giudicato per aver voluto imboccare una strada diversa. Ma non ne avrebbe ricevuto altro, come capitava a certa gente del suo ambiente, perché non era tornato ad Aiken a chiedere perdono ed era ben deciso a non farlo. Mai. Era anche senza lavoro. E senza moglie. E pure senza figlia, maledizione, anche se almeno a questo sperava di rimediare.

Tutto ciò avrebbe avuto un peso per le sorelle Geller? Beck: giornalista, pragmatica ma anche sensibile e forte; Claire: medico, premurosa ma scettica e talvolta troppo pronta a giudicare; Sophie: assistente gallerista, indulgente ma schiva, per proteggersi. Se una di loro avesse scoperto il suo passato (e forse non sarebbe accaduto), non si sarebbero certo comportate come le sprovvedute che uno come lui avrebbe voluto avere in giuria. Ma che peso poteva avere per C.J., che non era alla ricerca di nuovi legami? Il suo obiettivo principale era trovare un ambiente stimolante e tranquillo in cui stabilirsi e dipingere.

Anche le sorelle Geller avevano obiettivi precisi. Nutrivano da anni determinate aspettative, desideri, convinzioni. Non potevano immaginare che tutto ciò che per loro era sicuro e familiare sarebbe stato demolito dall'incontro con un uomo, una casa e un segreto – non quello di C.J., ma un altro. Naturalmente, anche loro avevano dei segreti, nascosti e protetti da una lunga e attenta consuetudine. Le rivelazioni sono pericolose; possono causare una caduta.

E se invece avessero causato una fuga?

Situazioni difficili

Sapendo con certezza di non avere alcuna possibilità di sopravvivere al suo patrimonio, Marti Geller uscí dalla clinica e si infilò in un taxi per farsi portare al suo appartamento in 19th Street, all'altezza di Gramercy Park. Diede al tassista l'indirizzo e gli disse: «Nella vita avrei dovuto prendere piú taxi. Sono stata troppo cauta in tutto».

Il tassista rispose: «La trovo un'idea molto sensata. Ne parli in giro, per favore».

Marti era una di quelle sfortunate non fumatrici che misteriosamente sviluppano un cancro ai polmoni e aveva passato quattro anni a cercare di guarire, con sempre minore fortuna; quel giorno, durante il controllo, il suo oncologo le aveva detto che non c'era piú niente da fare. Lei e le sue tre figlie conoscevano e avevano (piú o meno) accettato l'alta mortalità di quel tipo di cancro. Ma il fatto che sarebbe morta *presto*, probabilmente entro due settimane, era una notizia che Marti intendeva tacere finché non fosse diventata fatto compiuto.

In ogni modo, una volta rientrata dalla clinica dove si era sentita recitare la prognosi definitiva, avrebbe chiamato la figlia di mezzo, Claire, per dirle che i medici avevano passato in rassegna tutte le possibili opzioni terapeutiche e che da quel momento in poi si sarebbero orientati sulle cure palliative. Se Claire avesse chiesto tempi e dettagli, Marti sarebbe rimasta sul vago. Aveva scelto Claire e non la maggiore, Beck, perché Claire era medico (anche se non esercitava lí a New York) e perché non era Beck.

Era una giornata gelida ma limpida. Marti si lasciò andare contro lo schienale e osservò il paesaggio urbano mentre il taxi puntava verso Gramercy Park, dove quasi cinque decenni prima lei e il suo defunto marito, Leo, ansiosi di giocare alla famiglia come fanno gli adulti, avevano avuto la fortuna di trovare uno spazioso appartamento esposto a sud, con due camere da letto, al quinto e ultimo piano di un palazzo che all'epoca era senza ascensore, ma che ora ne aveva uno abbastanza grande per due persone, una borsa della spesa piena e un cane di taglia piccola. Con un certo sollievo lei e Leo avevano avuto solo femmine e non c'era stato bisogno di cercare un appartamento simile con tre camere da letto lí a Manhattan (impossibile con il loro reddito), o di lasciare la città per la periferia, stile di vita a cui Leo aveva voltato le spalle molto tempo prima.

Tre figlie, due camere da letto, un bagno, cinque rampe di scale. Cene ordinate chiamando un numero telefonico. Libri acquistati fisicamente, *di persona*, in libreria o presi in prestito dalla biblioteca. Televisori ingombranti che ricevevano solo tre o quattro canali e davano le notizie non piú di due volte al giorno. I giovani di oggi non erano in grado di capire le fatiche e le limitazioni quotidiane che per la generazione di Marti erano semplici dati di fatto. No, ora soddisfacevano ogni esigenza con gli smartphone. Vivevano con le facce chine su schermi luminosi e non notavano mai ciò che avevano intorno. Il novanta per cento delle persone che Marti osservava nel quartiere aveva un caffè in una mano e un telefono nell'altra, e molto spesso un guinzaglio legato a un polso, a cui era appeso un cane che vedeva tutto quello che il padrone si perdeva.

Il tassista accostò a un varco tra le auto parcheggiate, in modo che Marti potesse scendere in sicurezza. «Ecco qua».

«Mi permetta di farle una domanda» disse Marti strisciando la carta di credito. «Lei è di qui?»

«No, vengo a New York da Bulgaria».

«Quando non guida, spero che non vada in giro con

il telefono appiccicato alla faccia. Questa è una città meravigliosa. È anche tremenda, per certi versi, ma è un posto eccezionale e spero che non sia pentito di essere venuto a lavorare e vivere qui fin dalla Bulgaria. Spero che riesca a vedere tutte le sue meraviglie».

Lui rispose: «Adoro Shake Shack. Miglior cheeseburger di mia vita».

«Be', su questo non posso darle torto».

Dopo averci vissuto per cinquant'anni, a Marti piaceva ancora il suo quartiere, e le piaceva ancora di piú l'affitto calmierato del suo appartamento, dato che tirava avanti con la previdenza sociale e la pensione municipale di Leo, che aveva lavorato per l'ufficio contabilità del comune. Conosceva molti vicini, i loro cani e i loro figli, si sentiva apprezzata per il suo talento nel ricordare piccoli dettagli su una miriade di cose, come in quali giorni e quali mercati trovare i prodotti piú freschi, se prendere l'autobus o la metropolitana (o un taxi) per qualsiasi destinazione cittadina a seconda del giorno e dell'ora, e come o se scacciare un gatto randagio. Nel corso degli anni il suo amore per i dettagli le era stato utile nei suoi vari lavori di portinaia – che, non a caso, erano stati un'ottima soluzione part time, soprattutto durante le vacanze, quando gli inquilini piú ricchi amavano dimostrarle la loro generosità passandole «solo una cosetta», di solito in una busta, di solito in contanti. Avrebbe dovuto spenderne di piú per i taxi.

Finché la stanchezza e il dolore non le avevano reso impossibile continuare, da pensionata Marti aveva fatto volontariato al Mount Sinai Beth Israel tre mattine alla settimana: rispondeva alle richieste dei pazienti quando le infermiere erano occupate e faceva compagnia alle persone sole che si rimettevano da malattie e interventi chirurgici. Le sue giornate erano state piene come le aveva desiderate, e chi poteva chiedere di piú? Nessuno può vivere per sempre. Il suo dolce e adorato Leo era arrivato solo a sessantasei anni.

Una volta tornata nel suo appartamento, Marti si sedette davanti alla finestra per prendere qualche minuto di sole e recuperare le energie. Poi chiamò Claire. Le diede la notizia della conclusione delle terapie, e aggiunse: «Mercoledí vengono quelli dell'hospice per un incontro di orientamento. Ho sentito dire che sono persone fantastiche».

«Ne sembri quasi felice» disse Claire. «Sei fumata?»

«Cosa? No, la tengo per quando ne avrò davvero bisogno».

«Mamma, non lesinare. Puoi prenderne anche di piú».

«Okay, be', no, non sono strafatta, solo sollevata al pensiero di aver finito la terapia. Sono stata malissimo, per giorni». Tossí piú volte e poi, dopo aver ripreso fiato, aggiunse: «Sono cosí stanca, di tutto. Non sento piú nessun sapore. E tutte quelle maledette pillole. Gli interventi chirurgici. Le flebo. Tutti quegli avanti e indietro dalla clinica. Non faccio altro nella vita! È troppo, e sono felice che sia finita. Lo trovi assurdo?»

«Sei stata davvero tosta» disse Claire con voce roca. «Mi dispiace che niente ti abbia aiutato. Mi dispiace di non averti aiutata».

«Tu? Non essere ridicola. Tu ti occupi di cuori, non di cancro. Nemmeno gli oncologi sono riusciti a curarmi, tu come avresti potuto fare di meglio? Comunque dillo alle tue sorelle, va bene? Io non sono in grado. Sophie è... da qualche parte. A Los Angeles, credo. Dillo prima a Beck».

«Ti chiamerà non appena avremo riattaccato».

«Lo so. Non importa».

Marti ebbe un altro attacco di tosse, poi continuò: «A proposito della marijuana che mi ha procurato Beck...»

«Su mio consiglio» precisò Claire.

«Sí, tesoro, su tuo consiglio. I miei polmoni la reggono?»

«Ti basteranno un paio di boccate. Ti farà sentire bene e ti aiuterà con il dolore. Pensavo di avertelo spiegato».

«Sicuramente. È la nebbia cognitiva della chemio, mi sa. Okay, vado a cercare la pipa e la provo. Spero che se i vicini sentiranno l'odore non mi daranno problemi».

«Dubito che sentiranno l'odore, o che te lo farebbero presente, comunque. Ma se ci sono problemi chiamami».

«Va bene» disse Marti, anche se non aveva alcuna intenzione di farlo. Per quel genere di cose avrebbe chiamato Beck.

Che, come previsto, le telefonò circa dieci minuti dopo.

«Oh, mamma, Claire me l'ha appena detto. Perché non mi hai chiamato? Non possono scaricarti cosí. Vorrei che mi avessi detto che oggi avevi un controllo. Vuoi che parli con la dottoressa Cooper?»

«No, non chiamarla...» Marti lasciò la frase in sospeso, poi si ricordò che doveva continuare a parlare. «Le cose stanno cosí. A volte le persone non ce la fanno. Certi sono sfortunati e basta. In fondo io non lo sono stata del tutto. Ho anche avuto un po' di fortuna. Ma a volte la sfortuna non è colpa di nessuno, non completamente, e poi cosa possiamo farci? Se ci si pensa su troppo, però...»

«Mamma?» disse Beck.

«Hmm?»

«Sei partita per la tangente».

«Oh. Be', ho appena provato un po' della marijuana che mi hai portato. Te ne sei tenuta un po'? Fumi di nascosto? Se non lo fai, dovresti! Ti farà sentire m-o-o-o-l-t-o meglio».

«No, grazie. È solo che... Oh, mamma».

Beck era sull'orlo del pianto, e non andava bene. Marti non se n'era ancora andata. Disse: «Lo so, tesoro. Lo so. Okay, allora ti chiamo domani. Adesso rilassati. Non preoccuparti per me».

E riattaccò prima che sua figlia potesse agitarsi ulteriormente. Poi si preparò della pasta all'uovo e si mise a organizzare il funerale.

In ossequio alla tradizione ebraica, la salma non sarebbe stata esposta e lei non avrebbe lasciato detto alle ragazze di farla cremare, anche se era una pratica che le sembrava molto piú sensata della sepoltura. Marti era ambientalista e credeva nell'efficienza economica, ma era certa che la cremazione avrebbe messo in crisi Beck, perché rischiava di far passare lei per un'ebrea cattiva, cosa che non era, o almeno non piú; meglio lasciare il passato al passato. Ma tenendo conto dei sentimenti della figlia, decise di farsi di seppellire a Woodlawn accanto a Leo. Leo aveva scelto Woodlawn perché lí c'era la tomba di Irving Berlin. Se fosse stato per lei, avrebbe preferito essere sepolta nel Maine.

«Bene cosí» disse, e chiuse la cartella che conteneva i suoi appunti e le sue direttive.

Essendo l'inizio di marzo, se avesse retto come aveva previsto la dottoressa Cooper, avrebbe potuto continuare a inseguire, almeno per un po', il piacere che ogni anno le davano gli articoli sugli allenamenti primaverili dei Mets e, ancor meglio, non avrebbe dovuto preoccuparsi di pagare le tasse.

Fece una cernita di vestiti e libri, perché aveva fatto scelte discutibili perfino per i suoi standard, e non le piaceva immaginare Beck che tirava fuori la sua vecchia copia tascabile di *Paura di volare*, per esempio. Idem per la gonna con le frange che aveva acquistato da Saks due anni prima, sapendo non solo di avere almeno quarant'anni di troppo per indossarla (anche se le gambe erano ancora belle), ma che comprandola stava placando la hippie latente dentro di lei. L'aveva messa solo una volta, un giorno d'estate in cui si sentiva piuttosto bene e si era concessa di fingere di aver vissuto l'altra vita, quella in cui se ne andava dal Maine prima ancora di incontrare Leo. Quella in cui arrivava nel Village per scrivere poesie e frequentare il Gaslight. Per sfuggire a suo padre alcolizzato e depresso, a sua madre tossicodipendente e depressa e alla fattoria dove coltivavano patate con scarsi risultati e che sarebbe finita pignorata. Quella vita da hippie avrebbe potuto chiudersi male, in fondo. Ma a differenza della vita che aveva vissuto, non avrebbe obbedito a nessun segreto, a nessuna bugia. Ecco cosa c'era al centro dei rimpianti di Marti.

Per quanto riguardava il segreto e le bugie che erano seguite, sapeva che non rivelare nulla mentre era ancora in vita segnalava una debolezza. Ma, rimpianti o no, si rifiutava di fare una banale confessione sul letto di morte. Le sue ragazze l'avrebbero scoperto piú avanti.

L'avrebbero giudicata con severità? Claire, forse. Beck sí, probabilmente. Sophie, invece, avrebbe cercato di placare le loro reazioni. O almeno questo prevedeva Marti. Se c'era un paradiso, e se le avessero concesso di entrare, forse avrebbe potuto guardare giú e verificare con i suoi occhi. Immaginò di trovarsi immersa fino alle ginocchia in una nuvola soffice e di sbirciare fuori per vedere le sue ragazze riunite intorno a un fuoco a discutere di ciò che avevano scoperto. *Ma sentite*, diceva Sophie in piedi di fronte alle altre, *dovete vedere la cosa dal punto di vista della mamma: se papà avesse saputo tutto questo quando si sono conosciuti, non le avrebbe mai chiesto di uscire. E noi non saremmo mai venute al mondo.*

Oh, le mie ragazze, pensò Marti.

Aveva già messo da parte le poche cose che le figlie, a malincuore, le avevano detto di volere, e avrebbe donato il resto in beneficenza. Per quanto riguardava il denaro, non ce n'era molto. Qualche risparmio, un fondo pensione, una polizza di assicurazione sulla vita che avrebbe coperto le ultime spese, e sarebbe rimasto qualcosa per ciascuna. Un pochino di meno per i nipoti e la nuova pronipote. La sua proprietà piú preziosa era la casa che lei e Leo avevano comprato a Mount Desert Island con i soldi che lui aveva ereditato alla morte dei genitori, periti nella bufera di neve del '78; erano rimasti bloccati in macchina in una località imprecisata dell'Ohio mentre andavano al funerale della prozia di Leo. Che cosa terribile, ma anche stupida, morire in una bufera di neve! Era il ventesimo secolo, per l'amor di Dio. Lo sapevano, che la tempesta stava per arrivare. Non viaggiavano mica in una carovana di pionieri. Marti non aveva mai detto niente del genere a Leo, ma era chiaro che suo padre, senz'altro un brav'uomo, aveva avuto lo stesso buon senso di un criceto. Anche sua suocera, troppo timida per opporsi alle insistenze del marito intenzionato a mettersi per strada proprio in quel momento, era morta di freddo. Una tragedia.

Però Leo, anima buona e solare a tutto tondo, aveva deciso di trasformare il dolore in felicità: «Usiamo i soldi per una casa di vacanza nel Maine» aveva detto qualche mese dopo la loro morte. «A Mount Desert Island. Sarebbe perfetto, non credi?»

Erano a letto, dopo il sesso, quando lui aveva espresso il desiderio. Era una notte di fine primavera. Tutto fioriva e rinverdiva. Lei aveva capito che stava tentando una romanticheria. Si erano conosciuti e innamorati in mezzo al rigoglio estivo dell'isola, tra giardini fioriti e pini mormoranti.

Leo continuò: «Le bambine la adoreranno» e si riferiva a Beck, in età prescolare, e a Claire, appena nata. «So che da qui è un viaggio, ma ne varrà la pena».

«È un'idea molto bella» disse Marti, anche se non era sicura di crederci veramente. «Ma potremmo semplicemente affittare una casetta di tanto in tanto e tenere i soldi per cose piú essenziali».

Lui replicò: «No, no, non capisci? È avere che conta. Possedere. Significa rivendicare in maniera definitiva». Alzò le mani come a incorniciare un cartello: «Leo e Marti si sono conosciuti qui e hanno avuto una vita meravigliosa».

«Ti adoro» disse Marti. «Secondo me sei pazzo, ma ti adoro».

Leo continuò: «La morte ci ricorda che dobbiamo tirare fuori il massimo dalle cose. Sto pensando a un abbonamento per i Mets e a un posticino su Mount Desert Island».

«Non ti interessa che l'isola pulluli di protestanti bianchi e ricchi?»

«Beth e Bruce no» replicò lui. Era la coppia per il cui matrimonio Leo era arrivato a Bar Harbor da New York l'estate in cui si erano conosciuti. «Comunque la diversità è un bene. Per questo manderemo le ragazze alla scuola pubblica».

«Andranno alla scuola pubblica perché avremo speso la tua eredità per una casa di vacanza».

Leo le salí sopra. «Mi ami?»

«Sí».

«Per te Mount Desert Island è un posto speciale come lo è per me?»

«Certo che sí» rispose lei, anche se la verità era un po' piú complicata.

«Allora è deciso».

Nonostante le sue mute riserve, Marti non si era mai pentita di avere comprato la casa. Anzi, con sua grande sorpresa aveva scoperto che trascorrere ogni estate sul lago era un toccasana.

C'erano parti della propria storia che avrebbe potuto rivelare a Leo, parti che in sé e per sé erano innocue, ma di una vicenda del genere non si poteva chiarire soltanto un dettaglio. L'intera faccenda rischiava di venire alla luce, e allora cosa sarebbe successo? Non poteva nemmeno contare sul fatto che le ragazze avrebbero continuato a volerle bene, una volta appreso che aveva mentito sul suo passato, e quindi aveva deciso di non rischiare.

Marti le chiamava ancora cosí – *ragazze*; le sue ragazze, le ragazze, le nostre ragazze, anche se ormai erano adulte, e da tempo. (Sophie era la piú giovane e aveva trentasei anni.) In ogni caso, Marti voleva alleggerire le cose. La morte è difficile, per le persone che restano, anche nelle migliori circostanze; c'è poco da girarci intorno. Ricordava il dolore che aveva provato quando sua madre era morta e la sorpresa per quel dolore, dato che non si sentivano da decenni. Alcune cose non ti lasciano mai, anche se tu le hai lasciate.

Essere figlia non era stata una bella esperienza per Marti, ma essere madre era stato molto meglio del previsto. Talvolta le ragazze litigavano tra loro, ma con lei o Leo non succedeva cosí spesso, e nessuna aveva mai contratto malattie veneree (a quanto ne sapeva), o era rimasta incinta per errore (a quanto ne sapeva), o era andata in overdose, o aveva convissuto con il ragazzo sbagliato. La difficoltà piú importante che Marti ricordava di avere affrontato durante la loro adolescenza riguardava Beck – Beck, incredibile! – arrestata e detenuta per aver preso parte a quella che si era trasformata in una protesta violenta contro la guerra nel Golfo. A quanto pareva c'entravano anche il fatto che era nuda, dell'olio per motori e una fotografia del presidente Bush. Leo si era arrabbiato (soprattutto per la nudità), ma Marti era orgogliosa di Beck, che era stata coraggiosa e, se non proprio impavida, almeno disposta ad affrontare le conseguenze.

Per quanto riguardava le questioni finanziarie legate alla sua morte, Marti aveva detto alla portoricana Delia, una delle infermiere dell'hospice che l'avrebbero assistita, che voleva per le ragazze «un'armonia a tre». Le aveva spiegato: «Tutto sarà diviso in parti uguali, in modo che non si manifestino rancori duraturi. Già non sono molto unite, non voglio peggiorare la situazione». Voleva anche che le sue ragazze fossero felici. Ultimamente aveva avuto la sensazione che nelle acque della vita di tutte e tre nuotassero degli squali, forme oscure in agguato sotto la superficie, che minacciavano l'equilibrio che ognuna sembrava avere raggiunto. Forse quella sensazione era semplicemente una reazione indesiderata ai farmaci, ma Marti ne dubitava. Le ragazze erano nei guai e lei non sarebbe stata lí ad aiutarle.

Non che la cercassero molto per farsi sostenere e consigliare; lei e Leo le avevano cresciute perché diventassero donne indipendenti e capaci, tanto che a volte avrebbe voluto avere un maggiore ascendente su di loro. E avrebbe voluto che fossero piú unite. Per questo motivo aveva escogitato una situazione che forse (forse) le avrebbe avvicinate, in modo che potessero contare l'una sull'altra negli anni a venire. Avrebbe funzionato? E lei, dall'aldilà, sarebbe stata in grado di vedere se funzionava? Probabilmente l'avrebbe scoperto di lí a poco.

Fece giurare a Delia che le altre infermiere non avrebbero avvertito le ragazze quando fosse arrivata al punto di non provare piú interesse o non avere piú energia per comunicare. «Non voglio assolutamente essere vegliata in attesa della fine».

E non voleva nemmeno morire circondata dalle ragazze e dalle loro famiglie – be', Beck e Claire avevano una famiglia; purtroppo Sophie era rimasta un po' indietro su quest'aspetto del diventare adulti. E la famiglia di Claire non era piú una vera famiglia; di recente lei e Chad avevano divorziato, dopo che uno dei due aveva fatto all'altro qualcosa di atroce, ma nessuno voleva o poteva spiegare a Marti cosa fosse successo esattamente – nemmeno Sophie, su cui in genere poteva contare per venire a sapere molto piú di quanto in realtà volesse sapere su quasi tutto.

Sophie, per esempio, che lavorava in una galleria chic del West Village, una volta le aveva raccontato – durante una cena da Veselka, dove quando aveva appetito Marti andava sempre a mangiare il gulasch di vitello – di avere visto una mostra che illustrava una vasta gamma di pratiche sessuali poco tradizionali, tra cui il *fisting*, che poi aveva cercato su Google per lei, facendole vedere anche un video didattico realizzato, a quanto pareva, allo scopo di istruire i futuri *fisters* sulle tecniche migliori da adottare. Marti (che sapeva benissimo cos'era il *fisting* ma non voleva che Sophie lo sapesse) non le aveva chiesto se la sua conoscenza della materia si spingesse oltre le opere d'arte e i video didattici, e nemmeno di dirle di piú sulla mostra, ma aveva cambiato argomento passando alla politica, che a quei tempi era un tema molto piú sicuro del sesso.

Perché non voleva avere le ragazze e le loro famiglie al suo capezzale, quando fosse arrivata la sua ora? Be', Marti sapeva, per aver visto morire alcuni pazienti, che la morte non era una condizione particolarmente lusinghiera o pulita, e nei diversi ricoveri durante gli anni in cui aveva cercato di sconfiggere il cancro aveva subito un numero di umiliazioni piú che sufficiente, grazie mille. Per lei la morte era una questione privata, non uno spettacolo. Che la ricordassero com'era stata.

Si preoccupava per le sue ragazze come fa abitualmente una madre quando i figli non hanno piú bisogno di lei dal punto di vista materiale, ma un angolo speciale del suo cuore era riservato all'apprensione per Beck. Claire e Sophie avrebbero affrontato la sua morte come marinai esperti che resistono a un monsone. Ma Beck? Marti la immaginava come un gatto sferzato dalla pioggia che si infila clandestinamente sotto il telo catramato di una scialuppa per mettersi in salvo, paralizzato dall'incertezza e riluttante anche a muovere una zampa.

Disse all'infermiera Delia: «Beck è bloccata. Lei forse non lo sa, ma è bloccata».

Non era quella la vita che voleva per sua figlia. Sapeva che Beck aveva bisogno di una spinta e non voleva che trasformasse la sua morte in una scusa per restare incastrata dov'era. A questo servono i testamenti, decise. A tirare le fila che nella vita non hai potuto o voluto tirare.

Circostanze particolari

Giunto a casa Callaghan su Mount Desert Island, C.J. Reynolds osservò l'ambiente con il suo occhio da pittore fuori allenamento: sulla tela il cielo sarebbe stato blu oltremare, le nuvole fluttuanti bianco titanio e grigio opalescente, e lo stesso valeva per le zone innevate, che erano ancora numerose. I rami degli alberi avrebbero richiesto una tavolozza di grigi e marroni punteggiati di gemme rosso indiano che promettevano l'arrivo della primavera; pazientate ancora un po', gente, siamo tutti nella stessa barca. La temperatura era di soli sei gradi, ma a C.J. il freddo non dispiaceva. In South Carolina le massime superavano già i venti. Lui preferiva il clima di lí. Ancora migliore era la prospettiva di un'estate da trascorrere all'aperto in tutta comodità: faceva parte del fascino del Maine. Il maggiore pregio di quel posto, però, era che sua figlia si trovava a Portland, a sole tre ore di distanza. Prima o poi avrebbe avuto una casa tutta sua a Mount Desert Island, e prima o poi lei avrebbe accettato di vederlo. Ci sperava davvero. Un'estate, durante gli anni dell'università, C.J. aveva soggiornato nella grande magione vittoriana a quattro piani dei Callaghan, e sentiva di appartenere a quell'isola, che era la casa di molti artisti e scrittori. A differenza dei Callaghan, con le loro ville, i cavalli e gli yacht, e a differenza della sua famiglia, che viveva anch'essa nello sfarzo, erano quelli i suoi simili – anche se quand'era in prigione non pensava a sé stesso come uno di loro. Meglio lasciare che gli altri detenuti credessero che fosse un duro, che fosse stato capace di uccidere il proprio padre – o che l'avesse desiderato, visto che in realtà non l'aveva fatto. In prigione era bastato sembrare capace di un gesto del genere, interpretare quella capacità e tenere la bocca chiusa su quasi tutto il resto. Davanti alla porta, digitò il codice che gli aveva dato il suo amico Joseph, attese che la serratura scattasse, poi entrò nell'ampio ingresso con il pavimento di legno. Alcune luci erano già accese e il riscaldamento era in funzione. Secondo Joseph, l'intera casa era stata ricablata circa un anno prima per consentire il controllo a distanza di tutto – luci, termostato, musica, sistema di sicurezza – il che spiegava, pensò C.J., la bella accoglienza ricevuta. Al momento Joseph era in Grecia per la terza luna di miele, stavolta con una donna di un'età molto piú simile alla sua. C.J. era sicuro che Joseph, che era stato un allegro casinista come possono esserlo solo certi ragazzi ricchi, finalmente aveva capito come andavano le cose. Non era sicuro che, installando telecomandi e automazioni, Joseph non avesse installato anche delle telecamere nascoste, per motivi di sicurezza o altro. Quindi il suo piano era stare fuori il piú possibile per andare a vedere case da comprare, fare escursioni, correre, mangiare, e lí dentro dormire e basta, o poco piú. La sua non era paranoia. O se lo era, ci era arrivato naturalmente: in prigione non esisteva un briciolo d'intimità, da nessuna parte. Vale a dire che qualcuno, o qualcosa, aveva tenuto gli occhi puntati su di lui in ogni momento dei suoi tre anni di detenzione a Broad River. Per C.J., quella mancanza di privacy era stata peggio della reclusione e dell'isolamento. Qualunque casa avesse comprato sull'isola, doveva garantirgli privacy.

Aveva appena posato il borsone in una delle numerose camere degli ospiti arredate con solidi mobili antichi, tappeti persiani e trapunte cucite a mano, quando sentí dei rumori provenire dal piano di sotto. Passi, poi delle voci. Uscí sul pianerottolo e affacciandosi sulla tromba delle scale gridò: «Ehi? Chi è?»

Ai piedi delle scale si avvicinò una donna con i capelli argentei e un cappotto di lana rosso. Teneva in mano il telefono e con l'altra stava per toccare lo schermo. Sebbene avesse senz'altro piú di ottant'anni, sembrava pronta a impartire ordini a poliziotti o militari, a seconda della necessità.

«Chi è lei e cosa ci fa qui? Risponda, svelto».

Lui alzò le mani. «C.J. Reynolds, amico di Joseph. Conoscerà sicuramente Joseph. Forse è suo... nipote?»

La donna non rispose.

«Immagino che non le abbia detto che sarei venuto».

«Come ha fatto a entrare?»

«Mi ha dato il codice. Posso mostrarle il messaggio».

«Sarà meglio» disse la donna.

«Sissignora». Tirò fuori il telefono dalla tasca e scese le scale. Nel mentre, sulla soglia del soggiorno vide il viso di un bambino che sbirciava la conversazione. Colto in castagna, il piccolo scomparve.

«Ecco» disse C.J. alla donna porgendole il telefono con il messaggio aperto.

Lei lo prese e guardò lo schermo, poi guardò lui e domandò: «Perché è qui?»

«Vorrei comprare una casa, signora. Joseph si è offerto di ospitarmi mentre mi guardo in giro. Conosce Carol Barksdale? È la mia agente immobiliare».

«Non la conosco. Quale agenzia?»

«Mi sfugge il nome, al momento. Ma se vuole la chiamo e può chiederglielo lei stessa».

«Sí». La donna gli restituí il telefono.

«Davvero?»

«Cosa pensa, che le creda sulla parola? Io non la conosco».

«Giusto. No, certo».

«Comunque, di dov'è?»

C.J. esitò. La sua intenzione, andando a vivere lí, era di fare tabula rasa, in modo che nessuno lo associasse al suo passato. Non voleva mentire apertamente su niente di importante, ma rendere le sue tracce piú difficili da seguire, il che significava tergiversare su alcuni dettagli, tra cui la sua città natale e il suo nome. Non Reynolds, abbastanza comune da non essere rintracciabile, ma

C.J., il nome che aveva usato al college e per i suoi lavori artistici. A casa lo chiamavano solo Coleman o Cole o Junior, e i numerosi articoli di cronaca che erano usciti sul suo arresto, sul processo e la condanna lo citavano come Coleman.

Tuttavia era meglio cercare di non ingannare troppo la donna; Joseph sapeva tutto. C.J. rispose: «Vengo dal South Carolina».

«A-ah. Onestamente, non capisco perché tutti quelli che vengono dal profondo Sud sembrano avere cosí poco cervello».

Non credeva di aver dato quell'impressione. Non aveva usato espressioni dialettali, non aveva parlato di sua madre, di Gesú, di gombo fritto o di armi. «È per via dell'accento» disse. «Ma io sono laureato, glielo assicuro. Joseph era il mio compagno di stanza, il primo anno. Credo che noi due ci siamo conosciuti quando sono venuto qui a trovarlo, all'epoca». La donna non sembrò minimamente impressionata e C.J. aggiunse: «Le chiamo Carol al telefono».

Si sentí un completo idiota quando disse all'agente immobiliare: «Ehi, Carol, sono C.J. Reynolds. Sono appena arrivato in città e c'è qui una donna, cioè una signora... Mi scusi, signora, non ho ben capito il suo nome...»

«Deirdre Callaghan».

«La signora Deirdre Callaghan» continuò. «La signora Deirdre Callaghan è qui per assicurarsi che la mia presenza sia legittima, quindi potrebbe parlarci un minuto?»

Le passò di nuovo il telefono. Deirdre Callaghan lo prese, fece qualche domanda a Carol, la ringraziò e chiuse la telefonata.

«Tutto a posto?» chiese C.J.

«Abbastanza». Deirdre sospirò e gli restituí il telefono. Mentre si toglieva il cappotto e lo appendeva in un armadio a muro nel sottoscala, esclamò: «Tutto okay, Arlo» e il bambino che C.J. aveva visto venne fuori.

«Mio nipote» disse la donna.

Il bambino, che dimostrava circa otto anni, era esile, con capelli scuri e lisci e grandi occhi azzurri – di quella tonalità inquietante, quasi surreale, che spinge a chiedersi se la persona che li ha sia un clone nato in laboratorio. Arlo, pur essendo un bambino bellissimo, aveva un aspetto scialbo, un che di triste. Si avvicinò a Deirdre Callaghan.

«Ciao» disse C.J.

Il ragazzino rispose: «Salve».

«Questo è il signor Reynolds» disse Deirdre. «Ora che ci siamo conosciuti, vado a preparare la cena. Ci fa compagnia?»

C.J. avrebbe voluto ordinare aragosta in qualche ristorante di Bar Harbor. Avrebbe anche voluto abitare lí da solo, ma nemmeno quel programma sembrava destinato a realizzarsi. Per quanto fosse curioso di sapere cosa prevedeva il menu – e soprattutto come mai Deirdre Callaghan fosse lí e per quanto tempo lei e il ragazzino si sarebbero fermati – la donna un po' lo intimidiva. Disse solo: «Sí, signora, grazie, apprezzo l'invito. A che ora?»

«Alle sei in punto».

«Va bene. E ora, se volete scusarmi, stavo per cambiarmi e andare a correre».

«A quanto ho potuto capire certe persone lo fanno» commentò lei.

Solo nella sua stanza, C.J. mandò un messaggio a Joseph, senza aspettarsi una risposta immediata, data la Grecia e la luna di miele. Voleva solo scrivergli una specie di educato *ma che cazzo?* e ottenere qualche informazione in piú.

Quando uscí, si fermò un attimo per ritrovare un centro e respirare profondamente. A parte Deirdre Callaghan, che benedizione essere lí, libero! Respirare aria fresca in quantità illimitata, aspettare con gioia pasti cucinati in casa, avere finalmente la possibilità di dipingere di nuovo. Era cosí che intendeva trascorrere l'estate: un uomo e le sue tele in uno studio pieno di luce soffusa, e giornate vuote per goderne.

Da ragazzo, nella casa di famiglia a Hilton Head Island, si era divertito a passare il tempo in spiaggia, a torso nudo sotto il sole estivo, incurante dei danni causati alla pelle dai raggi UV: uno dei grandi piaceri dell'essere giovani e invincibili. In gioventú era anche stato incurante degli effetti dei cocktail con l'Everclear che sua sorella Maya amava preparare e condividere con gli amici. Anche se cocktail era un termine troppo raffinato per quella bevanda; di solito era a base di Kool-Aid. Ne preparava a litri nelle mattine in cui il padre giocava a golf e la madre andava a correre con le amiche, tutte con gonnellini da tennis, visiere e occhiali da sole giganteschi (senza dubbio per nascondere i segni dei postumi della sbronza; quelle signore avevano fatto dell'ora del cocktail una disciplina artistica).

La passione di C.J. per il punch con l'Everclear e per Denise, una delle ragazze che lo bevevano, aveva portato a conseguenze che tutti avrebbero potuto immaginare, ma che avevano scelto di non voler vedere, e ora una di quelle conseguenze – sua figlia Avery – non gli rivolgeva la parola per ragioni che non c'entravano nulla con l'abbronzatura, il punch o i brutti occhiali da sole, ma solo con il fatto che lui era finito in galera.

Davanti alla casa, Arlo, che indossava ancora la giacchetta di pile blu e gli stivali di gomma neri di quand'era arrivato, si accovacciò accanto a una delle aiuole rinsecchite. Impugnava una paletta e un secchio e scrutava attentamente la terra.

«Che fai?» chiese C.J., assumendo la posizione giusta per fare stretching alle gambe.

«Sto scavando in cerca di gemme preziose».

«Davvero? Cosa speri di trovare? Diamanti? Smeraldi?»

«Certo, oppure opali. Sono galassie in miniatura».

«Caspita».

«Cioè, non galassie vere» disse il ragazzino, voltandosi a guardarlo. «Non farti troppe illusioni».

«Oh, certo». C.J. continuò con lo stretching. «Hai già trovato qualcosa?»

«Questo». E gli portò il secchio. Dentro c'era un pezzo di guscio d'uovo pallido, della dimensione di una monetina.

«Figo. Hai idea di che tipo di uccello?»

Arlo scosse la testa. «Non una gallina, però, sono sicuro».

C.J. lo era meno, visto che era troppo presto perché qualche uccello selvatico avesse già deposto le uova. Inoltre, i gusci erano un ingrediente normale del compost domestico. Ma non aveva intenzione di rovinare il divertimento al ragazzino.

Gli chiese: «Pensi che possa essere di dinosauro?»

Arlo inclinò la testa. «Probabilmente no» rispose. «Ma non voglio escluderlo».

«No, giusto? Essere buoni scienziati significa considerare tutte le possibilità».

«Anche se in teoria i dinosauri sono estinti».

«Hai un preferito?»

«Il velociraptor: è pericoloso, ma molto intelligente. E il tuo?»

«Mmmm, direi il *Parasaurolophus*. Solo perché mi piace dire il nome».

Arlo sorrise appena. «Non è una buona ragione».

C.J. era già stato accusato di non fornire buone ragioni in passato, l'ultima volta durante il processo, da parte del pubblico ministero che non si era bevuto il suo racconto di ciò che era successo il giorno della sparatoria. *Si aspetta davvero che le persone intelligenti di questa giuria credano che quando ha sparato con quell'arma, che era puntata sul signor Reynolds, non aveva intenzione di colpire il bersaglio?*

Disse ad Arlo: «Per quanto possa non essere una buona ragione, è tutto quello che ho».

Stava per andarsene a fare la sua corsetta, quando Arlo gli rivolse un'altra domanda: «Sei un amico di mia mamma?»

«No. Non l'ho mai incontrata».

«Oh. Okay. Pensavo che forse eri suo amico. Aveva molti amici».

Qualunque fosse la situazione torbida che si celava dietro l'argomento sollevato da Arlo, C.J. non aveva alcuna voglia di approfondire. Si avviò lungo il vialetto, esclamando: «Buona fortuna con gli scavi! Ci vediamo dopo».

«Ci vediamo dopo» gli fece eco Arlo, che si accovacciò per scavare ancora un po'.

C.J. fece una breve corsa, dieci chilometri andata e ritorno, restando sulla strada principale per evitare di dover usare un navigatore. Con i suoi 280 chilometri quadrati, Mount Desert Island era un territorio esteso e gli sarebbe servito un po' di tempo per imparare a orientarsi. I sentieri del parco nazionale di Acadia, però, lo chiamavano a gran voce e, se il giorno dopo si fosse alzato abbastanza presto, aveva intenzione di provare a contemplare l'alba dalla Cadillac Mountain, uno dei primi punti del paese a vedere il sole ogni giorno. Poteva sembrare stucchevole, ma l'alba era uno dei piaceri che aveva appena riscoperto, insieme al cibo asiatico piccante, al cinguettio degli uccelli, al cantare ad alta voce i Talking Heads, alla privacy in bagno, al fatto di poter dormire nel buio piú pesto e camminare a piedi nudi ogni volta che ne aveva voglia, cazzo. C'era un'alta probabilità che, quando avesse avuto l'occasione giusta per aggiungerlo all'elenco, ci sarebbe entrato anche il sesso.

Ma non aveva fretta. Dopo tre anni senza donne, cos'era qualche mese in piú? Ora piú che mai voleva semplicità. Voleva pace. Niente drammi. Nessuna eccezione.

La casa dei Callaghan, che un tempo sarebbe potuta appartenere a un Rockefeller o a un Vanderbilt, si trovava su una collinetta dove il prato, bruciato dall'inverno, digradava verso una spiaggia sassosa e le onde si infrangevano ritmiche contro gli scogli, vaporizzando nell'aria acqua salmastra. Lí l'oceano aveva un odore diverso, forse perché l'acqua era piú fredda o forse perché la costa atlantica settentrionale non era contaminata dai suoi ricordi estivi. Quante volte lui e Denise avevano pomiciato tra le dune dopo il tramonto, mentre gli adulti erano seduti nel patio accanto alla piscina e tracannavano drink con nomi come Stinger e Negroni, Tom Collins e Mai Tai? Ricordava le loro voci – la risata gracchiante di suo padre, quella ululante di sua madre ogni volta che qualcosa la solleticava, la tonante voce baritonale di suo zio Lindsey – di sottofondo ai suoi sollazzi alcolici, *sollazzi* inteso come educato eufemismo per l'altra parola con la S, cioè quello che succedeva tra le dune, con la frequenza piú alta che lui e Denise riuscivano a mantenere. Dato che C.J. aveva vent'anni, beveva come un pazzo e si era innamorato come uno scemo, succedeva spesso. Una volta, per esempio, tre in una notte.

Avery era stata concepita allora? Forse sí. In ogni caso Denise, che per la maggior parte dell'anno viveva ad Atlanta, gli aveva detto di essere incinta solo cinque mesi dopo, avendo già deciso di tenere la bambina.

Denise: sarebbe potuta andare diversamente se avesse preso la pillola, o se avesse insistito per usare il preservativo, o se avesse insistito lui, o se avesse abortito o dato in adozione la bambina, o se avesse accettato di sposarlo invece di scegliere il nuovo giovane assistente chirurgo di suo padre, un laureato alla Duke piú vecchio di loro di tredici anni – cioè all'epoca trentaduenne, ed era già un mago nell'asportazione del fegato. C.J. era un mago solo negli schizzi a carboncino e in graziosi acquerelli – che Denise adorava, insieme al suo sorriso e alla sua smania di compiacerla. Quell'affetto, però, non bastava per costruire un futuro; lui l'aveva capito. E aveva capito che la sua riottosità a succhiare dalla mammella della famiglia Reynolds non era poi cosí attraente per una giovane donna con un neonato come lo era stata per una giovane donna sbronza di Everclear. In realtà, a Denise non era mai importato molto della sua determinazione a contare solo su sé stesso; le era piaciuto soprattutto fare sesso su un telo da spiaggia sotto le stelle. E nella rimessa delle barche. E una volta in un golf cart. Se il suo dilemma stava tra sposare un dolce ma pensieroso studente prossimo alla laurea in belle arti o restare al sicuro nel suo mondo superiore di ragazza del Sud, non la si poteva certo biasimare per la scelta.

Né lui poteva biasimarla per la loro storia burrascosa, seguita al breve matrimonio con il chirurgo. O per il loro successivo, accidentato matrimonio. O per il divorzio arrivato dopo la condanna. Avrebbe soltanto voluto che tutto fosse stato diverso.

All'interno non si vedevano né Deirdre né il ragazzino, ma l'ingresso, il soggiorno e la cucina profumavano di cipolle e aglio soffritti. Quando si trattava di cibo non c'era profumo migliore e questo ricordò a C.J. quanto gli fosse mancata la complessa quotidianità della vita domestica. Era uscito di prigione da quasi un mese, ma vivere in una stanza d'albergo con solo un angolo cottura significava pasti scaldati al microonde o mangiare fuori, da solo. C'era qualcosa di scoraggiante nel cucinare soltanto per sé in quella soffitta troppo elegante, che sembrava l'ufficio di un amministratore delegato. Fu quindi con autentico piacere che alle sei raggiunse Deirdre e Arlo in sala da pranzo per una cena a base di conchiglie ripiene di ricotta, condite con un sugo rosso che, pensò, era il migliore che avesse mai mangiato. «Signora Callaghan» disse, «vorrei tanto essere cresciuto a casa sua» e credeva che sarebbe stato inteso come un sublime complimento, invece sia lei sia il ragazzino strinsero le labbra e non fecero commenti.

La mattina dopo C.J. aveva scoperto il motivo per cui il suo complimento non aveva sortito l'effetto sperato: tre mesi prima, i genitori di Arlo si erano schiantati con il loro King Air mentre stavano per atterrare sulla pista di Saba, erano morti sul colpo e avevano ucciso un terzo passeggero (forse un toy boy minorenne, gli raccontò Joseph, anche se nessuno ne aveva fatto parola). Arlo era a casa, a Boston, con la tata. Prima del volo, il terzetto si era strafatto di una dose notevole di sostanze chimiche, in quel parco giochi caraibico per ricchi, senza pensare al rischio di decollare in quelle condizioni verso un'altra isola. Il risultato: Deirdre, alla sua età, si era offerta di occuparsi di Arlo, i cui altri parenti non volevano essere disturbati o non c'erano piú. Joseph gli scrisse: *È una situazione tremenda. Ma la mia vita è troppo complicata per crescere un bambino.* Giusto, pensò C.J. Il jet-set, le gare ippiche e la caccia grossa in effetti erano cose complicate.

Tua zia sa di me? chiese a Joseph.

Io non gliel'ho detto. E se anche lo sa? Non hai mica ucciso nessuno.

La situazione famigliare di Arlo era un esempio del tipo di ragioni per cui in prigione C.J. aveva letto *Il grande Gatsby* di F. Scott Fitzgerald. Anche se aveva aspirato alla ricchezza e ai privilegi che ne derivavano, Fitzgerald aveva capito che potevano esserci delle conseguenze.

> Erano sventati, Tom e Daisy – rompevano cose e creature e poi si ritraevano nei loro soldi o nella loro vasta sventatezza, o qualunque cosa fosse a tenerli insieme, e pretendevano che fossero gli altri a ripulire lo sporco che avevano lasciato in giro...*

C.J. aveva riletto *Il grande Gatsby* per ricordare a sé stesso i propri errori e ne aveva concluso che, sebbene avesse scelto una maniera poco saggia di rompere con suo padre (quel meschino figlio di puttana), il colpo di pistola aveva fatto il lavoro di cui avrebbe voluto essere capace trent'anni prima.

Dopo aver fatto colazione con Arlo (cereali Grape-Nuts, che il ragazzino dichiarò essere i suoi preferiti), C.J. incontrò Carol Barksdale, l'agente immobiliare, nel suo ufficio di Bar Harbor. Carol aveva almeno una decina d'anni in piú rispetto alla foto del sito e lo stile banale che lui associava alle donne di una certa età e classe. Tailleur pantalone nero, mocassini neri, sottogiacca in poliestere con un motivo vagamente floreale nei toni dell'azzurro su fondo bianco: una specie di uniforme, un guardaroba da centro commerciale fatto apposta per le donne che preferivano la praticità alla moda, o che sapevano che pagare 590 dollari per una semplice maglietta bianca (era solo un esempio) non solo era impossibile per il loro budget, ma anche stupido, o che semplicemente amavano vestire comode e non volevano preoccuparsi di

* Francis Scott Fitzgerald, *Il grande Gatsby*, traduzione di Franca Cavagnoli, Feltrinelli, Milano 2011.

mascherare le parti piú floride con della biancheria modellante. C.J. non poteva parlare a nome di tutti gli uomini, ma secondo lui le parti piú floride andavano benissimo! Erano una cosa naturale! Se Dio avesse voluto che le donne somigliassero a mantidi religiose, le avrebbe rese capaci di staccare la testa agli uomini con un morso.

I capelli castani con le mèches di Carol non erano né lunghi né corti e non avevano un taglio particolare. Gli zigomi erano rosati, come se avesse trascorso il giorno precedente al sole. Forse a rastrellare foglie morte in giardino. O a pesca. Attività che le donne del luogo potevano svolgere in una limpida giornata di marzo. Mentre la madre di C.J. ora trascorreva molte giornate di marzo a prendere il sole sul balcone del suo appartamento di Miami esposto a sud-est, per poi rimediare ai danni dell'abbronzatura nel suo salone di bellezza preferito, e facendo ogni tanto visita al suo chirurgo estetico preferito, in caso di necessità.

Carol salutò C.J. in tono vivace. «Ehi, salve! È un piacere conoscerla di persona. Immagino che abbia avuto un inizio un po' difficile con Deirdre Callaghan. Sa essere una vera scocciatrice».

«Non è andata poi cosí male. Non posso biasimarla per la sua prudenza».

«Sono una famiglia interessante, questo è certo. Hanno fatto i soldi con gli spray detergenti, pensi un po'. Ma immagino che lo sappia».

C.J. annuí. Anche la storia della sua famiglia era ben poco sexy: i soldi li avevano fatti con le chiusure – bottoni, cerniere, ganci, fermagli, fibbie. Provate a passare una giornata senza usare nemmeno uno di questi strumenti e capirete come dominare il mercato all'inizio della storia americana avesse potuto dare origine a un'enorme fortuna.

Carol disse: «Ha avuto modo di dare un'occhiata agli annunci?»

«Sí. Sembra che qui ci siano un paio di buone prospettive».

«Di solito in offerta c'è di piú. È un po' presto per il

mercato. La situazione si scalderà con il bel tempo, ma è intelligente da parte sua cercare di approfittarne. Chi tardi arriva...»

C.J. aspettò che finisse la frase. Quando fu chiaro che non l'avrebbe fatto, intervenne: «Certo. Quindi, sí, ho pensato che potrei anticipare lo scaldarsi del mercato e sistemarmi prima che il clima piú mite faccia arrivare i turisti».

«Davvero intelligente da parte sua. Tante persone vengono in vacanza e vogliono comprare una casa mentre sono qui! E io non gli chiudo la porta in faccia, naturalmente, ma dentro di me penso sempre...»

Ancora una volta C.J. attese che completasse il pensiero, e ancora una volta sembrò che non fosse necessario. «Certo» ripeté.

«Anche noi abbiamo delle celebrità. Ogni tanto si fanno vedere in giro. Scommetto che ha sentito parlare di Susan Sarandon. Che peccato per lei e Tim. E abbiamo Martha Stewart, a Skylands. Era la tenuta di Edsel Ford. Una volta ci siamo incontrati su un aereo. Con Martha Stewart, intendo. Edsel Ford era un uomo. Che nome strano, Edsel. Vecchio stile. Anche se, a pensarci bene, lo è anche Martha».

C.J. non disse quel che stava pensando: che lui e Martha, ex detenuta, avevano in comune molto piú che il desiderio di vivere a Mount Desert Island.

Carol disse: «So che nessuna di queste case ha tutte le caratteristiche che lei richiede, ma in realtà niente è veramente perfetto, però c'è sempre qualcosa che è perfetto per te».

«Sempre?»

«Alla fine sí. Nel frattempo, metà del divertimento sta nella caccia!»

Per lei, forse. C.J. non voleva mettersi a caccia. Voleva colpire nel segno, rapido e deciso, in modo da poter continuare la sua vita. Aveva già trascorso troppo tempo in purgatorio.

Quando salirono nell'auto di Carol, lei disse: «C'è una cosa che mi sono sempre chiesta di voi gente del

Sud: usate davvero quell'espressione, *all y'all*? L'ho visto su Facebook, ma sa, non sempre c'è da fidarsi di tutto quello che si legge su Facebook, quindi...»

«Lo diciamo davvero».

«Be', immagino che ogni posto abbia le sue usanze».

«Già».

«Qualche tempo fa un cliente mi ha detto che *cunnin'* significa adorabile solo qui nel Maine».

«Quando lo diciamo al Sud, significa "diabolico"».

«La lingua è cosí interessante».

«Sono d'accordo».

Carol era una compagna facile e proprio il tipo di agente immobiliare che piaceva a C.J.: non si impicciava con domande personali, non parlava a macchinetta; quando arrivavano alle proprietà che voleva mostrargli, gli ribadiva le caratteristiche che lui aveva inserito nella sua lista e poi lo lasciava visitare case e terreni senza interromperlo.

Le prime quattro furono facili da scartare. A una mancava la quantità di alberi che lui desiderava, due si trovavano su strade trafficate d'estate e una era da ristrutturare cosí radicalmente che per renderla abitabile tutto l'anno avrebbe dovuto spendere il doppio. Solo quando arrivarono alla casa numero cinque, C.J. vide qualcosa che lo entusiasmò al punto che avrebbe potuto impegnarsi a spendere diverse centinaia di migliaia di dollari. Tuttavia, la sua eccitazione non era da attribuire alla casa numero cinque (che era okay e basta), ma alla proprietà successiva in fondo alla strada.

La casa sorgeva in un ampio parco fitto di pini e abeti – esattamente in questo risiedeva il suo fascino – e oltre c'era solo acqua. «È quello il posto che sto cercando» disse dal vialetto della numero cinque. «In fondo alla strada, un sacco di alberi, sulla riva del lago: idilliaca».

«Lo so, ha ragione, e se ne avessi una cosí da farle vedere l'avremmo vista. Questa» e Carol fece un gesto verso la casa che avevano appena visitato «attualmente è la piú vicina al suo budget».

«Certo, capisco» disse C.J. «Se dovessi comprarla, mi

chiedo se ai proprietari della casa là in fondo dispiacerebbe se qualche volta passassi dal loro terreno per raggiungere la riva».

«Il proprietario è un residente stagionale che vive a New York, anche se credo che negli ultimi anni la casa sia rimasta vuota. Leo è morto, forse dieci anni fa? E ho sentito dire che Marti sta male da un po'. Probabilmente non le creeranno problemi se vuole arrivare al lago, a meno che non ci sia una delle figlie o non abbiano intenzione di affittarla. La situazione potrebbe variare di anno in anno. Posso sicuramente accertarmene».

«Pensa che prenderebbe in considerazione l'idea di vendere? Essendo malato e tutto quanto».

«È una lei. Marti con la i. Non lo so, ma immagino che la famiglia voglia tenersela stretta a prescindere».

C.J. annuí. «Io lo farei, se fosse mia».

«Inoltre il prezzo sarebbe piú alto di quello che lei cerca».

«Certo» ammise C.J. «In riva al lago. Immagino che il valore aumenti di un duecentomila dollari».

«Esatto. Anche per un rustico relativamente modesto come questo».

«Rustico?»

«È cosí che noi del Maine chiamiamo le nostre case estive nei boschi o al lago. Probabilmente lei la chiamerebbe "villetta", ma qui da noi villetta è come chiamiamo da sempre le case tipo quella in cui abita lei, la grande proprietà dei Callaghan. La lingua! Ci risiamo» disse Carol. «Vuole che faccia una telefonata per vedere se Marti è disposta a condividere la spiaggia?»

«Per ora aspettiamo» replicò lui. «Non sono sicuro di essere convinto di comprare questa, e non voglio disturbarla senza motivo».

Si voltò verso la casa che avevano appena visitato. Il "rustico". Aveva alcuni aspetti positivi. La posizione era tranquilla e piú o meno riparata, e c'era abbastanza spazio. Era in condizioni discrete. Tuttavia, non gli piaceva. Era a forma di scatola, con poche finestre e soffitti bassi. Forse sarebbe bastata una ristrutturazione oculata.

«Che ne dice se faccio un altro giro?»

«Ma certo! "Vedi due volte, offri una sola" dico sempre io».

«Non precorriamo i tempi».

Mentre tornavano dentro, Carol disse: «Se non è quella giusta, non si preoccupi. Le disponibilità aumenteranno presto. E ora che mi ci ha fatto pensare, forse Marti sarebbe disposta a vendere. Dovrò fare qualche telefonata».

Quella sera, durante una cena a base di tortini di granchio e asparagi in salsa olandese, Deirdre chiese a C.J. un resoconto. «Cos'ha visto? Qualcosa che valga la pena comprare?»

«Be', ci sarebbe un'offerta abbastanza buona» rispose, «ma a dirle la verità non è stato amore a prima vista».

Arlo, che aveva raschiato in silenzio la salsa dagli asparagi, intervenne. «Mia madre diceva che per l'amore ci vuole tempo».

«Certo» rispose C.J. «Per questo è bene non avere fretta. Immagino che tu l'abbia imparato a tue spese».

«Quand'ero piccolo, il mio cane mi saltava spesso addosso e mi mordeva i vestiti e io praticamente lo odiavo. Ma la mamma diceva che dovevo dargli una possibilità, perché era solo un cucciolo. Mi diceva che anche io, quand'ero piccolo, ero fastidioso».

«Scommetto che so come va a finire» disse C.J. «Dopo un po' è diventato il tuo migliore amico».

«Come fai a saperlo?»

C.J. si chiese dove fosse il cane. Un'altra vittima dei genitori sconsiderati di Arlo? Si chiese anche cosa stessero facendo riguardo all'istruzione del ragazzino.

«Ho tirato a indovinare. Peccato che una casa non possa migliorare crescendo. Ci vuole un sacco di lavoro e di soldi per cambiare o sistemare le cose. Meglio essere oculati».

Arlo disse: «Sí, la nonna dice: "Fai le tue scelte guardando il domani, non solo l'oggi. Cosí non ti pentirai piú di tanto"».

«In effetti lo ripeto sempre» disse Deirdre.

C.J. fece un cenno di assenso. «Sagge parole».

Arlo rimase in silenzio mentre infilava la lama del coltello da burro tra i rebbi della forchetta. Poi disse: «Mio papà doveva aspettare che il tempo migliorasse. So che gli aerei possono volare con la pioggia eccetera, e anche con gli uragani. Ma solo in circostanze particolari». Pronunciò le ultime due parole come se stesse recitando una giustificazione plausibile per spiegare perché suo padre avesse fallito in maniera cosí clamorosa: in fondo era solo un normale pilota; non era stato addestrato per *circostanze particolari,* non disponeva, per esempio, di un aereo resistente alle intemperie e nemmeno delle competenze di un pilota di caccia.

C.J. disse: «Sí, è una situazione difficile, perdere i genitori. Mi dispiace molto che sia successo a te».

Arlo sollevò il mento. «Ho pianto per tre settimane di fila. Ora sto meglio».

Deirdre portò in tavola una torta di mele. «Ha intenzione di ripartire lunedí mattina?»

«Sissignora. E sarà un trauma, dopo aver mangiato cosí bene qui».

«Suppongo che dovrà tornare al lavoro. A proposito, che cosa fa?»

«In questo periodo il pittore. L'artista, non l'imbianchino. Quindi posso disporre praticamente di tutto il tempo che ho. Sarà abbastanza facile per me tornare qui quando ci saranno altre case sul mercato».

Deirdre disse: «Pittore. Davvero? Ricco di famiglia, quindi».

Una donna molto schietta. Se lí la maggior parte della gente era cosí, avrebbe dovuto essere particolarmente cauto per non dare spazio ai curiosi.

Rispose: «Sí, un po'. Mia nonna è stata generosa. Ma» aggiunse, depistandola con una verità di venticinque anni prima «mi sono fatto conoscere nel mondo dell'arte».

«Capisco. C'è un'amica che l'aspetta a casa?»

«No. Dove vuole andare a parare?»

Deirdre gli porse un piatto su cui aveva messo una generosa fetta di torta. «Sa qualcosa sulle pavimentazioni da giardino, in legno e pietra? O le sue sono mani troppo preziose?»

«Mi sono occupato un po' di architettura del paesaggio».

«Utensili elettrici?»

«Tutti quelli piú usati. Perché?»

«Trovo che sarebbe sciocco se tornasse a casa per poi dover prendere un aereo ogni settimana per venire qui e trovare il suo amore a prima vista. Io e Arlo abbiamo in mente di costruirci un grande orto...»

«Abbiamo fatto un progetto come gli ingegneri» intervenne Arlo. «La nonna mi ha insegnato a usare il compasso».

Lei continuò: «Alcune aiuole saranno circolari, altre quadrate o rettangolari; è un progetto ambizioso».

«Sarà enorme» spiegò Arlo con grande serietà. «Un sacco di verdure. La nonna mi lascia scegliere quelle che mi piacciono di piú, cioè carote, mais e anguria – che sarebbe un frutto, ma non sto barando. Possiamo metterci anche la frutta».

«Niente di verde?» domandò C.J.

«Le cose verdi le ha scelte la nonna. E i fiori».

Deirdre disse: «Ho intenzione di assumere degli operai, a meno che lei non voglia rimanere per qualche settimana. Io continuerò a farle da mangiare, e lei si dedicherà per qualche ora al giorno a definire il progetto, piazzare le bordure di legno, accatastare le pietre e cosí via... ha capito cosa intendo?»

«Sí» disse C.J.

«Sono sicura che ad Arlo piacerebbe la compagnia di qualcuno con un po' piú di energia di me. Mi pare che voi due andiate d'accordo».

Prima di rispondere C.J. soppesò le complicazioni e i vantaggi. Prolungare il soggiorno avrebbe significato prolungare il noleggio dell'auto, sospendere il volo di ritorno, comprare vestiti nuovi: certo, una seccatura. D'altra parte, però, avrebbe risparmiato sul viaggio di andata e ritorno e avuto la possibilità di vedere le case appena messe in vendita. E non sarebbe rimasto solo, sera dopo sera, in quell'insulsa camera d'albergo.

Disse: «Tanto per chiarire: sarebbe Arlo a darmi ordini o io a darne a lui?»

Arlo si illuminò tutto. «Ti permetterò di darmi degli ordini» rispose «se qualche volta mi porti a fare delle escursioni. In questo la nonna non è brava».

«Allora sí, amico, conta su di me» disse C.J. «Ho proprio bisogno di un compagno di escursioni».

Dopo cena, mentre lui e Arlo stavano riordinando la cucina, mandò un messaggio a Carol Barksdale:

Non ho intenzione di fare un'offerta per la casa n. 5, ma resterò nei dintorni dell'isola per un po', quindi mi chiami per qualsiasi nuova prospettiva si presenti. La prego anche di informarsi sull'eventuale disponibilità della casa del vicino, quella in riva al lago.

Qualche ora dopo, Carol rispose:

Marti Geller dice che non è ancora pronta a vendere, ma di farci risentire tra un paio di settimane.

Geller, pensò C.J. Il nome gli suonava familiare, ma non riuscí a capire bene perché. Un cliente, probabilmente, o qualcuno che lavorava per l'azienda di suo padre, la Reynolds Fasteners. L'azienda che alla fine sarebbe diventata sua, se fosse stato disposto a rispettare il patto faustiano che aveva stipulato. Un futuro completamente diverso, che ormai si era volatilizzato senza possibilità di ritorno.

Il tentativo e il risultato

L'ultima volta che Marti parlò con una delle ragazze – anzi, l'ultima volta che parlò, punto – fu con Beck, al telefono. Le disse: «Tesoro, va tutto bene; ho organizzato tutto. Per favore, prendetevi cura l'una dell'altra». Aveva altri pensieri nella testa, ma a causa degli antidolorifici e della malattia era troppo stanca per farli uscire dalla bocca e passare attraverso il telefono, che Delia le reggeva all'orecchio. «Ci sentiamo presto» fu l'ultima frase che pronunciò.

Quando Beck la richiamò due giorni dopo, se n'era già andata. Delia disse: «Ora sta dormendo, ma le dirò che hai chiamato», che era quello che Marti le aveva chiesto di dire finché non fosse riuscita a sostituire «sta dormendo» con «è morta», e a quel punto sarebbe stata lei a telefonare a Beck e alle pompe funebri. Aveva chiesto che chiamassero prima questi ultimi, per assicurarsi che il cadavere venisse rimosso dall'appartamento prima che Beck arrivasse da Irvington.

L'anima di Marti Geller lasciò il corpo poco dopo l'una di giovedí pomeriggio, a soli undici giorni dalla sentenza, cosa di cui sarebbe stata felice perché era la prova che il medico aveva avuto ragione. Niente le faceva piú piacere che vedere premiata la fiducia da lei riposta in qualcuno o qualcosa, come nel caso dei Mets nel '69, nell'86 e per un pelo anche nel 2015.

Per quanto riguardava la morte in sé, avrebbe detto che la sua era stata buona. Aveva perso conoscenza e non aveva sentito dolore.

Le ragazze, tuttavia, furono colte di sorpresa dalla notizia.

«Ovviamente sapevamo che con tutta probabilità sarebbe morta di cancro» disse Sophie a Beck e Claire durante la telefonata a tre avviata da Beck dopo la chiamata dell'infermiera dell'hospice. Sophie (la piú giovane, la piú bionda e la piú carina) si trovava a Dubai, mentre Beck (la piú grande, la piú alta) era a casa sua a Irvington e Claire – la si riconosceva dai voluminosi capelli ricci, se li portava sciolti – era al lavoro a Duluth. Sophie continuò: «Ma non sapevo che se ne sarebbe andata *oggi*».

Claire si sentí personalmente tradita: conosceva la tempistica di un cancro in fase terminale e sospettava che Marti l'avesse ingannata sui progressi compiuti in quella direzione. Disse: «Mi hanno fatto credere che avesse ancora dei mesi. È stato molto scorretto da parte sua. Molto sbagliato».

«Sbagliato non direi» intervenne Beck. Essendo una scrittrice, era molto pignola sull'uso delle parole e faceva un po' la maestrina, anche se negli ultimi anni meno, dato che i suoi figli ormai erano cresciuti e lei non rivedeva piú i compiti né li correggeva quando parlavano. Tuttavia, era pur sempre sposata con un editor. Continuò: «"Sbagliato" implica una mancanza di tipo morale. Il vero problema è che non ti è piaciuto».

Claire replicò: «Oh, invece immagino che a te vada bene cosí. Be', del resto sei quella con cui ha parlato per ultima».

«Puro caso» si difese Beck, anche se segretamente (e con gratitudine) sentiva che non era proprio cosí. «Comunque sto aspettando che Paul torni a casa per badare a Leah, e poi me ne vado dalla mamma. Le pompe funebri stanno già arrivando all'appartamento. Ci vado il prima possibile e inizio a sistemare le cose. Dio, non riesco a credere che se ne sia andata».

Claire chiese: «Perché è cosí diverso rispetto a quando abbiamo perso papà?»

«Forse perché la mamma era il collante. Capisci?

Papà... ci ha fatto come semi di dente di leone, ci ha sparpagliato per la città in modo che potessimo vedere e fare tutto. Ma la mamma ci ha tenute insieme, e ora siamo alla deriva perché loro non sono piú qui. Non so se ha senso – di sicuro non è un pensiero poetico, lo so, ma avete capito cosa intendo».

«No, hai ragione» disse Sophie. «Mi sento come se... come se potessi riattaccare con voi, chiamarla su FaceTime e parlarci. Ma sento anche che c'è un enorme muro bianco tra me e lei, ovunque sia. Se è da qualche parte. Ma non datemi retta, in questo momento sono davvero distrutta, non riesco a dormire. Beck, hai detto che lí c'è Leah? Mandami una foto».

«Sí, Zack e Binta sono in ritiro per valutare se sono pronti a convivere» disse Beck, riferendosi a suo figlio e alla sua... ragazza? Compagna? Futura moglie? «È meglio che metta giú, cosí posso chiamare loro e Cammie. Non so se la mamma ve l'ha detto, ma in questo momento Cam è in giro per il Nicaragua con lo zaino e degli amici. E devo chiamare anche Paul. Dio, non posso credere che me ne stavo dimenticando».

Claire taceva.

Sophie domandò: «Zack e Binta dovevano proprio partire, per capire se andare a vivere insieme?»

«Senti chi parla» replicò Claire. «Tu quando stavi cercando di decidere di che colore *tingerti i capelli* sei andata a Parigi».

«Perché tutti dicevano che a Parigi c'era il colorista migliore».

«Come volevasi dimostrare».

«Volevo un consulto di persona. E il viaggio era gratis, o quasi».

Beck ignorò il battibecco e rispose alla domanda. «Hanno bisogno di un po' di tempo da soli e io non ho problemi a prendermi cura di mia nipote. Cosí siamo contenti tutti».

«Sono prozia» disse Sophie meravigliata, riferendosi alla bambina. «E tu sei nonna. *Nonna.* Dio. Non riesco ancora a crederci».

Claire le riportò in argomento. «Vedo quando riesco a trovare un volo. Forse stasera o sicuramente domani. David può stare da Chad e venire solo per il funerale, e io posso riprogrammare le mie visite».

«Non c'è bisogno che tu venga prima» disse Beck. «Posso farcela anche da sola. Aspetta di sapere quando ci sarà la funzione. Secondo me, domenica o lunedí».

Sophie intervenne: «Io torno domani sul tardi. Posso dare una mano per qualsiasi cosa».

«Allora dovrei esserci anch'io» disse Claire.

Beck sospirò. «Okay, ma abbiamo trasformato le stanze dei ragazzi in studi per lavorare da remoto, quindi dovrai stare a casa della mamma o dividere il letto con Soph... dove sta adesso, credo. Sophie, hai subaffittato casa tua, vero?»

«Sí, esatto».

Claire disse: «Posso venire, Soph?»

«Oddio, avrò un jet lag tremendo».

«E quindi?»

«Be', insomma, dalla mamma non ci sarà nessuno, quindi...»

«L'appartamento puzzerà come una camera mortuaria» disse Claire. «Perché è quello che è».

«Perché venire prima?» si intromise Beck. «Basta che tu venga per la funzione, dormi con Soph o in albergo, e poi rientri il giorno dopo».

Claire disse: «Ma io voglio venire prima, okay? Lasciami decidere da sola».

«Un albergo ha molto piú senso» disse Sophie. «Non so se il bagno degli ospiti sia pulito».

«Non ci sono quattro bagni?» intervenne Claire.

«Come fai a saperlo?»

«Mi sono informata quando la mamma mi ha detto che avresti dormito lí. Sapevo che era un appartamento pazzesco. Si trovano le foto di quand'era in vendita».

«Okay, sí» disse Sophie. «Ci sono tre bagni e mezzo, per la precisione. Ma se volete proprio la verità, in casa ho già un ospite e ci piace mantenere una certa privacy».

Claire chiese: «Perché non l'hai detto subito? Uno che conosco?»

«No, a meno che tu non segua la scena dell'urban art internazionale».

«È Banksy?» disse Beck.

«Ah-ah» rispose Sophie. «Anche se fosse non te lo direi».

Claire disse: «Chad aveva una lampada fatta con una ruota di bicicletta. Conta come urban art?»

Beck sentí la bambina e disse: «Okay, ragazze, Leah si è svegliata; devo andare. Vi chiamo piú tardi. Sophie, tu sarai in piedi?»

«Mandami un messaggio. Se non rispondo subito ci risentiamo domani».

Claire disse: «Scommetto che a questi eventi fa bisboccia tutta la notte». Sembrava contemporaneamente invidiosa e infastidita, il che era normale visto ciò che pensava della vita di Sophie.

«Arrivederci» disse Beck e chiuse la telefonata prima che Claire potesse cambiare di nuovo argomento.

Se mentre parlavano Marti vegliava sulle ragazze, ci sarebbe rimasta male nel vedere che, sia pur unite dalla sua morte, non riuscivano ancora a trattarsi con l'affetto fraterno che aveva ingenuamente immaginato possibile quando Sophie era appena nata, adorata (per poco) da Claire, che aveva quattro anni, e Beck, otto. Avevano bisogno l'una dell'altra, che lo sapessero o no.

Ci sarebbe rimasta ancora piú male se avesse saputo che a quel miscuglio stava per aggiungersi un ex detenuto. Ma forse Leo le sarebbe stato accanto e le avrebbe messo un braccio sulle spalle, assicurandole – come sempre – che all'opera c'erano forze piú grandi e che doveva dare a quella situazione la possibilità di dipanarsi. Anni di passione per il baseball insegnano che se la tua squadra è in crisi puoi sempre aspettare che si riprenda, che si tratti di una singola partita o di tutto il campionato. E naturalmente c'è anche la saggezza che viene dal sapere che a volte il campionato delle World Series si riduce a una sola partita, o addirittura a un solo inning. Anzi, un unico lancio può essere decisivo. Le diceva sempre: *Cerca di non preoccuparti.* Marti però gli ricordava che una delle due squadre avrebbe perso comunque.

Non mi piace questo punto di vista, diceva Leo.

Lo so, gli rispondeva lei. *È per questo che ti amo.*

Questo è mio

La prima cosa che la gente tendeva a notare in Beck Geller era la sua altezza. Misurava un metro e ottanta a piedi nudi, e portava il quarantuno e mezzo. Aveva il collo lungo, e zigomi, mento e spalle spigolosi. Se da giovane fosse stata molto avvenente, avrebbe potuto trovare lavoro come modella. Forse per le sfilate, anche se la maggior parte di quelle giovani donne erano ancora piú alte: eleganti levrieri in forma umana. A volte Beck le incrociava mentre passeggiavano a coppie lungo Fifth Avenue o a SoHo. Lontane dalle passerelle e dall'alta moda, sembravano delle aliene. Beck non era cosí.

Un vantaggio della sua altezza era che la rendeva piú visibile, e quindi per lei era leggermente piú facile prendere un taxi in strada, cosa che fece uscendo dalla Grand Central dopo essere scesa dal treno. Certo, il taxi era un lusso, ma fuori cadeva una pioggia ghiacciata e aveva dimenticato di portarsi dietro l'ombrello che le sarebbe servito per il tragitto dalla stazione di 14th Street fino a casa di sua madre, a cinque isolati di distanza. Inoltre, in una delle loro ultime conversazioni Marti l'aveva incoraggiata a prendere piú taxi.

Quando arrivò in 19th Street non vide nessun carro funebre parcheggiato lungo il marciapiede, ma non fu esattamente una sorpresa; erano passate quasi quattro ore dalla telefonata di Delia. Tuttavia si aspettava comunque di trovare qualcosa di diverso, qualcosa che indicasse che ciò che aveva conosciuto come la sua vita – cioè sua madre, Marti Geller, che risiedeva in quell'edificio, nell'appartamento all'ultimo piano dove da quando lei era nata una piccola lampada brillava da un tavolino piazzato accanto alla finestra del soggiorno – era cambiato per sempre. Lassú Marti Geller non c'era piú e non ci sarebbe mai piú stata. Tra non molto tempo quel tavolino e quella lampada, le fotografie, i libri e le cianfrusaglie, e ogni altro bene materiale che aveva definito i Geller come individui in quell'isola che ospitava milioni di altre persone, sarebbero stati portati via. L'appartamento sarebbe stato ripulito e ridipinto – probabilmente ristrutturato da capo a piedi, in modo da adeguarsi al prezzo di mercato degli affitti, qualunque esso fosse. Un prezzo certamente piú alto di quanto Beck, che qualcuno avrebbe potuto definire una freelance dilettante, e Paul, editor di una minuscola collana di fiction all'interno di una grossa casa editrice, avrebbero mai pensato di pagare per una casa.

Quindi niente sfilate per la giovane Beck, ma che dire della carta stampata? Per un certo periodo la cosa non era sembrata impossibile. Avrebbe potuto fare pubblicità di moda come quelle di *Harper's Bazaar* o *Vogue*, con il caschetto scuro e ondulato ben pettinato all'indietro, la pelle pallida resa ancora piú pallida dalla cipria, le palpebre vibranti ed enormi coperte di ombretti viola, rosso, verde e blu. Rame. Argento. Lilla. Le piaceva sfogliare le riviste, con le pagine pesanti e patinate e quella visione sofisticata della vita che una giovane donna avrebbe potuto condurre a New York se correttamente acconciata e truccata con il rossetto giusto. A sedici anni Beck aveva desiderato ardentemente essere e fare quelle cose, vivere lí quella versione della vita, che avrebbe forse potuto essere accessibile se avesse trovato lavoro come modella.

Aveva le gambe magre adatte al mestiere, ma i tratti del viso erano, ahimè, troppo banali. E poi in quel periodo si entusiasmava per Joan Didion e il New Journalism, e la voglia di mettere la sua firma in fondo alle pagine di *Rolling Stone* o *Vanity Fair*, del *New Yorker* o del *Times* equivaleva a quella di diventare una ragazza copertina.

Anzi, la superava, perché sarebbe stato soprattutto frutto del suo talento, e non del suo aspetto. Aveva letto anche Candace Bushnell, che teneva un'illuminante rubrica sul *New York Observer*, e ne aveva concluso che avrebbe scelto l'amore piuttosto che il denaro, se mai si fosse trovata davanti alla scelta. Era abbastanza giovane da non essere cinica.

Il fatto che fosse riuscita a fare della scrittura una professione la sorprendeva ancora; non aveva una laurea, né una formazione tecnica, ma solo un talento naturale e un forte desiderio di diventare brava a usarlo per dire delle cose. E anche se il suo tipo di giornalismo non le avrebbe mai fatto vincere un Pulitzer, era in grado di frequentare a testa alta i circoli letterari di New York. Il fatto che non avesse emulato Didion (o, se è per questo, Bushnell) abbastanza bene da sfondare sulla scena letteraria con un romanzo fu per lei una delusione. Ovvio, nessuno può accorgersi del tuo romanzo se non riesci ancora a scriverlo.

Ma concentrati sui successi, Beck: negli ultimi anni uno dei momenti culminanti era stato ritrovarsi oggetto su *Marie Claire* di un piccolo servizio fotografico che accompagnava un articolo scritto da lei stessa. Una situazione che realizzava insieme i suoi due sogni, anche se indossava vestiti suoi e quel trucco banale non le conferiva alcun tipo di fascino esotico. In piú sua madre continuava a dimenticarsi di comprarne una copia, cosí Beck gliene aveva portata una e, sfogliandola, Marti aveva esclamato: «È davvero bello, tesoro. Non mi fanno impazzire i capelli, però. Hai visto che Sophie è stata citata a pagina sei?», cosa che per un attimo l'aveva confusa. Intendeva la pagina numero sei di quel numero di *Marie Claire*? Poi capí che Marti parlava del *New York Post*, dove, a quanto pare, Sophie compariva fotografata insieme a Tania Uccello e Taylor Swift. Marti quel giornale l'aveva sottomano.

Ora che aveva superato i quarant'anni, Beck aveva preso l'abitudine di scegliere le scale ogni volta che doveva fare meno di dieci piani; faceva parte del suo tentativo di vivere una vita piú sana ed evitare di perdere massa muscolare con l'età. Aveva anche iniziato a praticare pilates e kickboxing. Alla menopausa poteva mancare ancora una decina d'anni (alcuni giorni lo sperava, altri – con i crampi, i grumi di sangue e il gonfiore – l'avrebbe desiderata subito), ma se avesse adottato in anticipo quel tipo di allenamento sarebbe stata in vantaggio nella partita della vecchiaia. O almeno questo era ciò che si ripeteva mentre saliva le cinque rampe che portavano alla casa della sua infanzia. L'esercizio fisico vero e proprio non era il suo forte – non ne aveva mai avuto bisogno – ma quando hai una madre che combatte contro un cancro al quarto stadio, come Marti quando Beck aveva iniziato a fare sport, inizi a pensare in modo diverso alle cause e agli effetti biologici, al caso e alla prevenzione, e a come vivere abbastanza a lungo da diventare la persona su cui stai ancora lavorando.

Entrò nell'appartamento e dovette affrontare una pesante ondata di nostalgia e lutto. Lí dentro nel corso degli anni non era cambiato poi molto. In un pomeriggio uggioso come quello, avrebbe trovato sua madre nella poltrona accanto alla finestra, con una tazza di tè fumante vicino al gomito, che leggeva l'ultimo giallo di Louise Penny o faceva le parole crociate del *Times*. Nel vedere la poltrona vuota le si strinse la gola. Maledetto cancro.

Si schiarí la voce e chiamò: «C'è nessuno? Sono Beck».

Delia uscí dalla cucina asciugandosi le mani su uno strofinaccio. Aveva zigomi alti e una voce roca che stonavano con la casacca da infermiera stampata a ciambelle e fenicotteri. Quando l'aveva vista la settimana precedente, ne portava una stampata a ranocchie.

Delia mise da parte lo strofinaccio ed esclamò: «Oh, tesoro. Condoglianze, davvero».

Beck scoppiò a piangere, e la cosa stupí entrambe. Delia la strinse in un abbraccio. «Adesso passa».

«Scusami» disse Beck. «Non so cosa mi sia preso». Si pulí il naso sulla manica del piumino. «Credo... non ero pronta, sai. Non ero pronta».

«Tu no, ma lei sí».

«Perché non l'ha detto? Non capisco. Mi diceva tutto». Beck fece una pausa. «O meglio, cosí credevo».

Delia la lasciò andare. «Ho finito di riordinare la sua stanza...»

«Non eri obbligata».

«Lo so. Ma alcune persone restano turbate dal posto dove è morto qualcuno, quindi perché non rendere le cose un po' piú facili?»

«La mamma ti voleva bene e ora capisco perché. Sei una persona davvero premurosa».

Delia alzò le spalle. «Penso solo a quello che vorrei per la mia famiglia. Bene, allora, adesso vado. Tu stai bene?»

Beck annuí.

«Bene» disse Delia. «Hai il recapito delle pompe funebri. Sono stati molto attenti con lei. Molto rispettosi. Hanno detto che se vuoi vederla...»

«No!» Beck scosse la testa. Sarebbe stato troppo. Non aveva nemmeno visto suo padre, dopo la morte avvenuta a causa di un intervento di bypass al cuore. Gli ebrei non facevano veglie con la bara aperta. Secondo Beck era una gran fortuna.

Disse: «Voglio dire, forse dovrei. Probabilmente dovrei. Ma...»

«Va bene. È comprensibile. Non ci sono regole, tesoro. Ah... mi ha detto di dirti che ha lasciato tutto pronto per te, lí sul tavolo».

«Grazie». Beck si avvicinò e cinse Delia come se stesse abbracciando uno dei suoi cari. Con il viso immerso nei suoi capelli continuò: «Grazie per essere stata qui con lei. Cioè, so che non l'hai fatto per farci un favore o altro, so che sei pagata – e probabilmente non abbastanza; una volta ho scritto un articolo sugli operatori degli hospice – ma hai scelto questo lavoro e quasi nessuno lo fa piú. Bisogna essere angeli. Grazie».

Continuò a stringerla finché Delia non disse: «Okay» e si divincolò con dolcezza. «Viene qualcuno ad aiutarti?»

Beck annuí. «Le mie sorelle si stanno organizzando per venire».

«Ma stasera non c'è nessuno?»

«No» disse Beck. «Paul sta facendo da babysitter a nostra nipote. Ma non c'è problema. Sto bene. Sono solo...» Non riusciva ancora a capire perché Marti non l'avesse avvertita o non l'avesse voluta lí. «Sto bene, davvero».

Delia si infilò il piumino, un North Face fucsia acceso come quello che Beck aveva ammirato in un negozio l'autunno precedente. Era stato proprio il colore ad attirarla e anche a trattenerla dal comprarlo. Era cosí squillante! Era un piumino da persona totalmente sicura di sé. Una persona che si sentiva a suo agio nella propria pelle. Una persona che non si sottraeva alle relazioni interpersonali che non era stata lei stessa a iniziare. Il piumino di Beck era di un vago colore blu. Era lungo e gonfio e faceva pensare a una persona che temeva il freddo, mentre quello di Delia faceva pensare a qualcuno che lo affrontava – perfetto per una che assiste malati terminali, che accompagna i transiti nell'aldilà coperta di ciambelle e fenicotteri. Beck immaginò che Delia, che sembrava sull'orlo dei quaranta, fosse anche una che andava in centro in bicicletta, passeggiava da sola per Central Park al tramonto e a mangiava piatti di cui non era facile identificare gli ingredienti a colpo d'occhio.

Da perfetta giornalista le chiese: «Prima che tu te ne vada, se non ti dispiace, avrei una domanda. Tu come definiresti il successo?»

«In che senso?»

«Be', tutti quelli per cui lavori muoiono. Di solito pensiamo alla morte come a un fallimento. Mia sorella Claire è cardiologa pediatrica. Se uno dei suoi pazienti muore lei la prende sul personale. Nel mio lavoro, il successo è quando vendo un saggio o un articolo che ho scritto, o quando scrivo qualcosa su commissione e poi lo vedo stampato. Se scrivessi cose che vengono sempre rifiutate...» Fece una pausa di riflessione. «Sembra che il lavoro che fai ti dia ogni volta un risultato negativo».

Delia rispose: «Sí, okay, capisco cosa intendi. Be', tutti i miei pazienti stanno morendo, è inevitabile, e questo non è dovuto a qualcosa che ho fatto o non ho fatto. Quindi per me è un successo ogni volta che qualcuno muore nel modo in cui è morta Marti, cioè come l'ha deciso».

«E tu non hai paura di...? Voglio dire, vedere persone morte... Ma certo che no. Io credo che non potrei mai».

«Non hai mai visto qualcuno che se ne è andato?»

Beck scosse la testa. «Finora no. Non nella vita reale. In foto sí».

«Se la morte non è violenta, i corpi hanno un'aria piena di pace. Sono bellissimi, a dire la verità. Nelle loro facce io vedo Dio».

«Davvero?»

«Non c'è niente di cui aver paura».

«È un bel pensiero» disse Beck, anche se sentiva che la morte era la cosa di cui avere piú paura al mondo.

Quando Delia se ne fu andata ricoprí tutti gli specchi, poi rimase qualche minuto alla finestra del soggiorno a guardare la pioggia sui vetri, le persone che camminavano per strada con ombrelli scuri e colorati, i fari e i fanalini delle auto. Cercava di immaginare il viso di sua madre come l'aveva descritto Delia. Che effetto le faceva vedere Dio nelle facce dei morti? Avrebbe potuto chiedere maggiori informazioni, ma aveva intuito che Delia non sarebbe stata in grado di spiegarglielo in maniera soddisfacente, che era qualcosa che non si vedeva ma si percepiva, qualcosa di ineffabile che nessuna parola o fotografia avrebbe mai potuto trasmettere.

Se n'era andata.

Sua madre se n'era andata.

Beck sospirò. Almeno il dolore e la malattia erano finiti. Ed era una specie di benedizione. La sua ansia peggiore, per quanto riguardava sua madre, era stata che patisse un declino lento e doloroso. Che lottasse e implorasse di essere liberata e lei non sarebbe stata in grado di aiutarla. La Beck che aveva doverosamente studiato la Torah mormorò: «Dio è buono». La scettica affranta che aveva dentro aggiunse: «Tranne quando non lo è».

Le squillò il telefono. Era Paul. «Come te la cavi?» disse. «Ho pensato di chiamare per sentire se va tutto bene, per quanto possibile».

«Ho avuto un paio di momenti in cui mi sono lasciata un po' andare, ma Delia è stata molto paziente con me».

«Lasciarsi un po' andare va bene».

«Ora sono orfana» disse Beck. «Non ci avevo mai pensato prima».

«Se ti può consolare sei in illustrissima compagnia».

Beck non riuscí a pensare a nessun orfano illustre. «A chi ti riferisci?»

«Pensa alla letteratura. Dickens non riusciva a scrivere una storia senza che ci fosse dentro un orfano».

«Oh, giusto. Vero».

«E Harry Potter. Le cose gli sono andate piuttosto bene».

Beck sorrise. «Anche a Jane Eyre, a seconda del punto di vista».

«A Tom Sawyer. A Mowgli». Paul rise. «Ricordi che dopo aver visto quel film Cammie voleva assolutamente andare a vivere nella giungla?»

«Oddio, sí, *Il libro della giungla.* Ha insistito per guardarlo ogni giorno per settimane, e probabilmente almeno una o due volte al mese fino a quando ha avuto, quanti, cinque anni? Quelle canzoni ce le ho impresse nel cervello. Comunque» continuò Beck, sospirando di nuovo, «devo dare un'occhiata alle cose che la mamma mi ha lasciato, quindi è meglio che mi metta all'opera».

«Sí, fallo e poi richiamami».

«Che c'è?»

«Sí – accidenti, Leah mi ha appena rigurgitato addosso. Aspetta un attimo. Anzi, richiamami subito dopo. Poi capirai». E riattaccò.

Beck si sedette al tavolo della cucina, dove l'aspettava una scatola di documenti. All'interno, in cima a una serie di altre cose, c'era una busta con la dicitura LEGGERE QUESTO, che mise temporaneamente da parte. Nella scatola c'erano anche altre cartelle contenenti un mucchio di vecchie cartoline, lettere e disegni fatti da lei e dalle sue sorelle; un quaderno a spirale; tre diari del bebè; un album di fotografie; parecchi dei suoi primi articoli e un «libro» scritto da lei su carta per quaderni rilegato con un filo rosso (le vennero le lacrime agli occhi); il programma della cerimonia di laurea di Claire; gli annunci delle nascite di tutti i nipoti e di Leah, e il raccoglitore di ricette che Marti aveva usato dacché Beck ne aveva memoria. In fondo alla scatola: le chiavi, infilate (curiosamente) in un anello con un cuore smaltato di rosso e la scritta I ♥ NY. Beck lo agganciò al proprio portachiavi; la commosse che sua madre, una ragazza arrivata a Manhattan dal Kentucky passando per il Maine, avesse adottato quella città senza allontanarsene mai.

Aprí la busta LEGGERE QUESTO, canticchiando senza rendersene conto *Lo stretto indispensabile.* Conteneva una cartellina con dentro: una busta su cui Marti aveva scritto *Le ragazze*; molti documenti relativi alle fatture ospedaliere e all'assicurazione; un elenco stampato di informazioni sui suoi conti bancari, sul suo fondo pensione, sulla sua assicurazione sulla vita; le informazioni necessarie a contattare la sua amica e avvocato Audra Berg, il coordinatore dei volontari del Mount Sinai Beth Israel, la sua amica Elise del gruppo di mah-jongg, la sua amica Michelle del club del libro, e cosí via; una copia spillata del testamento, sulla cui prima pagina era stampigliato COPIA; un appunto scritto a mano che elencava le password di vari account (*cancellate il mio account Facebook!*); e un foglio di istruzioni che specificava nei dettagli i preparativi per il funerale, oltre alle indicazioni per spedire alcuni biglietti di ringraziamento già indirizzati e legati con un elastico.

Dopo un rapido inventario, Beck aprí la busta intestata a *Le ragazze.*

Care ragazze,

non ho molto da dire, voglio solo che sappiate che vi voglio molto bene. Siete state le figlie migliori che una madre possa avere. Beck: sei stata brava con Paul. È come un figlio per me. Perdonami se ho scelto lui e non te.

Se nasceranno controversie sul testamento, confido che possiate risolverle parlando.

La mia piú grande speranza è che ognuna di voi trovi la felicità. Non è semplice, lo so.

Mi dispiace se vi ho fatto arrabbiare morendo da sola. Se c'è davvero un aldilà, sarò lassú a guardare i Mets che battono i Phillies e a mangiare hot dog con papà.

Con amore,
mamma

«Scelto lui per cosa?» disse Beck. Prese il telefono e chiamò Paul. Quando rispose, gli chiese: «Per cosa ti ha scelto la mamma?»

«In che senso?»

«Il biglietto che ha lasciato». Beck gli lesse quella parte.

«Ah» fece lui. «Allora non hai ancora letto il testamento?»

«*Tu* l'hai letto?»

«Ho visto una bozza. Mi ha fatto giurare di mantenere il segreto».

«Mi prendi in giro?» disse Beck. «Le infermiere e adesso tu? Chi altro conosce Marti Geller meglio di me? La *vera* Marti Geller?»

«Volevo evitare che finisse cosí».

«Dimmi solo per cosa ti ha scelto».

«Niente di importante. Vuole solo... ha voluto che io sia l'esecutore testamentario, tutto qui».

«Non può essere; mi ha detto che sarei stata io a gestire tutto. Me l'ha detto lei. Sento che sto per impazzire».

«Te l'ha tenuto nascosto deliberatamente, per evitare che tu potessi metterti a discutere. Non voleva che voi tre foste in disaccordo per qualcosa. Se nessuno comanda, nessuno può arrabbiarsi con gli altri».

«A parte il fatto che sei mio marito, quindi se c'è qualcosa che non va bene a qualcuno mi accuseranno di avere esercitato un'influenza indebita su di te. Ma cosa c'è da agitarsi tanto? Non è tutto molto semplice? Non è praticamente tutto diviso in tre? O ha cambiato anche questo?»

«No, è...» disse Paul.

«No cosa?»

«Il valore dell'intero patrimonio sarà diviso in parti uguali tra voi tre. Quello che potrebbe sorprendervi – tutte – è che vuole che la casa nel Maine sia venduta».

«No, non può essere. Non lo farebbe mai».

«Guarda tu stessa».

Beck scrutò il testamento alla ricerca delle informazioni pertinenti. Ecco: utilizzando i fondi che Marti aveva accantonato a quello scopo, il rustico doveva essere messo nelle condizioni di essere venduto, e poi il ricavato sarebbe stato diviso equamente.

«Non posso crederci» disse. «Come hai potuto lasciarglielo fare? Io non l'avrei mai permesso».

Paul rispose: «Non gliel'ho permesso. È suo e può farne ciò che vuole. Ha detto che forse per voi i soldi erano piú importanti, visto che nessuno usa la casa».

«Non di recente. Ma prima o poi lo faremo. Voglio dire, pensavo che l'avremmo fatto una volta che la situazione si fosse normalizzata». Si era immaginata che, quando sua madre fosse guarita o se ne fosse andata (Dio non voglia, aveva pensato), avrebbe usato spesso il rustico – non solo come casa per le vacanze estive in famiglia, com'era stato per gran parte della sua vita, ma anche come rifugio per scrivere. Un luogo dove isolarsi per un po' per lavorare al libro a cui pensava da anni, un romanzo di formazione su una giovane donna in una cittadina carbonifera della Pennsylvania negli anni Ottanta. Si era ispirata alla storia di una ragazza di cui aveva letto sul *Pittsburgh Post-Gazette*, ripresa poi dal *Today Show*. All'epoca aveva pensato: potrebbe diventare un romanzo importante. Una cosa che avrebbe potuto scrivere Joan Didion, se le fossero interessate le ragazze delle cittadine carbonifere. Possibile, ma improbabile; non era un tema culturalmente sexy come tendevano a esserlo i soggetti dei suoi libri, e poi pareva che avesse smesso di scrivere narrativa, ed era un bene perché significava che non avrebbe battuto Beck sul tempo. Se Beck l'avesse scritto davvero.

Ci pensava da otto anni, per essere precisi.

Quell'incapacità di concludere non era il suo solito modus operandi; era abituata da tempo a rispettare le scadenze, a porsi degli obiettivi e a superarli. Era cosí che era riuscita a far credere a tutti – famiglia, insegnanti, editori, amici – di essere brillante, capace, importante e interessante come le sue sorelle.

Tuttavia un romanzo era un obiettivo che la intimoriva. Non aveva idea di come sarebbe riuscita a portarlo a termine. Paul parlava spesso delle tante brutte proposte che gli arrivavano, di come la maggior parte degli scrittori avesse bisogno di dieci anni o piú per studiare il mestiere e buttare giú due o tre tentativi di merda prima di riuscire a produrre un romanzo degno di essere letto. Cosí aveva tenuto per sé le sue idee e rivelato quell'ambizione solo a sua madre, che aveva detto: «Allora non aspettare».

Un buon consiglio. Ma per Beck impegnarsi seriamente in qualcosa significava correre due grossi rischi: poteva andare cosí male che non solo il libro non sarebbe mai stato pubblicato, ma lei avrebbe anche potuto perdere per sempre la fiducia nella propria capacità di scrivere qualsiasi cosa, oppure poteva andare cosí bene che sarebbe riuscita a vendere il libro e a farlo pubblicare, ma prima ancora di essere scoperto e letto dal pubblico sarebbe stato sbranato e fatto a pezzi da uno o piú critici, in una o piú situazioni. L'aveva visto succedere ad alcuni autori di Paul, cosí come ad autori pubblicati da alcuni suoi colleghi. Beck aveva sofferto per ognuno di loro, sapendo che avevano messo il cuore in quel lavoro. Temeva anche che, se fosse successo a lei, non avrebbe avuto la pelle abbastanza dura da sopportare il dolore. Avrebbe desiderato soltanto infilare la testa nel forno e girare la manopola del gas.

D'altra parte, avrebbe anche potuto – forse, magari – scrivere un libro leggibile e ricevere buone recensioni. Sarebbe potuta diventare l'ospite delle serate d'autore alla libreria del quartiere, e forse anche di altre librerie di altre città. Invece di accomodarsi tra il pubblico e provare quello strano miscuglio di invidia, soggezione, determinazione e terrore che sentiva ogni volta che si recava a un evento letterario, sarebbe stata lei a raccontare con orgoglio e affetto i personaggi che aveva creato, la storia che aveva narrato, il viaggio decennale che era servito per dare alla luce la creatura di cui tutti erano venuti a sentirla parlare. Sarebbe stata l'autrice grata che abbracciava i librai angeli, che Dio li benedicesse tutti quanti.

Ma perché quel sogno diventasse realtà aveva bisogno del rustico. Era l'unico posto al mondo in cui era sicura che si sarebbe concentrata, nel quale sarebbe stata a suo agio e abbastanza protetta da poter finalmente scrivere.

E a sua madre aveva detto esattamente questo. Erano nella sala d'attesa dell'ennesima struttura medica, dove l'ennesimo medico era in ritardo sulla tabella di marcia. «Credo di aver bisogno di allontanarmi dall'influenza che Paul ha su di me» aveva detto Beck. «Sento che giudica quello che scrivo anche se non sa che lo sto scrivendo. Al rustico saremmo solo io e il romanzo».

«Allora vai» aveva risposto Marti. «Non è necessario che mi accompagni a ogni visita. Apprezzo la tua presenza, ma a volte posso anche fare a meno di te».

«Be', okay, ma ho anche altri doveri. Sono membro di alcuni comitati, e devo fare da babysitter a Leah quando Zack ha bisogno di me, e, sai, ho i miei articoli da scrivere, quelli per cui mi pagano. Devo solo trovare il momento giusto».

Marti aveva detto: «Volere è potere».

Eppure, pensò Beck, adesso sua madre le stava praticamente dicendo: *Non importa, lascia perdere.*

Disse a Paul: «Non capisco. Tutti amano il rustico. È come un membro della famiglia. Non possiamo *venderlo*».

«Ma non ci andiamo da quando Zack aveva sedici anni, credo».

I ragazzi non volevano staccarsi dagli amici e dal lavoro per soggiornare nella vecchia casa ammuffita della nonna sul lago, dov'erano costretti a condividere una camera da letto e un bagno. Un bagno per tutta la famiglia! Bastava questo a costituire un orrore sufficiente a dissuadere anche loro, quand'erano adolescenti. Però d'estate, quand'erano piccoli, Beck e Paul li portavano a Mount Desert Island per almeno un weekend lungo, e in genere per una settimana. Ogni tanto c'era anche Claire (e piú tardi Chad e David). Certe volte faceva un salto perfino Sophie. Marti e Leo li accoglievano e li ospitavano tutti, in tutte le combinazioni possibili. Mangiavano (molto), spesso da Geddy a Bar Harbor, nuotavano, facevano kayak, escursioni e gite in barca per vedere le balene o pescare le aragoste. E prima di tutto questo, lí l'adolescente Beck si era innamorata, di un ragazzo che ci veniva d'estate. Il ricordo le era rimasto dentro per tutti quegli anni, un punto dolente che ogni tanto ancora sondava per il piacere agrodolce di farlo, per recuperare la consapevolezza di essere stata un tempo giovane e appassionata. E sciocca. E di esserne uscita con il cuore spezzato.

In quei primi anni aveva imparato molto, non solo sull'amore, ma anche sulla vita fuori New York. Sulla natura. Il mare. Le maree. I popoli nativi. Come leggere una meridiana. Come distinguere un'aragosta femmina da un'aragosta maschio. Il suono dell'oceano quando entra ed esce da una grotta. Il piacere speciale di togliersi la sabbia dai capelli ore dopo essersi sdraiata su una spiaggia ed essere stata baciata da uno studente che profumava di cocco tiepido.

Ma, poiché il tempo è un fiume e compagnia bella, tutto questo era ormai passato e non c'era modo di recuperarlo.

Il che, tuttavia, non significava certo che doveva vendere!

Paul disse: «Marti ha messo da parte un po' di soldi per preparare la casa alla vendita... lo vedi dove sta scritto?»

Beck trovò il passaggio. «Lo vedo. E aspetta, questo cos'è? Vuole che sia messa sul mercato entro un mese? È ridicolo. Io non ho nessuna intenzione di farlo».

«Ha stabilito che ci andrete insieme, un'ultima volta,

prima che venga venduta» spiegò Paul. «Una precisione ammirevole. A ogni modo, se vuoi farti carico tu di organizzare la ristrutturazione, tieni conto delle sue indicazioni».

Questo fece arrabbiare Beck. Allora non l'aveva ascoltata? «Oh, caspita, grazie, signore, è il mio desiderio piú grande».

«Dai, su. Non fare l'idiota».

«Non farlo tu, l'idiota» ribatté Beck e chiuse la telefonata.

Lei e Paul erano sposati ormai da venticinque anni, eppure Beck non ricordava una sola volta in cui uno dei due avesse deliberatamente riattaccato in faccia all'altro. Era mortificata dal proprio comportamento. In tutti quegli anni il loro rapporto era stato contraddistinto dalla gentilezza. Dall'educazione. Da un'educazione infallibile. *Siete educati in maniera assurda*, aveva osservato Sophie una volta, come se fosse un difetto. Beck non la vedeva cosí. Il vero problema era qualcosa di piú grave del fatto che si trattassero come due paesi partner a un vertice mondiale: stavano vivendo una menzogna.

Il problema derivava da una questione di cui non parlavano mai: il sesso. O la sua mancanza. Dall'attuale e totale assenza di sesso nel loro matrimonio, un'assenza leggermente piú grave di quella degli anni precedenti, seguiti a un decennio di sesso saltuario, leggermente meno frequente di quello che facevano nei primi tempi.

Beck non aveva mai parlato di tutto questo con Paul (o chiunque altro). In realtà non le era mai sembrato un grosso problema. Molti genitori impegnati facevano poco o niente sesso; ne aveva scritto per *Cosmopolitan*. E nessuno dei loro rapporti sessuali era mai stato particolarmente memorabile, in fatto di carica passionale. Paul non era quel tipo di persona, Beck ne era al corrente e l'aveva sposato lo stesso. La loro relazione si era basata su altre cose, cose piú vere, si era sempre ripetuta. Ogni volta che desiderava qualcosa in piú di quello che aveva, prendeva un romanzo erotico da leggere in segreto, per provare quel brivido in maniera indiretta.

Si era convinta che qualsiasi cosa spiegasse il calo di interesse di Paul non aveva a che fare con lei. In fin dei conti era piú o meno la stessa persona di sempre. Qualcuno avrebbe addirittura potuto affermare che con l'età e l'esperienza era diventata piú attraente. Inoltre, lei e Paul andavano d'accordo, facevano i genitori e convivevano con molta piú facilità di tante coppie di loro conoscenza. Erano veri amici, in tutto e per tutto.

Quindi sí, probabilmente il sesso focoso e frequente era fantastico, ma un matrimonio non avrebbe dovuto basarsi su quello. Ci aveva creduto venticinque anni prima e ci credeva ancora. Ora, però, credeva anche di sapere cosa c'era dietro la loro situazione: Paul era gay. Le donne non facevano per lui, anche se in buona fede aveva cercato di essere eterosessuale, forse non sapendo, negli anni della giovinezza, quale fosse la strada giusta. Paul era gay e non l'aveva mai detto per vergogna, cosí supponeva Beck, o per imbarazzo, o per un ammirevole desiderio di non turbare lei e i bambini.

Beck non aveva preso alla leggera l'adozione di quella teoria. Anzi, aveva opposto resistenza a lungo. Forse lui aveva solo uno scarso impulso sessuale, un basso livello di testosterone; non tutti i maschi si sentivano costretti a spargere quotidianamente il proprio seme come contadini disperati su un campo dissodato prima che arrivi la pioggia. Ma poi, circa un anno prima, aveva letto un articolo con un link a un questionario sorprendentemente esaustivo, *È gay?* e il risultato era stato *Molto probabilmente sí.*

Aveva testato la teoria su Sophie, fingendo che l'uomo in questione fosse il marito di un'amica di lunga data che lavorava per una rivista importante. Beck aveva descritto il calo del sesso negli anni precedenti, come solo un paio di anni prima fosse cessato del tutto, come non fosse mai stato un desiderio irrefrenabile. Sophie le aveva fatto alcune domande alle quali Beck aveva dovuto fingere di non avere risposte (per esempio, con quante donne era stato il tizio in passato? Prima di Beck, Paul ne aveva avute soltanto tre). Ma anche avendo a disposizione solo i dati fondamentali – stretto legame di amicizia con la moglie, premuroso, intelligente, affettuoso, interessato a cose come la letteratura e l'arredamento d'interni, frequenti serate fuori per «lavoro» – Sophie aveva sentenziato: «Sembra proprio che possa essere un gay non dichiarato che fa sesso fuori casa. Qualcuno dovrebbe aiutarlo a dichiararsi. Dopotutto, questa è la New York del ventunesimo secolo; cosa c'è da aver paura?»

Beck sapeva che c'era molto di cui aver paura, se si era ciò che Sophie non era, cioè sposati da tempo, genitori di due figli adulti e figli di genitori tradizionalisti.

Piú ci pensava, piú ne era convinta.

Provava comprensione per la situazione di suo marito e aspettava che ne parlasse con lei – cosa che sicuramente avrebbe fatto, e forse presto, visto che Cammie era uscita di casa e aveva manifestato una sessualità apertamente fluida. Dato che la scienza aveva dimostrato nell'omosessualità l'esistenza di una componente biologica, questa era un'ulteriore prova della teoria di Beck.

Lei e Paul erano persone ragionevoli, amici del cuore, veri alleati (nonostante lui avesse mantenuto il segreto sul testamento di Marti). Sapeva che sarebbero stati capaci di trovare per la loro relazione una strada che gli permettesse anche di aprirsi su chi era veramente. La domanda che la tormentava era se in quel momento avesse una relazione con qualcuno, e se questo qualcuno fosse il suo assistente, Geoff. Geoff non le piaceva molto. Le sembrava un po' troppo elegante e ambizioso; Beck temeva che potesse usare Paul come un gradino nella sua scalata al mondo editoriale. Aveva già sollevato la questione e Paul si era messo leggermente sulla difensiva. Lei non aveva insistito.

Ora, consapevole di essersi comportata con lui in maniera inutilmente meschina (anche se non era un'idiota, e su questo non avrebbe ceduto), lo richiamò e si scusò. «Mi perdoni? È solo che... è stata una giornata davvero difficile».

«Sí, certo. Dispiace anche a me».

«Odio pensare alla mamma da sola in un... in un frigorifero o in un cassetto o altro, alle onoranze funebri».

«Cerca di non pensarci».

Gli occhi di Beck si riempirono di lacrime. «Era la mia mamma, sai? E ora... non c'è piú».

«Lo so. Ma ci sono io». Beck sentí un gorgoglio e Paul aggiunse: «E anche Leah».

Beck si asciugò gli occhi con il dorso della mano. Trovò un fazzoletto e si soffiò il naso. Poi disse: «Allora, okay, certo, preparerò il rustico per la vendita. È logico, visto che sono la piú vicina e ho tempo».

«E sei brava. Facciamo cosí: chiamo le tue sorelle e spiego i miei doveri di esecutore e la faccenda del rustico, va bene?»

«Grazie». Per Beck era una cosa in meno da temere di sbagliare. «Anche se forse non riuscirai a metterti in contatto con Soph; è a Dubai. Mandale un messaggio e dille di richiamarti appena lo riceve».

Dopo aver riattaccato, andò a sdraiarsi sul letto di sua madre, che Delia aveva disfatto quando Marti era stata portata via. La pioggia picchiettava contro la finestra. A New York calava la sera e la città si illuminava al massimo della sua potenza mentre i ristoranti e i teatri di Broadway e le sale concerti e i cinema e le discoteche e i palazzetti dello sport prendevano vita. Milioni di persone. Migliaia di luoghi. Le combinazioni di ciò che una persona poteva avere, essere e fare in quella città erano pressoché incalcolabili. Eppure la cosa che Beck desiderava di piú era impossibile. No, non era tenersi il rustico, anche se nemmeno quello era possibile. Ciò che desiderava di piú era riavere Marti viva e vegeta, il che, certo, avrebbe offerto il vantaggio aggiuntivo di tenere il rustico in famiglia.

«Sei una miserabile egoista» disse rivolta al soffitto.

Ma il soffitto sapeva la verità: Beck aveva voluto bene a Marti e si era comportata bene con lei per tutti quegli anni, soprattutto negli ultimi, durante la malattia.

Il problema era se avrebbe compiuto il suo dovere da lí in poi. Per il momento si limitava a infrangere la legge: ciò che restava della scorta di marijuana di Marti si trovava in un contenitore nel primo cassetto del comò, vicino alla pipa che Beck le aveva comprato nell'East Village. Sebbene Beck non fosse una consumatrice abituale, Cammie lo era stata (e presumibilmente lo era ancora), e quindi quando aveva suggerito a Marti di provarla per i dolori, Claire aveva anche spiegato a sua sorella di procurarsi, se possibile, dell'erba vera e propria, non i prodotti per uso medico, uniche forme legali nel loro Stato.

«È semplice ed efficace, funziona piú velocemente degli edibili, che con il suo appetito potrebbero non piacerle. Ed è meglio che non prenda quei pessimi oli che mettono nei liquidi delle sigarette elettroniche» aveva aggiunto. «Ma se sei troppo nervosa all'idea che ti scoprano...»

«No» disse Beck.

«No?»

«No».

«Mi aspettavo una certa resistenza».

«Be', non sai tutto di me. Gliene procurerò un po'».

E grazie a Cammie c'era riuscita. E ora ne avrebbe fumata un po' anche lei, cosa che non faceva probabilmente da quindici anni o piú – da quando i suoi figli erano diventati abbastanza grandi da sapere cosa fosse, se l'avessero sorpresa sul fatto.

Dopo aver riempito e acceso la pipa, Beck tirò due boccate profonde. Poi ripulí la pipa, si infilò il lungo e gonfio piumino blu, mise in tasca contenitore e pipa, indossò i guanti, prese la scatola dei documenti e l'ombrello di Marti e scese nell'atrio, dove raccolse la posta prima di uscire in quella sera di pioggia ghiacciata con un passo piú leggero di quand'era arrivata.

Si diresse verso Fifth Avenue, poi a sud verso la metropolitana, godendosi il morbido ticchettio del nevischio sull'ombrello. Che suono rilassante. *Tap-tap. Tap-tap-tap-tap-tap.* La rendeva quasi felice. Le faceva quasi venire fame. Fame chimica? Fame vera. Cosí oltrepassò le scale della metropolitana e proseguí lungo Broadway verso Ribalta, per mangiare un boccone prima del lungo viaggio verso casa (le loro polpette erano meravigliose!) E, oh, anche Strand era una buona idea. Uno o piú libri nuovi. Sostieni un autore. Sostieni una libreria. Sostieni mente e cuore. I libri. Amava i libri. Avrebbe davvero dovuto scriverne uno, a partire (di nuovo) da domani. Non doveva andare nel Maine per farlo, no? *Carpe diem*, maledizione!

Passando davanti al cinema Regal, dove aveva lavorato Claire, canticchiò: «Gocce di pioggia sugli ombrelli e libri in libreria, polpette o pizza sarebbero proprio una delizia...» Poi, vedendo la facciata luminosa di Zumiez, il negozio di abbigliamento casual, entrò a dare un'occhiata a cose colorate e variopinte in quella serata grigia e triste.

Una volta entrata il suo primo pensiero fu: oh, sono troppo vecchia. Ma, un momento... il giaccone arancio! Beck posò la scatola e l'ombrello e si tolse il piumino, lasciandolo cadere sul pavimento, poi staccò il giaccone arancio dalla gruccia e lo infilò.

«Ehi, bella scelta» disse il commesso, un bel ragazzo asiatico che le ricordava il fidanzato che aveva avuto al liceo, prima ancora che quel commesso nascesse. «E poi è in saldo. Ha intenzione di farsi qualche discesa?»

«Discesa?» ripeté Beck, ammirandosi allo specchio. Sembrava alta. Sembrava forte. Il kickboxing faceva miracoli.

«Sci, snowboard?»

«Io?»

«Perché no?»

Si girò verso di lui. «Se ti dicessi in che anno sono nata...»

«Ehi, l'età è uno stato mentale» rispose lui.

Quella frase spinse Beck a ricordarsi che era strafatta. Essere strafatta era bello! Era molto meglio che non esserlo, almeno in quel momento, mentre fino a un minuto prima aveva indossato un banale piumino blu. Accarezzò l'elegante tessuto arancio. «Questo è mio» disse. «Lo prendo».

Alcuni vantaggi eccezionali

Circa una settimana prima, in uno dei giorni in cui sua madre si stava preparando alla fine, Sophie Geller si affannava a raggiungere l'aeroporto di Los Angeles in tempo per un volo per Dubai. Non avrebbe voluto lasciare Los Angeles; la sua casa lí (che non era sua, ma comunque...) era forse il posto che preferiva in tutto l'universo. Tuttavia, la sua carta di credito non provava la minima simpatia per i posti che lei preferiva e tifava decisamente per i lavori ben pagati.

Sophie passava metà della vita negli aeroporti, sugli aerei, negli shuttle e nei taxi. Questo significava che doveva essere scattante in ogni senso, intellettuale e fisico. Sua madre credeva che lavorasse in una galleria d'arte, e in effetti era cosí, ma quello era solo un elemento della vita di Sophie, che in fondo era una performance. Insomma, era una professionista del fare, ma senza vessare nessuno o infrangere qualche legge (almeno di solito). Era capace. Veloce. Intelligente. Temeraria, avrebbero detto alcuni, e a volte si sentiva proprio cosí. Altre volte si avvolgeva nell'oggetto piú confortevole a portata di mano – una coperta, l'accappatoio di una spa, un asciugamano quando non trovava altro – e si faceva piú piccola possibile. Trovava lo spazio piú accogliente in cui infilarsi e ci restava seduta con il pollice premuto sulle labbra, perché era troppo grande per succhiarselo e comunque non voleva rovinarsi i denti già corretti con l'apparecchio.

Le sue dimensioni ridotte celavano una forza fisica

che aveva lavorato duro per ottenere e mantenere. Doveva ringraziare il regime di fitness con i pesi da-praticare-ovunque che aveva imparato da Zoë, personal trainer delle star – be', in realtà personal trainer delle aspiranti star, alcune delle quali stavano ormai lavorando parecchio, con tutti i canali di streaming che producevano quantità vertiginose di contenuti. Le vere star, cioè gli attori di cui conoscevi il nome, le cui facce facevano vendere le riviste e comparivano all'inizio dei film, avevano personal trainer di piú alto profilo, celebri quasi quanto loro. Ma non aveva importanza: Zoë lavorava duro, non mollava e ogni giorno riscuoteva successi. I giovani attori ci si riconoscevano.

Anche Sophie – chi era piú bravo di lei a non mollare? E aveva sicuramente un talento di prim'ordine per la recitazione. Quando si lavora per i ricchi bisogna diventare chi vogliono loro, altrimenti il rubinetto si chiude subito, come la carriera di Kevin Spacey dopo le accuse. Ogni tanto le veniva voglia di verificare se fosse riuscita a firmare un vero contratto come attrice, ma faceva una vita già difficile da gestire; perché aggiungere un altro strato di merda?

Dal sedile posteriore dello shuttle, Sophie si scattò una foto alla mano che faceva il segno della pace, con l'autostrada di Los Angeles sullo sfondo. Sulle dita visibili erano infilati tre anelli fatti a mano, con pietre preziose: due d'argento e uno d'oro. Su Instagram programmò un post per il suo account SimplySophie! e scrisse: *Aspettami, Los Angeles, torno presto!* Aggiunse l'emoji del cuore scintillante, poi taggò il gioielliere che aveva realizzato gli anelli e aggiunse sei hashtag scelti con cura – solo sei, perché aveva notato che con un approccio «less-is-more» otteneva un numero di interazioni maggiore. Nel giro di dieci secondi ricevette piú di quaranta like.

«Ehi, sono in riserva» disse l'autista toccando il quadro strumenti. «Esco alla prossima».

Sophie si protese per verificare di persona. La lancetta era vicina al rosso, ma non tanto da rappresentare un rischio. Sarebbero comunque arrivati all'aeroporto senza problemi. «No, non se ne parla» disse. «Ho un volo internazionale».

«Ce la farai, non ti preoccupare».

«Ce la farai tu. Non ti preoccupare. Farai benzina dopo che mi avrai accompagnato».

Lui le sorrise nello specchietto retrovisore. «Ah, ma allora sei una di quelle con il senso dell'umorismo. Mi piace. Ma devo fare rifornimento in caso di rallentamenti. Il traffico di Los Angeles, hai presente? La tariffa resta la stessa, se è questo che ti preoccupa».

«Sí, ma ho poco tempo. Ho appuntamento con dei colleghi al check-in».

Non aveva appuntamento con dei colleghi al check-in. Ma da viaggiatrice veterana qual era, aveva imparato a valutare rapidamente quel tipo di situazioni. E soprattutto aveva imparato a valutare rapidamente quel tipo di uomini. Questo qui, per quanto sorridente e disinvolto, era anche muscoloso e tatuato e aveva uno sguardo e un tono che la mettevano vagamente in allarme. Non abbastanza da indurla a chiedere aiuto tramite l'app – non ancora, almeno – ma quel tanto da spingerla a non incoraggiarlo. Una donna sola in un'auto guidata da un uomo che non conosce è una donna che potrebbe facilmente essere violentata, uccisa e abbandonata in un canale di scolo. Era successo davvero a una che aveva seguito su Instagram, solo che non si trattava di un canale di scolo, ma di un cavalcavia, e non di Los Angeles, ma di una zona rurale del North Dakota. Tanto per cominciare Sophie non riusciva a immaginare un valido motivo per trovarsi in una zona rurale del North Dakota, e ora di sicuro non ci sarebbe mai andata.

L'autista non si lasciò scoraggiare dalla spiegazione sui colleghi e disse: «Ecco un'uscita. C'è un benzinaio che mi piace – ha prezzi migliori di tutti gli altri nei dintorni. Le tasse sulla benzina in California... Cristo santo. Io vengo da Birmingham e ti posso dire che tasse di questo livello sono antiamericane. Lo sai che ci sono dietro i messicani?»

«E come mai?» chiese Sophie, mantenendo un tono

disinvolto anche se era arrabbiata. Se uscire dall'autostrada per fare benzina (o altro) l'avesse fatta arrivare in ritardo, se avesse perso il volo e non fosse arrivata a Dubai entro circa venti ore, rischiava di perdere il lavoro alla galleria, che la mandava all'art show annuale di Dubai in business class per concludere un accordo esclusivo con Jordan Morgan, che era molto richiesto e lo sapeva. Quindi era essenziale non tardare e non fare imbestialire quello stronzo razzista. Non le importava un accidente delle sue opinioni sul prezzo della benzina o altro. Doveva solo sembrare rilassata e amichevole, divertente, intelligente, una buona conversatrice – in sintesi, il tipo di donna che lui avrebbe voluto impressionare, e non uccidere.

Sistemò il proprio ridottissimo bagaglio sul sedile accanto a sé mentre diceva: «I messicani sono responsabili del prezzo della benzina?»

«Fidati. Il nostro governatore dal cuore tenero ha bisogno che entrino nel paese a votare per lui, e farli venire e tenerceli costa. Quindi, vua-là».

Vua-là, pensò Sophie. Be'. Ecco la spiegazione.

Disse: «Okay, be', è una teoria, suppongo. E molto interessante». Voleva che lui pensasse che era leggermente, platonicamente colpita. Nel frattempo aveva già aperto una mappa sul telefono e stava cercando di capire la loro posizione, di vedere cosa c'era nelle vicinanze, dove avrebbe potuto cercare aiuto se ne avesse avuto bisogno. Era una delle tante strategie che aveva imparato nei suoi anni in giro per il mondo, anche se fino a quel momento non aveva mai avuto bisogno di tagliare la corda per motivi di sicurezza, ma come con la coca e il sesso di malavoglia, come quando aveva sostituito per una settimana la tata malata dei figli di un cliente in un hotel di Tokyo, c'è una prima volta per tutto.

Presero l'uscita e proseguirono, l'autista continuava ad allontanarsi dall'autostrada dicendole: «Io queste cose le studio. Ci sto girando un documentario – ho una mia casa di produzione e proprio in questi giorni stiamo facendo delle riunioni per vedere chi ci sta».

«Un documentario, eh? Che figata» esclamò lei mentre rallentavano a un incrocio e le venne in mente di filarsela proprio lí, visto che erano fermi. «In bocca al lupo».

«Grazie! Sono fiducioso. Lavoravo con un ragazzo che adesso lavora per Hulu. Facevamo i cuochi insieme in un ristorante hibachi, ai tempi».

Prese una traversa e continuò, allontanandosi ancora di piú dall'autostrada. Sophie controllò l'ora. Anche se si fosse trattato di una deviazione del tutto legittima (erano davvero a corto di carburante e i prezzi migliori erano davvero lontani dalle uscite), avrebbe avuto giusto il tempo di fare il check-in per non perdere l'aereo e il margine si riduceva sempre piú. Mentre rallentavano a un semaforo, usò un'altra app per vedere se c'erano altri autisti nelle vicinanze. Ne vide parecchi, infilò un braccio nella cinghia dello zaino, afferrò il bagaglio a mano, aprí la portiera e scese sul marciapiede di una concessionaria di automobili, dove McLaren, Bentley, Ferrari e altre auto di lusso lucide allettavano la loro facoltosa clientela. «Scusa e grazie!» esclamò chiudendo la portiera e allontanandosi, poi attraversò la strada fino all'angolo opposto, dove il nuovo autista l'avrebbe raggiunta in meno di due minuti. Il tempo sufficiente a scattare un selfie strategico con quelle auto alle spalle, se le inquadrava al meglio. E a lei le inquadrature venivano regolarmente bene.

Era stata scattante come sempre.

Poco tempo prima che Marti esalasse l'ultimo respiro, a Dubai Sophie era in procinto di uscire per la serata delle signore, che un tempo era stata l'unica sera alla settimana in cui le donne che abitavano o visitavano quella fantastica città futuristica con la sua politica medievale potevano entrare in un locale, mettere a nudo un po' di pelle e ordinare cocktail a prezzi speciali che raramente finivano per pagare di persona, grazie all'estremo divario nel numero di uomini rispetto alle donne disponibili.

Era tutto piú o meno identico alla prima volta che Sophie c'era stata, otto anni prima. Allora era una turista fresca di Medio Oriente, con i suoi uomini in tunica e i loro atteggiamenti sessisti. Nonostante le avessero detto che in pubblico era meglio non indossare nulla di smanicato o corto, aveva attraversato l'aeroporto con il miniabito senza maniche con cui era salita sul volo (scelta di per sé poco saggia), come a dimostrare che era una donna indipendente e realizzata che poteva e doveva vestirsi a suo piacimento. Inoltre aveva compiuto ventotto anni, aveva un corpo straordinario e l'abitudine di ribadirlo a chiunque la guardasse, ovunque andasse.

Ebbene, quel giorno a DXB l'avevano guardata tutti. E basti dire che non erano solo sguardi di disapprovazione. Alcuni, infatti, le avevano lanciato occhiate (a suo avviso) omicide.

Mentre si avvicinava all'uscita, un uomo attraente dalla pelle scura in abiti costosi le aveva afferrato il braccio per fermarla. «La prego di scusarmi. Parla inglese?»

«Sí» aveva risposto, sperando in una richiesta di indicazioni o di un consiglio per un albergo, cose di cui non sapeva nulla, ma lui poteva aver equivocato.

«Ottimo». L'uomo aveva estratto dal taschino della giacca un biglietto da visita e glielo aveva offerto, aggiungendo molto educatamente: «Conosco diversi signori che pagherebbero bene per scoparla».

«Vaffanculo» era sbottata lei, e si era girata alla ricerca della toilette piú vicina, per cambiarsi. Anche allora era stata scattante, anche se molto meno saggia.

Ora in città c'erano serate per signore ogni sera, e un numero maggiore di donne che mostravano piú pelle all'interno di spazi piú o meno sicuri, come la discoteca in cui Sophie andò la terza sera, dopo aver superato il jet lag, l'appuntamento iniziale con Jordan Morgan e le prime apparizioni obbligatorie in fiera. Ora sapeva che quando passava dall'albergo ai locali notturni doveva indossare una sottile giacca di seta e una lunga gonna a portafoglio, per poi toglierle all'arrivo e riporle nella borsa. Lo fece anche quella sera, poi le ci volle una capatina nel bagno delle signore per perfezionare il look mentre le luci balenavano e la musica rimbombava, con bassi cosí profondi da farle vibrare le ossa.

C'era stato un periodo della sua vita in cui quella combinazione di tempo libero e ambiente da discoteca di lusso l'aveva riempita di eccitazione e aspettative. Quella sera no. L'anno non era quello giusto. Forse... forse stava diventando troppo vecchia. Il fatto che potesse anche solo pensarlo senza rabbrividire era già di per sé un segno, no?

Eppure l'illuminazione e l'arredamento del bagno erano perfetti per le foto (e non era certo un caso: i locali di Dubai conoscono bene la loro clientela). Dopo essersi assicurata che la sua acconciatura bionda fosse disordinata al punto giusto, inclinò la testa e il telefono verso lo specchio e scattò una foto, la ritagliò, scrisse una didascalia concisa e perfetta taggando gli sponsor appropriati, scelse i sei hashtag perfetti e la pubblicò. In venti secondi, novanta like. «Che bomba» mormorò, poi uscí dal bagno per andare al bar.

«Ehi, bella» la salutò un'amica quando la vide arrivare.

«Ehi! Fantastico vederti». Sophie le diede un bacio sulla guancia.

Le due si guardarono come fanno le donne quando si incontrano, valutando e confrontando in silenzio, decidendo se la loro scelta in fatto di abiti, trucco, acconciatura, scarpe, accessori fosse corretta, migliore, carente, appena sufficiente allo scopo, quello di essere ammirate e desiderate – per amicizia, sesso, convenienza.

Sophie indicò lo sterno dell'amica e disse (in realtà urlò): «Adoro quella collana. Oddio».

«Damien» disse (urlò) l'altra. Si chiamava Eloise ed era inglese. Pelle bianca come il latte, capelli neri, viso leonino. Sfiorò il ciondolo di diamanti. «È un carato tondo».

«E bravo Damien! È una ricompensa? Un'anticipazione? Dimmi tutto».

«Entrambe» rispose Eloise. «Stiamo facendo una specie di prova per arrivare a un diamante piú grande da mettere qui». Allungò la mano sinistra, dove l'anulare era ancora nudo. «E nel frattempo, visto che finora gli avevo negato il sesso anale...»

«Sí, me l'avevi detto». Sophie fece un cenno al barista.

«Sí, insomma, ho pensato che fosse il momento giusto per premiare la sua pazienza, per dimostrargli che ci possono essere davvero dei vantaggi secondari nel farsi incastrare, per cosí dire. Provare prima di comprare, no?»

«Un martini con gin Hendrick's» ordinò Sophie al barista. A Eloise disse: «Sí, ma magari pensa che il ciondolo sia di per sé una ricompensa sufficiente per quel che ha avuto in cambio?»

Eloise si strinse nelle spalle. «Può darsi, ma se non ci sarà presto un anello di fidanzamento, scoprirà che posso ridiventare recalcitrante. Sono testarda, se voglio».

«Non ho dubbi».

«E tu? Progressi con il nuovo ragazzo?»

«Quale, Marco?»

«È il ragazzo della band colombiana, vero?»

«No, quello era Sergio. Marco è un artista e mi piace molto».

«E quindi?»

«E quindi niente. È molto intelligente e ha molto talento. L'autunno scorso ha fatto una mostra che è stata recensita su *Vanity Fair*, è stato favoloso».

«Allora perché non ti sento entusiasta?»

«Tu sei entusiasta di Damien?»

«Sono entusiasta del suo portafoglio azionario e del suo yacht. Damien in sé non è tremendamente eccitante, ma per me non è un problema. Mi aspetto cose diverse dalle mie relazioni».

Mentre Eloise parlava, finalmente Sophie sorrise a un uomo in attesa di catturare il suo sguardo. Alzò il bicchiere come per brindare e disse: «Non mi dispiacerebbe avere un fidanzato superficiale ma schifosamente ricco».

«Solo per un periodo, magari».

«Dopotutto una ragazza deve aver senso pratico».

«Io lo dico sempre. Ma da quanto tempo ci conosciamo? Cinque anni? Si dà il caso che sappia che tu hai quelli che certa gente chiama "valori". Vuoi che il tuo riccone creda nelle cose giuste, voti nel modo giusto e cosí via».

«Questo spiega perché sono una trentaseienne che non si è mai sposata».

«Sicuramente uomini del genere esistono. Guarda Bill Gates».

«L'eccezione che conferma la regola, temo».

Inoltre, un uomo ricco e democratico, con un bel cervello e un senso dell'etica come quelli che desiderava Sophie, probabilmente nel guardarla non avrebbe visto materiale da matrimonio. A parte il suo aspetto fisico curato, che cos'aveva da offrire? Il suo essere svelta, astuta, subdola quando serviva per portare a termine il compito assegnato: non era un elenco di doti adatte a una futura signora Miliardaria Democratica. Sophie non aveva una laurea, aveva mollato al terzo anno. Non aveva credenziali legate a nulla di intellettuale, a parte il fatto di lavorare per Benji Ochoa come scout in prima linea, ed essere attualmente la sua assistente principale. Era Benji, con la sua galleria di clienti di prim'ordine, ad avere le credenziali. Era lui a battere il tamburo della giustizia sociale. Era lui che si offriva volontario, manifestava, donava e parlava. Dava l'esempio, e se per quanto riguardava situazione economica e alloggio non fosse stata sempre sull'orlo del baratro, Sophie avrebbe anche avuto il tempo di imitarlo. Lavorare per Benji comportava alcuni vantaggi straordinari (tra cui i viaggi annuali a Dubai), ma lo stipendio era anemico. Per potersi permettere lo stile di vita che desiderava a Manhattan (e se non poteva permettersi lo stile di vita che desiderava, che senso aveva viverci?), le sarebbe servito almeno il triplo di quanto la pagava. Non per la prima volta, Sophie pensò che si era infilata in un vicolo cieco per tutto ciò che riguardava i valori menzionati da Eloise. Perché aveva fatto questo a sé stessa? Perché?

A Eloise e Sophie si aggiunsero altre due amiche e per le prime due ore ballarono, parlarono, bevvero e flirtarono con uomini che pagavano da bere. Quelle situazioni funzionavano in base a una specie di sistema, e Sophie era esperta nel gestirlo in maniera tale da non dover mai pagare il secondo e i successivi drink, e a volte neanche il primo, e da ottenere quasi sempre, se lo desiderava, anche un fantastico invito a cena e a volte pure dei regali, il tutto senza doversi togliere i vestiti.

Certo, il sistema permetteva (in teoria) attività da svolgersi sia con la bocca sia con le mani, ma nel corso degli anni le era toccato contrattare in proposito solo un paio di volte. E quando le era capitato, si era fatta forza con la filosofia di Julia Roberts in *Pretty Woman*: «Dico io chi, dico quando».

Quella sera, fortunatamente, aveva in programma solo di procurarsi qualche stimolo, un modo di passare il tempo che non fosse starsene da sola nella sua camera d'albergo o girare per la hall e il parco dell'hotel, in solitaria, cosa che le andava bene durante le ore diurne, ma che la sera sapeva di disperazione, anche quando non era disperata e aveva semplicemente voglia di fare una passeggiata o altro. La maggior parte delle serate, quand'era in viaggio per lavoro, era programmata fino all'ultimo secondo, ma aveva imparato a ritagliarsi almeno una sera libera, se possibile, un po' di tempo per sé, in cui non era costretta a socializzare con o per conto di nessuno e non doveva mettere a frutto il lavoro per cui si trovava lí, poteva essere la vera Simply Sophie di quando non era servizio – al contrario della SimplySophie! di Instagram, la cui vita era una folle girandola di viaggi extralusso, incontri con personaggi famosi e sponsorizzazioni di prodotti di alto livello che aiutavano il suo alter ego a pagare le rate delle carte di credito sovraccariche. Quella Simply Sophie meritava davvero di diventare la protagonista di una serie televisiva in cui in ogni episodio l'eroina abbandona il suo lavoro diurno per vivere eccitanti avventure. Naturalmente la Sophie televisiva avrebbe dovuto avere al massimo vent'anni ed essere piú alta della sua omonima. Ma non piú magra, però, almeno questo.

Finí una canzone e Sophie, che stava ballando con

un tipo carino ma dimenticabile di cui non ricordava il nome, lo salutò e si diresse al bar per un bicchiere di acqua ghiacciata. Ecco cosa significava avere trentasei anni: acqua ghiacciata dopo le undici e mezza, per assicurarsi di essere ben sveglia per la riunione delle otto del mattino.

«Sembra bella fresca» le sussurrò all'orecchio un uomo che non aveva notato, arrivandole alle spalle.

Si girò e lui si allontanò leggermente, per lasciarle piú spazio. Questo le piacque. «L'acqua è vita» disse.

Lui annuí. «Soprattutto qui».

Sophie lo trovò attraente. Pelle molto scura, bei lineamenti, vestiti eleganti, denti regolari. Disse: «Te ne offro uno».

«Grande».

«Sono le scarpe». E si indicò i tacchi a spillo. Lui rise. Molto bene, pensò, apprezzando che lui avesse apprezzato la battuta.

Ci ripensò circa due ore dopo, mentre erano nudi e sfiniti nella dépendance di lui al Jumeirah Dar Al Masyaf, l'hotel di lusso in cui soggiornavano molti frequentatori di Art Dubai. A quanto sapeva Sophie le dépendance costavano piú di tremila dollari a notte e quindi lí non aveva mai prenotato. Per quanto Benji potesse essere generoso con i bonus viaggio, esistevano dei limiti (molto piú bassi).

«È stato molto divertente» disse, rotolando giú dal letto e raccogliendo i suoi vestiti. «Grazie».

«Grazie a te» disse l'uomo, che si chiamava Hanif. «Non vuoi restare?»

Sophie fu tentata. C'erano Hanif, dal fisico palestrato e dal melodioso inglese britannico, e la dépendance, con un balcone che si affacciava su un pittoresco canale. Probabilmente si sarebbero aggiunti anche sesso energetico, champagne eccellente e una serie di prelibatezze degne di un account Instagram a parte. Ma per tutto questo avrebbe dovuto fermarsi e restare sveglia, mentre era davvero stanca e la mattina dopo l'aspettava il lavoro.

«Mi piacerebbe ma non posso» disse, infilandosi il vestito dalla testa. «Potrei chiamarti domani, però». Potrei. Dopo averlo cercato su Google, aver controllato che le avesse detto la verità ed essersi fatta un'idea sul suo possibile patrimonio. Era una questione eminentemente pratica: il debito che aveva con la banca ammontava ormai a decine di migliaia di dollari e cresceva di giorno in giorno.

Solo sul motoscafo taxi che tornava in città pensò a Marco, che abitava da lei (anche se la casa non era sua) a New York. Marco che evidentemente non la pensava, visto che non aveva ricevuto né telefonate né messaggi. Non riusciva a decidere se questo la faceva sentire bene o male. Ma non importa, pensò. Quel che è fatto è fatto, *que sera, sera.* La sua mente si spostò sul punto successivo in agenda, la colazione di lavoro in cui il suo fascino avrebbe fatto capitolare Jordan Morgan com'era accaduto con Hanif (anche se con un'enfasi e un risultato diversi). Ci sarebbe riuscita; la conclusione era quasi scontata, perché la stella di Benji Ochoa era in rapida ascesa e Jordan Morgan, la cui traiettoria era stata (fino a quel momento) piú simile a quella di un jet che di un missile, voleva farsi dare un passaggio. Non c'era niente di male in questo. Quel sistema parassitario era alla base dell'intera esistenza di Sophie, che era una zecca come tutti gli altri.

Il telefono mandò un bip, ricordandole che doveva pagare le rate della carta di credito. Un minuto dopo le arrivò un messaggio con la notizia che avrebbe cambiato tutto: era di Beck, che le scriveva: *CHIAMAMI.*

Quegli illogici bastardi

Nelle prime ore del giorno in cui sua sorella Beck l'aveva chiamata per comunicarle la notizia della morte della madre, anche la dottoressa Claire Geller (che a volte riceveva ancora posta indirizzata alla signora Handelman, nonostante avesse mantenuto il proprio nome e perso il marito) era nelle mani dei medici. Il consueto check up annuale. Solo che erano passati quasi tre anni dall'ultimo, quindi non era proprio annuale. Era talmente indaffarata! Aveva un figlio preadolescente, un cane anziano, un ex marito la cui carriera, come la sua, era impegnativa. Sua suocera (la vera signora Handelman) era malata, come sua madre, ma lí a Duluth, dove Claire era stata spesso incaricata di occuparsi delle sue necessità. Aveva pazienti che avevano delle urgenze, e alcuni casi urgenti diventavano suoi pazienti. Era una mamma che portava il figlio alle partite di hockey, di calcio e di scacchi. Ora era anche una mamma single. Aveva finalmente trovato il tempo per l'appuntamento solo perché la sua spirale era scaduta e doveva essere sostituita (un atto di speranza!) Quindi, aveva fatto trenta e tanto valeva fare trentuno.

«La mettiamo sulla bilancia» disse l'infermiera che l'aveva accompagnata.

«Ne farei volentieri a meno» disse Claire, ma posò cappotto e borsa su una sedia e seguí doverosamente le istruzioni. La bilancia raccontò la sua triste storia: mangiava troppo spesso fuori casa e forse amava troppo il vodka tonic, il cui aspetto innocuo e incolore nascondeva le calorie in maniera molto convincente. Inoltre indossava la calzamaglia termica, calzettoni di lana e stivali, che aggiungevano qualche chilo.

Nell'ambulatorio l'infermiera le infilò al braccio la fascia per misurare la pressione e lasciò che se ne occupasse la macchina, mentre lei iniziava a preparare il materiale per il pap test. Claire guardò i numeri sul monitor salire. Salire. E salire.

L'infermiera si voltò a leggere il risultato. «Hmm, 160 di massima e 101 di minima. Proviamo di nuovo?»

«Sí, grazie» disse Claire.

Questa volta guardarono entrambe il monitor e videro i numeri 163 e 105.

«Be'» disse Claire. «Forse è il caso di farlo aggiustare».

«È una cosa insolita per lei, immagino».

«Molto» rispose, anche se in realtà non lo sapeva perché non si controllava da secoli. «Cosa c'è scritto nella mia cartella clinica?»

L'infermiera guardò. «L'ultima volta che la dottoressa Martinez l'ha visitata aveva 140 e 89».

«Cosí alta?» disse Claire. Non ricordava di esserne stata informata, anche se non significava che non fosse successo. La sua vita era cosí costantemente piena di statistiche e stress che quell'informazione poteva essere andata perduta. O poteva averla momentaneamente accantonata, con l'intenzione di tornarci su piú tardi, quando avrebbe avuto maggiori energie per le questioni di salute personali.

L'infermiera disse: «È scritto qui. Quando ha fatto l'ultimo controllo?»

Bussarono alla porta ed entrò la dottoressa. «Salve, Claire, è bello rivederti».

Claire rispose: «Ehi, Josie. Ti vedo in forma!» Era piú sicuro che dire: *Sei dimagrita molto dall'ultima volta che ti ho visto,* poiché (a) non voleva lasciare intendere di aver pensato che prima la ritenesse in sovrappeso e (b) il dimagrimento non sempre era segno di buona salute.

«Le maratone» rispose Josie, che Claire conosceva dai tempi della specializzazione ma non aveva piú visto da quando i loro figli erano cresciuti e frequentavano scuole diverse. Josie continuò. «Ho iniziato a correre l'anno scorso – era maggio, credo – e ora sono una di quelle odiose convertite che pensano che tutti dovrebbero fare altrettanto».

L'infermiera, che stava aspettando l'occasione giusta, intervenne: «La pressione della dottoressa Geller è elevata». Indicò il punto in cui l'aveva annotato sulla cartella. «L'abbiamo misurata due volte. Questo è il valore piú basso».

Claire disse: «Probabilmente è la macchina».

«Okay, allora proviamo alla vecchia maniera».

Mentre Claire si sedeva per la lettura manuale con fascia e stetoscopio, la sua mente corse a ciò che l'aspettava nell'arco della giornata. Passare a prendere David a scuola per un appuntamento con l'ortodontista, poi riportarcelo; visitare i suoi pazienti fino a quando non fosse andata a prendere David al doposcuola e l'avesse portato da Chad; alle sette e mezza la riunione del comitato Donne in Medicina... A un certo punto avrebbe dovuto cenare. Forse al cinese. Zuppa agropiccante? No, minestra all'uovo...

«La macchina dice la verità» disse Josie, togliendosi lo stetoscopio dalle orecchie.

«Davvero? Quanto ho?»

«166 di massima e 104 di minima. Vista la storia clinica famigliare, credo che dovremmo prendere in considerazione l'ipotesi di una terapia farmacologica. Esco mentre ti spogli. Poi ne riparliamo».

Lasciata sola, Claire rimase immobile un momento a riflettere su quanto aveva appena sentito. Sebbene l'ipertensione non fosse né un'ipotesi insolita né fonte di preoccupazione immediata, la stupiva che gliel'avessero diagnosticata. Era una reazione stupida, lo sapeva. Essere cardiologa non proteggeva dalle malattie cardiache. Inoltre suo padre era stato affetto da aterosclerosi. E poi aveva quarant'anni e quasi tutti gli aspetti della sua esistenza la stressavano e, come se non bastasse, quando non entrava e usciva da ambulatori e ospedali faceva una vita piú o meno sedentaria. Ci stava. Ma la notizia non le piaceva. Non voleva. Forse corrispondeva ai fatti, ma non alla sua immagine di donna che aveva tutto sotto controllo.

Quando Josie e l'infermiera tornarono aveva già pronto un piano. Disse: «Limiterò caffeina e sale e intensificherò gli esercizi cardio. Questo dovrebbe rimettermi in riga».

«Okay» disse Josie. «Lungi da me spiegare a una cardiologa come gestire l'ipertensione. Ma voglio rivederti tra sessanta giorni per un controllo. Stenditi che ti mettiamo una spirale nuova».

Claire si sdraiò e mise i piedi nelle staffe. «È lo stesso consiglio che darei a qualsiasi adulto altrimenti sano».

«Davvero? Con numeri come i tuoi?»

«Forse inizierò anch'io a fare le maratone» disse Claire, preparandosi allo speculum. «Non so se mi piacerà, ma sarà molto piú divertente di questo».

Dopo la visita si fermò in farmacia a farsi misurare nuovamente la pressione. Fidati, ma verifica, si disse, come se non si trattasse di negazione o controllo. La macchina mostrò il risultato a cifre rosso fuoco. Claire modificò il suo piano per la cena a base di cibo cinese, avrebbe preso una semplice patata al forno e un'insalata scondita, poi infilò ancora una volta il piumino e mise la sciarpa per andare alla macchina.

Alla scuola accostò al marciapiede per i genitori, dove l'aspettava David, un esile ragazzino di dieci anni con i capelli ricci e scuri. Dietro aveva un cumulo di neve piú alto di lui. Tantissima neve. Cosí alta che le finestre dell'edificio erano in parte oscurate. Cosí alta che forse non si sarebbe mai sciolta del tutto, perché in quella zona del Minnesota le nevicate sarebbero continuate fino ad aprile, e perché la primavera non sarebbe arrivata fino a giugno, e perché l'estate durava circa quattro giorni. Claire amava l'estate lí nel Nord, l'amava appassionatamente, ma quella passione nasceva da dieci mesi di caldo negato, dal disperato desiderio di calore generato dal sole, un desiderio che iniziava a settembre e durava fino a giugno.

Quando si era trasferita lí dopo aver terminato la specializzazione, preoccupata per i vortici polari che sospingevano il freddo mortale dal Canada fino alla regione di Arrowhead, la gente del posto le aveva detto: *Ti acclimaterai presto, non preoccuparti!* Undici anni dopo aspettava ancora che il suo corpo seguisse quella regola, che sembrava universale per tutti tranne che per lei. La mandava ai matti. Un fallimento. E sebbene da anni non parlasse a nessuno dei suoi piedi/mani/naso/corpo freddi, ogni giorno in cui la temperatura scendeva sotto i diciotto gradi (circa duecentosettanta giorni all'anno) desiderava ciò che non aveva. Uno stato emotivo che in realtà le era ben noto.

David invece stava lí sul marciapiede a mani nude, a testa scoperta e con il giaccone sbottonato.

«Non voglio andare da papà stasera» disse quando salí in macchina.

«Dov'è il tuo berretto?» chiese Claire. «Ci sono undici gradi sotto zero». Anche con il riscaldamento della Volvo famigliare al massimo, anche con gli stivali, il berretto e i guanti, aveva freddo.

David disse: «Sono stato fuori solo un minuto. Perché devo andarci?»

«È la tua serata con papà» disse Claire svoltando in una strada che, come tutte le altre, era delimitata da imponenti cumuli di neve. Durante la stagione ne era caduta cosí tanta che quella in eccesso doveva essere trasportata fuori città e scaricata in un sito vicino all'aeroporto, cosa che da quelle parti accadeva abbastanza spesso. «E io ho una riunione» disse, «quindi devi andare da lui comunque».

«È un nazista».

«Come, scusa?» Claire lo guardò dallo specchietto retrovisore. David era ingobbito sul sedile, con un muso lungo cosí. «Hai detto *nazista*? Dobbiamo parlare di storia».

«È solo un modo di dire, mamma».

«Le parole hanno un significato».

«Uffa. Non posso lasciare niente in giro, neanche in camera mia. "Metti via i calzini. Metti via l'iPad. Appendi la camicia". E poi mi fa lavare i piatti».

«Oddio, è terribile! Sarà meglio chiamare l'assistente sociale».

«Perché adesso fa cosí? Prima del divorzio non succedeva».

Claire disse: «Gli piace tenere le cose in ordine, piú di me. Quando vivevamo insieme doveva scendere a qualche compromesso. A casa sua può essere ordinato quanto gli pare. Non ti ha mica picchiato, sai?»

«Mi fa sempre la predica».

«Se ti comporti meglio forse non ne sentirà il bisogno».

«Mamma, non mi stai ascoltando. Non gli piaccio. Non gli importa se non vado da lui».

«Oh, tesoro. Ti vuole molto bene. Ma non è abituato ad averti con sé da solo».

David si ingobbí ancora di piú sul sedile. «Vorrei che non aveste divorziato. È una situazione stupida. Perché non riuscite a risolvere questa cosa, come mi dite sempre di fare con i miei amici?»

«È troppo complicato da capire per un bambino di dieci anni».

«Sono intelligente per la mia età» ribatté lui, non per vantarsi, ma ripetendo quel che aveva sentito dire continuamente dai suoi da quand'era nato.

Claire disse: «È vero, ma questo è il genere di cose che neanche un bambino sopra la media può capire».

«Posso venire con te alla riunione?»

«Con papà starai benissimo. Dagli una possibilità. Con il tempo migliorerà».

«È già passato tanto tempo!»

«Sono passati tre mesi, David, e tu ci vai solo tre sere a settimana».

«Piú qualche volta nel weekend. Mi avete rovinato la vita».

Cosa poteva rispondergli? La sua vita non era affatto rovinata; era ancora un bambino con enormi privilegi rispetto al novantacinque per cento degli altri bambini del mondo. Suo padre era il procuratore capo della città. Sua madre una cardiologa pediatrica. Aveva una camera da letto tutta sua in due case diverse (e nella baita di Island Lake), ogni giorno tre pasti piú merende e dessert, un cane, un serpente e un computer, e Chad stava cercando di convincere Claire a prendergli uno smartphone al posto del telefono a conchiglia che aveva già, in modo che facesse meno fatica con i messaggi.

Però non serviva a nulla discutere i sentimenti di qualcun altro e nemmeno soccombere al senso di colpa che lavorava duramente per controllare. Alla facoltà di Medicina ponevano sempre l'accento sul riconoscimento degli errori e sull'andare avanti comunque, portando con sé tutto ciò che si era imparato. Non si poteva resuscitare i morti; bisognava cercare di ridurre i decessi.

Claire parcheggiò vicino allo studio dell'ortodontista. Mentre andavano verso l'edificio, disse a suo figlio: «Forse pensi che la tua vita non sia perfetta, ma sei molto fortunato rispetto agli altri bambini del mondo, perfino del nostro paese – almeno questo lo riconosci?»

David rispose: «Uffa».

Ma non c'era da stupirsi che non lo ammettesse, o almeno non quanto avrebbe dovuto; era un ragazzino della classe medio-alta che viveva in uno dei luoghi piú bianchi d'America. Essere ebreo a Duluth lo rendeva una minoranza, ma non in una maniera che lo segnasse. Niente di tutto questo era colpa sua, eppure influiva sul suo modo di vedere le cose. La sua situazione era molto diversa da quella dell'infanzia di Claire, che si era mescolata con bambini provenienti da quasi tutti i paesi del pianeta. Ora non riusciva a ricordare l'ultima volta che nella vita reale aveva visto una persona nera.

Mentre David si faceva sistemare l'apparecchio, Claire guardò i pesci tropicali che nuotavano nell'enorme vasca d'acqua a temperatura presumibilmente tropicale e lasciò che la sua mente si riposasse, vagasse e andasse alla deriva insieme ai pesci. Non aveva bisogno di una terapia farmacologica per l'ipertensione, ma di un acquario. No – aveva bisogno di una capanna su una spiaggia delle Bahamas e di una buona attrezzatura per lo snorkeling.

David tornò alla reception e Claire alla realtà, che fu ancora piú evidente poco dopo quando David, mentre lo riaccompagnava a scuola, rispose al suo «Ci vediamo» con «Odio te e papà. Fate schifo, tutti e due».

Neanche due minuti dopo squillò il telefono. Era Beck. «Non so nemmeno come dirtelo. La mamma se n'è andata».

Per quanto la morte di Marti fosse attesa, Claire, che si trovava nella sua casa in stile italianeggiante a quattro tonalità di colore sulle colline di Duluth, da cui in lontananza si scorgeva il lago Superior ghiacciato, si sentí svuotata.

«È come se avessi un buco che attraversa il petto da parte a parte» disse a Paul, che l'aveva chiamata per spiegarle tutto delle volontà di Marti e del testamento. «Come se ci si potesse vedere attraverso. Come se una parte di me fosse letteralmente scomparsa».

Poco prima, quando aveva riaccompagnato David, aveva cercato di spiegare la sensazione a Chad, ma non era riuscita a esprimersi come avrebbe voluto. Forse la sensazione era troppo fresca. Oppure Chad era stato troppo freddo. Non aveva ancora smesso di fargliela pagare, ma non poteva biasimarlo.

Parlava con Paul grazie agli auricolari con microfono incorporato (invenzione geniale) e intanto tirava fuori la valigia dall'armadio della camera degli ospiti, prendeva i vestiti dai cassetti, riforniva il kit da viaggio e lasciava uscire il cane per la pipí. Gli disse: «Non voglio far troppo la melodrammatica, ma è il modo migliore in cui riesco a descriverlo. Non ci parlavo spesso, forse ogni due o tre settimane. Ma in un certo senso mi sembra di aver sempre calcolato tutto in base a ciò che pensavo avrebbe pensato lei. È da sfigati?»

«Neanche un po'. Posso solo immaginare quanto ti faccia soffrire» disse Paul in quella sua maniera affettuosa. Un uomo in grado di abbracciarti con la voce. Secondo Claire era cosí capace di empatia perché era figlio unico di due emigrati sovietici, ed era cresciuto con i piedi in due culture. Anche se era nato in America, la lingua della sua vita famigliare era il russo morbido e quasi dolente dei suoi genitori, e nelle sue cadenze a Claire pareva di sentirne ancora l'eco.

Disse: «Sono sorpresa della mia reazione, a dire la verità. Sapevo che non ce l'avrebbe fatta: ovviamente speravo di sbagliarmi, ma sapevo che era improbabile. Quando è morto papà sono rimasta scioccata, visto che l'intervento era piuttosto di routine, ma quando lo shock è svanito, sai, ho provato una tristezza normale. Non mi sono sentita... incompleta, direi, come mi sento ora».

Provava anche un'ansia nuova. Si sentiva ferita e stranamente vulnerabile, e anche un po' arrabbiata. Perché Marti non aveva detto, o almeno non aveva detto a lei, quanto presto sarebbe arrivata la fine?

Claire dava valore alla stabilità, alla prevedibilità, all'ordine. Aveva sempre bisogno di sapere a che punto si trovava, odiava le questioni in sospeso e non tollerava minimamente i fallimenti personali. Se intraprendeva un progetto, partecipava a un'attività, si iscriveva a un corso o accettava una sfida, ci si impegnava fin dove il percorso la portava. Per esempio: alle medie aveva deciso che voleva diventare medico, e per esserlo doveva eccellere in biologia e chimica. Cosí per le superiori aveva fatto domanda alla Bronx Science, era stata ammessa e per quattro lunghi anni ogni giorno di scuola si era alzata alle quattro per vestirsi, mangiare ed essere pronta a prendere il treno numero 4 fino a Fordham – in pratica doveva attraversare tutta Manhattan nel senso della lunghezza, fin quasi al capolinea.

Sapendo quanto sarebbe costata l'università, dopo la scuola si trascinava fino a 14th Street in tempo per correre a casa, mangiare, cambiarsi e andare a lavorare al cinema Regal, dove vendeva gigantesche porzioni di popcorn, caramelle e bevande zuccherate (che causavano proprio il tipo di patologie di cui soffrivano alcuni suoi pazienti adolescenti. Ragazzi con ipertensione acquisita e colesterolo alto, per non parlare del diabete. L'altro lato della medaglia: ragazzi – per lo piú femmine – che morivano di fame nel tentativo di ottenere il celebre spazio tra le cosce tanto popolare su Instagram).

Quando il turno al Regal finiva, tornava a casa e faceva i compiti, spesso rimanendo sveglia anche dopo che il resto della famiglia era andato a dormire. Quegli anni erano stati faticosi e a volte si era sentita fuori posto in una scuola che aveva tra gli ex alunni vincitori del Pulitzer, del Nobel e di una serie di altri premi. I suoi compagni di classe erano cosí incredibilmente intelligenti! Mentre lei sentiva di essere solo una gran lavoratrice che aveva avuto fortuna, o forse se l'era creata spaccando la roccia con un piccone, scalpellando via gli ostacoli un colpo alla volta. Per assicurarsi di non sprecare quella fortuna, aveva lavorato ancora di piú e si era diplomata piazzandosi tra i migliori della classe.

E questo dove l'aveva portata? A una borsa di studio alla facoltà di Medicina di Rochester, poi a Medicina alla Northwestern, dove aveva incontrato Chad, che frequentava Giurisprudenza alla Pritzker. Chad, sicuro di sé e tenace, con i suoi eleganti occhiali con la montatura tartarugata, il motorino e i jeans a tubo. Aveva anticipato gli hipster di Brooklyn, ragazzi che Sophie frequentava quand'era al liceo. Ovvio che trovassero Sophie attraente; Sophie era fichissima. Era anche stupidamente bella, come una piccola dea *shiksa*, nata biondo oro e con il fuoco negli occhi. A Sophie tutto veniva facile. Sophie non aveva bisogno di un piccone, le bastava un sorriso.

E invece Claire? Anche allora doveva stare attenta al peso. Prendeva dei farmaci per l'acne e aveva bisogno di quattro prodotti diversi per eliminare il crespo dai capelli. Poi c'erano i peli sul labbro superiore e sulle gambe (e non parliamo dell'inguine). Chad la trovava carina, ma lei sapeva che, capelli a parte, se paragonata alle sue sorelle era ordinaria, una ragazza dall'aspetto qualunque.

E intanto, in tutti i momenti in cui avrebbe potuto dire: *Vaffanculo, questo è troppo, è troppo difficile, non appartengo a questo mondo, non avrei dovuto uscire con Chad, per-*

ché ho accettato la sua proposta? Claire aveva tenuto duro, si era attenuta al suo piano, aveva rispettato ogni impegno, anche quelli secondari. Si fa quello che ci si è impegnati a fare. Ma Marti non aveva fatto quello che si era impegnata a fare, quello che secondo Claire avrebbe dovuto: sopravvivere alla malattia. E quando aveva saputo con certezza che non sarebbe sopravvissuta, non aveva riunito le ragazze al suo fianco per la fine. Non aveva concesso a Claire la possibilità di dirle addio in maniera adeguata. E poiché non l'aveva fatto, Claire si sentiva un fallimento. I sentimenti erano dei bastardi, irragionevoli e illogici.

Non disse a Paul nulla di tutto ciò, e concentrò invece l'attenzione verso l'esterno, in avanti. Disse: «In realtà sono contenta che la mamma abbia scelto te e non Beck, come mi aspettavo. Insomma, voglio bene a Beck, naturalmente, ma è meglio cosí».

«Non sei arrabbiata per il fatto di dover vendere la casa nel Maine?»

«Io? No, non ci vado da una vita. L'ultima volta che ci siamo stati David era un bambinetto. Non che avessi niente contro la mamma, è solo che per noi era molto piú facile andare alla baita di Island Lake». Che non era stata disposta a cedere dopo il divorzio, ma perché avrebbe dovuto? L'aveva pagata. Ora però, senza il reddito di Chad a rendere solida la situazione, aveva i soldi contati. Disse a Paul: «La mia parte mi sarà molto utile, se vuoi sapere la verità. Sto ancora pagando i debiti per la facoltà di Medicina».

«Ehi, allora ti va bene se Beck organizza la ristrutturazione?»

«Oddio, sí. Gliene sarei grata. Ho già abbastanza da fare».

«Pensi che a Sophie dispiacerà?»

«Ma per favore. Non credo proprio che abbia interesse a partecipare. E tu?»

«In effetti. D'accordo, bene. Naturalmente glielo chiederò lo stesso, quando ne avrò l'occasione. Oh, e forse non è necessario, ma mi chiedevo se hai già detto di tua madre a Chad. In caso contrario, sarei felice di fare io la telefonata».

Claire smise di piegare il maglione che stava per mettere in valigia. «Sei incredibilmente premuroso. Grazie per l'offerta. Ma ci ho già parlato».

«Infatti lo immaginavo, però Beck dice che voi due non siete in ottimi rapporti, tranne per quanto riguarda David».

«A proposito, verrà al funerale... parlo di Chad. Mi deve portare David. Ma sí, è vero, normalmente non ci parliamo».

Perché Claire gli aveva fatto un torto. Gli aveva fatto un torto, aveva deluso David e sé stessa in un modo che continuava a imbarazzarla e a perseguitarla. Non aveva rispettato l'impegno del voto matrimoniale recitato tredici anni prima, quando lei e Chad si erano messi sotto la *chuppah* e avevano giurato che solo la morte li avrebbe separati. Ah! La morte della loro fiducia reciproca, ecco quale. La morte dell'onore (di Claire). La morte dell'orgoglio (sempre di Claire). «Che Dio ti protegga» le aveva detto con aria triste Chad prima di partire e iniziare una nuova, autentica vita in una casa in affitto sul lungomare di Park Point. Che Dio ti protegga, aveva detto. E non era neanche religioso!

E nemmeno lei lo era, per lo piú. Ma a volte chiedeva a Dio perché, in tutta la Sua presunta saggezza, l'avesse resa incapace di amare l'uomo giusto. L'uomo con cui era stata sposata, per esempio. Non aveva senso! Però c'erano molte cose che non avevano senso, lei lo sapeva bene. Non si poteva essere un cardiologo pediatrico e non saperlo fino nel midollo. La sua sofferenza personale era secondaria, era insignificante, a volte si convinceva che fosse una piccola ma reale espiazione per i suoi fallimenti come medico, per i bambini con un cuore impossibile da far funzionare correttamente, o abbastanza a lungo.

Vuoi sapere cos'è la sofferenza? La sofferenza, si ripeteva a volte, è un bambino appena uscito da un intervento chirurgico con lo sterno segato in due. La sofferenza è un genitore che sta giorno e notte con un figlio il cui dolore non risponde bene ai farmaci. La sofferenza è sentirsi dire da un medico come lei: «Mi dispiace moltissimo, non abbiamo potuto fare di piú».

Amare senza essere corrisposta un uomo che non potrai mai avere è difficile, sí, ma aveva vissuto a lungo con quel tormento e poteva continuare a farlo senza che questo le rovinasse la nuova vita che si stava costruendo dopo Chad. Una vita che ora doveva affrontare il dolore di quella nuova, acutissima perdita.

Claire disse: «La mamma aveva un'ottima opinione di te, sai? Eri il suo tipo di uomo».

«È perché tifo per i Mets».

«No, era qualcosa di piú. Ovviamente. Non ha chiesto a Chad di diventare il suo esecutore testamentario».

«Be', no, visto che vi siete separati. Ma ho sempre pensato che avesse un debole per lui, dato che è un grande procuratore e compagnia bella. È un uomo notevole... ma non voglio che questo sembri sleale nei tuoi confronti».

«No, non ti preoccupare» disse Claire. «È un tipo notevole, in un certo senso. Sicuramente non come la maggior parte degli uomini. La mamma aveva un debole per i suoi completi». Al lavoro, Chad insisteva per portare abiti su misura, piuttosto che comprarli da Brooks Brothers o in qualsiasi altro negozio. Una volta all'anno andava da un sarto filippino a Minneapolis. Continuò: «Essere procuratore capo a Duluth non è una cosa cosí importante, però, te l'assicuro. La mamma lo sapeva».

«Va bene, ma io non sono mica Max Perkins».

«Non ti sminuire. Ai suoi tempi non era ancora una leggenda, no? Guarda il tuo gruppo di autori, specialmente Jessalyn Chukwu. È straordinaria. Il suo libro è geniale. È la tua Hemingway».

«Hai letto *Yankari Springs*?»

«Certo. L'ho comprato il giorno stesso in cui è uscito. Meritava assolutamente il National Book Award; un vero e proprio furto».

«Grazie. Ma tutti i finalisti meritavano di vincere, secondo me; non siamo i soli ad aver perso».

«È molto corretto da parte tua, ma non puoi biasimarmi se tifo Paul».

«Apprezzo la lealtà sororale. Fedeltà tra sorelle e tra i coniugi delle sorelle» aggiunse.

Claire rispose con un *mmm.* Sorella, pensò. Naturalmente era cosí che lui la vedeva. E basta. Era l'unico modo in cui doveva considerarla, visto che era la sorella di sua moglie.

Claire sapeva che era molto sbagliato da parte sua immaginare, anche solo per un attimo, che Paul la vedesse in maniera diversa.

Era il tipo di torto che poteva mettere fine al matrimonio altrimenti ragionevolmente sano e funzionante di due stimati professionisti.

Anzi, uno in effetti era finito: il suo.

Perché quella fantasia su Paul non era solo il capriccio di un momento, ma durava da decenni. Paul, il marito di sua sorella maggiore, era il grande amore non corrisposto della sua vita.

(Non c'era da stupirsi che avesse la pressione cosí alta.)

Se solo avesse tenuto la bocca chiusa, l'autunno precedente! (Davvero, non avrebbe mai dovuto bere.) Allora Chad non l'avrebbe lasciata. E ora non avrebbe provato imbarazzo, non si sarebbe ritrovata sola e senza legami. Grazie a Dio, solo una persona, oltre a Chad e a lei, conosceva il suo triste segreto, dato che Chad era troppo orgoglioso per rivelarne i dettagli a chiunque. Purtroppo quella persona era Sophie. Che aveva giurato di non dirlo mai. Però...

«A ogni modo» stava dicendo Paul, «sto per sottoporre il testamento a una procedura di omologazione. Se vogliamo riscuotere indipendentemente dal testamento avremo bisogno dei certificati di morte, che non avremo prima di un paio di settimane, come minimo. Terrò tutti aggiornati su questo».

«Grazie infinite. È molto gentile da parte tua assumerti queste responsabilità quando sei già cosí impegnato».

«La famiglia Geller è anche la mia famiglia».

Per quanto Claire volesse tenerlo al telefono, sapeva che era meglio mettere giú. Ma che piacere stuzzicante avere anche solo quel tipo di legame con lui, sentire la sua voce cosí intimamente nelle orecchie. Male. Sbagliato. Smettila.

Disse: «Be', ora dovrei lasciarti andare. Grazie per aver chiamato».

«Figurati. Per fortuna sono riuscito a mettere a letto Leah senza problemi, cosí abbiamo potuto parlare senza interruzioni. I bambini... si dimentica quanto siano impegnativi».

Ma senti quest'uomo, pensò Claire. Cosí educato, cosí premuroso, cosí buono. Non lo meritava, ed era per questo che non lo aveva. Lei era una persona sporca, traditrice, senza cuore, almeno cosí diceva Chad, e non poteva negarlo.

«Sono davvero molto impegnativi, è vero». Smettila di parlare, pensò. Lascialo continuare la sua serata. «Ma sai, mi manca il mio piccolo David. Certo, ora è un ragazzino fantastico. Quasi sempre. Quando non mette il muso».

«Ci sono passato» disse Paul. «Ma almeno a quell'età non devi imboccarli, cambiarli e cullarli, e imboccarli e poi cambiarli di nuovo». Si mise a ridere. «Però sono contento di poterlo fare. Ed è piú facile quando sai che mamma e papà torneranno presto a riprendersi il piccolo tesoro».

«Be', non vedo l'ora di conoscerla. Adesso credo sia meglio tornare ai bagagli» disse Claire, cercando di nuovo di costringersi a fare la cosa giusta. «E devo lasciare Goliath alla pensione. Ho un volo alle cinque e mezza del mattino».

Paul disse: «Mi manca avere un cane. Stavamo pensando di prenderne un altro, ma Beck è riluttante – abbiamo parlato di viaggiare di piú, ora che Cammie è uscita di casa, e...» Si fermò a metà frase. «Scusa tutte queste chiacchiere. Fai buon viaggio. Ci vediamo domani».

«Non vedo l'ora. Cioè, l'occasione è tristissima...»

«Sí» disse Paul. «Ma sarà bello rivedere la famiglia riunita».

«Già. Okay. Ciao». Claire premette il tasto rosso e gettò telefono e auricolari su una poltrona. «*Bello* in che senso?» disse.

Per quel viaggio a New York, Claire decise di trattarsi bene e scelse il NoMad, dove era già scesa una volta. Amava l'edificio in stile Beaux Arts e il calore avvolgente dell'hotel (benefico per l'anima ferita), le vasche da bagno profonde e lussuose e il quartiere, non troppo lontano da Gramercy ma abbastanza da farle sentire che non stava ripiombando dritta nella sua giovinezza. A soli tre minuti a piedi si raggiungeva Madison Square Park, un tempo sede del Madison Square Garden prima che venisse malamente riprogettato e trasferito tra 34th e Seventh Street. Claire non amava quella parte di Manhattan, sempre zeppa di turisti, sporcizia e rumore. Perdere la Penn Station originale – a suo modo sontuosa come Grand Central – in cambio di un brutto palazzetto dello sport e arena per concerti era stata una delle piú grandi farse architettoniche della città. (D'altro canto ne era uscito Madison Square Park, che era un'oasi.) Se Claire non fosse stata cosí determinata a diventare una persona notevole per compensare il suo non essere la figlia maggiore, il maschio che i suoi avevano desiderato e una bambina carina e adorabile, forse sarebbe diventata una storica o un'attivista per la protezione del patrimonio architettonico. Invece cercava di curare bambini malati, e non se n'era pentita. Quel lavoro le dava soddisfazioni. Ma c'era anche un prezzo da pagare, quando il destino o Dio o la fortuna o lei, la dottoressa Geller, li deludeva.

Lasciò la valigia all'impiegato della reception e si avviò verso il parco. Per quanto fosse presto, il cielo mattutino mostrava già piú spazi azzurri che nuvole. Il Chrysler Building (il suo preferito) scintillava nel primo sole. Che cambiamento rispetto al luogo in cui aveva iniziato la giornata, il luogo che era diventato la sua casa dopo il periodo nelle Twin Cities.

Secondo lei Duluth somigliava a una delle cittadine

sull'Hudson, ma senza tutto il relativo bagaglio newyorchese tipico di quella provincia. Gli abitanti del Minnesota erano persone robuste e di buon carattere che accoglievano benevolmente l'inverno da bravi scandinavi, dando il buon esempio ai trapiantati come Claire. Inoltre, vivere in Minnesota significava non essere mai in competizione con le sue sorelle – tranne quand'era al telefono con Marti; allora in lei si risvegliavano le vecchie rivalità. Aveva letto l'articolo di Beck (su un argomento per lei improvvisamente fondamentale) su *Vanity Fair*? Sapeva che Sophie era stata invitata al Met Gala come accompagnatrice di Reese Witherspoon? Beck aveva partecipato a una manifestazione a Washington con in testa un berretto di lana rosa con orecchie da gattina. Sophie era andata in vacanza con il principe ereditario Tizio di Vattelappesca in Medio Oriente. Le sue sorelle erano impegnate in cose importanti o di grande visibilità, il tipo di cose che era facile mostrare quando le amiche di sua madre le chiedevano come stavano le ragazze.

E Claire? Che cosa aveva mai fatto Claire di cui Marti (e Leo, quand'era vivo) potesse vantarsi? Il suo lavoro non compariva sui giornali di New York. Eppure si era dimostrata all'altezza del dottorato, del ruolo al St. Mary e (quasi sempre) dei bambini che erano suoi pazienti. Cercava ogni giorno di essere all'altezza anche di David. Si era sentita quasi sempre all'altezza di Chad, dell'amicizia e del rispetto dei colleghi di entrambi – fino al giorno del Ringraziamento, durante il viaggio di ritorno dalla casa dei suoceri a Menomonie. Se solo David fosse stato con loro invece di essere rimasto con i cugini, o se prima di mettersi in macchina Claire non avesse bevuto troppi cocktail con la sorella di Chad, o se Chad non fosse stato cosí entusiasta nel lodare Beck...

Anche i newyorkesi erano robusti, a modo loro. Bastava guardare la gente in giro quella mattina, con sciarpe, cappelli e guanti, che si muoveva per la città con determinazione ed energia. Lí il ritmo rallentava raramente. Ci voleva una catastrofe come la caduta delle torri o l'allagamento della metropolitana, qualcosa che spaventasse le persone o le bloccasse. Claire ammirava quell'atteggiamento, ma aveva anche quarant'anni e vedeva la città con la prospettiva di una donna arrivata ad apprezzare l'interruzione delle attività alle sei di sera, o la quiete e il silenzio assoluto che seguivano una nevicata di trenta centimetri. Manhattan poteva diventare piú silenziosa, ma mai del tutto. Poteva diventare piú immobile, ma mai del tutto. Detto questo, le piaceva sempre andarci, cosa che di solito faceva da sola perché Chad la detestava; diceva che c'era troppo di tutto. Claire sospettava che il problema fosse piuttosto che non c'era abbastanza Chad. Un pesce molto piccolo in uno stagno enorme.

Prese un caffè, poi nel parco trovò una panchina da cui ammirare la torre dell'orologio e il Flatiron Building e avvistare Beck, che l'avrebbe raggiunta da un momento all'altro. Beck aveva conosciuto Paul al *bat mitzvah* di Eileen Greenburg, proprio come Claire, ma Beck aveva diciotto anni e Claire quattordici e Paul non l'aveva mai guardata con interesse. Quando Beck e Paul si erano fidanzati, Claire ricordava di essersi lamentata con la madre – «Beck si prende tutto» – e Marti aveva risposto: «Arriverà anche il tuo turno». Ma Claire avrebbe voluto un turno con Paul; come faceva sua madre a non capire?

Vide Beck e si alzò in piedi. «Eccoti qui. Ciao!»

Mentre si avvicinava, sua sorella le sembrò stanca ma in salute. Intensa, perfino, nella misura in cui quell'aggettivo si poteva applicare a Beck. Si abbracciarono e Claire disse: «Adoro questo giaccone».

«Davvero?» Beck sembrava soddisfatta. «Un acquisto d'impulso, ieri sera, quando sono uscita da casa della mamma».

«Approvato».

«Stamattina stavo per restituirlo».

«No, è fantastico. Davvero».

«Anche tu stai benissimo» disse Beck.

Claire indossava la sua consueta uniforme invernale: un lungo cappotto di lana grigia con una sciarpa colorata di lana scozzese jacquard e un *toque*, come chiamano quei berretti a maglia nel Midwest settentrionale. I suoi guanti di pelle di vitello erano foderati di pelliccia di coniglio, cosa che lei non trovava riprovevole ma piacevolissima (con tante scuse ai conigli). Quando li aveva comprati aveva pensato che visto che esercitava una professione fondata sulla scienza, che comportava test sugli animali, scegliere di non comprare guanti (di pelle di vitello) foderati di pelliccia sarebbe stata una bella ipocrisia.

Beck disse: «L'ultima volta che sei venuta avevi la congiuntivite».

«Oddio, me n'ero dimenticata. Sí, David se l'era presa a scuola, quindi ovviamente l'aveva passata anche a noi». Cioè a lei e Chad, che non l'aveva accompagnata a trovare Marti poco dopo la terza resezione polmonare. La congiuntivite gli aveva dato un'ottima scusa per restare a casa, ma era andata bene lo stesso, perché cosí Claire aveva potuto dormire da sola nella sua vecchia camera, come aveva spesso desiderato quand'era piccola.

Beck disse: «Allora, come stai? Io...» Fece una pausa e gli occhi le si riempirono di lacrime, che cercò di allontanare sbattendo le palpebre. «Sembra tutto sbagliato, vero? Anche se sapevamo che sarebbe successo».

«Durante lo scalo ho tirato fuori il telefono per chiamarla, poi mi sono bloccata. Ma che roba è? Lo so benissimo che se n'è andata».

«Quando mi sono svegliata stavo piangendo. È stato stranissimo».

Claire annuí come se le fosse successa la stessa cosa; lei, però, non aveva pianto. Almeno non fino a quel momento. Si era svegliata dopo solo tre ore di sonno, stordita. Sicuramente quando Beck si era svegliata piangendo Paul l'aveva stretta tra le sue calde braccia, le aveva accarezzato i capelli e asciugato le lacrime a forza di baci.

Smettila, si impose Claire. Stai solo peggiorando le cose.

Beck stava dicendo: «Sei stava bravissima a organizzarti il viaggio cosí in fretta».

«C'è mancato poco che restassi a casa. Ho dovuto

provare quattro compagnie aeree prima di trovarne una che avesse un posto. Ero incastrata tra due uomini che tenevano le gambe belle larghe. Puoi immaginarti come sia stato divertente. Come ai vecchi tempi, in metropolitana, anche se meno puzzolente».

«Mi riferivo a tutto, al lavoro, a David, al cane».

Claire si strinse nelle spalle. «Non faccio una vita cosí complicata» disse, aggiungendo mentalmente *dal punto di vista logistico.* Emotivamente invece era complessa e in quel momento anche un po' agitata, dato che era la prima volta che vedeva Beck dopo la confessione e il successivo divorzio. Il fatto che sua sorella non sapesse di aver giocato un ruolo chiave nel suo dramma non aveva alcuna importanza; il senso di colpa di Claire per il proprio comportamento e il desiderio di essere ciò che non era (onesta, aperta) operavano su lunghezze d'onda indipendenti dalla ragione. Inoltre, ogni volta che si trovava in compagnia di Beck temeva che potesse leggerle nella mente o di cedere all'ansia e al nervosismo e dirle tutta la verità. Quando invece non era in compagnia di Beck, temeva che sarebbe stata Sophie a cedere. E se Beck avesse mai saputo fino a che punto Claire l'aveva tradita – solo con la fantasia, ma comunque – per loro sarebbe stata la fine. L'avrebbe odiata. Ridicolizzata. Punita. Disprezzata. E se lo sarebbe meritato.

Sua sorella stava dicendo: «Sono contenta che tu abbia risolto le cose. Ma – e non lo dico per essere invadente – non mi hai ancora raccontato cos'è successo. Non ho intenzione di giudicare, lo sai».

«Lo apprezzo molto» disse Claire.

«E?»

«E... Ti dirò tutto, okay? È solo che...»

«Non importa» disse Beck, le prese la mano e la strinse un istante. «So che storicamente non ci siamo mai confidate, ma forse è stato un errore. Quando sarai pronta, io ci sarò».

«Grazie».

Beck sospirò, poi disse: «Okay, allora, ho parlato con le pompe funebri. Abbiamo appuntamento alle due e un quarto. Hai fame? Vuoi prendere qualcosa da sgranocchiare o andare subito all'appartamento? Là c'è qualcosa da mangiare, ma non molto. La mamma ha fatto davvero piazza pulita».

«È proprio da lei. Prima andiamo a casa e poi andiamo a pranzo».

Si incamminarono nel parco. «È strano sentirtela chiamare "casa"» disse Beck.

«Perché, tu non la consideri piú cosí?»

«Sono passati venticinque anni da quando ci vivevo».

«Per me ventidue» disse Claire, «se conto anche le estati in cui tornavo da Rochester. E allora?»

«E allora io ho vissuto altrove molto piú a lungo di quanto abbia vissuto lí. Ora la considero la casa della mamma. Prima che papà morisse, era la casa dei miei genitori».

«Sei cosí pragmatica».

«E tu cosí sentimentale» disse Beck.

«Io? Non sono sentimentale».

«Riguardo a quel posto, invece lo sei. Penso che sia perché te ne sei andata davvero. Cioè, sei andata a vivere in altri stati. E ci sei rimasta. Forse avrei dovuto farlo anch'io».

«Ma dai» disse Claire. «Tu adori Manhattan. È per questo che non te ne sei mai andata».

«Abito a un'ora di viaggio. Non è per niente come qui».

«Quanto spesso ci vieni?»

«Forse una volta la settimana, ma solo negli ultimi anni, per via della malattia della mamma».

Claire disse: «Non aveva bisogno di te cosí spesso, non per tutti i quattro anni. A te piace qui, ecco perché ci vieni. Ammettilo».

«No, cioè, certo, credo di sí. E allora?»

«Allora chi è la sentimentale?» Poi Claire aggiunse: «Perché tu e Paul non ci tornate?» e la sensazione del nome di Paul in bocca fu come premere su un livido.

«Gli piace vivere a Irvington. Quando hanno iniziato a permettere agli editor di passare il venerdí e la maggior parte dell'estate a casa, praticamente ha stappato lo champagne».

«Ma tu vieni qui per andare a teatro e tutto il resto, giusto?»

«Hai visto i prezzi? Anche gli spettacoli minori sono troppo cari. Per trovare dei buoni posti per *Hamilton* bisognerebbe accendere un mutuo».

«Forse dovresti considerare l'idea di trovarti un lavoro fisso».

«Suppongo che tu intenda un lavoro a tempo pieno fuori casa». Beck sembrava sulla difensiva e Claire un po' ne godette.

«Un lavoro a tempo pieno con uno stipendio da tempo pieno, sí. I tuoi figli se ne sono andati, il cane è morto, la mamma è morta. Forse questo è il momento giusto».

Era un suggerimento pratico, ma forse era anche l'invidia di Claire a parlare. La parte di lei irritata dal fatto che Beck avesse potuto non solo passare tutte quelle notti a letto con Paul, ma anche scegliere per vent'anni quando voleva lavorare e quando fare tutto il resto. Era un po' seccante.

Beck disse: «Poi avrei bisogno di un guardaroba da lavoro, e questo significa una grossa spesa iniziale, piú il lavaggio a secco, e probabilmente i tacchi tutti i giorni, e se lavorassi qui in città dovrei fare la pendolare e mangerei sempre fuori... Spenderei tutto quello che guadagno».

«E allora? Non hai mai desiderato l'orgoglio e la soddisfazione di una carriera?»

«Chi dice che non abbia tutte queste cose? Non devo mica essere un medico per diventare una persona di valore per la società. Voglio dire, buon per te che hai quest'aspirazione, ma io ho interessi diversi».

Da Fifth Avenue svoltarono in 19th Street e Claire, sapendo già di non dover dire quel che stava per dire, domandò: «Paul non pensa che dovresti lavorare?»

«Paul? Mi stai suggerendo di plasmare la mia vita in base a quello che mio marito potrebbe pensare che dovrei fare, indipendentemente dai miei desideri? Oddio, altro che arretratezza. Inoltre, io lavoro e ho lavorato, ma volevo anche stare a casa con i bambini. L'asilo costa una fortuna, per dirne una».

«Avete avuto i soldi dai nonni di Paul» disse Claire, insistendo con quella storia anche se in realtà non ci credeva. Aggiunse: «So che non erano molti, ma sarebbero serviti a pagare...»

«Perché tiri fuori questo argomento?» domandò Beck, fermandosi sul marciapiede e voltandosi verso di lei.

«Perché ti metti sulla difensiva?»

«La sai una cosa? Lasciamo perdere. Non... Sono tutte teorie, no? I miei figli sono cresciuti. Ho una nipote, per l'amor di Dio. Ho quarantaquattro anni. Avere una carriera approvata da Claire non è in cima alla lista delle mie priorità».

«Certe donne hanno il primo figlio, alla tua età. Guardati: hai iniziato presto e ora hai già finito. Sto solo dicendo che potresti ancora avere un lavoro a tempo pieno, se lo volessi».

Beck la fissò per un attimo, poi scoppiò a ridere.

«Cosa c'è di tanto divertente?»

«Tu. Sei come... Non so, sei come un... un bulldog con un bastone. Non vuoi proprio mollare».

«Bene» disse Claire. «Chiudiamola qui. Lascia perdere».

«Molto volentieri».

«Bene».

«Bene».

Ma Beck stava ancora ridendo. «Ti voglio bene, Claire. Non cambiare mai».

Claire pensò: se solo sapessi.

Terribile, meraviglioso

Se un Paul Balashov molto piú giovane avesse previsto la sua vita una volta raggiunta la «veneranda» età di cinquant'anni, si sarebbe immaginato come un gentiluomo alla Norman Rockwell: a suo agio in pantaloni sportivi e cardigan, con la pipa in mano e un cane ai piedi. Mister Rogers, in pratica. E aveva senso; durante l'infanzia aveva guardato molto una serie televisiva, *Mister Rogers' Neighborhood,* trovando conforto nel messaggio che lui, ragazzo ebreo i cui genitori ex cittadini sovietici parlavano un inglese stentato, senza fratelli e con un profondo amore per le raganelle, per i primitivi videogiochi portatili degli anni Settanta e, naturalmente, per i libri, andava bene cosí com'era, anzi, meritava pure di essere amato.

Paul, che era carino piú in senso tenero che virile, alle medie e alle superiori era stato vittima di bullismo perché troppo intelligente, perché non gli interessava fare sport, perché passava le ore libere nel laboratorio di biologia o in biblioteca. Se piaceva a qualche ragazza, non lo capiva. A lui, però, piacevano ed era questo, e non il bullismo, a tormentarlo di piú. Tutte quelle bellissime fanciulle! Basse, medie, alte; magre, normali, grassocce; con la pelle scura o chiara, con le lentiggini o senza. Gli piacevano tutte. Le spalle scoperte, le gonne corte, gli effluvi floreali degli shampoo e dei profumi per adolescenti e la lacca per capelli che teneva alte le acconciature delle ragazze bianche in un modo che in natura sarebbe stato impossibile. Sicuramente i giovani maschi eterosessuali se ne andavano in giro mezzi fuori di testa per la sola vicinanza delle loro coetanee o perché pensavano a come sarebbe stato poter fare con loro o a loro tutte le cose che le brave ragazze non avrebbero dovuto voler o farsi fare.

Grazie a Mister Rogers, Paul era abbastanza sicuro che fosse normale sentirsi cosí. In ogni caso, il problema era che l'eccitazione prolungata è fonte di estrema infelicità, che la masturbazione non riesce certo a placare. Se avesse potuto, il Paul sedicenne avrebbe desiderato essere il Paul cinquantenne, cioè presumibilmente troppo vecchio per provare ancora interesse per le donne e il sesso.

In quel senso, il Paul sedicenne era un idiota.

Naturalmente, allora dentro aveva molto di piú della libido, un po' come adesso. Giocava a scacchi. Lo affascinava la geologia. Tifava per i Mets, come avevano fatto Marti e Leo. Aveva viaggiato per tutto il paese con i suoi genitori, si era offerto come loro navigatore, era bravissimo a leggere le cartine e li sentiva ancora spesso anche se erano in pensione e si erano trasferiti in Portogallo. Se a volte lo preoccupava ancora il sesso, era perché le circostanze si erano molto allontanate dai suoi desideri. Immaginate di avere fame e di riuscire a mangiare qualcosa ogni tanto, ma di sentirvi raramente sazi. Ciò che voleva – di cui aveva bisogno, in realtà – non corrispondeva a ciò che aveva. Sapeva però che era una verità comune e che doveva semplicemente conviverci.

Per lo piú ci riusciva.

Tuttavia c'erano state alcune eccezioni.

Il primo incontro di Paul con la Specializzanda avvenne in una mite serata autunnale, circa due anni dopo che Marti aveva iniziato con energia le cure, quando sembrava che avesse buone possibilità di costringere il cancro a una lunga remissione o forse addirittura alla guarigione. A quel tempo, i membri della famiglia erano piuttosto ottimisti, nessuno era in modalità crisi, non c'erano interventi chirurgici all'orizzonte; Zack non aveva ancora ingravidato nessuno; Cammie viveva ancora con i suoi, e lei e Beck avevano appena iniziato a praticare kickboxing; Claire, Chad e David erano alle Hawaii e Sophie era... be', nessuno sapeva cosa stesse facendo Sophie in quel momento. Era molto difficile da rintracciare.

Prima dell'incontro, da Ippudo, Paul aveva ordinato dei ramen insieme a Sinclair West, uno dei suoi autori che viveva nelle vicinanze. Avevano parlato di sesso, cosa che Paul non faceva sovente (non ne parlava e non lo faceva), ma il manoscritto ancora incompiuto di West ne conteneva molto; quasi tutto si svolgeva tra una persona bianca dotata di vagina e una persona nera dotata di pene, era un tema delicato e West voleva interrogare Paul sui possibili problemi, oltre che sulla trama. Nel corso della cena la conversazione, inizialmente incentrata sul libro, si era poi vivacemente orientata sul sesso in generale e sulle sfide dell'essere queer in un'epoca in cui la maggior parte delle persone pensava ancora che queer significasse omosessuale. Paul non ammise che l'aveva pensato anche lui, perché solo di recente era stato istruito da Cammie in proposito.

West era nelle prime fasi dell'esplorazione della propria identità non binaria e dei pronomi neutri, che Paul appoggiava e non trovava affatto problematici durante le conversazioni private. Tuttavia, quando parlava di West con gli altri doveva ancora sforzarsi per rinunciare al pronome di genere. Cosí, mentre West era in bagno e la loro attraente e affascinante cameriera (o bisognava dire forse persona addetta ai tavoli?) gli chiese se volevano portarsi via il ramen rimasto, Paul rispose: «Non sono sicuro che lui... che si sia finito di mangiare».

«Nessun problema» disse la persona addetta ai tavoli che si presentava come di sesso femminile. E *molto* femminile, a giudizio di Paul, giudizio alimentato da tutti quei discorsi sul sesso. Quella femmina – quella donna, pensò Paul, presumendo che avesse una vagina – aveva una figura dotata di piacevoli rotondità in tutti i punti che il maschio medio della specie era portato a notare: sedere, fianchi, seno. Anche le labbra erano carnose, ma non troppo, non a canotto come nelle foto di alcune compagne di classe delle superiori che Cammie aveva mostrato a lui e a Beck (i genitori avevano pagato per una roba del genere?). E poiché Paul aveva pensato e parlato di sesso durante la cena, e poiché negli ultimi tempi (erano passati mesi) ne aveva fatto pochissimo, quella nuova attenzione alle caratteristiche della persona addetta ai tavoli ebbe l'effetto di eccitarlo. L'eccitazione in sé non era una sorpresa; era un uomo di mezza età, ma gli imperativi ormonali non lo influenzavano meno di quanto non gli accadesse a sedici o a trent'anni. Fu la forza della sua eccitazione a sorprenderlo, l'immediata erezione che lo costrinse ad assestarsi sulla sedia come a darle spazio.

Imbarazzato ma deciso a mascherarla, accavallò la gamba destra sulla sinistra e disse: «Già che è qui, però... le dispiacerebbe portarmi il conto?»

«Con piacere» rispose lei. «Pagate insieme o separati?»

«Insieme» disse Paul e poi, consapevole della possibilità che lei li scambiasse per una coppia, aggiunse: «Ma non stiamo insieme. Non che ci sia qualcosa di sbagliato in due uomini...» Si interruppe, non sapendo bene come avrebbe dovuto, in quel contesto, descrivere una persona con cromosomi XY che in quel momento non si definiva maschio. «Comunque, cioè, non so se ha sentito di cosa stavamo parlando...»

«Non si preoccupi, io non giudico».

«No, certo. Lui, cioè la persona con cui ho cenato, mi stava parlando di una cosa che sta scrivendo. Io sono il suo editor».

«Ah, sí? Di cosa? Libri o riviste o...?»

«Libri. Narrativa, soprattutto. Romanzi».

«Io leggo molto» disse lei. «Qualche consiglio?»

«Non saprei da dove cominciare».

Paul desiderava che se ne andasse, cosí avrebbe potuto smettere di sforzarsi di non guardarle i seni, e allo stesso tempo era contento che lei fosse lí, dove poteva percepire quelle forme appena sotto la linea del proprio sguardo, forzatamente puntato solo sul suo viso. Questo lo rendeva un porco sessista? Forse sí. O forse un semplice prodotto della natura. Di certo doveva essere lecito che una persona ne notasse un'altra, l'importante era che non si comportasse male.

Paul citò alcuni suoi romanzi recenti preferiti, e poi: «Mi piacciono soprattutto le storie di immigrati. I miei genitori lo sono, tutti e due. Io sono nato qui, ma credo si possa dire che ho un accentuato senso di empatia in merito». Un accentuato senso di empatia era una dote positiva e lui la possedeva davvero; non lo stava dicendo solo per guadagnare punti. Forse lo aiutava a compensare lo sguardo oggettivante con cui stava guardando quella giovane donna cosí gentile?

«Grazie per le dritte» rispose lei. «Li cercherò. Torno subito con il conto».

Sorridendo calorosamente, lo lasciò seduto lí da solo con il suo imbarazzo. Paul si sentí avvampare. Percepiva la persistente consistenza della sua erezione. Era disperato.

West fece ritorno al tavolo, arrivarono il conto e gli avanzi impacchettati, la carta di credito fu strisciata, la ricevuta stampata, e durante tutto questo Paul rimase seduto lí, sempre duro, maledizione. Era come se piú desiderava fermare la reazione del suo corpo di fronte alla ragazza, piú il suo cazzo lo sfidava, lo rimproverava per l'autodisciplina con cui limitava la frequenza delle masturbazioni (una volta alla settimana, al massimo) e con cui in genere evitava i porno. Se fosse stato uno di quegli uomini che, in un modo o nell'altro, venivano tutti i giorni, non sarebbe successo nulla. E invece.

Tra le molte ragioni per cui Paul era grato di fare l'editor, quella che svettava mentre lui e West lasciavano il tavolo era che portava sempre con sé una borsa da postino, anche in un'epoca di scambi elettronici. Prima girava con i manoscritti – e di tanto in tanto lo faceva ancora – ma ormai la borsa di solito conteneva un quaderno, l'iPad e le bozze dei libri che i suoi colleghi stavano pubblicando, e che condivideva quasi sempre con Beck. Quel giorno la borsa era in tela e pelle, grigia e nera. Paul la tenne davanti all'inguine in un modo che dovette sembrare senz'altro un pochino anomalo, una volta superato lo stretto spazio tra i clienti seduti, senza piú impedimenti intorno. Pazienza. Meglio che girare con una tenda canadese nei pantaloni.

«Grazie mille» disse West alla cameriera mentre le passavano accanto.

Paul, alle sue spalle, aggiunse: «Sí, grazie».

«Spero di rivedervi».

Paul era quasi uscito dalla porta quando sentí qualcuno battergli sulla spalla. «Le è caduto questo» disse la cameriera porgendogli un biglietto da visita piegato a metà.

«Ah, sí?» Era improbabile, perché non ricordava di avere mai avuto un biglietto del genere. Tuttavia, non volendo prolungare l'incontro, lo prese e se lo mise in tasca.

Fuori, lui e West parlarono ancora per qualche minuto, ma grazie a Dio non di sesso. Alla fine l'erezione di Paul si attenuò abbastanza da consentirgli di passarsi la cinghia della borsa sopra la testa, in modo da poterla portare normalmente. Dopo i saluti si incamminò in direzione sud, verso la stazione di Astor Place, ma aveva percorso solo pochi passi quando si ricordò del biglietto da visita che aveva in tasca. Davanti c'erano stampati *La Specializzanda* e un numero di telefono. A mano era stato aggiunto: *Tariffe convenienti/niente complicazioni. Domani sera 19.30? Chiamami.*

Con stupore si domandò se il biglietto fosse un'iniziativa della cameriera, se lei fosse una specie di intermediaria o se davvero qualcuno (che avevano scambiato per lui) l'aveva perso – e al tempo stesso istintivamente apprezzò la perfetta ortografia. Odiava le *k* al posto di *ch*, cosí come detestava tutte le sgrammaticature. E poi c'era l'epidemia di apostrofi fuori posto e virgole assenti. Insopportabile, per un certo tipo di persone.

Alle scale d'ingresso della stazione di Astor Place, si soffermò a considerare le possibilità insite in *tariffe convenienti/niente complicazioni* delle *19.30* di *domani sera.* Chi era La Specializzanda? Specializzanda in cosa? Dove? Tariffe convenienti per quale o quali servizi, esattamente? Massaggio? Sesso? Droga? Qualcosa di piú tosto della droga? Qualcosa di piú tosto del sesso? Paul, la cui intera vita adulta era costruita sulla «narrazione», si sentí attratto da quel mistero.

Ma allo stesso tempo non era una persona che cercava opportunità illecite. O forse è piú corretto dire che non lo era mai stato, prima di quella sera. Ma poi argomentò tra sé che non lo sarebbe necessariamente diventato, anche se avesse chiamato quel numero. Sarebbe stato semplicemente uno che risolveva un mistero.

La gente gli passava davanti, scendendo e salendo, tutti agivano. L'azione che doveva compiere lui era prendere la metro 4, 5 o 6 per Grand Central, e poi la North fino a Irvington, dove al suo arrivo avrebbe trovato Beck accoccolata con una ciotola di popcorn e un libro, o forse davanti a una delle serie drammatiche inglesi che le piacevano tanto. Anche a lui piacevano quei programmi, ma la maggior parte delle sere doveva leggere per lavoro – romanzi che gli inviavano gli agenti, nuove proposte o libri che stava editando per la pubblicazione. Se era in casa, Cammie l'avrebbe trovata davanti al computer, con le cuffie, a giocare. Ecco cosa lo attendeva. Piú una breve passeggiata con il loro vecchio cane, Beanie, un incrocio di labrador nero battezzato in maniera incredibilmente originale Blackie (l'avevano deciso i bambini), ma che a circa dieci mesi era saltato sul tavolo da picnic del giardino durante i preparativi per la festa del 4 luglio e aveva divorato una teglia intera di *baked beans*, fagioli al sugo.

Paul amava il suo cane. Paul amava sua moglie e i suoi figli. Paul chiamò il numero sul biglietto e fissò un appuntamento per la sera successiva.

In effetti La Specializzanda era proprio la cameriera che, come gli spiegò poi in un caffè su Ninth Avenue, lavorava part time per pagare le tasse della facoltà di Medicina. Quel lavoro, cioè offrire servizi sessuali in cambio di denaro, era una attività nuova e presto avrebbe sostituito completamente il lavoro al ristorante, una volta che avesse messo insieme un numero sufficiente di clienti regolari.

Per quanto riguardava il suo vero nome, non lo rivelò. Per quanto riguardava lo pseudonimo, disse: «Ho scelto La Specializzanda perché è quello a cui aspiro. Mi manca ancora un anno alla laurea». Intendeva iscriversi a Chirurgia traumatologica, oltre all'inglese parlava tre lingue ed era interessata a far parte di Medici Senza Frontiere.

L'altra informazione che fu disposta a divulgare era che aveva trent'anni, era single e non aveva né figli né malattie («Ti faccio vedere i documenti»). L'idea di diventare una lavoratrice del sesso le era venuta perché da bambina aveva visto con sua nonna *Il piú bel casino del Texas*. «Gli uomini pagano molto per il sesso» spiegò a Paul mentre lui se ne stava seduto senza bere il caffè che aveva pagato, «quindi perché non approfittarne, a patto di poterlo fare alle mie condizioni?»

«Non hai paura di essere... maltrattata oppure di prenderti qualcosa?»

«Ho piú paura che il presidente venga rieletto».

«Capisco».

«Comunque la decisione spetta a te. Ecco le mie condizioni: niente baci. Non faccio sesso anale, cioè lo do ma non lo prendo. E poi...»

«Lo dai?» ripeté Paul. Forse si era sbagliato e dopotutto la Specializzanda non aveva davvero una vagina?

«Con lo strap-on, ma tenendolo in mano...»

«Oh, okay. Sí, no, non fa per me». Mentre lo diceva si rese conto che non poteva piú illudersi che quella conversazione fosse mirata solo a soddisfare la sua curiosità.

«Tutti i gusti son gusti» disse lei. «E poi mi faccio pagare a mezzore. Il BDSM soft va bene, se è quello che ti piace. Ma ho scoperto che la maggior parte dei clienti vuole cose piú semplici. Allora, che ne dici?»

Nel momento in cui ci si attendeva che prendesse una decisione, Paul pensò a molte cose diverse. Era affascinato – dalla Specializzanda, in un certo senso, ma piú che altro dal suo modo di fare, dalla maniera pratica con cui affrontava la sua attività, da quell'atmosfera assolutamente non romantica. Lo affascinava anche la sua stessa reazione: era fisicamente eccitato, come prima, eppure non provava attrazione per lei in quanto specifico individuo con cui sperava di costruire una relazione, ma solo come partner sessuale. Non gli era mai successo prima, forse perché non aveva mai affrontato la questione del sesso senza che fosse collegata alla questione della relazione. Anche da adolescente, anche da studente universitario, anche dopo l'università, quando aveva frequentato Patricia, Jules, Cindy e poi Beck, aveva confuso la lussuria con l'amore.

Quel tipo di chimica, la lussuria senza amore, era ciò che la Specializzanda spacciava. Non voleva lasciarsi coinvolgere. Il coinvolgimento era contro le regole. Niente complicazioni.

Le disse: «Come hai fatto a diventare cosí... cosí audace? Prendilo come un complimento. Ti ammiro».

«Sei un fan di Bowie?»

«Bowie? Sí, direi di sí».

«Una volta ho letto su *Vanity Fair* che alla domanda "Qual è l'infelicità piú brutta?" lui ha risposto: "Vivere nella paura". È cosí anche per me. È il mio motto. Non voglio essere infelice, quindi mi rifiuto di vivere nella paura».

Paul voleva essere all'altezza della situazione (per cosí dire). Non voleva sentirsi infelice. Voleva abbandonare la paura.

«Penso... Credo che potrei provare» disse. «Insomma, sono un po' preoccupato, visto che sono sposato. Non ho mai... Cioè, non ho mai tradito, anche se avrei voluto. Non tradire. Non voglio dire questo. Mi sono espresso male, sono nervoso, scusami. Quello che voglio dire è che a volte vorrei, non so, per magia, fare una vita completamente diversa. Aver preso decisioni diverse, forse. Vedi, c'è quest'altra donna... be', non importa».

Mentre si affannava a raccontare tutto questo, la Specializzanda lo guardava impassibile. Poi gli chiese: «Ti masturbi?»

«Be', a volte, certo. Ci sono uomini che non lo fanno?»

«E queste eiaculazioni significano tradire il tuo impegno?»

«No, certo che no. Capisco dove vuoi arrivare, ma credo sia troppo semplicistico».

«Decidi tu» disse lei, controllando l'ora sul telefono. «Ma ho un appuntamento alle otto e mezza, quindi...»

Paul rifletté sull'analogia con la masturbazione. Era semplice sollievo sessuale. Non sarebbe stato altro. I conti tornavano. Disse: «Andiamo...»

«Di sopra. Non è casa mia, la uso e basta. La mia amica l'ha comprata per fare un investimento. Io le do una percentuale».

«E questo compensa i costi di gestione?» Se fosse stato vero, la Specializzanda avrebbe dovuto soddisfare un sacco di clienti.

«Oddio, no. Sono due situazioni diverse. Lei ha comprato un immobile pignorato. A un certo punto lo venderà, quando penserà che il mercato sia favorevole».

«Oh. Va bene, ho capito».

«Quindi?»

«Okay».

«Okay? Cioè, concludiamo?»

Lui annuí. Lei lo accompagnò fuori, poi alla porta che conduceva al piano di sopra, quindi nell'appartamento. L'unica grande finestra dava su uno studio fotografico dall'altra parte della strada. All'interno, una giovane donna posava con un cagnolino maculato mentre il fotografo si spostava per scattare con il flash.

Era prima che tutti usassero Venmo, e la Specializzanda attaccò al telefono una cosa di plastica quadrata e gli chiese la carta di credito. «Prima il pagamento, per favore. Non preoccuparti; soddisfatti o rimborsati. Ma niente soldi; posso solo farti un buono per un altro appuntamento».

«Non posso pagare in contanti?»

«Solo carte di credito. Per l'addebito comparirà solo una sigla».

«Va bene» disse Paul. Le consegnò la carta e cercando di suonare spigliato aggiunse: «Solo un pompino».

«Certo».

Poco dopo lo ottenne, insieme a un terribile, meraviglioso sollievo. Gli occhi chiusi per tutto il tempo, pensando solo alla donna che amava, in uno scenario di circostanze molto diverse da quelle in cui si trovava. Con sua eterna vergogna, pensando a Claire.

Incantesimo o maledizione?

Era mattina quando Sophie, appena rientrata da Dubai, aprí alle sorelle la porta del suo appartamento (che non era suo) abbracciandole subito, appena varcata la soglia, perché non appena avessero scorto il panorama sarebbero state trascinate verso le finestre dalla stessa irresistibile calamita che aveva catturato lei (e tutti quanti) la prima volta, e per un breve istante sarebbe stato come se lei non esistesse.

Per quanto brevi fossero, lei aveva un gran bisogno di abbracci: era morta sua madre. Era morta sua madre e lei aveva il jet lag perché sul volo non era riuscita a spegnere il cervello e non aveva dormito. C'erano stati dei problemi con la galleria, era praticamente al verde, il suo ragazzo non rispondeva ai messaggi e, maledizione, doveva andare tutto storto, tutto insieme?

Poco prima che partisse da Dubai il suo capo, Benji, con aria seria e nervosa, le aveva detto che sarebbe stato sottoposto a una revisione contabile. «Il fisco ha scoperto alcune irregolarità» aveva aggiunto. «Tientelo per te, per ora». Irregolarità? Poteva quell'uomo virtuoso – praticamente il suo eroe, per il modo in cui aveva trasformato l'amore per l'arte in un'attività utile, perfino redditizia, e poi aveva speso il proprio nome e denaro a sostegno di buone cause – essere anche un imbroglione?

Come se non bastasse, durante il viaggio di ritorno il wi-fi dell'aereo era rimasto disconnesso per ore e lei aveva mancato di circa novanta minuti uno dei pagamenti della carta di credito. Quand'era riuscita a ricollegarsi per pagare (la rata minima, ma comunque), aveva trovato una mail in cui le addebitavano una penale e le aumentavano il tasso di interesse. Dio, quegli avvoltoi erano cosí maledettamente efficienti.

Ma torniamo al panorama.

Beck esclamò: «Oh, cavolo, ma state scherzando!» e spalancò la bocca.

Claire non disse nulla e si limitò a seguirla fino alle pareti di vetro alte quasi cinque metri.

Era uno spazioso appartamento al novantunesimo piano, all'angolo sud-est del 432 di Park Avenue, il grattacielo residenziale piú alto (per il momento) e piú recente (per il momento) della città. Da lassú, ogni altro edificio visibile appariva stranamente tronco, con l'eccezione del nuovo World Trade Center e dell'edificio preferito di Sophie, l'Empire State Building. Il giorno di San Valentino lei e Marco avevano spento le luci e ballato nel bagliore roseo dei faretti rossi, ripetendosi che quando la carriera di lui fosse decollata avrebbero avuto un attico tutto loro. Niente di cosí grandioso, probabilmente; Marco era un artista, non una pop star. Però David Choe aveva ricevuto l'incarico di occuparsi del quartier generale di Facebook e poi aveva partecipato all'offerta pubblica di acquisto per un valore di duecento milioni di dollari. In fondo tutto sta nelle conoscenze che hai e, tra tutti e due, Sophie e Marco conoscevano molte persone in grado di esercitare un'influenza su molte altre persone. Le opportunità potevano bussare in qualsiasi momento.

Allo stesso modo Sophie capiva, mentre Marco sembrava non arrivarci, che le conoscenze erano solo uno dei fattori essenziali per raggiungere un successo stratosferico. Nel calderone finivano anche il talento, la personalità, l'abilità, la fame e il tempismo. In realtà, se speravi che il fulmine ti colpisse, dovevi essere la piú attraente tra le tante possibili chiavi da legare all'aquilone di Benjamin Franklin che avrebbe volato durante il temporale perfetto.

Come sarebbe stata diversa la sua vita se Sophie fosse

stata in grado di scrivere e cantare come l'amica che possedeva quell'appartamento, o di dipingere come David Choe, o di raccontare una storia come J.K. Rowling, per esempio? Il talento era una materia prima, e per certe persone diventava letteralmente prezioso come il palladio. Anche chi si trovava nella posizione di Sophie, cioè chi viveva in un ambiente pieno di talenti, poteva diventare ricco, ma di solito ciò avveniva truffando le persone dotate di cui gestiva l'attività. Con sua grande delusione, pareva proprio che Sophie avesse troppo senso etico e troppo poco talento per diventare ricca con i suoi mezzi. Il che non significava che non ci stesse ancora provando; aveva un canale YouTube e su Instagram andava forte, e avere monetizzato entrambi contribuiva a permetterle uno stile di vita a cui voleva davvero restare abituata. Dio, se solo i posti migliori in cui vivere (le migliori città, e i grandi appartamenti che ne facevano parte) non fossero stati anche cosí costosi, cazzo! Se solo diventare un'influencer con la I maiuscola e decine di milioni di follower fosse stato cosí facile come l'aveva fatto sembrare Kim Kardashian; Kim era diventata famosa perché amica di Paris Hilton, e in fondo anche Sophie aveva amici famosi.

Era questione di carattere? Lei, Sophie, era troppo o troppo poco per essere in grado di trasformare quelle amicizie in oro, se non in palladio? Poteva (e spesso lo faceva) concluderne che forse l'unica strada percorribile per ottenere la felicità era quella di sposare uno ricco. Tuttavia anche quest'opportunità, presentatasi con tanta facilità ad alcune delle donne che aveva conosciuto nel corso degli anni, continuava a sfuggirle.

Beck, sempre con lo sguardo puntato fuori dalle finestre, disse: «Nonostante la stanchezza, direi che siamo impressionate».

Claire si rivolse a Sophie. «Una volta ho portato Chad e David sul Top of the Rock ed entrambi hanno avuto le vertigini. Qui a che altezza siamo?»

«Non so bene» rispose Sophie. «Beck, quel giaccone è favoloso. È nuovo?»

«Sí. Avevo bisogno di tirarmi su».

«Bravissima».

Claire disse a Sophie: «Non le hai chiesto quant'è alto?»

L'oggetto della domanda di Claire era Tania Uccello: pop star, attrice, testimonial, modella da copertina, imprenditrice, una forza della natura che faceva sembrare sonnambula la scattante Sophie. Certo, all'inizio la coca aveva fatto parte dell'equazione, ma molte persone si facevano di coca e si limitavano a spendere qualche centinaio di dollari a sniffata. Tania, però, l'aveva fatta funzionare davvero: ora il suo patrimonio netto era nell'ordine delle centinaia di milioni. Era mai esistito un ritorno sull'investimento piú cospicuo di quello, nella storia della coca? Sophie non riusciva a immaginarlo. Per quanto riguardava l'attico, Tania aveva bisogno di un posto dove mettere i soldi, e cosa c'era di meglio di un grattacielo a Park Avenue che le permetteva di contemplare non solo tutta Manhattan al di sotto di 56th Street, con entrambi i fiumi, tre *boroughs* e piú oltre l'Oceano Atlantico, ma anche piú a est il quartiere dov'era nata, Maspeth, il posto dove «quegli stronzi del mio liceo pensavano che non avrei mai combinato nulla».

Disse a Claire: «No, non gliel'ho chiesto, tanto che differenza fa? Non sono le cifre che mi interessano. Voglio dire, è tanto alto, cazzo, no?»

«Sai quanto l'ha pagato?» chiese Claire. «Questa cifra ti interessa?»

Le interessava, o almeno piú di sapere l'altezza precisa dell'attico. Le interessava perché aveva seguito l'ascesa stratosferica di Tania per quasi vent'anni, un po' come alcuni avevano seguito quella di Tom Brady fin dai tempi in cui giocava a football al liceo Serra di San Mateo. Semplicemente, c'erano persone che riconoscevano una potenziale grandezza, quando la vedevano. Anzi, quello era l'unico vero talento di Sophie, il motivo per cui era riuscita a scalare relativamente in fretta i ranghi del mondo dell'arte (e ad arrivare a quel punto, che non era sufficiente). Eppure continuava a pensare che il suo unico vero fallimento fosse l'incapacità di trasformare quel talento in una fabbrica di denaro.

«L'ha pagato parecchio».

Beck era ancora in piedi alla finestra. «Scommetto che le spese condominiali sono quindicimila dollari al mese».

Claire disse: «Come puoi anche solo cominciare a...»

«Ho scritto di questo edificio per il *Times*. La storia finanziaria delle prime fasi del progetto pareva piuttosto losca: i compari di Trump, il suo finanziatore, alcuni russi, l'Ucraina, eccetera. Ma d'altronde, quando mai in questa città non succede qualcosa del genere?»

«Sono sicura che Tania Uccello non si preoccupa di questo tipo di dettagli» disse Claire. «È troppo impegnata a essere follemente ricca».

«Non sminuirla in questo modo» intervenne Sophie. «È una persona consapevole. Ma tornando al punto di Beck, se si degnasse di comprare solo case in grado di superare un test di trasparenza, non avrebbe mai potuto trovare un attico a Manhattan».

«È chiaro che non vive qui, comunque» disse Claire. «Il che mi sembra una follia. Spendere dio solo sa quanti soldi e poi lasciare la casa inutilizzata... da lei, intendo».

«Te l'ho detto, è in tour e voleva una persona fidata che badasse alla casa. Anzi, che si occupasse delle piante». Sophie indicò la folta schiera di piante in vaso posizionate in tutto il soggiorno. «Sono sicura che in portineria ci sono persone che lo farebbero, ma pensateci: se fosse casa vostra vorreste uno schiavo a paga oraria, come siamo state tutte, che frughi in giro?» Le sorelle ammirarono l'arredamento moderno di alto livello, le opere d'arte, gli oggetti raccolti nel corso di una vita vissuta a livello internazionale e a piccoli bocconi. «Secondo Tania è una violenza avere nel suo spazio persone che non conosce».

Claire disse: «Non ha un parente disposto a farlo? Certo, per tua fortuna probabilmente no».

«No, sua madre va in tour con lei. E odia suo padre. Suo fratello sta nella sua tenuta di Panama. Cosí l'ha chiesto a me. Probabilmente sono l'amica piú intima, o almeno la piú fidata, che abbia in città».

«Oh, la tenuta di Panama» disse Claire. «Be', la prossima volta fai uno scambio con il fratello. Io ci voglio andare».

Sophie non parlò delle altre proprietà di Tania: la fattoria in Norvegia, per esempio, gestita da professionisti, o l'appartamento di Singapore, attualmente occupato dalla loro amica Danica. Aveva anche una splendida palazzina a Londra, di cui si occupava Tarik, il suo attuale compagno, e un appartamento a Parigi che affittava praticamente sempre. Tania aveva molto, e non solo a livello materiale. Aveva orgoglio. Aveva amore. Sophie non era esattamente gelosa, ma invidiosa sí. Tania aveva «trovato la strada», mentre lei, Sophie, aveva svoltato a sinistra e si era ritrovata in una vita da criceto sulla ruota, senza possibilità di uscita nel prossimo futuro.

Beck disse: «Le date di Tokyo sono andate sold out in due ore. È follia».

«Ehi» esclamò Claire, «hai scritto anche di questo?»

«No, ma leggo».

«C'è gente troppo impegnata per leggere i gossip sulle celebrità» disse Claire.

Beck rispose: «C'è gente che invece deve sapere tutto della loro vita, perché fa parte della loro professione, che consiste nel fare interviste di tanto in tanto alle celebrità. Celebrità minori, soprattutto scrittori, ma famosi nel loro campo».

Claire la ignorò. «Soph, ricordamelo, hai lasciato il tuo appartamento, oppure Tania ti paga l'affitto, o cosa?»

«L'ho subaffittato» rispose Sophie. (Bugia.)

«Da quanto tempo ci abiti?» chiese Beck. «Perché non l'ho mai visto?»

«Non lo so. Non riusciamo mai a incrociarci?» Anche questa era una bugia. Sophie sapeva bene perché Beck non l'aveva visto: era un appartamento immaginario.

A sua madre e a Beck aveva raccontato di avere affittato un fantastico loft a Williamsburg, con vista sullo skyline della città, mentre la verità era che aveva alloggiato a breve termine nelle case di diverse persone che in realtà non sapevano nulla di lei, ma a cui era stato detto che era affidabile, che l'avevano assunta e poi avevano fatto il suo nome ad altri. Erano persone che Sophie considerava ricche e spensierate: giovani donne e uomini che non avevano mai dovuto lavorare per guadagnare e quindi non erano piú di tanto interessati a proteggere le loro cose. La preoccupazione che nutrivano era di lieve entità, la sorveglianza che esercitavano minima, ed era per questo che si facevano imbrogliare cosí facilmente dai dipendenti, senza nemmeno rendersene conto. Per quelle persone lei era Sophie Silverberg e sul web aveva una presenza che confermava quella che credevano fosse la verità su di lei. Non c'era nulla di male in quell'inganno: diversamente dagli imbroglioni veri e propri, lei era davvero affidabile come la descrivevano. Che differenza c'era tra la sua attività e quella di chi gestiva lo stesso tipo di servizi utilizzando il nome di una società inventato per l'occasione? Nessuna, a parte il fatto che la sua era irraggiungibile dal fisco. Aveva bisogno di tenersi ogni dollaro – «tenere» era il verbo che precedeva «inviare», per la precisione ai suoi creditori.

Tra una casa a cui badare e l'altra, Sophie si era accampata in uno squallido hotel di Long Island City. Era lí che viveva quando Tania, che non era a conoscenza del suo secondo lavoro, le aveva mandato un messaggio per chiederle *un ENORME favore... So di essere stata una pessima amica, SUPER impegnata, ODDIO faccio perfino fatica a pensare, ma per favore dimmi che puoi badare alla mia nuova casa mentre sono in tour. Nove mesi, è una richiesta ENORME, lo so. Chiamami.*

Tania ovviamente era al corrente della vera identità di Sophie. Si erano conosciute a un rave a Brooklyn, due sedicenni toste che avevano in testa solo i ragazzi, e avevano subito fatto amicizia. A diciotto anni Sophie, con le sue doti di disegnatrice amatoriale e il suo interesse per il mondo dell'arte presente e passato, si era iscritta alla School of Visual Arts, mentre Tania aveva iniziato a girare per il Nordest scrivendo canzoni ed esibendosi in bettole e locali seminterrati. Allora Sophie si sentiva leggermente superiore all'amica: piú solida, piú affidabile. Aveva parecchio sottovalutato quello che poteva accadere quando una giovane donna di talento, con un atteggiamento sfacciato e il desiderio ardente di gettarsi alle spalle una vita famigliare di merda, si lanciava nel mondo con sventatezza e calcolo insieme.

Quel giorno, piú tardi, Sophie l'aveva chiamata dal lavoro, la galleria di Benji, dov'era circondata da dipinti e sculture costosissimi di artisti molto richiesti e vestiva Stella McCartney (un pezzo scontato a causa di un piccolo strappo; un affare incredibile) e delle Louboutin appena uscite (follia necessaria, non aveva potuto farne a meno), sentendosi quindi quasi degna dell'accordo che era in procinto di stipulare. Aveva detto: «Ehi, ho ricevuto il tuo messaggio. Il mio programma di viaggi è piuttosto leggero in questo periodo, quindi sí, penso di poterti aiutare».

Alle sorelle disse: «Vi faccio fare il giro completo».

Stavano ammirando il bagno numero tre quando Claire obiettò: «Il nuovo arrivato dev'essere molto ordinato, perché non vedo nessun segno di...»

«Ah, sí, no, è finita».

«Quando?» domandò sua sorella. «Sei tornata poche ore fa».

«Poche ore fa» disse Sophie. «In pratica abbiamo avuto una divergenza di opinioni».

Beck domandò: «Quindi era una cosa vera?»

Sophie si accigliò. «Come? Sí, cioè, con tutta probabilità non ci saremmo sposati subito subito, ma era una cosa vera. Perché me lo chiedi?»

«Non lo so, ho pensato che forse gli facevi da copertura».

«Cosa, Marco? No, è assolutamente etero. E poi perché dovrei fare una cosa del genere?»

Beck si strinse nelle spalle. «Per amicizia?»

«E scoraggiare i miei veri pretendenti? Sono gentile, okay, ma non fino a questo punto».

Claire disse: «Aspettate, copertura in che senso?»

Beck spiegò. «Per chi è gay ma non dichiarato e deve sembrare etero».

Claire guardò Sophie. «E tu non eri questo per lui».

«Esatto».

«Allora cos'è successo?»

Sophie valutò per un attimo se inventarsi una storia che l'avrebbe fatta apparire meno patetica. Ma in quel momento, addolorata, dopo non aver né dormito né mangiato ed essere rimasta rannicchiata sul davanzale della finestra praticamente sin da quand'era arrivata, avvolta nella coperta di alpaca a maglia grossa di Tania, coccolata dal fioco sussurro degli enormi condizionatori d'aria e con lo sguardo rivolto alla città che si stava illuminando a poco a poco, non riuscí a trovare l'energia. «In realtà quando sono arrivata se n'era già andato. Mi sta completamente ignorando. Non un biglietto, non un messaggio, niente».

Beck si girò verso di lei. «Cosa? Oh, tesoro».

«Sto bene. Era... vabbè. Comunque è un po' un bambinone. Sono stata via due settimane e non è riuscito a sopportarlo, credo. Non ha bisogno di un'amica; ha bisogno di una figura materna da scopare».

Claire sgranò gli occhi. «Oddio, ma sono cose da dire!»

«Cosa c'è? È la verità».

Beck spiegò: «Ti dimentichi che Claire è una bigotta».

Claire disse: «Non è vero. È solo che non sono abituata a donne che parlano in maniera cosí... be', grossolana. So che lo fate entrambe, ma per prima cosa è maleducazione. Inoltre sono immagini fuori luogo».

«Oh, mi scusi, dottoressa Geller» commentò Sophie. «Non volevo offendere la sua raffinata sensibilità».

«Senti, solo perché io non uso un linguaggio volgare...»

«Questo perché sei rigida e poco creativa...»

«Smettetela» le interruppe Beck, e dopo un attimo fece sorridere tutte e tre.

«Beck la boss. Come ai vecchi tempi» disse Sophie.

Beck domandò: «Quand'è stata l'ultima volta che siamo state insieme nello stesso posto?»

«Al funerale di papà» rispose Claire. «Oddio. Dieci anni».

«Ma ora siamo insieme» disse Sophie. «E faremo colazione, giusto? Vi offrirei di mangiare qui, ma la dispensa è piuttosto vuota. Potremmo mangiare di sotto, nella sala da pranzo privata, ma che ne dite se facciamo la nostra solita cosa da finte turiste e andiamo a fare colazione da Sarabeth?»

Claire fu nuovamente attratta dalla vista e si mise a guardare la città. «Non possiamo ordinare a domicilio?»

«Dal piano di sotto o da Sarabeth?»

«Non mi interessa. Non sono ancora pronta ad andarmene da qui. Potrei non vedere mai piú nulla di simile».

«Allora fermati, finché sei in città» disse Sophie, sorprendendo perfino sé stessa. Non aveva avuto intenzione di fare un'offerta del genere, soprattutto non a Claire. Eppure le parole le erano uscite di bocca. Era davvero molto stanca. Comunque avere lí sua sorella in quell'attico spazioso poteva farla sentire meno sola. Insistette: «Lascia la camera al NoMad. Tanto qui non ho piú bisogno di privacy».

Beck disse: «Perché solo lei? Non è affatto giusto».

«Anche tu» disse Sophie, a cui l'idea piaceva sempre di piú. Non sarebbe rimasta lí da sola con le piante di Tania e la testa piena d'angoscia. «Sarà proprio come quand'eravamo bambine, ma con camere da letto separate e il triplo dello spazio».

«A dir poco» osservò Claire.

Beck aggiunse: «E un ascensore ad alta velocità».

«E un centro fitness con personal trainer» continuò Sophie, facendo un elenco. «Piscina, spa, sauna, biliardo, biblioteca, ristorante privato, monolocali per la servitú e servizi di portineria che includono l'organizzazione di voli charter e la spedizione di auto sportive, se avete bisogno che la vostra Bentley o Lamborghini vi raggiunga all'estero. E non solo».

Beck disse: «Non è esattamente il livello di servizi portineria che offriva la mamma». Marti era stata una portiera molto ambita nei severi palazzi prebellici dell'Upper East Side e nei grattacieli di Midtown in cui andavano ad abitare dirigenti di medio livello di aziende di medio livello.

«Accetto» disse Claire. «Perderò qualche centinaio di dollari, ma non mi interessa».

«Non è una gran perdita, se ci pensi» disse Beck. «Vedilo come un upgrade».

Claire disse: «Un regalo della mamma, grazie ai soldi dell'assicurazione e a tutto il resto».

I soldi, pensò Sophie. I soldi! Che Dio l'aiutasse, al pensiero quasi le veniva l'acquolina in bocca. Era assolutamente dispiaciuta che sua madre se ne fosse andata, ma non era affatto dispiaciuta che, se sua madre doveva proprio andarsene, in arrivo ci fosse almeno un piccolo guadagno.

La sua ansia di avere piú denaro non era in alcun modo la misura del suo dolore, naturalmente, e dall'aldilà (se esisteva) Marti l'avrebbe capito, Sophie ne era certa. Disse: «Siete tutte contente, adesso? Ricordatevi di mettere in valigia gli spazzolini da denti, i pigiamini e le copertine preferite; non voglio che nessuno soffra di nostalgia di casa, e non condivido le mie cose. Ora, si va a mangiare?»

Dopo la colazione (per Sophie, come sempre, Goldie Lox: uova strapazzate / salmone affumicato / formaggio spalmabile), Beck chiamò un taxi per andare a casa di Marti. Durante il tragitto le sorelle rimasero per lo piú in silenzio, ognuna osservava i luoghi con nuova attenzione. Soprattutto a Claire la città sembrava diversa da come la ricordava. I mega grattacieli di lusso (compreso quello di Tania) che spuntavano dalle strade di Uptown facevano sembrare la zona un po' strana, futuristica. Sophie disse: «La nuova Central Park Tower sta praticamente mostrando il dito al 432 di Park Avenue». Beck commentò: «Dove andremo a finire?» Per quanto riguardava Midtown, sembrava piú pulita di prima, quasi ringiovanita. In tutta la città, il viavai di persone che svolgevano le loro attività quotidiane sembrava ordinato e pieno di determinazione. Lí c'era tanta vita, ogni metro quadrato massimizzava il proprio potenziale, o almeno cercava di farlo.

La Manhattan della loro giovinezza era stata piú cruda, meno simile a un parco attrazioni Disney e piú a un oscuro circo gestito da quel clown, Rudy Giuliani. In ogni modo, sembrava un posto in cui si *viveva* piú che un luogo in cui si *andava*, qual era invece il parcheggio per super ricchi e la giostra per turisti che era diventata. Quanto ci sarebbe voluto prima che qualcuno iniziasse ad appendere teleferiche tra i grattacieli e a far pagare cento dollari per cinque secondi da brivido?

Quando uscirono su 19th Street rimasero sul marciapiede a guardare l'edificio che era stato la pietra miliare delle loro vite. Non parlarono subito, erano tutte perse nei loro pensieri. Quel posto non era niente di speciale, eppure per la loro famiglia era stato, per molto tempo, tutto. La casa di Leo e Marti, nei primi anni Settanta. La casa delle ragazze Geller, negli anni della crescita.

Alla fine Beck disse: «Va bene, facciamo cosí. Voi prendete l'ascensore, io faccio le scale».

«Anch'io» fece Claire.

Sophie disse: «Ci vediamo di sopra».

Il netto contrasto tra la casa di Tania e quella, anche se non inatteso, sembrò piú crudele di quanto sarebbe stato se ci fosse stata Marti. «Sono io?» disse Claire, e le sorelle risposero che no, quel posto era davvero un po' triste – o forse erano talmente intristite dall'essere lí in quelle circostanze che la tristezza influenzava il loro giudizio sul posto in cui avevano imparato a gattonare, a camminare e a parlare, in cui litigavano per occupare il bagno, in cui stavano sedute gomito a gomito al tavolo rotondo a chiacchierare delle loro giornate con il padre. Leo, universalmente considerato l'epitome del *mensch*, si prendeva il tempo di ascoltare ognuna di loro, di tirar fuori le loro storie, di fare domande, di lodare buoni comportamenti o giudizi, sfidandole con intuizioni sul mondo che li circondava. Sí, sembrava che preferisse un pochino Beck, ma forse perché era stata con lui e Marti per quattro anni prima dell'arrivo di Claire e otto prima di quello di Sophie, quindi avevano avuto molto piú tempo per legare. In ogni caso, ora l'appartamento sembrava piú spento, piú piccolo e piú squallido, i mobili piú logori, la biancheria, i piatti e i libri piú datati di quanto ricordassero, perfino Beck e Claire, che c'erano state solo il giorno prima.

«È cosí ordinato» disse Sophie. «L'ultima volta che sono venuta sembrava che... be', che ci vivesse la mamma. Ora è solo un mausoleo».

Beck si tolse il giaccone e lo appese a una sedia del tavolo da pranzo. «Voleva renderci le cose piú facili».

«Non c'è poi molto da fare, vero? Non sto cercando di sottrarmi; devo solo essere alla galleria entro le tre per parlare di persona con Benji. È un tipo insicuro».

«Dobbiamo solo organizzare tutto in base alla destinazione e coordinarci con le agenzie per il ritiro. Ho degli scatoloni e ho fatto per ciascuna una lista di cose da fare». Beck fece una pausa come se si aspettasse delle proteste. Non ne arrivarono, cosí continuò: «Allora okay, le istruzioni della mamma erano piuttosto chiare, ma se c'è qualcosa che volete tenere e che non avete concordato con lei, parliamone. Tanto non saprà che non è andato in beneficenza. Magari qualche oggetto personale. Per esempio: io vorrei quel maglione di ciniglia rosso che indossava spesso».

Claire disse: «Parli di quello che le ho regalato per Hanukkah qualche anno fa?»

«Non so da dove venga, so solo che lo associo a lei. Stai dicendo che non dovrei prenderlo solo perché potresti averglielo dato tu?»

«Be'» disse Claire, «sto solo dicendo che visto che gliel'ho regalato io...»

Sophie intervenne: «Oddio. Avete intenzione di andare avanti cosí? Ci sono mille cose per cui litigare. Io non voglio niente, se non quello che ho già scelto e le cose che ho lasciato qui».

Beck disse: «Dici cosí, ma è probabile che ti capiterà sotto mano qualcosa. Come quel maglione. Non ci avrei mai pensato prima, ma per me – e l'ho vista molto spesso – è la mamma. Qualcuno di voi gliel'ha mai visto addosso?»

«No, va bene, prendilo» le disse Claire, voltandosi. «Mi dispiace. Non dovrei essere cosí possessiva. Non è mica mio, tanto per cominciare. Se ti rende felice, prendilo».

«Va bene» disse Beck. «Grazie». Si guardò intorno. «Credo che dovremmo fare a *divide et impera.* Avete preferenze? Chi vuole occuparsi della cucina?»

Le tre rimasero lí a contemplare quelle prove di esistenza, tutte cose che presto sarebbero state relegate ad altre vite, ad altre case, a persone e luoghi che non avevano mai visto e non avrebbero mai conosciuto.

«Sarà durissima» commentò Claire.

Colpa dei gin martini che avevano preparato in una caraffa svedese soffiata a mano o, se siete inclini a credere nelle forze ultraterrene, colpa dell'influsso postumo di Marti, ma quella sera tardi, quando si fecero la doccia e si rilassarono nell'attico di Tania mentre la città scintillava sotto di loro, avere in precedenza confessato di essere stata abbandonata senza tante cerimonie da Marco spinse Sophie a informarsi sulla situazione sentimentale delle sorelle, cosa che prima non sarebbe mai stata propensa a fare, perché non erano il tipo di sorelle da condividere questo genere di cose.

Forse c'entrava la differenza di età: ognuna di loro era maturata indipendentemente dalle altre. Quando Beck aveva avuto il primo ciclo mestruale, Claire aveva otto anni, Sophie quattro e non aveva ancora smesso del tutto il pannolino. Quando Beck aveva conseguito il diploma superiore, Claire stava ancora aspettando di avere le mestruazioni e Sophie era ossessionata da *Cucciolandia.* Due anni dopo, Beck era sposata e madre di un neonato, mentre Claire combatteva contro l'acne e si chiedeva se un ragazzo l'avrebbe mai amata come Paul amava Beck. Sophie aveva appena scoperto la masturbazione.

Anche le loro diverse personalità avevano sicuramente giocato un ruolo. Beck: autoanalisi e attenzione. Claire: autodifesa e giudizio. Sophie: indipendenza e impegno costante a diventare qualcosa di diverso/migliore/superiore rispetto alle sorelle, a essere la Sophie migliore possibile, qualunque cosa significasse.

Quella sera però la Sophie migliore possibile era stata ostacolata dagli effetti di un terzo martini e, seduta con la Manhattan notturna che si stendeva davanti a lei, disse alle sorelle, senza curarsi di chi avrebbe risposto per prima: «Allora, okay, ditemi una cosa del vostro matrimonio che vi ha fatto pentire di quello che avete fatto, cioè sposarvi. Aiutatemi: sto cercando di giustificare la mia condizione di eterna single».

Beck e Claire si guardarono come per vedere chi avrebbe avuto il coraggio di buttarsi. Ci fu una pausa prolungata, poi Beck sbottò: «Avrei voluto sapere che Paul era gay. Cioè, *probabilmente* gay. Sono quasi certa che lo sia».

Sophie rimase a bocca aperta, mentre Claire, che stava cercando di posare il bicchiere, cadde dal divano. Cadde davvero. In ginocchio, carponi. Si tirò su e disse: «Ti prego, dimmi che stai scherzando».

Beck rispose: «Magari!»

Sophie scoppiò a ridere. «Oh... cazzooo! Be', chiudiamola qua. Siamo senza speranza. Mi ritirerò in convento».

Anche Beck stava ridendo. «Una suora ebrea! Questa sí che è un'idea. Fammelo sapere se ti prendono; potrei voler venire anch'io».

Risalita sul divano, Claire le fissò entrambe. «Non lo trovo affatto divertente. E non ci credo».

Sophie disse a Beck: «Quel "collega" di cui mi hai chiesto era Paul, vero?»

Beck annuí. «Sí, scusami. Non volevo fargli outing. E non avrei dovuto farlo ora».

Sophie disse: «Non posso credere di non essermene accorta! È stata sua l'idea di mettere la tappezzeria in bagno, vero?»

Claire obiettò: «Non cadere negli stereotipi. Anche gli uomini etero sanno arredare. Gli etero sanno essere gentili».

«E poi il sesso» continuò Beck.

«Il sesso cosa?» fece Claire.

Sophie intervenne: «Non ne fanno».

Beck disse: «Penso che potrebbe avere una storia con Geoff, il suo assistente. Buon per lui, no? Solo che temo che Geoff lo stia usando».

Claire si alzò e, un po' instabile, si avvicinò al carrello del bar. La caraffa del martini era vuota. Lasciò cadere dei cubetti di ghiaccio nello shaker e aggiunse del gin, dicendo: «Allora è stato tutto inutile. Inutile, cazzo. Non che non lo pensassi già».

«Urrà!» esclamò Beck. «Claire ha finalmente imparato a bestemmiare!»

Sophie rise di nuovo, ma osservò anche l'espressione truce di Claire. Poverina! Tutto quel tempo a struggersi per un uomo che non solo non poteva avere perché aveva sposato sua sorella, ma che non poteva avere e basta, che non avrebbe mai potuto avere perché non gli piacevano le donne. Claire le lanciò uno sguardo che minacciava omicidio se Sophie avesse dato voce a ciò che le passava per la testa.

Sophie disse: «Wow, in tutti questi anni devi esserti sentita molto respinta!»

«In realtà no» rispose Beck. «Credo che una parte di me sapesse la verità, perché, e forse qui sto rivelando troppo, non sono mai stata granché attratta da lui».

«Mai» ripeté Claire in tono piatto.

«Non proprio. Non in quel senso».

Sophie chiese: «E in tutti questi anni ti sei accontentata?»

«Mi andava bene» disse Beck. «Il sesso comunque è sopravvalutato».

«Non tutto» obiettò Sophie. «Un po'. Ma sicuramente non tutto».

«Comunque, cosa farai?» domandò Claire. «Non ti sento terribilmente sconvolta».

«Che senso avrebbe?» disse Beck. «Non lo amo di meno per questo».

Il suo telefono squillò e lei diede un'occhiata allo schermo. «*Lupus in fabula*». Lo rivolse verso l'esterno per mostrare che si trattava di Paul. Poi rispose: «Pronto, stavamo giusto parlando di te».

Mentre Beck si scusava e andava a continuare la conversazione in camera da letto, Sophie disse: «So cosa stai pensando. Ma vedila in questo modo: se ha ragione su Paul, hai schivato un proiettile».

«Non è gay. Lo saprei».

«Oh, tu lo sapresti, ma sua moglie no? Forse non vuoi accettare che sia vero».

Claire fece roteare il drink nel bicchiere. «Forse».

«Senti, forse non è troppo tardi per sistemare le cose. Chad potrebbe essere disposto a riprenderti».

«Ehm, no».

«Dico sul serio».

«Gli piacerebbe molto se tornassi strisciando» disse Claire. «Per questo non lo farò mai».

«Mi sembra giusto». Anche Sophie non era tipo da mettersi a strisciare.

Sempre con passo incerto, si portò il drink al davanzale della finestra pensando a Marco, a Chad, a Paul. Alle sue sorelle e a sé stessa. «Ma guardaci» disse. «Parliamo sempre e solo di uomini. Cosa ne penserebbe la mamma?»

Claire rispose: «La mamma ha avuto una vita d'incanto sotto questo punto di vista, e voleva lo stesso per noi».

«È questo che rende la stregoneria cosí interessante» disse Sophie.

«Ma di cosa stai parlando? Sei ubriaca».

«Oh, non c'è dubbio. Ma stammi a sentire. Hai detto "d'incanto". In alcune situazioni un incantesimo è un incanto, ma in altre è una maledizione. Stesso incantesimo, effetto diverso».

Claire alzò il bicchiere. «Non so se sia vero, ma faccio comunque un brindisi».

Sophie era in piedi sul davanzale della finestra, con la schiena appoggiata al vetro. «Spero che non abbia pensato che sono una fallita».

«Per favore. Se qui c'è qualcuno che è un fallimento, quella sono io».

«Tu? Sei tu quella ubriaca» disse Sophie.

Beck tornò in salotto. «Paul vi manda un abbraccio».

«Avrei dovuto finire gli studi» disse Sophie.

«Perché non li hai finiti?» chiese Claire.

Beck si sedette e rispose: «Ha conosciuto quel tizio della DreamWorks che era alla School of Visual Art per reclutare quelli dell'ultimo anno».

«Sí» confermò Sophie. «Poi l'ho seguito a Los Angeles per un paio d'anni».

«Ero molto invidiosa» disse Beck. «Ci viveva anche Joan Didion. Ci ha scritto i suoi lavori migliori».

Sophie non ci aveva scritto i suoi lavori migliori, ma ci aveva tirato la coca migliore della sua vita. E si era fatta assumere alla William Turner Gallery. E aveva conosciuto Benji, cosí affascinante, cosí desideroso di emulare la grande operazione della Turner. L'aveva attirata a New York con la promessa di una paga migliore, di un ruolo piú importante e di una vera opportunità di crescita. Aveva conoscenze a Hollywood. Aveva affittato uno spazio al Greenwich Village. Era stato allora che erano iniziati i suoi problemi economici. Voleva essere la Carrie Bradshaw della scena dell'arte contemporanea, e questo significava apparire in un certo modo.

Claire disse: «Le donne fanno un sacco di cose stupide per amore».

«L'amore non c'entra» disse Sophie. «Cioè, sí, a volte si tratta di amore. Ma quello che gli uomini ci danno è anche il potere. Se siamo fortunate. È un sistema di merda. Dovremmo fare la rivoluzione».

Beck disse: «Hai visto *Hamilton*, vero?»

«È la seconda volta che parli di *Hamilton*» disse Claire. «Sei ossessionata».

«Per favore» disse Beck. «Non puoi vivere qui e non esserlo».

Quando Sophie iniziò a canticchiare *The Story of Tonight*, continuò: «Okay, andate tutte a lavarvi i denti, è l'ora della nanna».

Claire disse: «Riordino io».

«Lascia fare alla cameriera» le rispose Sophie.

«La cameriera» disse Beck scuotendo la testa.

«Cosa c'è?»

«Niente. Questo posto!» Beck agitò il braccio a indicare l'ambiente circostante. «Nuotiamo nell'opulenza. Siamo in cima a Manhattan. È assurdo. Pensa ai palazzi in cui lavorava la mamma. Io credevo che fossero tanto eleganti, ma non erano nulla in confronto a questo. Vorrei che potesse vederci ora».

Rimasero tutte in silenzio per un momento, pensando a Marti.

Sophie disse: «Volevo farla venire qui, una volta tornata dal mio viaggio. Continuava a ripetere: "Aspetto che torni Tania" perché le voleva bene e voleva stare qui con lei. Non voleva bene a Marco. E ho pensato: e se non ci arriva, alla fine del tour di Tania? Ma non ho fatto niente. E adesso è troppo tardi».

Beck disse: «Io avevo intenzione di portarla nel Maine, quest'estate. Non è piú andata al lago da quando si è ammalata. Credo che Helen – ve la ricordate, la vicina? – sia andata a dare un'occhiata, ogni tanto. Erano amiche da molto tempo».

Claire disse: «Pensavo di portare David qui per la Pasqua. Vedere la mamma, i cugini, conoscere Leah...»

«Dovremmo parlare del rustico» disse Beck. «Nel senso che io non voglio venderlo».

Sophie obiettò: «Dobbiamo venderlo. Lo dice il testamento».

«Non dobbiamo, se siamo d'accordo di non farlo. C'era scritto questo nella lettera della mamma, ricordi? Diceva che se nascono controversie possiamo risolverle da sole».

«Va bene, ma comunque non vedo perché tenerlo».

«Claire?» disse Beck.

Claire rispose: «Nemmeno io».

Beck sembrò preoccupata. «Non ci siete affezionate, proprio per niente?»

«Quello a cui sono affezionata» disse Sophie, inventando di getto «è un progetto davvero grandioso in cui non pensavo di poter investire, ma ora, con i soldi della vendita, potrò farlo. Comunque, non hai detto che è ora di fare la nanna? Sono distrutta». Voleva solo rintanarsi sotto le coperte e chiudere fuori tutto lo stress, almeno per un po'. Il giorno dopo avrebbero seppellito sua madre. Che pensiero orribile! Impossibile! Eppure...

Andarono ognuna nella propria camera e si sistemarono. Sophie ammucchiò altre coperte sul letto e si infilò sotto. «Un pisello nel baccello» diceva Beck ogni volta che la vedeva accoccolata a quel modo. A volte si sedeva in fondo al letto e le raccontava una storia: di piselli nei baccelli, o di gatti che si aggiravano sui tetti di Parigi, o di folletti e spiritelli che vivevano sulle scale antincendio di tutta Manhattan. Sophie, infilata in quel letto cosí in alto nel cielo che nessun folletto avrebbe mai potuto raggiungerla, avrebbe tanto voluto che Beck venisse a raccontarle una storia. Qualcosa di allegro. Qualcosa di sciocco. Ma naturalmente Beck non venne.

Tutto rimase tranquillo per qualche minuto, poi Sophie sentí Beck esclamare: «Buonanotte, John-Boy».

Claire gridò: «Buonanotte, Jim-Bob».

E Sophie, che non aveva mai guardato le repliche di *Una famiglia americana* ma aveva sempre amato il fatto che Beck ne avesse fatto un rituale della loro infanzia e avesse imparato la sua parte, gridò di rimando: «Buonanotte, papà. Buonanotte, mamma. Buonanotte a tutti».

Cercare di intuire le sue intenzioni

Per il funerale di Marti, le sorelle avevano fatto del loro meglio per seguire alla lettera le sue indicazioni. Avrebbe riposato in una bara tradizionale di legno. Il servizio funebre si sarebbe tenuto in cimitero e sarebbe stato breve, nella misura in cui poteva esserlo. Non ci sarebbero state preghiere cantate, ma solo un breve discorso del rabbino della sua sinagoga, seguito dai commenti di chiunque avesse voluto intervenire. Marti aveva pagato in anticipo per cinquanta nastri neri *kriah*, non perché si aspettasse un numero tanto elevato di partecipanti, ma perché costavano come comprarne venti.

Al posto dei fiori aveva chiesto donazioni per i suoi enti di beneficenza preferiti, e loro avevano doverosamente fatto girare l'informazione, come avevano fatto girare il cibo arrivato all'appartamento – a meno che le pietanze non fossero dentro un contenitore che doveva essere rispedito al mittente, come nel caso del *noodle kugel* del signor Abraham, dei *rugelach* della signora Leavitt e dei cupcake al cioccolato preparati dalle gemelle Kasey, due bambine di cinque anni che vivevano nell'appartamento sotto quello di Marti. Beck e Sophie avevano mangiato un cupcake a testa, poi Sophie li aveva distribuiti ad alcuni universitari impazienti di Union Square, prima di restituire alle gemelle il vassoio decorato con immagini del tappeto magico di Aladino.

Lí al cimitero, in mezzo a una folla di quasi quaranta persone in lutto (una buona affluenza, visto che era un giorno feriale), Paul indossava il completo nero che portava per ogni occasione formale. Come Paul, il completo non poteva dirsi elegante per gli impossibili standard newyorkesi, eppure aveva qualcosa che lo faceva risaltare nel mare di altri completi dal prezzo simile indossati dagli uomini che avevano raggiunto la famiglia per dare l'ultimo saluto a Marti. Solo il completo di Chad superava quello di Paul (e tutti gli altri): aveva scelto un tessuto scozzese dalla trama scura appena accennata, in blu zaffiro e nero, con nell'ordito una sfumatura di prugna. Paul ammirava il completo e la volontà di Chad di essere presente al funerale vestito cosí; non tutti gli ex mariti, traditi dalla moglie in maniera eclatante (o almeno cosí aveva detto Beck, anche se la sua conclusione era ancora basata solo su illazioni), si sarebbero assentati dal lavoro per andare a rendere omaggio alla suocera. Paul la trovava una dimostrazione di carattere. Se Chad era un po' freddo nei suoi confronti, be', c'era da aspettarselo, visto che la lealtà famigliare era quella che era.

Il vecchio rabbino Schneider, che aveva sposato Paul e Beck e seppellito Leo, si trovava ora davanti alla tomba di Marti. «Al molay rachamim, shochayn bam'romim, ham-tzay m'nucha n'chona al kanfay Hash'china, b'ma-alot k'doshim ut-horim k'zo-har haraki-a mazhirim, et nishmat Marti...»

Paul, però, aveva la testa piena di Claire.

Quel giorno l'aveva vista per la prima volta da quand'era arrivata a New York ed era improvvisamente meno sicuro di quel che pensava di lei dopo la separazione da Chad. In altre parole, se aveva effettivamente tradito Chad in modo clamoroso, non era la donna che aveva sempre creduto che fosse. E se non era quella donna lí, allora chi era? E che importanza aveva? E chi era lui per giudicarla?

Anche se, a onor del vero, quello che lui aveva fatto un paio di volte quell'anno prima che la Specializzanda si laureasse e scegliesse la specializzazione in un altro stato (non gli aveva rivelato in quale ospedale e nemmeno in quale stato), e quello che aveva fatto un paio di volte piú di recente con una donna che lei gli aveva consigliato, non era di per sé un tradimento. Per definizione, tradire significa «comportarsi in maniera disonesta per ottenere un vantaggio indebito». Non era questo che stava facendo. Non ne aveva ricavato alcun vantaggio, per sé o per altri. Semmai, i suoi incontri erano serviti anche a Beck, oltre che a sé stesso. Le faceva un favore, sollevandola dall'onere del sesso coniugale, al quale ormai era ben poco interessata.

All'inizio non erano stati particolarmente bravi nel sesso, ma lui aveva creduto che sarebbero migliorati. A quei tempi, essendo piú grande e leggermente piú esperto, si sentiva obbligato a guidare il gioco, e Beck lo seguiva. La sua sicurezza era piú simulata che meritata, quindi il sesso era incerto, a volte imbarazzante e in genere non durava a lungo. Lei non si lamentava mai. Anzi, a volte sembrava sollevata all'idea che finisse cosí in fretta. E non gli chiedeva di fare qualcosa di piú; lui avrebbe acconsentito se lei avesse voluto, ma evidentemente non voleva. Le donne moderne sono capaci di chiedere quello che vogliono, giusto?

Beck era una donna decisa, intelligente e forte; Paul si era convinto che il sesso non la entusiasmasse. E non le aveva comunicato il suo desiderio di un maggiore entusiasmo perché non voleva che si sentisse giudicata, ferita o inferiore. Per lo stesso motivo si era sentito inibito dal mostrare lui stesso quell'entusiasmo e non aveva nemmeno mai capito come affrontare l'argomento in una conversazione. Era terribilmente difficile parlare di sesso quando non si parlava di sesso.

Lei era rimasta incinta di Cammie quasi subito. Poi, diciotto mesi dopo Cammie era arrivato Zack e prima che Paul se ne rendesse conto erano passati anni e la loro vita aveva preso una specie di ritmo, una logica che per lo piú funzionava. Sollevare l'argomento della mancanza di entusiasmo di Beck per il sesso, per il sesso con lui, sarebbe stato ingiusto nei suoi confronti, no? Non era nemmeno sicuro di essere preparato all'altra possibilità: che fosse lui la causa di quel tiepido interesse e che, se glielo avesse chiesto, avrebbe dovuto ammettere che sí, era vero, e che non l'aveva confessato perché non voleva farlo sentire giudicato/ferito/inferiore. Era decisamente possibile che fosse cosí.

E poi era arrivata l'estate in cui avevano portato i bambini a Duluth a trovare Chad, Claire e David, che all'epoca aveva tre anni ed era il bambino piú carino che Dio avesse mai creato, un sosia di Claire alla stessa età. Erano tutti a Canal Park ad ammirare le enormi e quasi silenziose navi minerarie entrare nella baia di Superior passando sotto l'Aerial Lift Bridge. Quel giorno in particolare stava entrando una delle navi lunghe trecento metri, e Chad e Beck erano corsi avanti con i bambini per vederla da vicino dalla parete del canale, lasciando Paul e Claire a camminare insieme da soli.

Sebbene Paul l'avesse sempre trovata attraente, non la conosceva bene. Era una liceale quando lui e Beck si erano messi insieme. Poi era andata all'università e ci era rimasta. Avendo trascorso piú tempo con lei durante quella vacanza che in tutte le altre, aveva capito, o forse la parola migliore è *sentito*, che erano spiriti affini. Mentre Beck era ferma e sicura nelle sue affermazioni, Claire aveva il modo di fare di una donna che trascorreva le giornate a curare bambini malati e preoccupati – una competenza ammantata di dolcezza, secondo Paul. Come nel caso del piano per la gita di quel giorno. Beck aveva detto: «Dovremmo essere a Canal Park alle dieci e mezza, per evitare la folla dell'ora di pranzo» come se avesse esperienza in materia. Mentre Claire aveva proposto: «Perché non vediamo cosa interessa ai bambini quando avranno finito di fare colazione? Ti va bene?» E poi: «Secondo me la pasta al forno con il tonno per cena piacerà a tutti. Voi che ne pensate?»

Certo, si trattava di questioni banali, ma suggerivano qualcosa che Paul non aveva capito di sé, quando lui e Beck si erano fidanzati: preferiva operare per consenso, mentre Beck apriva la strada e si aspettava che gli altri la seguissero. O che aprissero la strada al suo fianco. La ammirava enormemente, ma era con Claire che era in sintonia; e durante quella vacanza l'aveva notato piú volte.

Mentre passeggiavano diretti verso il canale, lei gli aveva detto qualcosa, qualcosa di innocuo, non riusciva nemmeno a ricordare cosa, ma si era girato e lei gli era apparsa *luminosa.* Cosí intelligente. Cosí bella. Era stato come vederla per la prima volta, ed era stata la fine. Se la scena fosse stata dipinta da un artista del Rinascimento, Claire sarebbe stata ritratta in piedi con il viso rivolto verso quello di Paul, l'intero corpo illuminato da un unico fascio di luce che irradiava da una fessura nelle nuvole. Lui ne rimase colpito come se Cupido avesse scoccato la freccia a bruciapelo. La parola giusta era «infatuato».

Come avrebbe dovuto affrontare la situazione? Aveva trascorso il resto della vacanza combattendo contro le forze opposte dell'attrazione e della negazione – non la negazione di quel che gli era successo, ma la negazione del fervido impulso ad agire. Un impulso che non si era mai placato e che si rianimava ogni volta che la vedeva o ci parlava. Lo odiava, eppure lo amava; lo faceva sentire vivo, in un modo tormentato, terribile e meraviglioso.

Quindi, d'accordo: era una merda, non lo si poteva negare – ma non perché aveva pagato per dei pompini; perché anni prima si era innamorato di sua cognata e da allora non aveva fatto nulla. Ma cosa avrebbe mai potuto fare?

E ora lei era lí, in piedi accanto alla tomba di Marti tenendo per mano suo figlio. Il nero, che a certe donne dava un'aria severa, le donava moltissimo; faceva sembrare la sua pelle pallida lucente come latte, i suoi occhi scuri ancora piú scuri, i suoi lunghi capelli ricci brillanti e sani... Paul sapeva che erano fantasie romantiche, ma non gli importava. Decise che non gli importava nemmeno che lei potesse avere avuto una focosa relazione extraconiugale; forse una relazione era una buona cosa, il segno che Claire sapeva essere passionale, il segno che Chad non faceva piú per lei, se mai era stato cosí. Quello che Paul ricordava della storia tra Claire e Chad era che Chad l'aveva perseguitata senza sosta, e lei sfinita aveva ceduto. Si era arresa allegramente, o almeno cosí era sembrato all'epoca. Si era trattato piú di una capitolazione che di un forte desiderio di sposarsi? Possibile.

Il rabbino Schneider stava parlando e Paul si costrinse a prestare attenzione a lui e poi alle donne e agli uomini che a turno raccontarono aneddoti su Marti. Ne sottolinearono il senso dell'umorismo. La caparbietà. La generosità. Dissero che era brava a tranquillizzare gli altri. Che le piaceva il gulasch. Che era stata una pessima cuoca, ma sapeva preparare gli hot dog in stile Chicago come se tifasse Sox o Cubs, mentre in realtà le piaceva solo riempirli di verdure fresche invece che di crauti. I nipoti raccontarono di come avesse ben accolto le loro scelte di vita. Li aveva sostenuti. Si era interessata. Sophie disse che Marti era aperta a tutto: «Sono abbastanza sicura di averle insegnato alcune cose importanti sul sesso». Beck – che era strafatta, Paul ne era quasi certo – raccontò una storia divertente su Marti che un'estate nel Maine aveva cercato di imparare ad andare in bicicletta. Quando Claire prese la parola («La mamma era la persona piú genuina che abbia mai conosciuto...»), Paul distolse lo sguardo e si concentrò sull'ampia distesa di prato ancora ingiallito, sulle lapidi che segnavano il passaggio di coloro che l'avevano preceduto, alcuni dei quali sicuramente dei poveri stupidi come lui.

Piú tardi, quella sera, tutta la famiglia (tranne Chad, che aveva i suoi limiti) si riuní per partecipare alla *shiva* nella casa di Irvington di Paul e Beck, poiché l'appartamento di Marti era ormai in pieno disordine e, comunque, si sarebbe rivelato insufficiente.

Paul ebbe l'impressione che Claire evitasse il suo sguardo – era perfino leggermente ostile nei suoi confronti, e non riusciva a capire perché. Era stata cosí vulnerabile al telefono e lui riteneva di essere stato un buon ascoltatore. Meglio non pensarci. Ma quando gli era cosí vicina, tutto il suo essere vibrava di quella consapevolezza. Era eccitante e umiliante. Portava a conversazioni come: «Oh, Claire, ciao, non sapevo ti fossi allontanata». (Questo dopo averla scoperta nell'ex camera da letto di Cammie, ora diventata il suo studio).

«Stavo solo mettendo qui la borsa, perché non stia tra i piedi. Scusami».

«No, sei tu che mi devi scusare. Non volevo intromettermi».

«Come? No, è il tuo studio. Sono io che...»

«Davvero, non c'è problema». Cercò di ridere per alleggerire l'imbarazzo, ma gli uscí un suono piú simile a un rantolo.

Lunga pausa impacciata.

«È stata una cerimonia molto bella» disse lei, guardando la porta. Ovviamente non vedeva l'ora di allontanarsi.

Paul si fece da parte. «Vero».

«Quindi credo sia meglio che torni, per dare una mano...»

«Sí, certo».

Lei gli passò davanti e gli sembrò quasi che si mettesse a correre.

Rimase lí come immerso in una nebbia, avendo dimenticato cos'era venuto a cercare. Forse inconsciamente aveva seguito Claire, sperando in... cosa? Non lo sapeva nemmeno lui.

Mentre tornava in cucina, nell'ingresso incrociò Cammie. Le chiese: «Dove andrai adesso, mi porterai con te?»

«Sei strano, papà» fece lei.

Lui la guardò proseguire verso la cucina. La sua bambina, tanto cresciuta. Era alta come Beck, ma con gli zigomi e gli occhi slavi di lui. Volitiva come Beck, ma piú libera, forse perché non si era lasciata vincolare. Da niente e da nessuno. Non poteva prevedere quanto sarebbe durata. Né poteva prevedere per quanto tempo avrebbero continuato a foraggiare il suo stile di vita disinvolto. Forse avrebbe contato se si trattava di un capriccio o di qualcosa di piú prolungato. Sia lui sia Beck avevano una tendenza a chiedersi (solo tra loro): «Ma cos'ha intenzione di combinare nella vita?» Se avesse saputo quant'era ridicolo suo padre si sarebbe giustamente chiesta cosa stesse combinando lui nella sua.

In cucina, la conversazione era incentrata su una grossa festa del passato. Beck stava dicendo: «... ed è stato allora che ho capito che quei ragazzi erano fuori di testa».

Paul osservò Zack (per quanto riguardava l'altezza aveva i geni di Beck) che si era messo Leah sulle spalle. Binta, la cui pelle scura e il cui accento lirico l'avevano fatta sembrare tanto esotica nel loro quartiere piuttosto monotono, gli teneva un braccio intorno alla vita in un'immagine di completa armonia. Buon per loro, pensò mentre Beck continuava: «Ma era estate, eravamo a Sand Beach e, insomma, eravamo un gruppo di ragazzine in cerca di...»

«Movimento» aggiunse Sophie.

Beck rise. «Stavo per dire avventura».

«A volte sono la stessa cosa!»

David era in piedi davanti a Claire, e le si appoggiava contro. Lei gli coprí le orecchie con le mani. «Psiche influenzabile» disse. Lanciò un'occhiata a Paul e poi guardò altrove.

Beck disse: «Be', ne sono uscita con il cuore spezzato, ma non ce l'ho con l'isola. È un posto molto speciale, sapete?»

Cammie disse: «Parli come il nonno Leo. Solo che a lui è toccato l'HEA».

«Eh?» fece Claire.

«*Happily Ever After*» spiegò Paul. «E vissero tutti felici e contenti. È un genere di romanzo rosa».

«Non solo» disse Beck. «Possiamo affermare che anche i libri di Jane Austen sono romanzi rosa?»

«Alcuni lo direbbero».

«Il punto è» intervenne Cammie «che la mamma parla come il nonno, che in questo momento spero abbia ricominciato a corteggiare la nonna».

Entro le otto, tutti si erano liberati di scarpe, guaine e cravatte. Sophie aiutò Cammie, che si pagava i viaggi facendo lavori saltuari (tipo la barista) ovunque ne trovasse, a preparare dei cocktail creativi ispirati a tutto il mondo. Avevano assaggiato una varietà di piatti diversi offerti da alcuni partecipanti al funerale che, pur non avendo intenzione di andare fino a Irvington, avevano comunque voluto contribuire alla *shiva.* I vassoi di stagnola e i contenitori di plastica, le pagnotte, le salse e i cestini erano ancora disseminati su ogni superficie della cucina quando Paul, che era di nuovo scomparso per un po' nel suo studio, chiese agli altri di raggiungerlo nella stanza della televisione.

Aspettò che tutti trovassero posto per sistemarsi, poi disse: «Avrei due questioni da affrontare: una novità sul rustico e un messaggio che Marti ha registrato e mi ha chiesto di far vedere a tutti stasera. Non mi ha detto di cosa si tratta e io non l'ho ancora visto, ma presumo sia una specie di congedo».

«Oddio» disse Sophie. «Prima il rustico, per favore».

«Sí» le fece eco Claire.

Paul disse: «Beck?»

«Certo, sí».

«Bene. Poco fa ho ricevuto una telefonata molto interessante. Una signora di nome Carol Barksdale, che fa l'agente immobiliare a Bar Harbor, mi ha chiamato per conto di un cliente. Dice di avergli mostrato alcune case, di recente, e che però lui è interessato a casa Barrett...»

«Quale sarebbe?» chiese Sophie. Il drink che teneva in mano era ispirato al monolite rosso australiano ed era composto da liquore alla cannella, vodka alla mela e granatina.

Beck rispose: «È quella di fronte alla nostra». Rivolta a Paul continuò: «E allora?»

«E allora mi ha detto che lui si chiedeva se, comprandola, fosse possibile accedere alla spiaggia quando al rustico non c'è nessuno».

Claire rispose: «Non dovrebbe essere un problema, giusto? Almeno per ora». Aveva scelto la versione di Cammie del Midnight Sun, un cocktail azzurro pallido in onore dell'Islanda.

Paul iniziò a parlare, ma Beck, che aveva lasciato che sua figlia le preparasse un margarita jalapeño super strong (Messico), intervenne: «Non lo so; non vorrei che ci ritrovassimo responsabili di qualsiasi cosa gli possa succedere, per non parlare di chi potrebbe essere in sua compagnia. È una questione di leggi».

«Cosa vuoi che succeda?» disse Claire. «Dovrebbe solo tagliare per il bosco. È quasi un ettaro, no? Non possiamo essere ritenuti responsabili se inciampa su un sasso o roba cosí».

Paul obiettò: «Aspetta...»

«Potrebbe succedere» disse Beck rivolta a Claire. «Vogliamo rischiare una causa?»

«Ehi» disse Paul agitando le mani per attirare la loro attenzione, «sto cercando di dirvi che c'è dell'altro: Carol, l'agente, dice di essersi messa in contatto con Marti forse due settimane fa e che Marti le aveva detto di richiamarla; quando Carol l'ha fatto, ha ricevuto un vocale di Marti che le chiedeva di chiamarmi non prima della data di oggi. Avevo sei vocali in attesa, tutti di persone che avevano cercato di contattare lei nell'ultima settimana. Che organizzazione, eh?»

Binta disse: «Wow. Io riesco a malapena a organizzarmi per il pranzo».

Beck le diede una pacca sulla spalla. «Benvenuta nella maternità».

«Comunque» proseguí Paul «l'agente dice che il cliente è davvero intenzionato a prendere in considerazione la casa, se dovesse essere messa in vendita, cosa che ovviamente sappiamo avverrà».

«Gliel'hai detto?» chiese Beck.

«Non volevo sembrare troppo impaziente. Ho detto che stavate valutando la possibilità e le avremmo fatto sapere. Ma secondo me è fantastico: potreste risparmiare decine di migliaia di dollari per non doverla nemmeno mettere in vendita».

Sophie chiese: «Come, intendi trattando direttamente con quest'agente?»

«E con un avvocato immobiliarista che potremmo assumere, sí».

«È davvero fantastico» disse Sophie. «Dovremmo venderla subito, il prima possibile. Non c'è bisogno di sistemarla. Se questo tizio è cosí deciso, basta che il prezzo della casa sia il piú alto possibile. Possiamo dividerci i soldi che la mamma ha messo da parte per i lavori».

«Stiamo correndo troppo» disse Beck. «Non sappiamo chi sia questo cliente, né se abbia davvero i fondi o possa procurarseli. Non sappiamo quanto vale la casa nelle condizioni attuali, né quanto potremmo ricavarne dopo averla sistemata. Una rinfrescata superficiale potrebbe valere molto di piú di quanto otterremmo dividendoci i soldi dei lavori e risparmiando sulla commissione. Dobbiamo fare le cose con calma».

Claire annuí. «Sí, hai ragione».

Sophie intervenne: «Okay, certo, non sto dicendo che sbagli. Ma allo stesso tempo questo compratore potremmo davvero avercelo in pugno, sapete? Perché cercare di trovarne un altro? Dobbiamo scoprire di piú. Potrebbe trattarsi di un riccone sventato che pagherebbe qualsiasi prezzo – cioè, entro dei limiti generosamente ragionevoli. Forse non vuole nemmeno che sia sistemata; forse vuole abbatterla e costruirsi una casa nuova fiammante».

«Cosa? No» disse Beck. «Se ha queste intenzioni, non se ne parla neanche».

«Per noi è lo stesso. Non ci saremo».

«No» ripeté Beck. «No. Non accetterò di vendere a nessuno che voglia fare una cosa del genere. Paul, per qualsiasi accordo dev'esserci la firma di tutte, giusto?»

Claire disse: «Beck, il testamento non dice nulla sul futuro della casa, dopo la vendita. Il nuovo proprietario può fare quel che vuole. Non puoi impedirglielo».

«Sentite» disse Paul, alzando le mani, «tutto quello che mi serve sapere adesso è se siete d'accordo sul fatto che dovremmo fargli vedere il posto. Tutto qui, che lo veda e basta».

«Per ricavare piú informazioni» disse Claire. Stava osservando Paul con attenzione.

Paul, a disagio sotto il suo sguardo, ribadí: «Esatto. E cosí, Beck, potrai andarci questa settimana per dare una sistemata, una pulita e consegnare la chiave all'agente. Mi ha detto che il cliente viene da fuori città, ma al momento è ospite di amici nelle vicinanze. Se vuoi puoi rimanere nei paraggi, essere presente quando gli mostrerà la casa, magari farti un'idea delle sue intenzioni. Siete tutte d'accordo?»

«Sí, grazie» disse Sophie.

«Idem» disse Claire.

Beck, che era seduta con le braccia strette intorno al corpo, piangeva in silenzio – anzi, versava lacrime, come faceva di tanto in tanto da giorni. Disse: «Perché la mamma ha voluto tutto questo? Io vorrei solo... Cioè, davvero, questo non è quello che... Insomma, preferirei non affrontare niente del genere». Usò un fazzolettino per pulirsi occhi e naso, poi disse rassegnata: «Ma va bene, ci vado».

«Mettiti il giaccone nuovo» disse Sophie, prendendole la mano.

E Paul: «Ma se per qualche motivo il compratore non è quello giusto, la casa sarà messa sul mercato il secondo fine settimana di aprile, come previsto dal testamento. Tutte d'accordo?»

Tutte d'accordo.

«E ora il messaggio di Marti». Paul fece partire il video sullo schermo del suo computer e lo girò in modo che tutte potessero vederlo.

Apparve Marti, seduta al tavolo della sua cucina con una cannula per l'ossigeno infilata nel naso. I capelli argentati e ondulati erano spenti e radi, il viso pallido e privo di trucco. La sua bellezza era stata eclissata dalla malattia e dalle terapie, ma si poteva ancora cogliere il calore degli occhi, traccia della persona che c'era ancora, dietro e oltre il male che negli ultimi anni aveva preso il sopravvento.

Il tenero addio che si aspettavano fu tutt'altro. Quella era una donna in punto di morte che, finalmente, allo scadere del suo tempo si sfogava. Marti parlava lentamente e con difficoltà, e verso la fine le lacrime le rigarono il viso.

Quando il video finí, nessuno sembrò in grado di parlare. Alla fine Cammie ruppe il silenzio: «Caspita. Neanche con la sfera di cristallo».

Il coraggio di continuare

Quando in seguito Beck scrisse della bomba lanciata da sua madre, ne raccontò la storia in questo modo:

Il giorno in cui Marti Newman conobbe Leo Geller, a Mount Desert Island era piena estate. Come sempre accade in luoghi del genere, l'estate significava opportunità di storie d'amore tra turisti e locali. Le ragazze che vivevano lí ci contavano. Arrivavano ragazzi carini da Boston, New York, Philadelphia, Washington e anche dalle città del sud, insieme a famiglie innamorate della costa frastagliata, dei laghetti e dei pini, delle lunghe giornate di giugno e luglio. Innamorate di Bar Harbor e degli altri porticcioli, dei paesini che punteggiavano il territorio montuoso, innamorate dei monti, piuttosto modesti rispetto alle Montagne Rocciose e alle Alpi, ma pur sempre monti. Innamorate del parco di Acadia, della sua natura selvaggia quasi addomesticata, dei suoi sentieri sassosi, pittoreschi e ben battuti.

Gli adulti in vacanza amavano riunirsi per regate, grandi banchetti a base di vongole e aragoste, gli uomini finalmente liberi da giacche e cappelli, le donne in prendisole senza maniche, le spalle nude drappeggiate da maglioncini di cotone pregiato. Sigarette sottili. I piedi nei sandali. *Pranzi all'aperto.* (Tutti avrebbero voluto essere italiani; piú precisamente, romani, o almeno a Roma; essere Audrey Hepburn con il suo Gregory Peck.) I bambini si rincorrevano su spiagge rocciose e prati ben falciati, organizzavano gare, raccoglievano sassi, catturavano rane, costruivano fortini nel bosco. L'estate come ideale reso realtà, e consegnato integro grazie a stipendi generosi o fondi fiduciari e testamenti di parenti munifici.

Quella non era la vita di Marti.

Quel giorno, circa due settimane dopo il suo diciottesimo compleanno, mentre aveva smesso di pensare ai giovanotti carini che si davano alla bella vita, sul sentiero ripido che dalla cima del Monte Beehive l'avrebbe portata giú a Sand Beach incontrò un gruppo di persone. Essendo mercoledí di buon'ora (era arrivata sul cocuzzolo all'alba) aveva sperato di non incrociare turisti, almeno non prima di essere scesa dalla cima e aver raggiunto di nuovo la spiaggia. Desiderava panorami vasti e ossigenanti di granito, nebbia, alberi e acqua. Desiderava la solitudine. Il canto degli uccelli. Il sole che intercettava la rugiada sugli aghi di pino, che luccicava sull'acqua color zaffiro, che illuminava le secche di un blu turchese. Ma ecco arrivare quattro ragazzi dall'aria pulita, sui vent'anni, che si arrampicavano sul sentiero in fila indiana. Li sentí prima ancora di vederli. Le risate spensierate. Gli insulti bonari che si scambiavano gridando. I commenti sulle rocce. No, decisamente non erano di quelle parti.

Il primo la notò e la chiamò: «Ehi!»

Era medio sotto ogni punto di vista: altezza media, peso medio, mediamente attraente, capelli castani di una tonalità intermedia. I ragazzi avevano tutti i capelli castani, tagliati di fresco. Portavano tutti e quattro magliette a maniche corte e pantaloncini, calzettoni lunghi e scarpe da ginnastica. Il secondo e il terzo avevano occhiali con la montatura scura. Il terzo era di mezza testa piú alto degli altri. Sembravano giovani topi di biblioteca ebrei.

Lei si portò una mano alla fronte in segno di saluto e si spostò tra alcuni massi per lasciar loro lo spazio per passare.

«Sei di qui?» disse il primo, fermandosi. Gli altri si fermarono alle sue spalle. «Ci servirebbe una guida».

«A te servirebbe una guida» disse il secondo della fila.

Quello in fondo aggiunse: «Max ha un disperato bisogno di una guida. Non c'è il minimo dubbio».

Il terzo non disse nulla ma si limitò a sorridere in un modo che suggeriva che se la stava godendo.

La prima bugia di Marti venne fuori per istinto di autoprotezione: «Sono solo in visita. Qui ci abita mia zia».

«È solo in visita» ripeté il numero quattro.

Il primo, Max, domandò: «Sei qui per il matrimonio?»

«Quale matrimonio?»

«Be', sí. Siamo a giugno. Ce ne sarà piú d'uno, no?»

«Idiota» disse il secondo.

Prese la parola il ragazzo numero tre. «Le nozze Bergman-Rabinowitz» disse. «Bruce Rabinowitz è nostro amico. Siamo andati tutti al liceo con lui, a New York».

«Floral Park» aggiunse il quarto.

«Long Island» precisò il terzo. «Sta per sposare Beth Bergman. A proposito, io sono Leo Geller».

«Marti Newman» si presentò lei e si strinsero la mano.

Gli altri ragazzi li imitarono ma già Marti prestava loro meno attenzione. Qualcosa in Leo Geller l'aveva colpita da qualche parte, dentro. Era una cosa sorprendente e non del tutto gradita. Non aveva intenzione di accoppiarsi con nessuno a breve. E forse mai piú.

Disse: «Non so chi siano Bruce o Beth. Sono qui a trovare mia zia».

Max disse: «Ma sai certamente – ne sono sicuro, visto da dove vieni – se vale la pena che continuiamo l'escursione».

«La domanda sarebbe: *C'è davvero un bel panorama lassú?*» disse il quarto.

Leo Geller continuò: «Dovresti venire al matrimonio».

«Cosa, io?» fece Marti, anche se era ovvio a chi si riferisse Leo.

«Sí, se sei libera. È domenica sera a Bar Harbor, piú o meno. A casa Bergman. Si sposeranno in giardino».

«Lo chiami giardino?» disse il ragazzo numero due. «È un parco, ecco cos'è. Ci abbiamo pranzato ieri. Ci sono delle statue».

Max disse: «Il signor Bergman lavora in Borsa con il signor Rockefeller».

«Quale signor Rockefeller?» domandò Marti.

Lui si strinse nelle spalle. «Che importanza ha?»

«In ogni modo» intervenne Leo, «dovresti venire. Cioè, se ti va. Saresti mia ospite».

Max gli disse: «Ma ti rendi conto?» mentre Marti si era resa conto benissimo di guardare Leo, che ricambiava e le rivolgeva quel suo sorriso da chi se la sta godendo un mondo. Un sorriso da chi ha fatto colazione con raggi di sole.

Era difficile resistere all'invito. Non perché volesse davvero andare al matrimonio di una ragazza ricca, ma perché il sorriso di Leo la riscaldava e voleva che continuasse a farlo. Aveva diciott'anni e sebbene fosse già stata scottata da false speranze, o forse proprio per questo, quel calore sorprendente era l'esca perfetta per l'amore, per il desiderio, per cose che non riusciva ancora a esprimere ma sapeva le avrebbero fatto bene.

Disse: «È un matrimonio ebraico, vero?»

«Molto ebraico» disse Max.

«Ci saranno dei Rockefeller?»

«Le probabilità sono scarse, ho sentito dire che quelli come loro sono allergici alle *kippah*».

«E i Callaghan, quelli di Boston?»

I ragazzi non capirono.

Marti disse: «Non importa». Anche lí le probabilità erano scarse, ne era certa. Fare vita sociale insieme agli ebrei era ancora una cosa che persone come loro consideravano poco.

Guardò di nuovo Leo. Che viso aperto, sincero. Che sorriso straordinario! Era una persona su cui si poteva contare; lo si capiva solo guardandolo. Non l'avrebbe mai tradita, non avrebbe soffocato le sue speranze né l'avrebbe intrappolata in situazioni orribili. Era un futuro possibile, non un passato impossibile.

Rispose: «Okay. Perché no?»

«Ti vengo a prendere?»

«Dove stai? Ci vediamo da te. E sí – il panorama è stupendo».

Nei giorni successivi, mentre lavorava duro alla fattoria che era stata dei suoi genitori e ora apparteneva a quegli snob dei McGilray, che con lei facevano sempre i superiori, Marti ripensò piú volte al suo incontro con quei ragazzi. A Leo. Non ne sapeva quasi nulla ma ne aveva ricavato l'impressione che fosse esattamente il tipo di ragazzo con il quale avrebbe dovuto mettersi. Solare. Rispettoso. Gentile. Estroverso ma non aggressivo. E la dote migliore di tutte: veniva da un altro posto, cioè proprio dove lei avrebbe desiderato trovarsi.

Due anni prima Marti non avrebbe prestato molta attenzione a un ragazzo del genere. Avrebbe avuto l'impressione che non potesse offrirle molto di ciò di cui credeva di aver bisogno. A sedici anni era stata travolta dai problemi della sua famiglia: l'autunno prima avevano perduto la fattoria, aveva dovuto abbandonare la casa in cui era cresciuta per finire in un'orrida casupola, una struttura con due camere da letto ridotta all'osso dove prima alloggiava la famiglia dell'amministratore, ed erano stati costretti a passare da padroni a dipendenti. Suo fratello Carl, dopo averci trascorso tre notti con suo padre completamente ubriaco e sua madre che, incupita e crudele, aveva accusato il marito della propria costante infelicità rinfacciandogli i suoi numerosi fallimenti, si era arruolato nell'esercito ed era stato spedito in Vietnam. Marti si era appropriata della vecchia Chevy di Carl e si era fatta assumere come cameriera a Bar Harbor, per poter accedere a una diversa via di fuga: i ragazzi ricchi che venivano in vacanza d'estate. Via che poi si era rivelata un vicolo cieco.

Mentre ripuliva il recinto delle capre pensò a quell'ultimo ragazzo, Leo. Era ricco? Non sembrava. Anzi, sperava proprio che non lo fosse. Che socializzasse con gente che frequentava i Rockefeller, e che li contasse tra i suoi amici, era piú che sufficiente per quello che ora, l'aveva capito, desiderava di piú.

«Avreste dovuto vedere come mi guardava» disse alle capre, che belavano dal recinto accanto. «Potrei anche sposarmelo».

Anni dopo, quando raccontava la storia di come avesse fatto a capire subito che era «quello giusto», diceva che le era successo nella sala da pranzo di sua zia, una signora invalida. «Io e la zia Rebecca – una vecchia caprona adorabile – stavamo cenando – zuppa di patate con il prosciutto; non le interessava mangiare *kosher* – e le ho raccontato di aver conosciuto un giovanotto meraviglioso e che ero sicura che l'avrei sposato». Naturalmente la zia Rebecca non esisteva. Marti se l'era inventata quella mattina, lungo il sentiero.

«Come ti sei combinata?» esclamò Miriam, sua madre, la domenica pomeriggio quando la vide sbucare dalla sua camera con addosso delle scarpe stringate bicolori belle lucide e un vestitino.

Marti si sarebbe anche messa i tacchi, se avesse avuto un paio di scarpe con i tacchi in buone condizioni. Era già fortunata ad avere quel vestito, che andava di moda quando l'aveva comprato due anni prima in una boutique di Bar Harbor in cui aveva messo piede solo quella volta. Rispose: «Oggi si sposa una mia amica».

«Quale amica?» Sua madre era seduta al tavolo della cucina a fumare una sigaretta sfogliando pigramente una rivista scandalistica. Suo padre era fuori. Era sempre fuori.

«Si chiama Beth. Non la conosci».

Miriam alzò gli occhi dalla rivista e trafisse Marti con lo sguardo. «Non la conosco perché non esiste. Te la sei inventata per vedere un ragazzo – credi che non l'abbia capito? E stavolta chi è?»

«Esiste davvero, puoi cercarla sul giornale quando verrà pubblicato l'annuncio. Beth Bergman».

Miriam fece un gesto sprezzante e riportò lo sguardo sulla rivista. «Voi ragazze credete tutte che il matrimonio vi salverà. Non hai imparato nulla?»

Si riferiva al ragazzo ricco dell'estate prima, Chip. Si riferiva alla gravidanza. Alle speranze infrante di Marti, che avrebbe voluto che Chip facesse la cosa giusta. Non avrebbe mai dimenticato il giorno in cui la madre di Chip era venuta a dirle che lei non era altro che un giocattolo – un giocattolo! – e a consegnarle duecento dollari per abortire. A sette settimane da quel disastro, Marti aveva preso i soldi e, dopo aver riflettuto meno di quanto avrebbe mai ammesso, aveva accettato il consiglio di lasciarsi alle spalle quella triste situazione.

Miriam disse: «Nessuno ti salverà».

Prendendo borsa e chiavi, Marti rispose: «Lo so, credimi». E poi uscí, aggiungendo silenziosamente: devo salvarmi da sola.

Tutto questo non significava che l'amore che avrebbe poi professato nei confronti di Leo fosse inventato. E se la zia Rebecca non esisteva, che importanza aveva? Per riuscire a cambiare il destino bastava incartare una bugia in una verità.

«Nel caso te lo stessi chiedendo: una ragazza intelligente dev'essere dotata di senso pratico» disse Marti a Leo, incontrandolo nella hall del suo albergo sul lungomare. Era un edificio grandioso e sconclusionato, dimora risalente alla Gilded Age di un rampollo che aveva bisogno di tanto spazio per ospitare decine di amici alla volta. Odorava di mare e rose, profumi portati da una tiepida brezza che entrava dalle porte sul retro, dove un ampio prato curato si estendeva fino a un tratto di costa irto di canneti. Al di là, praterie d'azzurro e aria cosí limpida che le isole Porcupine disseminate nei Narrows sembravano tanto vicine da poterle toccare.

L'osservazione di Marti si riferiva alle scarpe bicolori, che mise in mostra allungando una gamba e protendendo l'alluce. «Hai mai camminato su un prato con i tacchi alti?»

«Non ancora» rispose Leo. «Ma del resto è solo l'una e un quarto del pomeriggio e non ho bevuto champagne».

«Proprio cosí» disse Marti. «Bisogna stare molto attenti al fattore champagne. Ho intenzione di consumarne ogni goccia che mi verrà offerta e non mi piace finire gambe all'aria, o almeno non in pubblico».

«Brilla ma non sdraiata. Capito» disse Leo. «Inoltre,

si dà il caso che le scarpe bicolori mi piacciano. Hanno un'aria sportiva».

Mentre uscivano, Marti chiese: «Sei un tipo sportivo?»

«Mi hanno fatto lanciare un paio di palle da baseball. Sono piú bravo a guardare gli altri che lo fanno. Non starai cercando il prossimo difensore centrale dei Mets, spero».

«Non seguo il baseball» disse Marti.

«Oh, be', questo significa solo che sei pronta per il lavaggio del cervello. Ripeti dopo di me: i Mets sono la squadra migliore di tutto il campionato».

«Non dirò nulla a cui non credo veramente».

«Ancora meglio!» esclamò Leo. «Questo mi dà la scusa per invitarti a vederli giocare e formarti una tua opinione. Non che mi servirebbe una scusa» aggiunse, «se per caso dovessi trovarti a New York. Mi piacerebbe invitarti a vedere una partita, comunque».

Marti rise. «Non mi conosci nemmeno; come fai a sapere che vuoi portarmi da qualche parte?»

«Conosci il concetto di sincronicità di Jung?»

Marti scosse la testa. «Che cos'è?»

«La teoria che esista una connessione tra ogni individuo e il cosmo, l'universo. Che esistano "coincidenze significative", come il nostro incontro sul sentiero l'altro giorno, e ora siamo qui a metterci d'accordo per andare a una partita dei Mets. La questione del destino».

A Marti piaceva quell'idea, che il loro incontro fosse opera del destino. Le piaceva soprattutto che lui potesse pensarlo. «Mi andrebbe di vedere una partita con te».

«Farò in modo che non te ne dimentichi».

Avevano raggiunto l'auto di Leo, una Ford ultimo modello. «L'ho chiesta in prestito a mio padre» disse, tenendole la portiera mentre saliva. Dopo che anche lui fu salito, continuò: «Vivo a Manhattan e lí non ha senso avere un'auto. E tu? Dov'è casa tua?»

Era la sua occasione per confessare, per dire che in realtà era cresciuta proprio lí sull'isola. Ci rifletté. Però era una storia pesante. E c'era il rischio che quel ragazzo solare fosse respinto dalla cupezza della sua situazione.

Disse: «Conosci il Kentucky?»

«Be', ne ho sentito parlare. Hanno i cavalli da corsa, giusto?»

«Giusto» fece lei. «È da lí che vengo. Probabilmente non hai mai sentito parlare della mia città. Smithville» aggiunse, dato che non riusciva a farsi venire in mente con sicurezza nessuna città del Kentucky. «È cosí piccola che non si trova nemmeno sulla maggior parte delle cartine».

«Scommetto che è molto tranquilla, essendo cosí piccola».

«Dipende se i cani dei vicini abbaiano, o se passa un trattore, o se gli uomini si ubriacano e iniziano a litigare». In realtà stava descrivendo la sua vita lí sull'isola. Avrebbe potuto aggiungere *e se la televisione trasmette un gioco a premi o uno sceneggiato*, dato che quello era il contributo di sua madre.

Leo disse: «Se il cane diventa un golden retriever e il trattore un tosaerba, è identica alla vita nei sobborghi di Long Island. Dio, come odio quel posto – anche se non ho niente contro i golden retriever».

«Immagino che Manhattan sia molto piú eccitante».

«Esatto! Ci sono tutte le cose belle, e in quantità: cibo, musica, teatro, sport. Non vivrò mai da nessun'altra parte, se potrò farne a meno. Ti piacerà, vedrai».

Marti rise di nuovo. «Va bene, se lo dici tu».

«Lo dico io». Le prese la mano e le lanciò un'occhiata. «Verrai a trovarmi per davvero? So che sembra che stiamo andando troppo veloci. Non voglio spaventarti. Sono un ragazzo gentile e assolutamente razionale... caspita, faccio il commercialista! Ma ho delle buone vibrazioni su di te. È pazzesco, ma mi piace».

«Piace anche a me».

Com'era facile stare seduta accanto a lui sull'ampio sedile della macchina. Emozionante, in un certo senso, ma anche naturale, come se fossero già vecchi amici. Vecchi amici che erano stati lontani per un po' e dovevano aggiornarsi su quel che era accaduto nel frattempo. Aveva avuto un'amica cosí, Janey, che viveva nella fattoria vicina, ma poi quando avevano entrambe quindici anni lei si era trasferita nella zona più a est del Maine.

Il viaggio fu breve; la tenuta dei Bergman confinava con il mare, pochi chilometri a nord di Bar Harbor, su Frenchman Bay. Il parcheggio era gestito da una squadra di smilzi giovanotti in giacche a vento nere, uno dei quali, quando Leo accostò al portone, disse: «Da qui in poi ci penso io» e gli diede un gettone di plastica con impresso il numero 47.

Leo tirò fuori la *kippah* dalla tasca della giacca e al suo posto infilò il gettone. Si mise la *kippah* e disse a Marti: «Andiamo?»

Marti rimase immobile sul sedile. Ora che era lí, la scena la intimoriva. La grande casa, il parco, il tipo di persone che sicuramente avrebbe incontrato... Il rischio che trovasse qualcuno che conosceva era minimo. Era l'atmosfera a paralizzarla, l'ambiente ricco e privilegiato di gente che faceva vite affascinanti e disprezzava tutti gli altri.

Leo disse: «Cosa c'è? Tutto bene? Ti ho spaventato, vero? Stai cercando di capire come sfuggire a quel pazzo di Leo».

«No, per niente. È che... be', mi sono appena resa conto che mi presento senza un regalo».

«Oh, non preoccuparti. Non se ne accorgeranno mai».

Marti pensò che sicuramente era vero.

Dopo aver lasciato l'auto, furono accompagnati attraverso la casa verso il retro della proprietà e arrivarono a una veranda che dava su un enorme parco alberato, con le sculture e i sentieri di cui aveva già sentito parlare e aiuole fiorite che certamente richiedevano un intero staff di giardinieri. Sotto un boschetto di querce imponenti, centinaia di sedie pieghevoli bianche circondavano una *chuppah* eretta su una pedana. Ogni angolo della *chuppah* era ricoperto di nastri e coronato da bouquet a cascata di rose rosa e bianche. Piú oltre, tre grandi tende bianche coprivano i tavoli apparecchiati per il pranzo. C'era anche una pista da ballo di legno, al momento vuota. Un'orchestra da camera suonava una canzoncina piacevole.

Sotto il portico e sul prato, gli ospiti in eleganti abiti estivi si mescolavano e socializzavano. I camerieri circolavano con vassoi di champagne e tartine. «Che lusso» disse Leo, accettando l'offerta di due bicchieri. «La maggior parte delle volte non si può bere fino al pranzo».

Marti, tesa alla ricerca di eventuali visi noti, non ne vide nessuno, ma notò che alcune donne le guardavano le scarpe con espressioni divertite e sprezzanti. Sollevò il mento un po' piú in alto. Che importava se non aveva tanti soldi come loro? In fondo era stata invitata anche lei. E ne aveva approfittato. Voleva vivere la sua vita. A scuola aveva imparato una citazione di Winston Churchill che le era rimasta impressa: «Il successo non è definitivo, il fallimento non è fatale: è il coraggio di continuare che conta».

Disse a Leo: «Sei stato a molti matrimoni?»

Lui annuí. «È come un'epidemia. Immagino che tutti vogliano sposarsi prima dei trenta».

«Tu non ci sei neanche vicino» disse Marti. «Giusto?»

«Ne ho venticinque». La guardò attentamente. «So che tu sei ancora piú lontana dai tre-zero, ma ti prego, dimmi che ne hai almeno piú di diciotto».

«Ne ho piú di diciotto».

«Perché...»

«Non hai voglia di uscire con una ragazza che la mattina deve andare a scuola».

«Mettiamola cosí».

«Sei sveglio» disse Marti.

«Eccoti qui, Geller». Erano Max e gli altri ragazzi, eleganti, come Leo, in semplici completi scuri, i capelli pettinati all'indietro con la brillantina, le scarpe lucidate.

«Vi ricordate di Marti?» disse Leo.

«Già» disse Max. «La signorina Newman, che non è di queste parti. Ti sta piacendo la vacanza?»

«Sempre di piú» rispose lei, infilando il braccio sotto quello di Leo. «E a te?»

«Ci consideriamo fortunati a essere sopravvissuti all'addio al celibato».

«Oh?»

Leo disse: «Dovremmo prendere posto. Non lo dico per cambiare discorso, la festa non era poi cosí male. È solo che lo stanno dicendo a tutti».

Mentre lasciavano il portico e attraversavano il prato, Marti osservò le donne raggiungere le sedie traballando, alcune con tacchi troppo alti o troppo sottili, ben poco pratici anche su un terreno solido e pianeggiante. Ora gli sguardi alle sue scarpe erano pieni di invidia e irritazione perché quella ragazza insignificante le faceva apparire delle sciocche. Be', bene cosí.

Sapeva di non essere adatta a quell'ambiente, e che non lo sarebbe mai stata. Ci aveva provato una volta e aveva fallito. Volta pagina: ecco cosa si disse. E il destino sembrò assecondarla.

Che posto magnifico per un matrimonio! Che magnifica giornata. Marti non aveva mai partecipato a un matrimonio. Osservò tutto con attenzione. Lo sposo in piedi, umile e orgoglioso insieme. La sposa, formosa e raggiante nell'abito di raso ornato di perline e metri di tulle e pizzo. Che meraviglia la cerimonia, solenne ma gioiosa. Come sembrava soddisfatta la famiglia.

Una ragazza non sposata non può assistere a un matrimonio senza immaginarsi nel ruolo della sposa, nell'abito della sposa, non può non pensare a come la sposa debba sentirsi (nel bene e nel male) trasformata in una principessa o in una duchessa, al centro di una cerimonia sfarzosa come quella che si stava svolgendo lí sulla pedana ricoperta di fiori e punteggiata di ombre. Marti si concesse di fingere che lei e Leo fossero la coppia in piedi sotto la *chuppah* a scambiarsi promesse, di credere che un giorno lo stesso sarebbe potuto accadere a lei (se non a tutti e due).

Il rabbino intonò la benedizione, lo sposo calpestò il bicchiere e voilà, una giovane donna diventò moglie, con i diritti e la protezione che Marti non aveva mai avuto.

Non poté fare a meno di desiderare qualcosa di simile. Aveva diciotto anni, era traumatizzata e piena di passione, e assolutamente pronta a trasformarsi in qualcosa di nuovo. Qualcosa di diverso. Qualcun altro. La moglie di un bravo ragazzo, perché era questo che una giovane donna doveva desiderare e diventare, se ci riusciva. Marti non era ancora entrata in contatto con esempi di indipendenza femminile. Credeva che bisognasse desiderare solo un E Vissero Tutti Felici e Contenti con il Principe Azzurro.

Se era una cacciatrice di dote, era la fortuna che inseguiva, non le interessavano i soldi ma una seconda possibilità, per diventare diversa dalla Marti Newman che a letto si era raggomitolata e premuta il cuscino sulle orecchie per non sentire gli insulti e le accuse che i suoi genitori si scambiavano nella stanza accanto. La Marti che aveva sofferto la fame cosí spesso che l'insegnante della prima ora aveva iniziato a cederle i suoi panini al formaggio per aiutarla a superare la giornata scolastica, tanto da riuscire a seguire le lezioni e prendere la sufficienza. La Marti che aveva comunque abbandonato la scuola; i panini al formaggio potevano essere efficaci solo fino a un certo punto.

Il crepuscolo si avvicinava mentre la cena giungeva al termine, venivano recitate le benedizioni e iniziavano le danze. L'orchestra ora riempiva l'aria di melodie romantiche. L'ampia pista da ballo in legno era coronata di lanterne. Sospese a dei pali in tutta la proprietà ce n'erano altre che invitavano gli ospiti a passeggiare per il parco mentre balenavano le lucciole e le raganelle suonavano la loro musica.

«Facciamo un giro?» disse Leo, alzandosi dalla sedia dove avevano mangiato la cena piú buona della vita di Marti. Un delicato salmone al vapore. Patatine novelle con un'erba che non era riuscita a riconoscere, perché cucinare era una delle tante cose che sua madre non aveva mai aspirato a imparare. Asparagi con una salsa deliziosa (e per lei misteriosa). Altro champagne. Che vita! pensò, cercando di non approfondire l'argomento, e quindi di non riflettere su chi poteva permettersi di vivere a quel modo e chi no.

Svuotò il bicchiere, si tamponò le labbra e si alzò per

raggiungere Leo. Lui le tese la mano e lei la strinse. Lui disse: «Non ti metterò in imbarazzo con le mie scarse doti di ballerino, ma sono bravissimo a camminare. Da primo premio».

«Non m'importa. Non ballare, intendo. Anch'io sono brava a camminare» e si indicò le scarpe.

Mentre si avviavano lui disse: «Allora, vieni spesso qui? Non c'è molto Kentucky nel tuo accento».

Il viso di Marti avvampò. Rispose: «Oh, sí, be', ci vengo abbastanza spesso. Ogni estate da quando avevo dieci anni. Mia zia è invalida. La polio. Mi fa piacere venirla a trovare il piú possibile».

«È generoso da parte tua rinunciare all'estate».

«Non ci penso mai in questi termini. Questo è un posto bellissimo. Lo sapevi che Bar Harbor all'inizio si chiamava Eden?»

«Davvero? Ma i tuoi amici sentiranno la tua mancanza. E sono sicuro che certi ragazzi vorrebbero che tu rimanessi a casa».

«Però qui ho conosciuto un ragazzo. Si chiama Leo Geller».

«Ah, quel tipo. Lo conosco. È in gamba. E fortunato, se riesce a stare un po' con te. Scommetto che gli piacerebbe sapere cosa farai una volta terminate le vacanze da tua zia. Per esempio, avrai tempo per una sosta a New York prima di tornare a casa? E forse in autunno andrai, o tornerai, all'università?»

«Pensi che dovrei dirgli che verso la fine dell'estate ho intenzione di trasferirmi a New York?»

Leo si fermò e si girò a guardarla. «Sul serio?»

«Sí» disse lei, e quella parte non era una bugia: stava risparmiando da un po'. Era importante, però, non spaventarlo mostrandosi troppo esplicita o impaziente. Il resto se lo inventò: «Io e la mia amica Janey stiamo pensando di prendere un appartamento. In questo momento lei è là a cercare un posto».

«Fantastico! Leo sarà contentissimo. Mi sa che sarà talmente felice che vorrà baciarti. Tu come la prenderesti?»

«Penserei che sta andando un po' troppo in fretta. Ma credo che mi piacerebbe comunque».

Poi Leo la baciò, e a lei piacque, quindi il dado fu tratto. Oppure, pensò, era stato lanciato all'inizio dei tempi e ora stavano semplicemente vivendo ciò che era già programmato?

In ogni caso, alla fine di luglio sarebbe andata a Manhattan, dove avrebbe avuto una stanza all'YWCA e una storia plausibile su come fossero cambiati i piani di Janey. Nel giro di una settimana si sarebbe trovata un lavoro come cameriera e per l'autunno un posto in una scuola per segretarie. Per Leo avrebbe inventato e perfezionato una scusa che includesse l'improvvisa scomparsa della zia Rebecca poco prima della sua partenza dall'isola, il fatto di essere rimasta orfana qualche anno prima, di non avere fratelli, di essere sola al mondo. «Ma non sentirti in colpa per me» gli avrebbe detto, in piedi accanto alla fontana con l'angelo di Central Park, mentre intorno a loro la città risuonava dei suoi particolari ritmi newyorkesi imprimendoglieli nelle cellule, nel cuore, tanto da farle credere di esserci nata.

Disse: «Non sono il tipo di persona che rimane triste troppo a lungo o che vive di rimpianti. Mi sento molto fortunata a essere qui e ad avere te come amico».

«Di certo sono molto piú di un amico» ribatté Leo.

Molto piú di un amico: entro il febbraio successivo Marti avrebbe avuto un marito e una vita a New York. Ma tutto era cominciato a Mount Desert Island: con una bugia che avrebbe portato a qualcosa di vero.

Una specie di eroe

A Bar Harbor, il giorno dopo il funerale di Marti, C.J. si svegliò con un messaggio di sua sorella Maya:

Ho parlato con Avery ma non le ho detto che eri nel Maine, come mi avevi chiesto. È molto occupata con il nuovo lavoro e il fidanzato. Le ho chiesto di mettersi in contatto con te. Non ha risposto.

Riusciremo mai a far tornare la nostra famiglia com'era prima, Cole?

Nessuno è perfetto. Forse tu e papà potreste dichiarare un cessate il fuoco e allora potremmo essere come tutte le altre famiglie problematiche.

C.J. rispose: *Forse. Ma perché dovremmo?*

Ora lui, Deirdre e Arlo si trovavano nell'ampio giardino laterale dei Callaghan, in un'area inondata dal sole che avrebbe ricevuto molta luce per tutta l'estate. C.J. conficcò una vanga nell'erba incrostata di brina e nel terreno che si stava scongelando. «Sembra fattibile» disse.

Non c'era un gran vento, per cui era facile sentire il rumore dell'oceano che si infrangeva sulla costa rocciosa. I gabbiani gridavano volteggiando sopra le loro teste nella speranza di ricevere gli avanzi a cui si erano abituati nei mesi piú caldi. Mentalmente C.J. riprodusse la scena su tela: i contrasti netti del marrone, del sempreverde e dell'azzurro, con macchie di bianco grigiastro per le chiazze di neve in ombra. Uno studio di quella costa rocciosa avrebbe richiesto tutte le sfumature del grigio e del marrone per descrivere gli angoli e le profondità della pietra che emergeva dall'oceano prima di cedere il passo all'altopiano dei Callaghan.

Sotto la direzione di Deirdre, C.J. e Arlo avevano trascorso gli ultimi giorni a usare paletti, spago e vernice fluorescente per tracciare la pianta dell'orto. Arlo si era dimostrato serio e collaborativo, desideroso di imparare e aiutare. Ora potevano iniziare il lavoro vero.

«Prendi quel badile corto e inizia da qui, dove abbiamo fatto la linea» gli disse C.J. e su quel punto spostò una carriola. «Non troppo in profondità, cosí». Gli fece vedere. «Vogliamo staccare le zolle, cioè lo strato d'erba, e lasciare la terra. Le zolle le metti nella carriola. Capito?»

«Capito» disse Arlo. Infilò il badile nella terra, come aveva fatto C.J., e ne tirò su circa dieci centimetri quadrati, che depositò nella carriola. Poi disse: «Chissà se troveremo punte di freccia o ossa».

«C'è solo un modo per saperlo, no?»

Il rumore di un veicolo che si avvicinava alla casa li fece voltare e videro fermarsi un'utilitaria rossa brillante. «Ah, quella sarà l'insegnante» disse Deirdre. «Arlo le ha detto che sarebbe venuta? Diceva che l'avrebbe fatto».

«Me ne sono dimenticato» disse Arlo. «Forse l'ho fatto un po' apposta».

«È ora che si rimetta in carreggiata con i compiti. Finora l'ho aiutato io, ma non sono in grado di insegnare».

«La nonna è intelligente, ma non sa tutto».

C.J. vide scendere dall'auto una giovane donna. Portava grandi occhiali da sole, un cappotto di lana grigia e i capelli raccolti in una folta coda di cavallo bruna. Deirdre li lasciò per andare a salutarla, muovendosi con la stessa velocità che C.J. aveva notato da quand'era arrivata. Cioè con notevole lentezza, in ogni situazione. Pensò che era meglio che la casa non prendesse mai fuoco.

Disse ad Arlo: «Immagino che a volte la nonna abbia difficoltà a starti dietro».

«Sono uno dei bambini piú lenti della mia classe e lei è comunque molto piú lenta di me. È per via di quella cosa che inizia per P, mi ha detto mia mamma».

«Quale?»

«Non me lo ricordo. Il suo cuore ha bisogno di aiuto, quindi ha una scatolina nel petto». Arlo si toccò un punto vicino allo sterno. «Si chiama pacemaker, forse? La nonna dice che ha solo una velocità».

«Be', questo spiegherebbe tutto. Andiamo a conoscere la tua insegnante, cosí la nonna non dovrà tornare qui».

«La conosco già» disse Arlo. «La signorina Melissa. Mi ha aiutato quando mi sono rotto la gamba».

«E come hai fatto?»

«Quando papà mi ha portato a sciare, la pista era un po' troppo in discesa per me».

Un genitore con i fiocchi, pensò C.J. Disse: «Comunque andiamo a salutarla. Sono sicuro che sarà felice di rivederti».

Raggiunsero le due donne. Da vicino l'insegnante sembrava un topo, pensò C.J. Una bella topina, però: occhi larghi e scuri. Una spruzzata di lentiggini sul naso e sulle guance. Naso sottile, mento delicato. In circostanze diverse gli sarebbe piaciuto disegnarla, per vedere se riusciva a cogliere la delicatezza dei lineamenti da varie angolazioni e con luci diverse. Una volta che si fosse assicurato una casa avrebbe iniziato subito a disegnare sul serio. E ora che Marti Geller era morta avrebbe dato un'occhiata a quella sul lago. Sperava che fosse adatta. Certo, costava sicuramente di piú di quello che intendeva sborsare. Ma poteva permettersela; anche dopo le spese legali e il divorzio, i soldi che gli aveva lasciato sua nonna sarebbero bastati per la casa e cinquanta o piú anni della vita semplice che aveva intenzione di condurre.

Salutò la ragazza. «Arlo mi dice che lei è la signorina Melissa. Mi chiamo C.J. e sono ufficiosamente il capogiardiniere. Piacere di conoscerla».

Lei sorrise intimidita. «Salve, il piacere è mio».

Deirdre spiegò: «C.J. è un amico di famiglia, è qui per darci una mano con un progetto di giardinaggio».

«Che cosa carina» disse Melissa e si chinò ad arruffare i capelli di Arlo. «Sono felice di rivederti».

«Cosa ti avevo detto?» disse C.J.

Arlo si girò verso Deirdre. «Non devo fare scuola oggi, vero? Io e C.J...»

«C.J. e io» lo corresse Deirdre.

«C.J. e io dovremmo vangare».

«E vangherete tutto il giorno, se vi va bene. La scuola inizia domani».

Arlo disse: «Signorina Melissa, può aiutarci se vuole. Cioè, se C.J. dice che può».

«Ma non è obbligata» intervenne Deirdre.

«No, mi fa piacere». Di nuovo un timido sorriso rivolto a C.J.

«Come vuole» disse Deirdre. «Prima di tutto le faccio vedere la sua camera».

C.J. spinse Arlo verso la macchina e disse: «Adesso prendiamo le cose della signorina Melissa».

«Prendiamo?»

«È quello che fanno i gentiluomini».

«Pensavo che fosse quello che fanno i lavoratori» ribatté Arlo.

«Tutte e due. E oggi non lavoriamo?»

«Credo di sí».

«Allora prendi quello zaino lí, sul sedile» gli disse C.J. e dal bagagliaio tirò fuori una valigia.

«Le do la stanza in fondo al corridoio nord» disse Deirdre. «Vada pure, non mi aspetti. Pranziamo alle dodici e trenta. La cena...»

«Alle sei in punto» esclamarono all'unisono C.J. e Arlo.

«Esatto. Non faccia tardi».

Non erano passati venti minuti e Melissa raggiunse Arlo e C.J. all'esterno. Portava stivali di camoscio, un gilet verde imbottito e manopole. Non chiese un badile né si offrí di aiutarli.

«È bello qui fuori» disse strizzando gli occhi. «È cosí soleggiato! Arlo, il sole sorge a nord, a sud, a est o a ovest?»

«La nonna ha detto che oggi non c'è scuola».

C.J. scoppiò a ridere. «È una domanda troppo difficile per te?»

«No. Conosco la risposta. Ma perché dovrei dirla, se non devo?»

«Spirito di cooperazione?» propose C.J. «Buona educazione?»

Melissa disse: «È colpa mia. I quiz a sorpresa non sono mai ben accolti, nemmeno nei giorni di scuola. Ecco una domanda a cui voi ragazzi potete aiutarmi a dare una risposta: quest'isola si pronuncia Mount Dessert o Mount Desert, e come mai si chiama così?»

Arlo disse: «Veramente sono tre domande».

C.J. commentò: «Be', almeno per contare il cervello ti funziona ancora».

«Ah-ah».

C.J. disse a Melissa: «Mi sono fatto la stessa domanda, la questione della pronuncia, la prima volta che sono venuto qui. Voglio dire, si guardi intorno: alberi ovunque! Non sembra affatto un deserto, almeno per come sono fatti in genere. Ma il dessert ha ancora meno senso».

Arlo disse: «A me il dessert piace mangiarlo».

«Anche a me» disse Melissa. «Torta alla crema di Boston».

«Banana Foster» disse Arlo.

C.J. si girò a guardarlo. «Banana cosa?»

«Foster».

«Che cosa sarebbe esattamente?»

Arlo spiegò: «Non lo sai? È una banana con del gelato e una salsina buonissima».

«Come, tutto qui? Che bisogno c'è di un nome così elegante? Per me bastano due palline di gelato alla menta con gocce di cioccolato e cono di cialda, grazie mille. Preferibilmente da mangiarsi su un molo o su un lungomare a luglio».

Melissa disse: «Sembra squisito. Lo prenderei anch'io». E gli sorrise in un modo che sembrava suggerire che le sarebbe piaciuto assaggiare anche altro.

Lui disse: «Comunque, la questione della pronuncia è un dibattito che risale all'Ottocento, forse anche prima. A quanto ne so, uno può decidere per conto suo come pronunciarlo. Io sono per il deserto, perché il nome deriva dal francese e in francese il significato è proprio questo».

Arlo disse: «Io sono per il dessert, perché ne vorrei uno». E a C.J. e Melissa rivolse il suo sorriso piú affascinante.

Melissa disse: «Forse stasera saremo fortunati».

Fece l'occhiolino a C.J. mentre lo diceva? Lui avrebbe giurato di sí. D'altra parte, quella giovane donna probabilmente non era piú vecchia di sua figlia; lo considerava davvero una prospettiva concreta? Tuttavia, anche in questo caso, flirtare a quel modo, in quel momento, sarebbe stato piuttosto sfacciato da parte sua.

Lui vedeva cose che non c'erano. Lei non vedeva l'ora di assaggiare la torta alla crema di Boston o qualsiasi cosa Deirdre avesse in serbo per la cena. Non certo un uomo di mezza età che poteva essere suo padre. Disse: «In questo momento la cosa migliore è restare concentrati sul lavoro. Quest'orto non si costruirà certo da solo».

«Tutta quell'aria aperta gli fa bene» disse Deirdre dopo che Arlo, che durante la cena si era quasi addormentato, fu messo a letto. Lei e C.J. erano nel soggiorno, dove Deirdre aveva acceso il fuoco e stava sorseggiando un bicchiere di brandy. C.J. si versò uno scotch e si sedette. Probabile che Melissa si considerasse un «aiuto» e non avesse il coraggio di spingersi oltre, con la padrona di casa.

C.J. disse: «L'aria aperta fa bene anche a me. Sto dormendo come un pupo».

«Anche Arlo, che è quello che speravo sarebbe successo portandolo qui. La mia casa di Boston non offre molte attività per bambini e, francamente, avevamo entrambi bisogno di un bel cambiamento. Lei gli piace molto, sa?»

«A me piace molto lui. Abbiamo tante cose in comune. La mia educazione non è stata molto diversa dalla sua, prima che perdesse i suoi».

«Non sa bene quel che è successo – io lo proteggo

da tutti quei pettegolezzi. Sa solo che suo padre non era poi chissà che pilota. Joseph le ha raccontato la storia?»

«Sí. Mi dispiace molto».

Deirdre sollevò i piedi, li mise su un'ottomana e continuò: «A un certo punto avevo detto ad Anna che avrebbe fatto meglio a non far salire Arlo su quell'aereo, se non voleva beccarsi una denuncia per maltrattamento di minore. Le avevo anche detto che non doveva volare con quel pazzo di suo marito. E che era solo questione di tempo».

«E perché?»

«Aveva una dipendenza dalle droghe e si illudeva che non avessero altri effetti, oltre a quelli che gli piacevano tanto».

«Ne ho conosciuti, di tipi cosí» disse C.J. «Non gli si può dire nulla».

Deirdre annuí. «Sono i soldi. Non rovinano tutti; gli altri miei figli se la sono cavata meglio. Ma Anna...» Deirdre scosse la testa. «Era molto piú giovane degli altri, è nata a sorpresa quando pensavo di essere nel pieno del cambiamento, capisce. Quando portò a casa Forrest per la prima volta per presentarcelo – a me e a mio marito Charlie; è morto alcuni anni fa – quando portò Forrest a casa, Charlie cercò di fare conversazione, ma quello era un vero allocco. La sua grande conquista era avere imparato a fare surf. Eravamo sicuri che Anna se ne sarebbe stancata, ma ci siamo tenuti le nostre opinioni per noi. I figli, a costringerli a fare qualcosa, poi ti sfidano. Ma loro sono tornati da tre mesi a Biarritz con la fede al dito».

C.J. disse: «Dev'essere stato molto difficile perderla. L'ammiro, per essersi presa cura di Arlo».

«Non che avessi scelta, ma grazie. I miei amici dicono che sono una sciocca a farlo a tempo pieno. Ho ottantasei anni! Non ho piú nemmeno dei cani, sono troppo faticosi».

«Arlo la manterrà giovane» disse C.J., anche se pensava che probabilmente gli amici di Deirdre avessero ragione.

«Non abbastanza per essere quello di cui avrebbe bisogno lui; ho deciso di informarmi e cercare un collegio» disse Deirdre. «Ce ne sono diversi molto buoni, nella regione».

«Cosa ne pensa Arlo?»

«Non gliel'ho chiesto e non glielo chiederò. Anzi, gradirei che non gli dicesse nulla».

«Certo» disse C.J. In fondo non erano affari suoi.

Se lei avesse chiesto la sua opinione, però, avrebbe risposto che pensava che il collegio andasse bene per alcuni ragazzi, ma per uno ferito e introverso come Arlo? Era piú difficile da capire. D'altra parte, essere accuditi a tempo pieno da un'anziana donna che, prima di perdere la figlia, aveva vissuto la tipica vita da ricca signora della buona società di Boston, tra tè, musei e partite di bridge o altro, una che nonostante la tempra non godeva di ottima salute, non era l'ideale. Nel mondo molti ragazzi, però, se la passavano decisamente peggio. Fu questo che pensò C.J. per fermare gli altri pensieri che cercavano di farsi strada: pensieri come prendersi cura di Arlo in qualità di, ad esempio, genitore affidatario. Ridiventare padre, stavolta facendo le cose per bene.

Non pensarci nemmeno, si ripeté. Non è nei tuoi programmi.

Deirdre disse: «Mi dica, come va la ricerca della casa? Non ho fretta di perderla, ma so che ha una vita sua da vivere».

«Immagino di sí» disse C.J. «Pare che ci sia una possibilità con una casa che mi ha colpito ma che non era sul mercato. La proprietaria è morta e la famiglia potrebbe voler vendere. La vita è come una moneta, no? La sfortuna da una parte, la fortuna dall'altra».

«Parallelo banale» disse lei. Poi sorrise. «Ma vero. E almeno non l'ha paragonata a una scatola di cioccolatini».

Arlo era in casa con Melissa, erano seduti al tavolo della cucina a fare storia e matematica mentre C.J. continuava a scalzare le zolle lungo i confini del futuro orto. Pensò che era come abbozzare un soggetto a carboncino o a matita prima di renderlo con i colori a olio. Bisognava procedere per gradi se si voleva ottenere un risultato degno di rimanere. Picchettare e delimitare le aree, sradicare il manto erboso, livellare la terra, stendere il tessuto per contrastare la crescita delle erbacce, recintare l'area con pannelli di legno, tronchi o pietre accatastate, secondo il progetto, e poi riempire il tutto con terriccio da giardinaggio... Se C.J. si fosse attenuto al progetto come Deirdre gli aveva chiesto di fare, avrebbe potuto rimanere lí ancora per qualche settimana, forse piú. Piú tempo per affezionarsi al ragazzino. Piú tempo per preoccuparsi del suo futuro.

Si voltò verso la casa e vide Melissa che lo guardava. Lei alzò una mano in segno di saluto e sorrise.

C.J. non ricambiò. Non era il tipo d'uomo da sfondare una porta aperta.

In realtà, non era il tipo d'uomo da gesti violenti. Ma negli anni precedenti al momento in cui aveva sparato mancando la testa di suo padre di circa dieci centimetri, si infilava la mimetica e con suo padre, i suoi cugini e i suoi zii trascorreva lunghi fine settimana dentro ai capanni per cacciare anatre o cervi, riscaldandosi con fiaschette di Macallan (il Jim Beam era troppo proletario) e raccontando aneddoti di conquiste passate, di ogni tipo.

Aveva dieci anni, la prima volta, e dodici quando aveva colpito il suo primo (e ultimo) cervo. In quel periodo i piú anziani gli permettevano di bere un po' di liquore (anzi lo esortavano a farlo). Coraggio liquido, dicevano scherzando e rammentando il loro scarso fegato a quell'età. C.J. ricordava di aver puntato il fucile sul cervo, di averne inquadrato il petto nel mirino, di aver sentito i sussurri che lo incitavano a sparare, la gioia e poi l'orrore quando aveva abbattuto l'animale, il momento in cui aveva capito di averne stroncato la vita senza motivo, se non quello di avere qualcosa da fare in un sabato di settembre.

Non aveva smesso quel giorno; avrebbe voluto, ma sapeva che ci sarebbero state domande, conclusioni, giudizi. Lo stavano già sfottendo perché a scuola era piú bravo in arte che in ginnastica. «Il ragazzo è un po' moscio» aveva detto suo zio Lindsey dandogli un colpetto sulla pancia. «Attento a non diventare anche un po' frocio». E si erano fatti tutti una bella risata. Solo dopo essere entrato nella squadra di football del liceo era riuscito a sopravvivere senza grossi problemi.

Per un certo periodo, dopo l'università, era stato indipendente dalla sua famiglia, un giovane artista che viveva in una casetta in riva a un ruscello fuori Charleston, che dipingeva nature morte e vedute di torrenti e lavorava per un progettista di giardini in modo da potersi pagare l'affitto e il vitto. Pensava a quel periodo come agli «anni del dottore» di Denise, quando entrambi stavano ancora cercando di capire chi volevano diventare. Nel frattempo si sentivano regolarmente al telefono in modo che lui potesse parlare con la sua bambina, cosa che era grato di poter fare.

Maya diceva che Denise non l'avrebbe chiamato cosí spesso se non avesse desiderato che tornasse da lei. «Fidati» aveva detto, «non la sentiresti mai se non ci fosse qualcosa in ballo, a meno che tu non chieda un'ordinanza al tribunale che le imponga di rispondere alle tue telefonate».

«Ah, sí?»

«Certo».

C.J. aveva pensato che Maya potesse aver intuito qualcosa, perché Denise lasciava cadere dei suggerimenti, per esempio che C.J. avrebbe potuto almeno prendere in considerazione la soluzione che implicava minore resistenza, cioè accettare l'offerta fattagli da suo padre di entrare nell'azienda di famiglia e diventare dirigente della Reynolds Fasteners. Suo padre era davvero un uomo difficile? Sicuramente con l'età Coleman senior si stava ammorbidendo e poi loro due non avrebbero certo lavorato tutto il giorno nello stesso ufficio, no? Avrebbe potuto ancora disegnare e dipingere a suo piacimento, nel tempo libero. Glielo ripetevano anche sua madre e sua sorella. Suo padre si limitava ad affermazioni tipo: «Ma quando diavolo crescerai e affronterai la realtà?»

Non sapeva piú bene quel che provava per Denise, ma i suoi sentimenti per Avery erano chiari: quando Avery diceva «papà» lui si commuoveva. Temeva che se non fosse entrato a far parte della sua vita quotidiana, lei avrebbe iniziato a chiamare cosí il marito dottore di Denise e sarebbe cresciuta pensando che C.J. tenesse piú alla sua arte che a sua figlia.

Era andato a trovare suo padre e gli aveva detto: «Ehi, senti, stavo pensando che dovremmo parlare di quel lavoro che volevi offrirmi».

In qualità di vicepresidente operativo, C.J. si era rassegnato alla giacca e alla cravatta. Si era rassegnato alle lunghe e noiose riunioni con altri uomini bianchi vestiti allo stesso modo. Tollerava l'insipido, asciutto ufficio che gli era stato assegnato, con vista asciutta sull'insipido cortile. Quello che non voleva assolutamente fare era mettere i piedi direttamente nelle orme di suo padre. Sí, avrebbe imparato tutti i dettagli per gestire la multinazionale alla maniera di Coleman padre. Ma voleva anche incrementare la filantropia aziendale, fare qualcosa di piú che dare un semplice okay al finanziamento di nuovi parchi o a una donazione a enti di beneficenza ecclesiastici. Qualunque programma di stampo artistico aveva fame di soldi. C.J. non era un esempio di virtú, ma era convinto che quella fosse la maniera migliore di usare il denaro, piuttosto che ingrassare ulteriormente i portafogli stracolmi dei membri del consiglio di amministrazione.

La prima settimana di lavoro era entrato nell'ufficio di suo padre per presentargli la proposta. Gli aveva descritto il progetto e poi aveva detto: «Queste attività sono essenziali come la roba che produciamo in fabbrica».

Coleman padre aveva appoggiato la schiena alla poltrona e accavallato le gambe. «Roba, dici tu. Quella roba che produciamo ha pagato tutto, nella tua vita, compresi gli anni che hai passato a cazzeggiare all'università mentre cercavi di capire chi eri o stronzate del genere. Quella roba ti permette di mantenere una figlia, cosa che, e Dio mi è testimone, non riuscivi a fare molto bene dalla tua baracca sulle rive del torrente. Dovresti ringraziarmi.

«È ora che impari a fare qualcosa di piú che spendere i miei soldi» aveva continuato. «Lo dico per il tuo bene. Sii l'uomo che Denise e Avery hanno bisogno che tu sia. E impara a giocare a golf, per l'amor di Dio. Basta con quelle idiozie artistiche».

«Certo, papà» aveva risposto, e poi era andato ad Atlanta per convincere Denise a fare ciò che Maya era certa fosse pronta a fare.

Due mesi dopo le aveva comprato un anello di fidanzamento con un diamante che sarebbe stata orgogliosa di indossare davanti a tutte le altre signore del country club che costituivano il suo ambiente sociale. Trascorsi altro otto mesi intensi, C.J. aveva messo lo smoking e guardato Denise che, nell'abito bianco dei suoi sogni (e di quelli di sua madre), risaliva la navata dietro alla piccola Avery. Aveva ballato con lei davanti a quattrocento invitati. Si era seduto sul letto ricoperto di petali di rosa della loro suite, aspettando che lei uscisse dal bagno con addosso una camicia da notte di seta charmeuse bianca che le slanciava la figura.

«È valsa la pena aspettare» aveva detto, a lei e a sé stesso. Si era ripetuto che avrebbe potuto sopportare qualsiasi trovata di suo padre, ora che aveva l'opportunità di crescere sua figlia in una graziosa villetta di campagna, appena costruita e arredata alla perfezione da Denise e da sua madre. Moglie felice, vita felice, cosí dicevano tutti.

La pittura non sembrava far parte integrante della felicità di quella vita. Si era dedicato al golf e si era iscritto al club della caccia di Reynolds, in modo che Denise avesse comunque un marito che si teneva occupato facendo le cose giuste. In modo che Avery avesse un padre simile ai padri dei suoi amici. Faceva tutte le cose da «maschio», mentre le «sue ragazze» facevano tutte le cose che la gente si aspettava da loro: giornate alla spa, fine settimana in città con grandi opportunità di shopping, vacanze in vari ecoresort tropicali dedicati al «benessere». Non si trattava di attività negative, in sé e per sé. Era la superficialità di quella cultura che lo preoccupava. L'idea che tutto questo fosse il massimo della vita. Denise, e poi Avery, diventarono tutto ciò che un certo tipo di giovane donna doveva essere. E C.J. altrettanto, al maschile. Aveva tollerato quella vita da disadattato per vent'anni perché era il prezzo da pagare per essere il padre di Avery, per vederla crescere.

E ora non gli rispondeva al telefono.

Nei fine settimana trascorsi nei capanni da caccia all'anatra o al cervo, C.J. aveva bevuto il suo whisky, con il fucile o la carabina appoggiati nell'incavo del braccio. Ogni volta che arrivava il momento di sparare all'anatra o al cervo, prendeva accuratamente la mira appena sopra o accanto o sotto il bersaglio. «Maledizione» esclamava quando lo mancava. «Dovrei bere meno prima di sparare». Oppure: «Credo che il mirino sia tarato male». O anche: «Una zanzara mi ha punto sul collo proprio mentre premevo il grilletto». Si era trasformato nel Principe delle Scuse. Agli altri non importava che facesse sempre cilecca: la sua inettitudine li faceva apparire tutti piú bravi di lui. Anni dopo, quando testimoniò al processo, Lindsey, suo zio, disse: «Non credo alla sua scusa di aver mancato volutamente la testa di Coleman; no, non ci credo. L'ho visto molte volte puntare il fucile contro un cervo nella speranza di beccarlo. L'unico motivo per cui l'ha mancato è che è un pessimo tiratore».

Lí fuori sul prato di Deirdre Callaghan a dissodare le zolle, C.J. pensò ad Arlo e immaginò che tipo di futuro gli si prospettava, con quegli stupidi genitori morti e la nonna costretta a spedirlo in un collegio dove avrebbero provveduto alla sua educazione per nove mesi o piú all'anno. E poi? Durante le vacanze scolastiche? I fine settimana? Chi avrebbe messo al primo posto i suoi bisogni? Deirdre non sarebbe vissuta per sempre e il resto dei Callaghan, come la famiglia di C.J., erano prevalentemente un gruppo di edonisti egoisti. Che razza di influenza avrebbero avuto su quel bambino? Conosceva fin troppo bene la risposta.

Pensò a quando l'aveva visto il primo giorno, intento a scavare nell'aiuola parlando di dinosauri e gemme preziose.

Pensò a tutti i propri fallimenti. Alle scuse che aveva trovato per quel che aveva fatto e quel che non era riuscito a fare.

Pensò alla salvezza di Arlo, se avesse cercato di intervenire, se Deirdre avesse preso in considerazione l'idea di permettere una cosa del genere; se avesse permesso a lui, ex detenuto accusato di tentato omicidio, di crescere suo nipote. E alla sua stessa salvezza, se era questo che gli offriva il progetto che aveva in mente.

Era una fantasia. Lui che cercava di diventare una specie di eroe, come se cosí facendo potesse rimediare a tutto.

Raccontare storie

All'alba, Beck aveva indossato il suo giaccone arancio e si era messa in strada verso il Maine. Aveva preso in considerazione l'aereo, ma un viaggio in macchina le sembrava molto meno stressante che andare e tornare dagli aeroporti, che implicava lunghe attese, dover dipendere dalle compagnie aeree e dagli orari e noleggiare un'auto. Semplifica, si era detta. Mantieni il controllo su quel poco che puoi.

Sebbene la sua riluttanza a svolgere il compito che l'attendeva era la stessa della sera del funerale di Marti, era (se lo ripeté) rassegnata alla realtà e aveva programmato il soggiorno nel Maine di conseguenza. Sarebbe arrivata nel pomeriggio, avrebbe fatto il punto sulle condizioni del rustico, avrebbe arieggiato e, se non avesse trovato tracce di grossi problemi, il giorno dopo avrebbe invitato Carol Barksdale a un incontro preliminare. «La cosa peggiore che posso fare è far perdere tempo ai miei clienti portandoli a vedere una proprietà totalmente inadatta» le aveva detto Carol quando Beck l'aveva sentita. «Non che pensi che la vostra lo sia, ma sa come si dice: meglio mettere le mani avanti!»

Per l'occasione si era fermata al minimarket a comprare tutti i suoi prodotti preferiti, leccornie che non si concedeva piú di tenere in casa: mini cioccolatini Dove, crostini di segale insaporiti, vermi di gelatina alla frutta, popcorn zuccherati. Cibi confortanti, cosí forse avrebbe pianto un po' meno di quanto aveva fatto negli ultimi giorni. Che importava se sua madre aveva mentito a lei, a loro, per decenni? Prendi un altro cioccolatino.

A casa si era fatta del mocha coffee alla ciliegia e ci aveva riempito due thermos, poi aveva aspettato che Paul uscisse dalla cucina, e dal freezer dove avevano riposto gli avanzi delle offerte per lo *shiva* aveva preso anche una fetta di torta alle spezie. Sarebbe tornata dopo tre giorni e avrebbe mangiato cose leggere per una settimana. Avrebbe raddoppiato le verdure.

O forse no. Forse avrebbe mangiato cioccolato a ogni pasto e raddoppiato le porzioni di dessert.

Quando accostò e parcheggiò davanti al rustico, tra gli alberi e sull'acqua aleggiava una nebbia a banchi, simile a un sudario. Fantasmi, pensò. Suo zio, di cui fino ad allora non aveva saputo niente. I nonni, appena scoperti tali. E anche sua madre, misteriosa quasi quanto gli altri, e il cui ricordo per questo motivo la irritava.

Quella casetta coperta di assi verniciate di verde, adatta a viverci tutto l'anno, che la maggior parte del mondo avrebbe definito un cottage, non aveva quasi nulla in comune con i cottage costruiti per le famiglie della Gilded Age, tra fine Ottocento e inizi Novecento, prima che le tasse sul reddito costringessero i ricchi sfondati a ridimensionarsi (almeno un po'). Niente marmo. Niente cancellate di ferro. Niente dorature. Niente sala da musica, né giardino d'inverno, né biblioteca, né cortile pavimentato. Niente servitú che arrivasse prima di lei a preparare la casa per gli ospiti.

No, quello che Marti e Leo Geller erano riusciti a permettersi era una scatola a un piano con struttura in travi di legno, che comprendeva tre camere da letto senza particolari caratteristiche, un bagno molto spartano, una cucina che nel 1961 poteva sembrare moderna, un soggiorno dai soffitti alti e ingombro di mobili comodi ma spaiati, e un portico. Quest'ultimo era, secondo Beck, uno dei tre pregi della casa: il primo era il soffitto alto, che conferiva una sensazione di spazio, e il secondo il camino rivestito in pietra con il suo bel sfiatatoio.

Il portico non solo aveva un'intera parete di finestre, ma anche un pavimento in ardesia riscaldato. Da adolescente, durante i fine settimana aveva dormito lí fuori fino all'autunno, in parte per stare lontana da Claire e Sophie, alle quali Leo proibiva di disturbarla. «Vostra sorella ha bisogno di privacy».

«Ho bisogno della mia privacy» ripeté ora. «Maledizione, mamma».

Gli unici rumori che sentí quando scese dall'auto furono il ticchettio del motore, l'acqua che gocciolava dagli alberi sulle foglie morte della stagione precedente e una coppia di strolaghe, una vicina e una lontana, che si chiamavano da un capo all'altro del lago parzialmente sgelato. Che pace! E l'aria aveva un profumo meraviglioso, cosí odoroso di terra, pronto per le eruzioni primaverili di verde, ovunque.

L'ambiente del rustico era immutato, ma da quella nuova prospettiva sembrò a Beck completamente diverso. Non estraneo, piuttosto un luogo familiare a livello cellulare: lei apparteneva all'isola in maniera piú profonda e vera di quanto si fosse mai resa conto. Il suo Dna era formato in parte dalla terra, dall'acqua e dalla pietra che costituivano quel luogo magico. Anche dalle patate, a quanto pareva. Ma cosa significava tutto questo? E poi che differenza faceva, se la faceva?

Se solo sua madre non avesse dato disposizioni di vendere tutto. Quella tranquillità, quei profumi, le promesse di rinnovamento e abbondanza, tutto questo sarebbe stato lí per Beck ogni volta che lei avesse trovato il tempo di andarci a scrivere. Questo e la solitudine, diversa da quella che poteva trovare in casa quattro giorni alla settimana, mentre Paul era al lavoro in città.

Restare lí significava non dover prestare attenzione a ciò che Paul faceva o avrebbe fatto in futuro o avrebbe voluto che lei facesse dopo o prima. Significava zero obblighi di vita sociale. E spazio mentale dove erigere le impalcature su cui costruire la trama e i personaggi del suo romanzo. A casa, a Irvington, era Beck Geller la moglie, la cuoca, la lavandaia, la vicina e, quando se ne presentava l'occasione, la giornalista. Lí avrebbe potuto essere Beck Geller la scrittrice, una Jo March piú alta e meno aggressiva. Forse non altrettanto spavalda, ma riflessiva e talentuosa. Lo sperava.

La giovane Beck aveva sempre pensato che Jo March fosse stata una sciocca a rifiutare Laurie. La giovane Beck si era ritenuta molto piú saggia perché aveva sposato Paul. La Beck piú anziana provava imbarazzo al pensiero della Beck giovane, idealista seria e ingenua che aveva creduto di aver capito tutto. Una ragazza di diciannove anni che si era affrettata a sposare il dolce e modesto Paul, uomo che non le avrebbe mai spezzato il cuore, ne era certa, come aveva fatto il suo predecessore.

Se non contava due figli e un curriculum da freelance con molti articoli ben piazzati e recensiti e altrettante interviste, di cosa poteva fregiarsi dopo ventisei anni di età adulta? Alcuni di quegli articoli erano importanti, o meglio, lo erano gli argomenti di cui aveva scritto. Era orgogliosa del suo lavoro. Il problema era che, anche con Internet, i periodici erano effimeri. Ma un romanzo poteva durare nel tempo. E diventare iconico. Poteva cambiare la vita delle persone. Non succedeva sempre, ma se il suo fosse servito anche solo ad aiutare qualcuno a passare il tempo in maniera significativa, sarebbe valsa la pena di fare tutta quella fatica.

Se l'avesse mai fatta, quella fatica.

Avrebbe voluto farla lí. Ma forse sua madre pensava che stesse solo accampando scuse.

Aveva solo accampato delle scuse?

Beck aprí la porta ed entrò nell'aria stantia e immersa nella penombra della casa. C'era odore di naftalina e delle tenaci molecole di pasti consumati da tempo. Aprí le tende di tutte le finestre, accese il riscaldamento e andò alla scatola di interruttori nell'ingresso per far partire lo scaldabagno; scoprí e rimosse un nido di topi. Dopodiché valutò le condizioni generali della casa, cercando di vederla come l'avrebbero vista un agente immobiliare o un potenziale acquirente. Per lo piú aveva bisogno di eliminare strategicamente qualche elemento e di aggiungerne qualche altro. Per quello che le interessava al momento, però, si concentrò sul nascondere il disordine e spostare i mobili. Se fosse venuto fuori che il rustico non era adatto al cliente di Carol Barksdale, avrebbe proceduto con ulteriori riparazioni e ristrutturazioni.

Bussarono alla porta e una voce femminile gridò: «C'è nessuno? Sono Helen. Posso entrare?»

«Helen!» esclamò Beck, andando ad abbracciare la minuta vicina che abitava in fondo alla strada da quando i Geller erano proprietari di quella casa. Aveva i capelli bianchi come la neve e una leggera gobba sulla schiena, resa piú pronunciata dall'ingombrante piumino. Sui suoi stivali neri erano stampate delle farfalle.

«Entra. Non dovevi venire fin qui! Ti avevo detto che sarei passata a trovarti».

«Era la scusa perfetta per mettere in moto queste vecchie ossa».

«Be', è bello vederti».

«Anche per me, tesoro. Mi fermo solo un minuto. Mi è dispiaciuto molto sapere di Marti. Che peccato. Sei venuta da sola?»

«Sí» disse Beck. «Gli altri devono lavorare. Al lavoro io ho un periodo morto».

«Mi fai venire in mente che ho letto quella tua intervista, sulla rivista dell'Aarp del mese scorso. Quell'attore simpatico. Come si chiama?»

«Steve Carell».

«Esatto. Immagino che ormai tu conosca tutte le persone famose».

«Ho fatto solo qualche intervista. È Sophie che frequenta tutte le celebrità».

«Voi ragazze di New York e le vostre vite brillanti. Marti era molto orgogliosa di te e di tua sorella medico. Mio figlio gestisce un impianto di riciclaggio del cartone in Iowa» disse Helen. «Ricordami quanto tempo ti fermi».

«Non so ancora bene. Dipende da quello che dovrò fare per dare una sistemata».

«Ma cos'aveva in testa tua madre, quando ha deciso di dirvi di vendere? Non puoi volerlo fare».

«Hai ragione» disse Beck. «Non mi andrebbe. Mi piace cosí tanto stare qui! Ma non dipende da me».

«Ho dimenticato di dirti che anche i Barrett stanno vendendo. Te li ricordi, quelli di Pittsburgh? Dale ha l'Alzheimer e Mary ha dovuto metterlo in una casa di riposo. Non vuole venire qui da sola».

«Oh, non sapevo niente di Dale» disse Beck. «Che notizia triste».

«Entropia o malattia» commentò Helen stringendosi nelle spalle. «O l'una o l'altra ci porteranno via tutti. Hai fame? Ho della zuppa di pesce sul fuoco».

«Grazie, ma non potrei mangiare nulla: ho sgranocchiato per tutto il viaggio».

«Va bene, allora. Verrai a cena domani. Non dire di no. Non sei quella che ha sempre avuto la passione per la mia torta alla crema di cioccolato?»

«Sí, sono io».

«Allora la troverai sul menu. E anche l'halibut, fresco dalla pescheria Hodgdon. Vieni alle cinque e mezza».

Beck disse: «Sei molto premurosa, ma...»

«Sono una vecchia signora irascibile che non accetta rifiuti».

«È solo che non voglio che tu ti dia tanto disturbo per me».

Helen liquidò quell'osservazione con un gesto. «Ma chi è che pensa che una torta sia un problema? Mi fai un favore, dandomi una scusa per concedermela. Non si direbbe che alla mia età io abbia bisogno di una scusa, ma è difficile dimenticare ottant'anni di abitudini. Non mi hai chiesto un consiglio, ma te lo darò lo stesso: se vuoi cambiare qualcosa nella tua vita, non aspettare di essere vecchia».

«Mia madre mi ha detto di essere pentita di non aver preso il taxi piú spesso».

«Sarebbe questo il grande rimpianto di Marti?»

«Uno dei tanti» rispose Beck pensando al video, al passato nascosto di sua madre. «Senti, per caso conosci una famiglia che aveva una fattoria qui sull'isola, i Newman?»

«Non mi dice niente. Di quanto tempo fa parliamo?»

«Gli anni Sessanta. Forse anche dopo».

«Io sono arrivata dal Vermont nel '77. Può darsi che a quel punto se ne fossero già andati, o che frequentassero un altro ambiente. Una vecchia fiamma di Marti?» chiese Helen. «Ricordo che mi disse che veniva qui d'estate per far visita a una zia malata».

«Qualcosa del genere».

«Ecco un altro consiglio: stronca i rimpianti prima che nascano». Helen andò verso la porta. «Ci vediamo domani».

Si avvicinava il tramonto. La nebbia si era dispersa abbastanza da far riversare nel soggiorno il sole del tardo pomeriggio. Beck si affacciò alla finestra e chiuse gli occhi, immersa nella luce. Stroncare i rimpianti prima ancora che nascano? Facile a dirsi, difficile a farsi. Beck già rimpiangeva di aver accettato l'appuntamento con l'agente immobiliare per la mattina dopo, e di averla coinvolta. Ma cos'altro avrebbe potuto fare? Magari insistere e persuadere le sue sorelle a tenersi la casa. Ma non sarebbe servito. Quando avevano saputo che c'era già qualcuno interessato all'acquisto, le loro bussole avevano puntato dritte in quella direzione.

Si rimise il giaccone e uscí. Prese il sentiero lastricato che portava alla riva e poi si voltò a guardare la casa, che brillava nell'intensa luce arancione del tramonto. Con l'appartamento di Gramercy andato per sempre, quella proprietà rappresentava tutta la sua eredità – e forse non era molto se paragonata, per esempio, alle proprietà dei Rockefeller, ma per lei significava tanto. Con quel luogo aveva legami profondissimi e su quel luogo nutriva ambizioni che l'avevano sostenuta quando ben poche cose sembravano andare bene. Un marito gay. Una madre morente. E ora una madre morta.

Lí avrebbe dovuto scrivere il suo romanzo. Lí si era innamorata per la prima volta, come i suoi genitori. E anche se la sua storia d'amore si era conclusa con un cuore in mille pezzi, era stato proprio quel cuore spezzato a spingerla a sposare Paul. Il suo matrimonio non era stato come l'aveva immaginato, ma le aveva regalato due figli fantastici e una vita sicura, e chissà cosa sarebbe diventata altrimenti? Forse sarebbe finita in Iowa a dirigere un impianto di riciclaggio di cartone.

Si domandò se avrebbe potuto prevenire quella delusione d'amore, se Marti le avesse raccontato la sua con quel ragazzo che veniva solo per le vacanze estive, se l'avrebbe aiutata a evitare una serie di uomini affascinanti ma problematici e poi a mettere sulla sua strada uno che l'avrebbe desiderata appassionatamente, dentro e fuori dal letto. Anche se, in effetti, Marti l'aveva messa in guardia dalle storie d'amore estive (avvertimenti che Beck, ora se ne rendeva conto, nascondevano piú di quanto allora non intuisse), ma lei l'aveva ignorata, come avrebbe fatto qualsiasi adolescente. Forse alcune cose erano davvero destinate ad accadere, a prescindere da tutto. Forse Dio o l'universo volevano semplicemente che andasse cosí. Non poteva incolpare sua madre per questo.

Ma per l'inatteso ostacolo al suo sogno di scrivere la incolpava eccome. Era una punizione per non aver fatto di piú, prima? Era forse perché, quando si era trattato di scrivere il romanzo (lí o in qualsiasi altro posto), Beck era stata tutta chiacchiere e niente sudore?

A conti fatti, non poteva incolpare sua madre di nulla.

Detto questo, infliggere una punizione postuma non sembrava un atteggiamento consono al personaggio Marti. Non avrebbe mai incoraggiato Beck per tutto quel tempo per poi usare il testamento per dirle: *Mi dispiace, tesoro, hai rovinato tutto.* O forse sí? Beck non sapeva piú dire con sicurezza che cos'avrebbe o non avrebbe fatto sua madre.

Si sedette sul molo e si strinse le ginocchia al petto, sentendosi completamente fuori posto. Era una newyorkese o casa sua era nel Maine? Al momento, forse influenzata dai fantasmi di sua madre e della famiglia materna, si sentiva piú incline a una vita lí.

Piú ci pensava, piú le sembrava giusto. Sí. Sí, era quella la soluzione. Doveva vivere lí, dove avrebbe potuto fare un po' di cardio salendo le scale di pietra scolpite nelle pendici della montagna dai primi benefattori dell'isola e poi dagli operai dei Civilian Conservation Corps durante la Depressione. Dove avrebbe potuto allenare l'anima percorrendo le strade panoramiche del parco di Acadia, come facevano i milionari che avevano fondato Bar Harbor. Se fosse vissuta lí, avrebbe potuto scrivere narrativa ogni giorno. Pranzare con le foche al porto di Pretty Marsh, come faceva da adolescente, quando lei e le sue amiche dell'estate si ammassavano in una macchina per scappare dai genitori e dai fratelli, e si sedevano lí a mangiare cibo spazzatura e a parlare di – cos'altro? – ragazzi.

E a proposito di ragazzi: sposando Paul a soli diciannove anni, aveva preso una strada sbagliata e aveva semplicemente continuato a percorrerla perché credeva somigliasse a quella dei suoi genitori e quindi le avrebbe dato lo stesso tipo di soddisfazione di cui loro avevano goduto?

Per quanto riguardava il lavoro, il suo futuro di scrittrice era costituito da articoli e interviste, oppure poteva resuscitare la Jo March che era in lei e tessere invece storie tutte sue?

Non molto tempo prima, dopo un corso di composizione floreale in cui al primo tentativo aveva creato uno splendido centrotavola, la sua amica Gina le aveva detto: «C'è qualcosa in cui non eccelli?» e Beck si era emozionata per il complimento. «Grazie» aveva risposto, orgogliosa del suo lavoro. In effetti eccelleva in quasi tutto, perché non usciva quasi mai dall'ambito ristretto delle possibilità che davano un risultato sicuro. Giocava solo con i suoi punti di forza, per cui sembrava una di quelle donne perfettamente realizzate, perfettamente compiute che vivevano una vita perfettamente felice. Evitava le cose piú difficili, i rischi, i potenziali fallimenti che avrebbero mostrato al mondo quanto la spaventava sentirsi vulnerabile o essere considerata non all'altezza.

Era questa la persona che voleva essere? No. *No.* Non rispettava quella persona e non l'ammirava. Non voleva che i suoi figli continuassero a pensare che fosse cosí.

Non voleva che, se avesse potuto vederla, sua madre si sentisse giustificata per aver dato disposizioni di vendere il rustico, dato che Beck non era approdata a nulla.

Disse: «È ora di tagliare la testa al toro. Tutto qui».

Dopo aver messo in ordine in vista dell'appuntamento dell'indomani con l'agente immobiliare, uscí sotto il portico, accese la lampada e chiamò Sophie. Mentre squillava piú volte si mise a camminare. Quando Sophie rispose, le disse: «Volevo parlarti di quando l'agente immobiliare verrà a vedere il rustico».

«Oh, giusto, è domani, vero? Scusa, sto facendo acquisti per la festa di addio al nubilato di un'amica e ho il cervello azzerato dai cliché. Lecca lecca a forma di dildo, ma stiamo scherzando? Un diadema per la futura sposa? Una fascia, come se il matrimonio imminente fosse il culmine di un concorso di bellezza, con la sposa e le damigelle che sfilano in costume da bagno e scarpe con il tacco... Dio, che depressione. Perché tutto quello che a vent'anni ci sembrava cosí divertente ora sembra infantile o sessista o inutile?»

«È una domanda seria?»

«No, la risposta la conosco e inizia con "trentasei". Per quanto riguarda il tuo problema: stai facendo la cosa giusta. È assolutamente sensata: potrebbe portare a una vendita facile e veloce».

«Ma supponiamo che venderlo sia la cosa sbagliata».

«Sbagliata per te, intendi. So che l'idea non ti piace, ma è stata una decisione della mamma e credo che dovremmo seguire le sue istruzioni».

«E se si fosse sbagliata, pensando che fosse quello che volevamo? Se fosse stata istupidita?»

«È una parola che esiste davvero?» disse Sophie. «Scherzo!»

Beck la ignorò. «Forse era sotto l'effetto dei farmaci, o magari il cancro era arrivato al cervello».

«Non puoi pensarlo davvero».

«Okay, no, non lo penso».

«Io credo che volesse tagliare definitivamente i ponti

con l'isola. Solo che non riusciva a sopportare che lo facessi mentre era ancora viva».

A Beck non era venuto in mente. «Spero che non sia vero».

«Senti, non so cosa sia vero, ma sono sicura che aveva le sue ragioni, qualunque fossero».

«Non vorresti aver capito meglio cos'aveva in testa?»

«Io l'ho capita» disse Sophie. «Come ho detto la settimana scorsa, niente di tutto questo cambia la mia idea di lei, tranne che forse mi piace ancora di piú, perché non era immacolata come pensavo. Ci ha nascosto delle cose. Questo lo capisco. Se avesse detto a papà del suo passato e questo lo avesse disamorato, noi non esisteremmo nemmeno».

«E non avremmo nemmeno il rustico. Ma esistiamo e ce l'abbiamo, quindi dobbiamo fare i conti con la realtà. Davvero non sei minimamente interessata a tenerlo? È l'unico pezzo tangibile della nostra storia che ci è rimasto».

I nonni paterni erano morti quando Beck era troppo giovane per ricordarli, quindi, a parte il fatto che la casa era stata acquistata con l'eredità di Leo, Beck non aveva legami con i Geller. C'era solo un altro Geller, il fratello maggiore di Leo, che non si era mai sposato; Beck l'aveva visto solo una volta prima del funerale di suo padre, e da allora mai piú.

La famiglia di sua madre era solo un triste aneddoto che Marti raccontava con pochi dettagli: il padre morto in un incidente sul lavoro, la madre per una reazione allergica a una puntura di vespa. Entrambi se n'erano andati quando Marti frequentava il liceo in Kentucky. Poi i servizi sociali l'avevano data in affidamento. Non aveva fratelli o sorelle. Né parenti. La piccola Beck, una bambina che non faceva che pensare a quanto le sarebbe piaciuto avere un cavallo, immaginava la giovane Marti come una puledra smarrita, tutta lunghe zampe e criniera fluente, che vagava per le colline degli Appalachi affamata e sola, tra il vento e la pioggia, fino a quando non aveva raggiunto la casa dell'omonima di Beck, la vecchia e invalida zia Rebecca (la cui casa ovviamente era stata abbattuta da tempo), dove si era magicamente trasformata in una giovane donna e poi si era creata una nuova famiglia con Leo.

Be'. Non proprio.

«L'isola è fantastica» stava dicendo Sophie. «Non fraintendermi. La parte storica è interessante e mi piace venirci. Ma il rustico è un po', diciamo, un po' pittoresco per i miei gusti».

«Be', certo, rispetto a come vivi tu. Ma pittoresco è bello! Significa confortevole e pieno di solido carattere borghese. Come me – e tu mi vuoi bene, vero? Inoltre, questo posto pittoresco è gratis! O quasi – dobbiamo solo pagare le tasse di proprietà e l'assicurazione. Se lo tenessimo, sarei disposta ad accollarmele da sola...»

«Lo capisco perfettamente, ma a dirti la verità, Beck, io voglio solo vendere e chiuderla qui. Nonostante il mio amore per te, i soldi mi interessano molto di piú. Ho dato un'occhiata a case simili a Zillow e potremmo trovarci in mano qualcosa che vale intorno al milione di dollari».

Beck replicò: «Ne dubito sinceramente».

«E io lo ribadisco sinceramente. Una proprietà sul lago, in una delle mete estive preferite del paese, è molto richiesta».

«Ha solo un bagno».

«Ma tre camere da letto, un portico e una certa estensione di terreno».

«Non discutiamo. Qualunque sia il valore, tu non hai bisogno di soldi. Claire non ha bisogno di soldi».

«Quello che ti sfugge è che né io né Claire useremmo la casa, ma ti assicuro che abbiamo tutte le intenzioni di usare i soldi, invece. Potrebbero servire anche a te, sai. Comprarti la libertà, in pratica. Non vuoi? Perché aspettare che sia Paul a fare la prima mossa?»

«No, certo, hai ragione» disse Beck. «Il fatto è che ho appena capito che voglio vivere qui».

«Cosa, nel Maine?»

«Sí, ma non dire niente a Paul, okay? Non ho ancora capito bene come fare. Comunque, che ne dici se ti pago l'affitto? Ti andrebbe bene?»

«Oh, tesoro. Mi dispiace, ma no, ho bisogno... vedi, ho questa cosa, ti ricordi? Questa start-up in cui ti ho detto che avrei investito...»

«Okay» disse Beck, riflettendo su altre opzioni, «allora supponiamo che io ti liquidi la tua parte».

Questo, naturalmente, avrebbe significato che tutto quel che aveva detto la sera nell'attico di Tania – sul fatto che sapeva che Paul voleva sbarazzarsi di lei e andare avanti seguendo una strada diversa – doveva essere rielaborato; non avrebbe potuto ottenere un prestito se avessero separato redditi e nuclei famigliari. Quindi, okay, se fosse stato necessario, Geoff, o qualunque altro uomo con cui Paul volesse flirtare, avrebbe potuto trasferirsi nella casa di Irvington. Perché no? Tanto lei non ci sarebbe andata quasi mai; avrebbe vissuto lí, a dimostrare che sua madre si sbagliava a pensare che il rustico potesse e dovesse essere venduto.

«Liquiderei anche Claire, se è questo che vuole. Ti andrebbe bene? Cosí non ci sarebbero problemi sul fatto di rispettare il testamento o aver bisogno del consenso del tribunale».

«Dici sul serio? Anche facendo un'ipotesi prudente sul valore, stiamo parlando di centinaia di migliaia di dollari a testa. Non pensavo che avessi tutti questi soldi a portata di mano».

«Non ce li ho. Dovrei vedere se è possibile ottenere un prestito. O un nuovo mutuo o un'ipoteca sulla casa, la mia e di Paul, a seconda di quanto potrebbero darci. Ovviamente non ho ancora fatto i conti – cioè, sto tirando a indovinare – ma potrei farcela».

Sophie disse: «È la tua vita. Credo che se a Claire andasse bene che ci liquidi, andrebbe bene anche a me, ma dovresti pagarci il prezzo di mercato».

«Lo so» disse Beck.

«E comunque domani dovresti comunque vedere l'agente immobiliare. Nel caso in cui dovessimo seguire questa strada».

«Sí, certo».

«Okay, be', se riesci a risolvere la questione entro la scadenza per l'immissione della casa sul mercato, per me va bene. Senti, sono alla cassa, devo andare. Tienimi aggiornata».

«Certo».

Beck chiuse la telefonata e rimase in piedi, con i calzini, sul pavimento di pietra riscaldato mentre sorgeva la luna, che proiettò il suo bagliore sugli abeti, sugli alberi spogli e sulla superficie nera e vitrea dell'acqua. E se avesse potuto farlo ogni sera? Disse: «Ecco, mamma, che ne pensi?»

Dopo aver chiamato Claire, aver ripetuto la sua richiesta e ottenuto l'autorizzazione a tentare, si versò un bicchiere di vino e si sedette con il diario davanti per prendere appunti e vedere di sistemare le cose. Se avesse messo tutto su carta, sarebbe riuscita a smettere di pensarci tanto e a dormire un po'. Poi l'indomani avrebbe potuto far partire il piano.

L'incontro di quella mattina con Carol Barksdale, l'agente immobiliare, non sarebbe stato una vera e propria farsa, anche se Beck aveva nettamente quell'impressione, perché aveva la testa piena di dettagli su come ottenere un prestito. Si era alzata all'alba per fare ricerche sui prezzi delle case e sui tassi dei mutui, consultando le cifre del suo reddito e del suo patrimonio. Avrebbe avuto bisogno di Paul come garante, ma lui non avrebbe dovuto pagare nulla, purché fosse disposto a lasciarle prelevare la metà della somma che avevano messo da parte per le spese universitarie dei figli e usarla per le rate mensili. Era giusto. Era cosí che avrebbero diviso le cose, alla fine. Non si concesse di pensare troppo a quella parte della faccenda – la divisione, o il carico emotivo che avrebbe comportato la rottura del loro matrimonio, per quanto amichevole. Una cosa alla volta.

L'incontro con Carol le avrebbe permesso di valutare l'accuratezza delle stime di Sophie e di Internet, e forse avrebbe rappresentato un'alternativa praticabile, nel caso in cui avesse fatto cilecca e fosse stata costretta a vendere. Cosa che non sarebbe accaduta, a meno che non fosse riuscita a convincere Paul a collaborare. Ecco il motivo della raccolta di informazioni prima ancora di affrontare la questione con lui.

Arrivò l'agente immobiliare. «Salve! Grazie infinite per aver accettato!» Era una donna cordiale ed energica come un golden retriever. «Come le ho detto quando ci siamo sentite, mi piace vedere rapidamente in anteprima le nuove prospettive di vendita, soprattutto se non sono sul mercato da tanto, o non lo sono mai state».

«Sono sicura che i suoi clienti lo apprezzano».

«Gli agenti immobiliari fanno un sacco di compiti a casa. La gente non se ne rende conto. Pensano che ci limitiamo a mostrare le case o ad attaccare un cartello in giardino per poi incassare un grosso assegno. In realtà siamo piú simili a dei medici».

«Medici? In che senso?»

«Be', sotto molti punti di vista. Le persone vengono da noi con i loro problemi, e questo è uno. E poi dobbiamo indagare, diagnosticare e curare. Fare ricerche. Consigliare degli specialisti: se per esempio la sua casa ha bisogno di riparazioni alle finestre o del radon da eliminare. Dottoressa Carol Barksdale, al suo servizio».

Beck disse: «Non ci avevo mai pensato. Ma certo, ha ragione».

«Medici e sensali: questa è la nostra professione in due parole. Mi chiami dottoressa Yentl».

«Credo che lei voglia dire *yenta*. Che in realtà non è il termine esatto per indicare un sensale ebreo».

«Ne è sicura?» fece Carol, scettica. «Ho visto due volte *Il violinista sul tetto*».

«Il personaggio si chiama Yente; non è uno *yenta*. Lei sarebbe la dottoressa Shadchan. In yiddish significa "sensale"».

Carol non era convinta. «Sembra cinese o qualcosa del genere».

«Le assicuro che non lo è. Una *yenta* è un'impicciona pettegola».

«Oh, be', allora non è affatto adatto a me. Io prendo sul serio la privacy dei miei clienti. In questo senso sono come un prete. O un avvocato. Le parole sono cosí affascinanti! Il mio cliente, quello che potrebbe essere interessato a questa casa, io e lui abbiamo avuto una discussione simile quando ci siamo conosciuti. E comunque» aggiunse guardandosi intorno, «devo dire che la casa è sorprendente. Non avrei mai immaginato che avesse una struttura in travi di legno. È molto ricca di luce e spazio, per le dimensioni che ha. Ha personalità».

«Lo stavo giusto dicendo a mia sorella».

«Siete in tre, vero? E siete tutte disposte a vendere?»

Beck rispose: «Ci sono molte variabili ma sí, vogliamo esplorare le possibili opzioni».

«Bene. Ovviamente un fattore importante sarà il prezzo. Per avere un'idea piú precisa ho consultato i registri pubblici per verificare l'età, la metratura e cosí via – gliel'ho detto, facciamo ricerche! Ho esaminato le proprietà paragonabili, le vendite recenti e cosí via, e ora che vedo in che condizioni è, direi che siamo intorno agli otto e cinquanta, piú o meno».

«Davvero? Bene. Buono a sapersi».

«Sembra delusa. È vero che qui ci sono proprietà che si vendono a cifre molto piú alte, ma si tratta di edifici piú grandi e piú recenti, o di case in cui tutto è stato aggiornato alle ultime tendenze».

«Certo» disse Beck, fingendo di aver sperato in un prezzo piú alto anziché piú basso.

Carol continuò: «Anche a quel prezzo, capisco che la sua famiglia possa preferire di non vendere l'immobile tramite agenzia. La commissione è molto onerosa, anche se ci guadagniamo ogni centesimo! Non può immaginare i problemi che si presentano! Capirebbe perché devo tingerli». Carol si indicò i capelli, che presumibilmente avrebbero dovuto essere grigi. Aggiunse: «Comunque la buona notizia è che posso raccomandare la proprietà al mio cliente con entusiasmo e, se è interessato come prevedo, potreste aspettarvi una transazione facile e veloce. Tutto in ordine, tutti contenti. È a questo che la dottoressa... come ha detto che si dice sensale?»

«Shadchan».

«È questo l'obiettivo della dottoressa Shadchan. E allora diremo tutti: *L'chaim!*» Carol fece finta di alzare un bicchiere. Poi proseguí: «Se non è un problema, darò una rapida occhiata al resto della casa prima di togliermi di mezzo. Le dispiace se faccio qualche foto? Mi assicurerò che lei non compaia».

«No, certo, faccia pure».

Quando ebbe finito Carol tornò in salotto. «Vogliamo fissare un orario in cui io possa passare con il mio cliente? Avrei un momento libero nel tardo pomeriggio, se le fa comodo. Organizziamo per le quattro, poi se non gli va bene le faccio sapere il prima possibile, oppure mi chiami se deve cambiare programma».

«Alle quattro. Okay. Certo» disse Beck, accettando quel piano perché mostrarsi troppo sicura di sé era il modo piú sicuro di sabotare il proprio.

Non appena Carol se ne fu andata si preparò alla conversazione con Paul. Si disse che quello che stava per fare non era tanto mentire, quanto rinviare la verità a un momento piú opportuno. Non c'era nulla di male nel farlo a quel modo. Era una questione di convenienza, tutto qui. Probabilmente lui l'avrebbe ringraziata, avrebbe lodato la sua lungimiranza, l'avrebbe considerato un gesto premuroso, Beck che si prendeva cura di lui come aveva sempre fatto.

Fece la telefonata. Quando Paul rispose, disse: «Ciao, hai tempo per parlare?»

«Qualche minuto. Cosa c'è? Com'è andato l'appuntamento?»

«Tutto bene. Ma ho un'idea e devo discuterne con te».

«Sentiamo».

«Si tratta di come tenere il rustico e al tempo stesso rispettare il testamento: lo compriamo da Soph e Claire. Mi hanno già detto che sono d'accordo. Ho fatto i conti e quello che dovremmo fare è accendere un altro mutuo...»

«Aspetta. Gliel'hai chiesto prima ancora di parlarne con me?»

«Non avrebbe avuto senso parlarne con te se non fossero state d'accordo».

Paul disse: «È vero anche il contrario, sai».

«Okay, sí» ammise Beck, sperando che la cosa non andasse a monte per questo. «Scusami. Non l'avevo considerato da questo punto di vista».

«Credi davvero che valga la pena tenere quel posto? Cioè, capisco il legame sentimentale, ma la spesa sarebbe notevole».

«Io...»

«Ma se hai in mente di farla diventare una casa da affittare per le vacanze, in effetti potrebbe ripagarsi da sola».

«Sí, esatto! Mi hai letto nel pensiero» disse Beck. «Allora, stando cosí le cose ecco cosa farei: la struttura è in buono stato, ma dentro è piú malconcia di quanto mi aspettassi. Davvero scalcagnata. Forse sono entrati dei procioni? Quindi penso che dovrei rimanere qui e fare da sola tutti i lavori necessari, cosí il fondo per le riparazioni durerebbe di piú, no? Posso preparare la casa per metterla in affitto mentre aspetto l'approvazione del prestito. E se per qualche motivo non riuscissimo a ottenerlo, la ristrutturazione lo renderebbe molto piú vendibile. Avremmo sicuramente piú offerte». Questa parte, quanto meno, era vera.

E avrebbe ripreso in mano il romanzo. Non c'è momento migliore del presente, no? Rendere significativo ogni giorno. Stroncare un possibile rimpianto prima che nasca.

Paul disse: «Prima di correre troppo, dovresti parlare con alcuni amministratori di immobili e farti dare dei numeri concreti. Assicurarti che le spese non superino le entrate».

«Bene, sí, lo farò». (Non ne aveva la minima intenzione.)

«E chiama Howard, per capire quali sarebbero le implicazioni fiscali».

«Sí, buona idea». (Ma non avrebbe fatto nulla.)

«Farete comunque il vostro "weekend tra sorelle" come previsto?»

«Certo. Ci farà bene passare del tempo insieme senza tutto il trambusto e lo stress del funerale».

«E cosa ti metterai?» disse Paul. «Non hai fatto una valigia per un soggiorno prolungato».

«È vero. Comprerò un po' di cose... credo che a Bar Harbor ci sia un negozio dell'usato. Comunque, non credo che farò molta vita sociale».

«Okay, be', se sei sicura che possedere una casa da dare in affitto sia la strada che vuoi prendere...»

«Sí, decisamente» rispose. Un'altra bugia. «Avrei dovuto pensarci prima».

Una volta che tutto fosse stato fatto, firmato e registrato, gli avrebbe detto che aveva cambiato idea sull'affitto. Avrebbero potuto parlare anche di altre cose. Di come sarebbe stato il loro futuro. Beck che viveva lí a tempo pieno, per scrivere un romanzo, nonostante ciò che pensava Paul delle sue possibilità di successo. Paul che faceva quello che voleva fare, con chi voleva.

Lui disse: «Quindi immagino che starai via per un po'».

«Qualche settimana, almeno. Ci vorrà molto olio di gomito. Per fortuna non ho altro da fare in questo momento, dal punto di vista del lavoro; volevo prendermi un po' di tempo, sai, per elaborare tutto quanto».

«Sí, bene» disse Paul. «Allora okay, mi arrangerò da solo fino al tuo ritorno». Sembrava quasi allegro all'idea.

«Ma non mangiare fuori tutte le sere, eh? Devi tenere sotto controllo il colesterolo».

«Non preoccuparti, ci starò attento».

«E divertiti. Vai a vedere uno spettacolo con un amico. Approfitta della città delle meraviglie».

«Farò del mio meglio per non chiudermi in casa a deprimermi, mentre sei via».

«Bene» disse Beck. «Ti meriti di svagarti un po'».

Sentí una voce in sottofondo. Poi Paul disse: «Aspetta, Geoff. Beck, voglio parlarne in maniera piú approfondita piú tardi, okay?»

«Sí, ma sei d'accordo che proceda con la richiesta di prestito?»

«Credo di sí. Non è vincolante».

«Bene. Ottimo. Grazie. Davvero. Questo significa tanto per me; non riesco nemmeno a spiegarti quanto».

«Voglio solo che tu sia felice».

«E io voglio che lo sia tu» disse Beck. «Salutami Geoff».

Entusiasta del suo successo, Beck uscí sul molo e si riempí i polmoni di aria frizzante. Avrebbe voluto esultare! Stava succedendo davvero.

Al di là della riva ghiacciata del lago, il profondo blu zaffiro dell'acqua formava un ricco contrasto con il grigio-marrone dei boschi spogli e del sottobosco. Le nuvole si stavano avvicinando, ma per il momento la luce del sole scintillava sulle dolci increspature dell'acqua. Una bellezza cosí assoluta. E nei mesi piú caldi, un altro tipo di bellezza. Giornate lunghe, lucciole, visite di amici e i ragazzi... Avrebbe potuto ospitare Leah ogni estate, per dare a Zack e Binta il tempo di viaggiare da soli. Beck immaginò l'articolo su di lei che sarebbe potuto uscire sul *Times*, se avesse trasformato il suo sogno in realtà: *Beck Geller, nata a Manhattan, pensa al suo romanzo d'esordio dopo aver ritrovato le radici della sua famiglia a Mount Desert Island.*

«Sarà una prova» disse.

E una parte della prova consisteva nel fare piú lavori di ristrutturazione di quanto avesse creduto. Per fortuna se ne intendeva e aveva esperienza in materia. In palestra aveva guardato Home & Garden cosí spesso e applicato cosí tante volte ciò che aveva imparato che, se ne avesse avuto la possibilità, avrebbe potuto condurre un programma tutto suo.

Non appena compilata online la richiesta di prestito della banca, sarebbe andata in città a fare la spesa, e visto che c'era magari avrebbe preso qualcosa di carino per il rustico, per trarne ispirazione. Sí, era quello che ci voleva. Quanto all'appuntamento di quel pomeriggio con l'agente immobiliare e il suo cliente, a cosa sarebbe servito? A niente, ora che aveva rimandato la possibilità di vendere di almeno qualche settimana, e forse per sempre.

Prima di uscire mandò un messaggio a Carol:

Sono Beck Geller. Mi scuso ma vorrei annullare la visita della casa che avevamo organizzato per oggi. Cambio di programma. Le farò sapere se e quando intendiamo vendere. Grazie mille per il disturbo.

Il cielo si era oscurato e minacciava pioggia. A Bar Harbor, Beck fece una prima sosta al negozio di ferramenta, poi trovò un parcheggio in Firefly Lane, accanto al Village Green, che quel giorno era marrone e spoglio. Nelle estati passate, aveva inseguito Sophie intorno alla fontana italiana del Seicento, donata alla città molto tempo prima da John Livingston, un raffinato che aveva costruito un imponente «cottage» di mattoni in Schooner Head Road. Beck non sapeva molto dei Livingston, se non che erano in molti, avevano tanti soldi e numerose case di lusso nella zona. Tuttavia, avevano avuto un rapporto d'amicizia con qualcuno che lei conosceva: Edith Jones, poi diventata Edith Wharton, che aveva scelto di abbandonare Bar Harbor, dove viveva il fratello, a favore di Newport, nel Rhode Island, come avevano fatto anche gli Astor e i Vanderbilt. A Beck era sempre piaciuto immaginare di percorrere gli stessi marciapiedi su cui aveva camminato la giovane Edith, quand'era anche lei agli inizi della sua carriera di scrittrice.

Henry James, amico di Edith, prima di conoscerla veniva a Bar Harbor. Lí aveva soggiornato quell'osso duro di Alva Vanderbilt, nella casa estiva di suo cognato George, prima che lui scegliesse di stabilirsi ad Asheville e costruire la Biltmore Estate, con la sua biblioteca di ventiduemila volumi. E una ragazza di nome Marti Newman lí aveva incontrato un ragazzo, un ragazzo che l'avrebbe rovinata se non fosse stata abbastanza forte e risoluta a superare i suoi problemi. Poi ne aveva conosciuto uno migliore. Anche lui se n'era andato ma non era scomparso dai ricordi di Beck, soprattutto ora che pensava cosí tanto a quell'incontro fondamentale tra i suoi genitori sul sentiero per il Beehive. L'isola era piena di fantasmi.

Si riforní al negozio dell'usato, poi entrò in un altro negozio la cui vetrina dimostrava che non era una di quelle trappole per turisti piene di stampe generiche a basso costo e prodotte in serie di abeti, barche a vela e piovanelli. Lí avevano dei dipinti originali, molto belli, pensò, scrutando lo spazio rivestito di legno scuro e bene illuminato. Nel negozio c'erano solo pochi clienti, tra cui una donna anziana e alta, avvolta in una serie di sciarpe colorate (Io a ottant'anni? pensò), un uomo dall'aspetto intellettuale che si accarezzava il pizzetto scrutando le offerte e un tipo di mezza età dai capelli chiari che, accovacciato accanto a un ragazzino dai capelli scuri, indicava e parlava di uno dei quadri.

Beck fu colpita dalla calda intimità della scena, dall'evidente affetto che l'uomo nutriva per il ragazzo – suo figlio, ipotizzò, anche se non c'era una somiglianza indiscutibile. Il ragazzino era pallido, con vivaci occhi azzurri. L'uomo, il cui stile potremmo descrivere come grunge raffinato (jeans costosi e ben consumati; camicia di flanella scozzese con sotto una t-shirt; bel giaccone di lana; scarponi da lavoro in pelle di qualità), sembrava il tipo di persona che avrebbe potuto trascorrere l'inverno in un posto soleggiato, magari su una tavola da surf o in barca a vela. Sí, probabilmente una barca a vela costosa, anzi, uno yacht, ancorato nel porto, e forse era venuto a trovare il figlio che aveva svernato lí con la ex moglie, una di quelle modelle dell'Europa dell'Est con le gambe lunghe, che Beck di solito avvistava sulla Fifth Avenue e nel Village. Forse polacca. O lituana. Si erano sposati in quattro e quattr'otto, la donna attratta dai suoi soldi e dal suo aspetto da golden boy americano, lui dal suo corpo straordinario, dal suo esotismo. Si erano divertiti, avevano avuto un figlio e poi si erano lasciati amichevolmente, ognuno per la sua strada. La donna era venuta nel Maine, o ci abitava, perché quell'ambiente austero le ricordava il suo paese.

Dovrei davvero scrivere, pensò Beck.

Si avvicinò all'uomo e al ragazzino. Il compito di uno scrittore è quello di origliare; fa parte del processo. L'uomo stava dicendo: «... è cosí che si capisce che l'artista ha usato la lama di una spatola invece del pennello» e Beck sentí il Sud nella sua voce. La cosa la sorprese: il Sud non c'entrava per nulla con la storia che si era immaginata; aveva pensato al membro di una ricca e antica famiglia del New England.

Il ragazzo disse: «Si può dipingere con una lama?» e nella sua voce non c'era il Sud, ma i toni nasali del Nordest. Questo almeno corrispondeva.

L'uomo rispose: «Certo che si può! Una lama, un bastoncino, una piuma, le dita: non ci sono regole. Solo possibilità».

Non ci sono regole, solo possibilità. Sí, pensò Beck. Sí, bello.

O l'aveva detto ad alta voce? Proprio in quel momento qualcosa spinse l'uomo a voltarsi e a guardarla. Le sorrise e si alzò in piedi.

«Sto dando al ragazzo una piccola lezione d'arte» disse.

Il sorriso scatenò quello di lei. «Una bella lezione, a quanto pare. Ma non volevo interrompere».

«Non si preoccupi».

«È una giornata cosí cupa, vero?»

«Certo, potrebbe essere migliore» disse l'uomo.

«La fine dell'inverno è difficile! Lei è del posto?»

Lui rispose: «Sono solo in visita».

Il ragazzino disse a Beck: «Sapevi che si può dipingere con una lama?»

«Lo sapevo, in realtà. Bello, vero?»

«A me sembra una cosa difficile. Ma io so dipingere con le dita; ho imparato quand'ero piccolo. Ora uso i pennelli».

Beck disse: «Penso che gli artisti dovrebbero usare quello che gli va».

«Non ci sono regole, solo possibilità» ripeté l'uomo e sorrise di nuovo, un mezzo sorriso che le disse che non si prendeva troppo sul serio. In quel sorriso c'era qualcosa di piú, una scintilla, come le sarebbe apparsa piú tardi, quando fu di nuovo sola e ripercorse l'incontro, godendosi il puro piacere che aveva suscitato in lei. Una scintilla. E lei era un'esca. Un'esca sposata, vero, ma comunque infiammabile.

Disse: «Sí. Parole da tenere sempre presenti».

«Piú o meno» disse l'uomo.

«Esatto. Piú o meno». Per prolungare l'incontro, Beck aggiunse: «Sono venuta da New York per lavorare un po'. Sono una scrittrice. Sto lavorando a un romanzo».

Ecco, lo aveva dichiarato ad alta voce davanti a dei testimoni. Questo lo rendeva un patto con l'universo, giusto? Indipendentemente dalla fine che avrebbe fatto il rustico, in quel momento lei era lí, ad affermare in pubblico il suo obiettivo e a impegnarsi a raggiungerlo.

Inoltre, voleva impressionare quel tipo. Forse metterlo alla prova.

Lui disse: «Noi non abbiamo in mente niente di cosí figo» e Beck provò un pizzico di soddisfazione. «In questo momento ci occupiamo della ristrutturazione della casa».

«È il momento giusto per farlo» disse Beck.

«Stiamo costruendo un orto» disse il ragazzino. «Io ci pianterò delle zucche».

Beck annuí. «Sarà molto utile quando arriverà Halloween». Aspettò che l'uomo dicesse cos'avrebbe coltivato lui. Ma non lo fece e quindi aggiunse: «Be', non voglio disturbarvi ancora. Buona giornata».

«Anche a lei» rispose lui, con quella voce calda e ricca come burro fuso.

Beck passò alla corsia successiva. L'uomo stava ancora sorridendo, come lei? Stava pensando anche solo per un attimo alla scrittrice alta, cordiale e ancora abbastanza attraente con il giaccone arancio? Sperava di sí. In lui c'era qualcosa, qualcosa di irresistibile che la catturava, che sottolineava con forza il fatto che non faceva sesso da tanto tempo. Esaminò il negozio con decisione, anche se estremamente consapevole dell'uomo che ancora gironzolava con il ragazzino. Che strana cosa, quella corrente di elettricità che scorreva tra loro due. È magnetico, pensò Beck.

Dopo avergli lanciato qualche altra rapida occhiata, si concentrò e di lí a poco uscí dal negozio con un piccolo dipinto a olio del porto.

In macchina controllò il telefono. Carol Barksdale aveva risposto al suo messaggio:

Che delusione, ma naturalmente faccia ciò che è meglio per lei.

Se posso esserle d'aiuto sono qui!

Beck rimise il telefono in borsa. Disdire l'incontro con Carol non aveva risolto tutto. Aveva ancora molte cose da mettere in ordine. C'erano regole e procedure, cerchi in cui saltare, muri da scalare. Ma c'erano anche delle possibilità.

Il tempo è un severo maestro

Il telefono di Paul tintinnò, era arrivato un messaggio sorprendente. Della Specializzanda: *Ehi, so che il preavviso è scarso, potremmo vederci a pranzo? Devo parlarti di una cosa.*

Incuriosito, rispose: *Che tipo di cosa?*

Te lo dico quando ci vediamo, scrisse lei. *Alle 13 da Ippudo?*

Il ramen sembrava una buona idea. Paul replicò: *Certo, a dopo.*

Quando arrivò, la Specializzanda lo aspettava fuori dal ristorante.

Era bella. Molto bella. Giovane, intelligente e dinamica. E sexy, anche se lui non aveva intenzione di soffermarsi su questo.

«È passato un po' di tempo» disse. «Come va il mondo dei libri in questi giorni?»

«Tutto bene. C'è sempre qualcosa di nuovo e interessante. E tu come stai?»

«Ho avuto da fare. Entriamo. Sono affamata».

All'interno, nel tragitto dalla porta al tavolo, salutò il proprietario, poi i camerieri che avevano lavorato con lei, infine i cuochi che poteva intravedere dalla vetrata della cucina. «Questo posto mi manca».

Paul la osservò pensando quant'era strano vederla in quel contesto, anche se era in quel contesto che l'aveva vista per la prima volta. Al loro ultimo appuntamento, avevano... be', meglio non pensarci troppo nello specifico. Qualunque fosse il motivo dell'incontro, non era quello, ne era abbastanza certo.

Ordinarono e poi lui disse: «Mi ha stupito sentirti. Procede tutto bene con la specializzazione?»

«Sí, tutto bene. E tu? L'ultima volta che ci siamo visti eri ancora in mezza modalità negazione. Cioè: "Non sono proprio il tipo di persona che fa queste cose"... Eri carino. Comunque, grazie ancora per la generosa mancia d'addio. Sai, i ricchi spendevano molto di piú per i servizi ma le mance erano sempre una miseria. Tirchi figli di puttana, diciamo? Sempre in cerca dell'affare, di un omaggio in piú, di uno sconto per i clienti affezionati, come se fossi un Jeff Bezos con la vagina».

Paul ignorò l'immagine evocata dalla battuta. Disse: «Credo di essere ancora in quella modalità. Non voglio ancora diventare il tipo d'uomo che... Ma in realtà non importa. Non è un problema tuo, ma mio».

«Non è un gran problema, secondo me. È solo sesso ricreativo».

«La penseresti allo stesso modo se fosse il tuo partner a cercarlo?»

«Primo: sono abbastanza sicura che non ne avrebbe mai bisogno. Secondo: se ne avesse bisogno, allora sí, sarei d'accordo. Perché dovrebbe rinunciare all'appagamento sessuale se non è assolutamente necessario?»

«Lo fai sembrare cosí semplice».

«Dovrebbe essere semplice. Devi essere tu il cambiamento che vuoi veder succedere».

«È questo che ammiro della tua generazione» disse Paul. «Comunque, so che non mi hai scritto solo per fare quattro chiacchiere; non tenermi sulle spine. Cosa c'è?»

«Okay, allora, ho scritto un libro e ho bisogno di un parere professionale su cosa fare dopo».

«Hai scritto un libro?»

«Cosa c'è, è cosí strano? Mi sembra di incontrare sempre qualcuno che sta scrivendo un libro, o che sta con qualcuno che lo scrive o che lo ha scritto. Sembra un'epidemia o roba del genere».

«Non sapevo che annoverassi la scrittura tra gli altri tuoi, ehm, talenti e ambizioni. L'hai fatto spesso?»

«Non proprio, non prima di decidere di scrivere questo. Roba accademica, sí, ma nient'altro. Ma l'autunno scorso ho letto un libro fantastico e ho pensato: ehi, ho avuto una vita unica e piuttosto affascinante, e scommetto che ci sono persone che sarebbero molto interessate a leggere quello che ho passato».

«Quindi è un memoir?»

«Autobiografia, è la stessa cosa?»

«Piú o meno» disse lui. «Non sei... cioè, presumo che tu sia discreta sulla pagina quanto lo sei stata nel condurre i tuoi affari».

«Non ti preoccupare» rispose lei. «Tutti i nomi e le professioni sono stati cambiati per proteggere i colpevoli. Scherzo, sulla parte dei colpevoli. Una persona è colpevole solo se ha infranto una regola legittima o ha tenuto nascoste le proprie azioni».

«Stai cercando di dirmi che la maggior parte dei tuoi clienti non lo fa?»

«Preferisco immaginare che siano tutti onesti come me. Realisticamente? So che sono quasi tutti dei codardi. Il che va benissimo. Ci sono delle ragioni».

«Esatto» disse Paul. «Ragioni. Comunque, per quanto riguarda il tuo libro, devo dirtelo subito: come genere, a meno che tu non abbia qualcosa di eccezionale da dire, un memoir è difficile da vendere. Inoltre le case editrici, compresa quella dove lavoro io, non accettano manoscritti non richiesti. Dovrai trovarti un agente disposto a rappresentarti. Sarà lui a consigliarti su tutto il resto, a far girare il libro, a negoziare le offerte che riceverai e cosí via».

«Non potrei semplicemente darti una copia per farti capire se vuoi pubblicarlo?»

«Temo di no».

«Okay, ma potresti leggerlo e dirmi se è buono, e aiutarmi a sistemarlo».

«In realtà no. Cioè, potrei, naturalmente. Ma lo faccio solo per i libri che sto pubblicando o potrei pubblicare».

«Sarebbe una specie di assurdo comma 22?» chiese lei. «Non puoi leggerlo se non lo pubblicherai, e non puoi pubblicarlo perché non lo leggerai, o almeno non se arriva direttamente da me. E io che pensavo che in questo campo contassero solo le conoscenze».

«Le relazioni sono importanti, ma...»

«È perché sospetti che io non scriva bene? Perché ti assicuro che il feedback che ho ricevuto per tutta la vita da insegnanti e professori è che sono brava. Ed è una bella storia. Ispirata. Anche un po' piccante, ma il sesso vende, no? So che a te piace» disse e gli fece l'occhiolino, poi rise, appoggiando la schiena alla sedia. «Era per ricordare i vecchi tempi. E si dà il caso che mi fidi anche del tuo giudizio e dei tuoi gusti. Ho letto *Yankari Springs* – te l'avevo detto?»

«No, non lo sapevo».

«Che capolavoro, cazzo. Mi sembrava di essere in Nigeria».

«Siamo tutti molto orgogliosi di quel romanzo. Ma senti, il fatto è che io non compro autobiografie».

«Non lo fai, ma non è detto che tu non possa, no?»

«Non è detto».

Lei prese dalla borsa un tablet e disse: «Abbi pazienza un attimo, okay?» e poi lesse:

> Sono quasi le due del mattino di una notte di dicembre e la guardia giurata fa il solito giro nell'ultima piazzola di sosta sulla I-40 in direzione est, in North Carolina. La piazzola si trova nel bel mezzo del nulla, se parliamo di circostanti tracce di civiltà. È quasi un crocevia, visto che l'uscita per la I-95 dista solo pochi minuti. Tra le due strade nazionali ci sono 7208 chilometri di possibilità: centinaia di cittadine, migliaia di ristoranti per camionisti, stazioni di servizio, piazzole di sosta, motel, parchi, ospedali. Ma per ragioni d'ora in poi sconosciute alla guardia giurata e a tutti gli altri, la neonata che piange debolmente sul pavimento freddo del cubicolo in fondo nel bagno degli uomini, avvolta in una camicia da lavoro blu macchiata di olio per motori, con la targhetta del nome strappata, è stata messa lí, in quella toilette, in quel gelido cubicolo con il pavimento di piastrelle.

Paul ne fu piacevolmente sorpreso. La grammatica e la sintassi erano impeccabili. Anche solo per queste due ragioni, se avesse avuto tra le mani il manoscritto avrebbe continuato a leggere, che si trattasse di un'autobiografia o no. E poi una neonata di razza mista che inizia la sua vita abbandonata in una piazzola di sosta dell'autostrada e diventa una disinibita studentessa di medicina piena di risorse a Manhattan, e poi medico da qualche parte... la storia era avvincente. Come il modo in cui lei l'aveva inquadrata, con elementi di mistero e pathos. Aveva talento.

Disse: «Ammetto di essere impressionato».

«Grazie. Quindi lo leggerai?»

Lui rise. «Va bene. Sí, ma non posso prometterti che sia adatto a me o alla mia casa editrice – e ti manderò anche un breve elenco di agenti letterari con cui ho lavorato e che si occupano di autobiografie. Dai un'occhiata, contatta quelli che ti interessano, e anche altri che ti incuriosiscono. Ci sono ottime risorse, là fuori, per trovare un agente. Devi avere una persona dalla tua parte se io, o chiunque altro, vorrà pubblicarlo».

«Tu non sei dalla mia parte?»

«Sí, ma potrei non diventare il tuo editore, e l'editoria è un business, sto cercando di proteggerti. Lasciami fare, d'accordo?»

Lei sorrise. «Certo, e grazie. Senti, Paul: forse non ti conosco bene, ma abbastanza da poter dire con sicurezza che sei una brava persona. Quindi lascia che ti dia un consiglio: smetti di perdere tempo».

Poi prese una cucchiaiata di ramen.

Paul aspettò. Lei non disse altro, quindi domandò: «Tutto qui?»

Lei si pulí il mento, poi disse: «Non ci hai riflettuto. Quando lo farai, riconoscerai che è un consiglio semplice ma profondo».

«Va bene. Grazie. È bello che la cosa ti stia a cuore».

Lei lo indicò con le bacchette. «Sono abbastanza sicura che tu stia ridendo di me. Non c'è problema. Non mi dispiace. Ma se rifletterai su quello che ho detto e sul perché l'ho detto, ne capirai il valore».

Per tutto il giorno, anche mentre si scambiava mail con Beck, per inviarle o firmare i documenti necessari alla richiesta di prestito, Paul continuò a tornare a quella conversazione. *Smetti di perdere tempo.* Ci rifletté. Il concetto di perdita di tempo era stato, per la maggior parte della sua vita, sinonimo di rubare momenti da dedicare a piccoli piaceri. Da ragazzo aveva perso tempo a leggere libri sugli anfibi, sulle rocce o sui vulcani al posto di fare i compiti. All'università, quand'era assistente, aveva perso tempo ascoltando Cd di Elvis Costello invece che correggere i lavori degli studenti. Perdere tempo quand'era diventato padre e anche ora, che lavorava, significava leggere un romanzo solo per piacere (cioè un romanzo che non c'entrava nulla con la sua professione di editor). Quindi, *smetti di perdere tempo* era, secondo lui, un cattivo consiglio. Adorava perdere tempo! La Specializzanda – si chiamava Tabitha, finalmente l'aveva scoperto – non sapeva di cosa stava parlando.

Circa una settimana dopo il loro appuntamento a pranzo, Paul si trovava davanti al lavandino del bagno con un asciugamano avvolto intorno alla vita, pronto a radersi. Con le giornate che si allungavano e il sole che si spostava a poco a poco verso nord, quella mattina la luce filtrava dalla finestra e colpiva Paul in pieno. In particolare, tra i peli del petto illuminò quelli grigi che si nascondevano tra i castani. Si avvicinò allo specchio per guardare meglio. Sí, erano grigi. Lasciò cadere l'asciugamano e si guardò quelli del pube. Anche lí qualche filo grigio.

Ma bene cosí. Niente di cui allarmarsi. Fred Rogers con i capelli d'argento aveva un aspetto distinto. La canizie gli dava una certa solennità, che ben si sposava con l'assennatezza che lo contraddistingueva. Diventare grigi era naturale, inevitabile, se si viveva abbastanza a lungo. L'alternativa non gli sembrava particolarmente desiderabile. Inoltre, pensò, un giorno gli sarebbe piaciuto essere considerato distinto. I capelli grigi erano forieri di cose buone.

Si allontanò dallo specchio per avere una visione piú completa. C'erano pochi segni di cambiamento; somigliava al sé stesso di quando aveva quarant'anni. Quella stasi, però, era un'illusione. Cosí come fisicamente non era piú il ragazzo che era stato, il Paul di adesso non sarebbe durato per sempre. Come suo padre negli ultimi anni, sarebbe probabilmente dimagrito, avrebbe assunto una postura ingobbita, i pettorali si sarebbero afflosciati e la pelle macchiata. A differenza di suo padre, però, nei decenni precedenti Paul non aveva vissuto quella storia d'amore che chiunque avesse visto i suoi genitori insieme avrebbe definito appassionata e duratura.

A Paul sarebbe piaciuto avere una storia d'amore passionale e duratura. Ma aveva scoperto che non era questo il suo destino nella vita. Una passione duratura l'aveva, però non corrisposta. Perché? Be', in parte perché troppe volte era stato troppo timido, cazzo. Troppo timoroso di ciò che sarebbe potuto accadere.

L'ultima volta che aveva respinto completamente la paura era stato quando Tabitha gli aveva parlato del suo motto, una battuta di Bowie, secondo il quale il punto piú basso dell'infelicità era vivere nella paura.

La paura alimentava l'infelicità, e l'infelicità poteva essere bastarda e affamata. Vorace. Poteva risucchiare tutti gli anni che restavano da vivere a una persona. Anche il tempo era un severo maestro.

Smetti di perdere tempo, gli aveva detto.

Guardando il proprio viso allo specchio, Paul disse: «Oh».

Era un editor. Aiutava a sistemare storie. Era giunto il momento di sistemare la sua.

Un favoloso fluttuare

Sophie non aveva nulla contro Manhattan, ma avrebbe preferito di gran lunga Los Angeles, dato che il suo capo, Benji, stava puntando a una filiale sulla West Coast e dato che lei, lí, avrebbe avuto libero accesso alla casa di Bel Air della sua amica produttrice, Jojo. Benji però non aveva bisogno di lei a Los Angeles; aveva bisogno di lei a New York, per il suo primo Spring Elemental, evento annuale organizzato in galleria allo scopo di permettere a clienti selezionati e potenziali clienti di socializzare con gli artisti, con lo staff della galleria e, altrettanto importante, con gli altri invitati. Quella sera non avrebbero esposto nemmeno un'opera d'arte: erano tutte avvolte nel taffetà bianco come innocenti future spose in attesa di essere presentate ai futuri mariti.

«Ma a un certo punto le scopriremo tutte, giusto?» aveva chiesto il nuovo stagista, Darren, a gennaio, quando Benji aveva annunciato allo staff la sua idea dell'evento. Darren era un ventunenne coreano-americano, laureato in storia dell'arte alla School of Visual Arts, giovane secchione pragmatico che durante il colloquio aveva dichiarato di puntare, per il futuro, a un lavoro come asseveratore per una casa d'aste o una compagnia di assicurazioni.

«No» aveva risposto Benji.

«Solo alcune?»

«No».

«Quindi... vuoi dire che nessuno vedrà nulla?»

«Esatto. Nessuno vedrà le opere, in nessun momento dell'evento».

«Non capisco» aveva detto Darren.

Sophie lo aveva guardato con simpatia, ricordando che anche lei all'inizio della carriera era ignorante. Non aveva capito che vendere arte era diverso rispetto a vendere merce, fossero stati pure beni speciali o articoli di lusso. E che un bravo gallerista (e Benji era di prim'ordine) non era affatto un semplice venditore di quadri e chincaglierie. Un gallerista doveva coltivare un'identità distinta, un po' come un profumiere, un *naso*, crea un profumo distintivo. Dovevano esserci almeno cinquemila galleristi che esponevano le opere di centinaia di migliaia di artisti, e quindi ognuno doveva essere unico. Ochoa era un marchio a sé stante, un po' come Clive Christian N° 1. Ochoa era l'arte soprattutto per un particolare tipo di collezionista attento e informato (anche se Benji non avrebbe certo voltato le spalle a un broker di Wall Street pronto a sganciare decine di migliaia di dollari per un dipinto o una fotografia segnalati da lui). Il marchio Ochoa era anticonformismo. Era mistero. Non sesso, ma preliminari pieni di passione. Il tutto racchiuso nell'ampiezza e profondità storica e filosofica dell'arte, contrapposta alla cultura pop del qui e subito.

Sophie aveva detto a Darren: «Pensa a questo evento come a un primo appuntamento...»

«... in un'epoca da avventure di una notte» aveva concluso Benji.

«Oh, okay» aveva commentato Darren, fingendo di capire.

«L'arte sta diventando troppo democratica» gli aveva detto Sophie, facendola sembrare una cosa negativa quando in realtà la auspicava. Aveva aggiunto: «Oggi viene venduta online, che è come ordinare la maglietta del tour di un gruppo quando non sei neanche andato al concerto». Quella parte era vera. Ma l'approccio era sbagliato. «Con Spring Elemental, Benji vuole rinvigorire l'esperienza personale e unica dell'arte».

«Proprio cosí» aveva confermato Benji.

«Il fatto di non vedere le opere» aveva aggiunto Sophie «aumenta il desiderio di vederle dopo, in intimità».

Darren aveva ammesso: «Oh, sí, okay. Intelligente».

Non diamo adito ai fraintendimenti, però: l'evento era anche un tentativo di alleggerire il magazzino per fare piú spazio a nuovi artisti Ochoa – Jordan Morgan, per esempio, il pittore che Sophie aveva corteggiato (platonicamente) a Dubai dopo la sua storia (sessuale) con Hanif in quella lussuosa villa. Hanif, avvocato per i diritti umani che aveva lavorato all'Aia con Amal Clooney (Sophie avrebbe davvero dovuto chiamarlo). Amal Clooney, che in quel momento stava per arrivare (cosí presumeva Sophie) a Spring Elemental insieme al marito George, amico di Benji. Amal, che quella sera avrebbe conosciuto Marco Villanueva, l'artista che poco tempo dopo la sua notte con Hanif aveva smesso di risponderle e che quella sera stava per arrivare alla galleria (cosí presumeva Sophie) con la donna che lo aveva indotto a lasciarla.

Benji riuní il personale nella sala anteriore attorno a un artistico (ovviamente) allestimento di antipasti, che sarebbe stato completato da una squadra itinerante di camerieri con vassoi pieni di altri gustosi bocconcini, insieme a bevande e vini. Si era vestito come faceva spesso, con pantaloni dai colori vivaci (quella sera turchese) e una camicia inamidata bianca con colletto, sbottonata fino all'altezza dei capezzoli, in modo da esibire il petto glabro. Benji aveva quarantuno anni, era ricco, era bello ed era gay. Era anche sposato (con Evan Arnold, una specie di Papà Warbucks appartenente a una famiglia di milionari, che nei primi anni di magra aveva finanziato la galleria). Per Sophie, quindi, non era né una prospettiva né una minaccia, il che rendeva lavorare per lui molto piú rilassante.

«Bene, gente» disse a Sophie, Darren, Jamie, Denis e Krystal, che chiamava la sua «coalizione arcobaleno» per la loro diversità. «Ognuno di voi sa qual è il suo ruolo. È tutto una meraviglia – grazie soprattutto a Krystal» proseguí, indicando l'artistica disposizione di cibo curata dalla nuova assistente. «I talenti arriveranno presto, le porte apriranno tra trenta minuti. Per favore, mangiate ora, non in presenza degli ospiti. Bevete a volontà, ma ricordate, come sempre: alterazione...»

«Uguale lettera di dimissione» completò il gruppo all'unisono.

«Ben detto, gioiellini. Sophie, la situazione attuale dei tuoi vip?»

«Sono felice di poter dire che ho una bellissima formazione: i Clooney di sicuro; JiaJia Fei, naturalmente, e grazie a Dio; e poi Gaïa Matisse, Steve Cohen, Lenny Kravitz, A-Rod e J-Lo, una Kardashian, Liev Schreiber...»

«Starai scherzando» disse Krystal, l'ultima assunta, una giovane nera arrivata a New York da Miami, ma cresciuta in una delle anonime cittadine interne della Florida dopo essere emigrata da St. John. Nonostante l'aspetto di giovane newyorchese trendy e l'occhio attento alla moda piú economica e stravagante, non aveva ancora penetrato fino in fondo il cuore pulsante della cultura locale, cioè l'incandescente intersezione di celebrità e denaro.

Sophie disse: «Non sto affatto scherzando».

«Com'è possibile?» esclamò Krystal. «Cioè, sí, so che questo è il piano e fa parte del tuo lavoro... ma conosci davvero tutte queste persone?»

Sophie scosse la testa. «Oddio, no. Solo alcune».

«Oh, solo alcune. Okay, conosce solo alcuni attori e star dello sport e cantanti di fama mondiale».

Jamie, bellezza androgina e flessuosa, intervenne: «Cagano anche loro, come te».

«Quale Kardashian?» domandò Denis. Era francese e quindi, secondo Sophie, favoloso a prescindere. Inoltre dirigeva il reparto marketing e l'ufficio stampa in maniera molto abile; Sophie si coordinava con lui per gestire l'Instagram di Ochoa e ottenere il massimo effetto senza darlo troppo a vedere.

«Tutto quello che sono riuscita a strappare è stata la promessa che almeno una di loro sarebbe venuta».

Denis disse: «Speriamo che sia Kendall, *s'il vous plaît.* Non Kim».

Darren precisò: «Ehm, Kendall è una Jenner».

«Per favore. È lo stesso» disse Denis, liquidando Darren con un gesto della mano. «Stessa famiglia, no?»

«Comunque, gente» intervenne Benji a voce alta, «il succo è sempre che dove ci sono le star, c'è la stampa, e quando c'è la stampa non solo dobbiamo essere prudenti ma anche attenti al messaggio, okay?»

«Okay» risposero.

«*Laissez les bon temps rouler!*» esclamò Benji battendo le mani.

Sophie prese un fico ripieno. Krystal fece lo stesso, poi disse: «Okay, sapevo che stasera ci sarebbe stata gente di alto profilo. Ma ammetto di essere un po' agitata».

«Lo capisco» rispose Sophie. «È una reazione del tutto normale. E senti qua: dirai qualcosa di stupido a uno o piú di loro, te lo assicuro, quindi perdonatelo ora, in anticipo. E ricorda che la prossima volta andrai meglio».

«Oddio» fece Krystal. «Mi sto già pentendo di qualsiasi stupidaggine mi uscirà dalla bocca».

«Respira» disse Sophie. «E guardati, sei già a un passo dal perdono».

Krystal chiese: «Chi è la persona piú famosa che conosci?»

«Intendi, che conosco davvero?»

«Che quando chiami ti risponde».

«Allora direi Tania Uccello».

Krystal sgranò gli occhi, incredula. «Non ci credo».

«Sul serio. Ci conosciamo da sempre. In questo momento le sto tenendo la casa: ha un appartamento a Uptown, al 432 di Park Avenue. Parecchio elegante».

«Okay, ma gli altri – è stato questo lavoro a farti entrare in contatto con loro, oppure...?»

«Un po'. È New York. Sono nata e cresciuta qui. Non si sa mai chi puoi incontrare o quali conoscenze puoi farti, se sei aperto alle opportunità. A me piace pensare di esserlo».

Certamente, le raccontava bene. E se la giocava bene. Non sarebbe arrivata da nessuna parte, però, se non fosse stato per il legame iniziale con Tania, che l'aveva messa in contatto con alcune persone chiave nel mondo della musica, che avevano legami con persone nel mondo dell'arte, e tutte avevano legami con gente di Broadway, della televisione, del cinema, della finanza... tante linee che andavano in tante direzioni, un po' come la metro, un po' come le compagnie aeree. Eppure, con tutto il suo correre da un posto all'altro, impollinando fiori, era libera come un colibrí in volo.

Ed era stanca.

Ora Krystal stava dicendo: «Tu che cose stupide hai detto, insomma, quand'eri una novellina?»

«Oh, non so se posso. È cosí imbarazzante».

«Davvero? Adesso devi dirmelo».

Prima che potesse rispondere, arrivarono due degli artisti, «i talenti», come li aveva definiti Benji. Uno di loro era Marco, che Sophie non aveva piú visto né sentito dal suo ritorno da Dubai. Con lui c'era un'esponente dell'alta società (che riusciva a camminare tenendogli entrambe le braccia intorno alla vita) che Sophie riconobbe da altri eventi esclusivi del recente passato: Linda Holbrook, avvenente ex moglie di Jimmy Holbrook, finanziere miliardario, viticoltore, allevatore di cavalli eccetera. Si trattava di una cinquantenne senza particolari talenti, che non molto tempo prima Marco aveva giudicato ben conservata, come se qualsiasi donna che aveva superato il periodo della giovinezza avesse bisogno di un aiutino.

Era un'opinione che condivideva con troppe giovani donne, e Sophie stessa si ritrovava ai margini di quel gruppo. Si era sottoposta a qualche seduta strategica di botox e a un'attenta opera di riempimento e ridefinizione, sia pur minimali. Come competere, altrimenti? Eppure aveva perso Marco. Il che forse non era cosí grave come le era parso rientrando nell'appartamento vuoto di Tania, esausta e disperata per l'assenza di sua madre, rimpiangendo di non essere stretta tra le braccia di un amante. Hanif era stato come assumere un po' di cocaina (per lei ormai inaccessibile) per tirarsi su e andare avanti. Marco avrebbe dovuto essere il suo cibo confortante. Be', pazienza; come un piatto di maccheroni al formaggio istantanei, le avrebbe fatto comunque male.

Andò a salutare la coppia. Finti baci vicino alle guance di lui, poi a quelle di lei, *muà, muà,* e oh, Linda cara, che bello rivederti, posso farmi un selfie con te prima che arrivi la folla? Marco scattò la foto fissandola e sogghignando, si stava godendo la recita. Sophie gli sorrise affettuosamente, senza lo sguardo *vaffanculo, crepa,* no, non gli avrebbe dato la soddisfazione. Comunque non sarebbe mai diventato un artista di prim'ordine; aveva già raggiunto l'apice, solo che ancora non lo sapeva. Benji invece lo sapeva bene e presto gli avrebbe fatto un discorsetto riguardo a prezzi e prospettive.

Sophie li lasciò per accogliere gli altri talenti in arrivo. Si sentiva forte, pronta per la serata che l'attendeva. Si era vestita per fare colpo, aveva un abito di raso con stampe vivaci di Proenza Schouler sotto una giacca di pelle nera vintage presa da Metropolis. Il tocco finale erano gli stivaletti di vernice gialla di Gucci. Sul suo account SimplySophie! aveva già postato una foto degli stivaletti adagiati artisticamente (ovvio) sul davanzale della finestra di Tania, con alle spalle la città illuminata dal crepuscolo vista dal novantunesimo piano. Qualunque cosa J-Lo sfoggiasse quella sera, qualunque cosa avesse indossato Amal, Sophie avrebbe retto il confronto. Questo, in poche parole, era il gioco.

In breve tempo la galleria si riempí di persone belle e/o ricche che mangiavano bocconcini prelibati, bevevano liquori di prima scelta e i migliori vini cileni, di fotografi che giravano tentando di formare gruppi che speravano sarebbero finiti sui social. Telefono alla mano (come sempre), Sophie impollinò una coppia, un terzetto, e cinque fratelli finanzieri che morivano dalla voglia di farsi un selfie con A-Rod prima che fosse troppo tardi (le celebrità raramente rimanevano tali a lungo). In un mondo perfetto, sarebbe riuscita a impollinare anche George Clooney; purtroppo si dovette accontentare di una breve (ma significativa!) conversazione e di una foto in posa che, in quel mondo perfetto, avrebbe reso sua madre orgogliosa di comprare delle copie in piú del *Post,* quando la foto fosse stata pubblicata. Dietro o sotto le stoffe, opere d'arte originali che costavano 14.000, 67.000 e 320.000 dollari... La nuova tela a tecnica mista di Jordan Morgan, *Castigo per il gregario apostolico*, era in vendita a 585.000 dollari, ma probabilmente sarebbe stata ceduta a un prezzo superiore a causa della richiesta. Benji stava attualmente mettendo insieme una collezione speciale di opere della metà del secolo scorso, che quasi certamente avrebbe fruttato milioni per pezzo. Anche se per tutti quegli anni Sophie si era sforzata di diventare una che comprava quelle cose per edificarsi, piuttosto che una che le vendeva per guadagnarsi lo stipendio, non poté fare a meno di pensare che certe persone avevano troppi soldi.

A lei sarebbe piaciuto averne troppi.

Ma non ne aveva bisogno. Davvero, no. Le sarebbe piaciuto averne abbastanza, quello sí. Ma troppi rischiavano di renderti insensibile ai problemi quotidiani di una vita ordinaria e di persone ordinarie, cioè non schifosamente ricche. D'altra parte, si dice che il successo e la ricchezza non alterino il carattere di una persona, ma lo rivelino. Bene, d'accordo. Era disposta a mettere alla prova quel detto, nelle giuste circostanze.

Notò Krystal che chiacchierava con JiaJia Fei, la fulminò con lo sguardo e Krystal le fece un piccolo cenno che poteva significare *Avevi ragione* o – Sophie lo sperava – *Sto facendo faville.* In ogni caso Krystal avrebbe scoperto che certe cose si imparavano facendole. Con poche eccezioni degne di nota, ogni persona nella stanza era entrata in quell'ambiente o si era fatta strada lavorando duro. Lavoro non sempre etico, ne era sicura, ma per il momento non aveva importanza.

Vide Liev Schreiber in piedi, da solo, con le spalle al bar. A parte Clooney, non avrebbe avuto occasione di procedere a un'impollinazione migliore. Puntò verso di lui dritta come un'ape e si presentò.

«Sophie Geller» disse, guardandolo da sotto in su. Anche con quei meravigliosi stivaletti gialli con il tacco a spillo, era troppo bassa per poterlo guardare negli occhi. Per quello avrebbero dovuto essere a letto. «Sono l'assistente del curatore e la responsabile dei servizi ai clienti».

«Liev Schreiber, bravissimo a bluffare» rispose lui, spostando il drink nella sinistra per poterle stringere la mano. «Benji parla bene di lei».

«Buono a sapersi. Anche a me ha parlato bene di lei. Una domanda, sicuramente non originale: ma non si fa mai la barba?»

La sua mancanza di originalità non impedí loro di intavolare una conversazione facile e cordiale. Parlarono del suo recente lavoro di doppiatore, che includeva il ruolo di Spots nell'*Isola dei cani* e il programma di storia dell'arte *Civilisations* per la Bbc, di cui era la voce narrante. Era un uomo che aveva ben chiare le sue priorità. Tuttavia, mentre Sophie se ne stava lí a godersi la chiacchierata, i meravigliosi stivaletti gialli con tacco a spillo le facevano male ai piedi, cosa che non le era mai successa quand'era piú giovane. Una volta poteva ballare tutta la notte con dei tacchi cosí (anzi, piú economici) e non pensare affatto ai piedi. Poteva uscire con gli amici o con un ragazzo senza dover tenere il telefono incollato al palmo della mano, senza temere che il fatto di non essere costantemente collegata le facesse perdere qualcosa di fondamentale. Ora il telefono vibrava spesso, attirando la sua attenzione sul piccolo schermo esigente e, maledizione, ecco un messaggio di Tania: *Chiamami appena puoi!!!!*

Sophie si scusò e andò nel suo ufficio. «Ciao, sono io. Che succede? Stai bene?»

«Io? Benissimo».

«Dove sei?»

«Umm, fammi pensare un attimo, mi sono appena svegliata... Melbourne! Oddio. Melbourne, sí. Un posto bellissimo. Fantastico. Senti, ti ricordi di Jacqueline, la mia business manager?»

«Certo, naturalmente».

«Sí, be', stammi a sentire: suo padre ha appena sbattuto fuori sua madre perché, non so, sua madre, Shari, aveva una storia con un loro amico, mi pare, e il padre l'ha scoperto. Una cosa orrenda. Comunque, si sta comportando da vero stronzo e Shari ha bisogno di un posto dove stare per un po', abitano a Manhattan, nell'Upper East, cosí le ho detto che può fermarsi da me finché non trova un posto tutto suo. Cosí tu potrai tornare a casa tua, cosa che sono sicura non ti dispiacerà».

«Oh! È... è una cosa davvero schifosa, quella che le ha fatto».

«Vero? È tanto difficile trovare un bel posto in città con poco preavviso, e ovviamente lui lo sa molto bene. Lei ha vissuto lí tutta la vita. Jacqueline mi ha detto che si è impegnata tantissimo per arredare la casa e adesso, puff, è chiusa fuori e non può nemmeno accedere ai conti in banca. Si riprenderà, ne sono certa. Alla fine. Al momento, però, questa è la soluzione piú semplice. Quindi se potessi andartene entro domani pomeriggio...»

«Oddio, sí, certo. Non c'è nessun problema».

«Ero sicura che l'avresti detto. Grazie. Se hai bisogno di piú tempo, però, un altro giorno o due, basta che tu lo dica. Per il momento è in albergo, ma sai quanto è squallido...»

«Domani non è un problema, perché dovrebbe? Dille che può venire alle... alle due. Per quell'ora dovrei essere riuscita a fare i bagagli. Okay?»

«Ti voglio bene. Posso sempre contare su di te».

«Anch'io ti voglio bene. Ora però devo andare, abbiamo una cosa in galleria e ho appena mollato Liev Schreiber a metà conversazione».

«Ehi! Ora è single, giusto? Vai a prendertelo. Io prenderò solo il caffè e quello che i melbourniti – o i melbourniani? – mangiano a colazione».

«Che peccato» disse Sophie. «Che vita triste».

Quando tornò al piano della galleria, Liev era di nuovo in mezzo alla folla, cosí si rimise in gioco. Dovette lottare, però, per mantenere l'attenzione sul lavoro e non sulla questione di dove avrebbe dormito la sera dopo, e quella dopo e quella dopo ancora.

Ci provò.

Non ci riuscí.

Si prese un drink.

Liev era single, quindi forse, solo forse, se nutriva piú che un amichevole interesse nei suoi confronti, avrebbe potuto organizzare con lui la storia dell'appuntamento-che-porta-al-pigiama-party-che-porta-a-resta-qualche-giorno-da-me. Il che avrebbe potuto portare a qualcosa di piú. A qualcosa di autentico. Forse. Chi poteva dirlo? Ma lui aveva dei figli e una ex famosa, e anche supponendo che fosse davvero interessato, davvero voleva far parte di tutto questo? In genere evitava di uscire con gli attori; come potevi fidarti, capire se erano sinceri con te? E aveva sempre evitato i figli. Quella, però, era una situazione particolare. A mali estremi estremi rimedi eccetera. Giusto?

Immaginò di avvicinarlo, fissare l'appuntamento, scattarsi un selfie con lui per il suo Instagram (*Che Liev-issima emozione!* e poi l'emoji che strizza l'occhio) e vederlo l'indomani a cena. Dove sarebbero andati? Ma che importanza aveva? L'unica cosa che contava era dove sarebbero finiti. Sicuramente in un palazzo con portiere. In che quartiere abitava? Di cos'avrebbero parlato? Gli interessava davvero l'arte, o quella sera era lí per A-Rod o George, o perché il suo agente gli aveva detto che il suo brand aveva bisogno di una spolverata di cultura, per non finire sempre a vedersi assegnati ruoli alla Ray-Donovan-con la barba lunga? Non c'era modo di saperlo, a meno che non gliel'avesse chiesto direttamente, e allora sí che sarebbe stato strano.

Sophie si era buttata a capofitto nell'arte, l'arte visiva, ma anche la musica, la scrittura, la danza e la moda. L'arte era il modo in cui le persone, nella storia dell'umanità, avevano dato un senso ai loro mondi. Espressione. Testimonianza. Evocazione. Chiamata alle armi. Lei aveva bisogno di farne parte, ma non voleva la vita povera ed essenziale che di solito vivere d'arte implicava. Appartamenti squallidi e bui in cui non c'era nemmeno lo spazio per girarsi. Scarafaggi. Ratti. O magari condividevi una casa piú grande con le tue migliori amiche – l'aveva fatto, per un periodo – e ottenevi piú spazio, forse altre due finestre. Ma niente armadio personale, niente frigorifero personale e, peggio ancora, niente privacy. Inoltre, qualcuno si prendeva sempre in prestito le tue cose migliori. O le vendeva, com'era successo a lei.

A un certo punto i suoi ideali si erano corrotti. Aveva preso troppo sul serio il concetto di «fingere fino al punto di ottenere». Lavorare per Benji, mettere opere d'arte nelle case e negli uffici di persone che non guardavano nemmeno l'estratto conto della carta di credito dopo aver fatto shopping, o una vacanza, o dopo aver arredato la casa di Parigi... Aveva finto di essere una di loro – non solo durante il lavoro, il che sarebbe stato comprensibile. No, aveva ingannato tutti, compresa sé stessa, continuando a ripetersi che era una cosa temporanea, che presto avrebbe convertito il *finto* in *vero* e la vita avrebbe trovato un equilibrio. Molto probabilmente sarebbe avvenuto grazie a un percorso che passava dalla camera da letto di un uomo ricco, dove magari ci sarebbe stato un quadro da novantamila dollari che dopo un po' nessuno avrebbe piú notato e sarebbe diventato l'ennesimo pezzo da collezione tra tanti altri.

Forse la madre di Jacqueline, Shari, si era sentita l'ennesimo pezzo da collezione. Forse per questo aveva accolto con favore le attenzioni nuove di un altro uomo. Ma era quella la risposta? La soluzione? Doveva esserci un modo migliore.

Piú tardi, quando gli ospiti e il personale se ne furono andati e Sophie era nel suo ufficio a tirare le somme della serata, Benji la convocò. «Sophie, tesoro. Verresti qui un attimo?»

Lei si avvicinò alla porta dello studio, con le parole *Cosa c'è?* sulle labbra. L'espressione truce di lui la fermò. Oh, merda, pensò. Prima Tania e adesso...? Non aveva idea di quale potesse essere il problema, solo che, in soldoni, sembrava che lui avesse intenzione di aggiungere il danno alla beffa di poco prima.

«Vieni, siediti. Quegli stivaletti, per quanto meravigliosi, non sono clementi con i tuoi poveri piedi. E poi dovrai comunque sederti, perché ho un problema da discutere con te».

Sophie si sedette e disse: «Non mi piace l'espressione della tua faccia. Che cosa sta succedendo? La serata non è andata meglio del previsto?»

«L'evento è stato spettacolare. Hai un tocco divino. Non potrei essere piú soddisfatto».

Avevano venduto cinque quadri e due sculture a una coppia di competitivi agenti di borsa che si occupavano di fondi speculativi, amanti dell'arte che volevano non solo opere di valore, ma anche un acquisto cui fosse legata una grande storia da raccontare. Dopotutto, c'era tra i loro clienti qualcuno che poteva dire di aver acquistato opere cosí costose – opere di fatto *impossibili da vedere, vogliamo parlare delle palle che ci vogliono?* – fidandosi solo del giudizio di Benji Ochoa? Questo implicava la volontà di spendere del denaro in maniera incauta. La "capacità" di spendere denaro in maniera incauta. Per quei due acquirenti, possedere arte era uno sport, oltre che un investimento. Dalla vendita la galleria aveva ricavato quasi cinque milioni di dollari. Sophie aveva appena finito di elaborare i pagamenti e si apprestava a organizzare le consegne.

«È un altro tipo di problema» continuò Benji. «È successa una cosa e devo andare fuori città per un po'».

Tutto qui? Sophie disse: «Okay, be', mentre sei via posso gestire tutto io. Quando parti?»

«No, tesoro, è questo il punto. Voglio chiudere bottega. Mi dispiace. Per il momento devo proprio mettere tutti in congedo».

«Congedo?» ripeté Sophie, sperando che non significasse quel che pensava.

«Per il momento».

«Tutti?»

«Sí».

«Con o senza stipendio?»

«Senza».

«Ma non io» disse lei.

«Mi dispiace» ribadí lui. «So che è una cosa improvvisa. Speravo di poterlo evitare, ma non ci sono riuscito».

«In congedo per quanto tempo? Dovrei... Sai, il personale, la maggior parte vive con un margine piuttosto ridotto; non possono rimanere senza lavoro a lungo, altrimenti non saranno in grado di pagare l'affitto».

«Lo so, lo so. Non dovrebbe volerci molto».

«Okay, ma devono cercarsi un altro lavoro?» domandò lei, alzando la voce. «Non possiamo chiedergli di aspettare all'infinito. Hanno una vita...» Fece una pausa, per riprendere il controllo. «Sono personale di prim'ordine e non staranno ad aspettare te, Benji. Verranno assunti da altre gallerie. Questo lo sai».

Lui alzò la mano. «Non ti agitare, tesoro. Si risolverà tutto rapidamente».

«Okay, bene. Quindi allora dovrei considerarla una settimana di vacanza?»

«Sí» disse lui con decisione. «Una o due settimane di vacanza, questo è un buon modo di vederla».

Un buon modo per lui, forse. Non altrettanto per il personale, né per lei. Il certificato di morte non era ancora arrivato, il che significava che i pochi soldi che avrebbe riscosso dall'assicurazione sulla vita di sua madre e da tutto il resto li avrebbe visti di lí a un mese, come minimo. Aveva esaurito una delle due Visa che le erano rimaste e l'American Express le aveva imposto un tetto massimo di credito, che aveva già raggiunto.

Disse: «Va bene. Ma cosa sta succedendo? È per via della revisione contabile?»

«No, niente del genere. No, quella va bene. È una cosa improvvisa. Una sorpresa. Che devo affrontare subito. E comunque, a parte stasera, gli affari al momento vanno piuttosto a rilento, quindi la tempistica non dovrebbe essere un problema».

Per te, pensò Sophie.

Non le piaceva la sua ambiguità. «È un problema di liquidità?» chiese. «Perché se è questo il problema possiamo lavorare con un team ridotto. Tenere aperto mentre risolviamo».

«Oh, no, niente del genere» rispose lui con disinvoltura. «No, no. Le finanze sono a posto. No, è un'altra cosa. Una questione personale».

«Allora perché non...»

«Dovevamo comunque fare un po' di riorganizzazione».

Era ovvio che da lui non avrebbe ottenuto altro. «Quando parti?»

«Domani mattina. Oggi è stata una giornata lunga, vero? Tu, tesoro mio, hai bisogno di sfilare quei favolosi stivaletti dai tuoi favolosi piedi. Mi occupo io dell'organizzazione delle consegne di stasera, tu vai a casa. Rilassati. Dormi anche domani. Sei stata un angelo, ma hai bisogno di un po' di tempo per te. Santo cielo, hai appena perso tua madre! Eppure hai tenuto duro. Be', adesso basta. Qui finisco io. E ti tengo informata, non preoccuparti. Andrà tutto bene».

Dormi anche domani, le aveva detto, senza sapere che era una prospettiva spaventosamente irreale. Sophie era sicura di non avere alcuna possibilità di chiudere occhio.

Mentre zoppicava verso la stazione della metro, passò accanto a una donna stralunata seduta sul marciapiede, o meglio su un pezzo di cartone per proteggersi dal gelo del cemento. Accanto a lei riposava un sacco dell'immondizia mezzo pieno di chissà cosa, e anche un cagnolino arruffato.

Sophie si fermò un attimo, si tolse gli stivaletti gialli e li offrí alla donna. «Sono di Gucci, veri» disse. «Puoi venderli per una bella cifra».

La donna li guardò. «Che misura?»

«Sette. Ha importanza?»

La donna, che indossava un paio di mocassini da uomo di pelle scrostata fin troppo grandi, se ne tolse uno e si sfilò il primo degli almeno due calzini sottostanti.

Sophie disse: «Mi prendi per il culo? Li vuoi o non li vuoi?»

«Dammi un secondo» fece la donna. Prese lo stivaletto sinistro, ci infilò il piede e si alzò. Anche il cane si alzò. Dopo aver provato a fare qualche passo, disse: «Un po' stretti».

«Non dirlo a me».

«Ma va bene, li prendo».

Sophie mise l'altro stivaletto sul marciapiede e proseguí.

La notte a Manhattan era sempre stato il suo momento preferito. Il lavoro finiva e iniziava la vita. Ovunque c'erano una nuova band o un cantante fantastici, un nuovo spettacolo teatrale, una discoteca con le luci stroboscopiche e i bassi che pompavano, un bar trendy, una festa in cui scroccare qualche tiro o incontrare un uomo con cui affinare le sue capacità di seduzione, o entrambe le cose. Dappertutto, le scie interminabili di fari e fanalini che spostavano la gente verso Uptown, attraversando il centro, verso la Bowery, la Battery, i ponti. I giovani, però, non guidavano. Camminavano, si riversavano nelle viscere fumanti della città per accalcarsi nei vagoni della metro ridendo, spintonandosi, pronti per la scena di Brooklyn, per il Bronx, Jersey City, Harlem. Tentacoli che si estendevano da Lower Manhattan, il cuore della città. Linfa vitale, quei giovani, che spingevano la città a diventare ciò che poteva essere. Sophie era stata povera eppure «elettrica».

Come tutto, però, non poteva durare. Era dovuta crescere. Diventare responsabile. Modellarsi una vita con una materia prima fatta di bellezza, un cervello niente male e un interesse per il meccanismo dell'atto creativo, che non solo definiva un passato, ma costruiva un futuro. Suo padre l'aveva incoraggiata a indirizzare le energie verso l'arte e la storia ebraica, magari a ricoprire un ruolo nelle attività culturali della loro sinagoga. Anche allora, però, Sophie non aveva voluto definirsi, chiudersi nella piccola esistenza che i suoi genitori si accontentavano di chiamare vita. Dov'era il divertimento?

No, quello che aveva intenzione di fare era trovarsi un bravo ragazzo, ebreo oppure no, che potesse permettersi l'abbonamento al Metropolitan Opera, buoni posti per i migliori spettacoli di Broadway, biglietti per concerti di grande richiamo e per le partite dei Knicks al Garden. Un bravo ragazzo la cui famiglia avesse fatto delle donazioni a uno o tutti i musei d'arte della città, in modo che se ci voleva lavorare lui le avrebbe trovato un posto. Perché, in fondo, se doveva essere un'adulta, voleva la migliore versione newyorkese dell'età adulta a disposizione. Non bastava qualcosa che fosse okay; lei voleva di piú. Ma quando ci ripensò, si rese conto che di piú non bastava; voleva il meglio. Anche il meglio, però, aveva standard che continuavano a spostarsi verso l'alto, forse per colpa della vicinanza a Tania, la cui traiettoria, anche se non specificamente newyorkese, somigliava a quella di un razzo. Sophie aveva cominciato a capire come poteva essere il meglio per una donna la cui vita non si limitava all'idea convenzionali di possibile. Quindi anche lei aveva puntato in alto, affinando i gusti, cercando di vivere davvero il suo ruolo (fingi fino al punto di ottenere), di fare rapidamente carriera, ma il problema era che non poteva crearsi da sé il suo carburante come faceva Tania. Il problema era che aveva scoperto di poter essere sempre e solo una clandestina.

Verso l'alto.

In qualche modo.

Se al portiere del palazzo di Tania venne qualche perplessità nel vederla comparire a piedi nudi, non reagí. «Buonasera, signorina Geller».

Sophie fece un cenno di saluto e avanzò baldanzosa verso l'atrio, passando davanti alle due donne, altrettanto professionali ma certamente divertite, che lavoravano al banco della portineria. *Serata difficile,* sembravano dire le loro espressioni.

Verso l'alto perché dall'obiettivo iniziale di accoppiarsi con un avvocato o un medico della classe media, per esempio, era passata a un agente di borsa di medio livello, per arrivare a uno che si trovava piú o meno al vertice della catena alimentare del denaro. Un amministratore delegato, un direttore operativo o un direttore finanziario di quelli che comparivano nella lista dei 500 di *Fortune*. Un presidente. Uno sportivo di successo, un attore di serie A, un rapper-imprenditore o, a definirlo meglio, un magnate. Sí, ecco. Era alla ricerca di un magnate di qualche tipo, ma non c'era da stupirsi, al di fuori di Hollywood non esistevano molti uomini del genere che condividessero i suoi ideali progressisti e, a Hollywood o altrove, non era affatto facile trovarli.

Verso l'alto, al novantunesimo piano. Verso il rifugio per donne in difficoltà di Tania Uccello, valore stimato trenta milioni di dollari.

Una volta dentro l'appartamento, Sophie ordinò una bottiglia di Veuve Clicquot ghiacciato e in attesa che glielo portassero si occupò delle piante. Shari era pronta ad assumersi quella responsabilità fino al ritorno di Tania, in autunno? Evidentemente sí – e se non lo era, be', era un problema di Tania, perché ormai Sophie aveva chiuso. Una volta risolta la crisi del momento, basta badare alle case altrui. Non poteva restare cosí vulnerabile ai cambiamenti causati dai capricci di qualcun altro. Stava diventando troppo vecchia per quelle stronzate.

Arrivò lo champagne e non appena ebbe chiuso la porta Sophie lo stappò, bevve un sorso e poi, bottiglia alla mano, salí in piedi sul davanzale della finestra. Si vedevano il Chrysler Building e il MetLife, l'Empire State Building, la Freedom Tower. I ponti. La statua della Libertà. La baia. Un'infinità di edifici intorno a lei, e nessuno che potesse chiamare casa. Vedendo il proprio riflesso, Sophie sollevò la bottiglia e si fece un brindisi. «Alla tua salute, bambina. È stato bello, ma ora i nodi stanno per venire al pettine».

Ma non prima del pomeriggio successivo. Se voleva trarre il massimo profitto (per cosí dire) dal resto del soggiorno, avrebbe fatto meglio a darsi da fare. Saltò giú, andò in camera da letto, infilò i piedi negli Ugg e si diresse all'ascensore.

Prima tappa: il ristorante dei residenti, dove invitò il maître ad assegnarle un tavolo in fondo alla sala in modo da poter godere della vista completa di quell'elegante spazio. A quell'ora tarda, era una dei pochi commensali presenti. Di solito, i residenti che non mangiavano fuori chiedevano che i pasti venissero consegnati nel proprio appartamento, a qualsiasi ora. Uno spreco, secondo Sophie, dato che quel privilegio costava loro migliaia di dollari – cibo escluso.

«Per questo portami una flûte» disse alla cameriera mettendole davanti la bottiglia. «E prendo una di quelle insalate stravaganti che prepara Chef Hergatt. E le capesante, se sono ancora sul menu – sí? E... gli chiedi se mi fa un sauté veloce di *haricots verts* all'aglio e salsa di soia? Finché diventano verde brillante ma sono ancora croccanti. Ah – e un calice del suo pinot nero migliore. E un po' di pane e burro? E mettimi questo» e indicò lo champagne «in un secchiello mentre sono qui, okay? Grazie, grazie, grazie. Sei un tesoro».

Quando ebbe davanti il pasto, Sophie lo sistemò al meglio dal punto di vista fotografico e poi allungò un braccio sul tavolo, cercando di inclinare il telefono leggermente verso l'alto, in modo da inquadrare sia il piatto sia il proprio viso. Le ci vollero quattro tentativi per riuscirci. Il post su Instagram alla fine recitava *Super cenetta super vinello super serata* con hashtag scelti un po' a casaccio perché a chi cazzo importava piú? Stava per perdere il tetto che aveva sulla testa.

Dopo aver consumato quelle prelibatezze, asciugò la bottiglia di champagne e si spostò nella sala biliardo, sperando di incontrare qualcuno disposto a giocare con una Sophie leggermente brilla. Ahimè, niente da fare. O meglio, niente da tirare? Vabbè. Niente partita.

Benissimo. Preferiva comunque un tuffo in piscina. Non importava che non fosse vestita adeguatamente. Si sarebbe fatta mandare un costume dalla portineria. Ottenuto il costume, si fece una bella nuotata. «Lunghe vasche immersa nel lusso» disse parlando da sola. «Che favoloso fluttuare». Fece alcune bracciate a delfino.

Sguazzò con aria viziata. Poi uscí e si infilò in un asciugamano riscaldato. Fuori, Manhattan scintillava.

E adesso, palestra? No, al diavolo.

Allora un giro nel bagno turco.

Poco dopo svuotò una bottiglia. Sia quel che sia. Era ora di impacchettare quel poco che possedeva e prepararsi a lasciare l'appartamento.

Ma quando fu dentro, prese ancora una volta la coperta di alpaca dal letto, se la avvolse addosso e si accoccolò sul davanzale. Avrebbe fatto le valigie piú tardi, quando fosse sorto il sole e tornato il senso di urgenza. Piú tardi avrebbe anche prenotato una camera d'albergo e iniziato a cercare possibili sistemazioni come housesitter per colmare quella nuova voragine. Avrebbe valutato e calcolato. Avrebbe recuperato il suo andamento scattante. In quel momento, però, voleva solo essere la Piccola Sophie, comoda e protetta, immersa nei bagliori notturni della città.

Per un momento rimase a guardare la città, calma, intorpidita. Forse si assopí un po'. A un certo punto si rese conto di dover fare pipí, di avere sete e che dietro gli occhi le si stava formando un mal di testa. Gli ingranaggi del cervello ricominciarono a girare:

Cosa stava succedendo a Benji?

Quand'è che lei e le sue sorelle, prese singolarmente, si sarebbero date una regolata?

Dove doveva stare?

Dove *poteva* stare? Le opzioni erano aperte, dal punto di vista geografico. Forse all'ultimo minuto avrebbe trovato una casa a cui badare in un posto favoloso, spese di viaggio incluse. Una volta, anni prima, aveva trascorso un periodo fantastico a Salonicco, prima che Benji la prendesse a bordo. Allora era in un periodo di pausa tra due lavori. Sperava che non si ripetesse la stessa situazione.

Dopo aver sbrigato le faccende urgenti, recuperò il telefono e si mise a cercare. Ma la ricerca durò poco: non c'era niente che combaciasse con le sue esigenze. Doveva scegliere ancora una volta la strada dell'albergo economico e pregare che non ci fossero cimici.

Mentre si preparava (per l'ennesima volta) a fare le valigie, si mise gli auricolari e disse: «Ehi, Siri, chiama la mamma» come avrebbe fatto altre volte in quella stessa situazione. In occasioni simili, sapeva che sarebbe potuta tornare a casa per restarci, se avesse voluto, se fosse stata pronta ad ammettere la sconfitta. Ma non lo era. Allora come oggi, voleva soltanto sentire la voce di sua madre.

La pressione e i ritmi

Nel reparto di terapia intensiva pediatrica, Claire terminò la valutazione di un bambino dolce e intontito di nome River, che quella mattina era stato sottoposto a un intervento di sostituzione della valvola per correggere la stenosi aortica. Poi uscí dalla camera per parlare con la madre, Heath.

«Mi sembra che stia bene. Tu te la cavi?»

Heath rispose: «Credo di sí». Mentre parlava, teneva una mano premuta sulla finestrella della stanza. «È difficile vederlo tutto intubato, però. Avrà anche cinque anni, ma è sempre il mio bambino».

Heath aveva ventitré anni, era lei stessa quasi una bambina. O almeno cosí sembrava a Claire, dall'alto dei suoi quarant'anni. Heath, come Beck, si era buttata nella maternità senza aver portato a termine l'infanzia. Claire avrebbe dovuto riconoscere a Beck un merito maggiore per quello che aveva fatto e darle meno il tormento per non aver fatto di piú. Dopotutto, chi di loro due aveva sposato Paul? Chi di loro due era ancora sposata con Paul? Chi di loro due stava usando Paul come metro per misurare la propria realizzazione?

Claire non doveva guardare Heath e vedere una vittima impreparata di circostanze avverse o con scarso giudizio. Quella giovane donna con il corpo ampiamente decorato (il collo cinto da minuscoli uccelli, gli avambracci coperti di citazioni letterarie, il setto nasale, le sopracciglia e le cartilagini delle orecchie pieni di piercing) non era certo una sprovveduta. Come aveva detto a Claire, era single per scelta: il padre di River, un Ojibwe che Heath aveva conosciuto sciando a Spirit Mountain, era stato il suo «unico e spettacolare vero amore» nonostante i suoi genitori si fossero rifiutati di conoscerlo, e insieme avevano iniziato a costruirsi una casa su un terreno che lui aveva comprato all'asta. Poi, una notte di primavera di tre anni prima, mentre tornava a casa dal lavoro in moto, lui aveva investito un alce. «La gente non si rende conto di quanto siano grandi» aveva detto Heath a Claire. «Quello sarà stato alto due metri e mezzo e pesava mezza tonnellata. In pratica è come centrare un muro di mattoni». Era morto sul colpo e da allora nella vita di lei non c'era stato nessun altro. Aveva detto di non volere un uomo, a meno che non fosse spettacolare come Eric, ma nessuno poteva esserlo, e quindi...

Heath aveva abbandonato il liceo a diciassette anni e, dopo la morte di Eric, aveva continuato a vivere sul terreno appena fuori città, dove lei e altre quattro giovani donne che avevano «smesso di mangiare merda per colpa della società» si erano costruite da sole le loro case e allevavano pecore per ricavarne latte e lana. Avevano un complesso di cinque casette, piú una casa comune con una grande cucina e diverse aule scolastiche. Era una situazione rustica, ma c'era tutto. River era il terzo figlio nato nel gruppo. Heath le aveva confidato: «Gli uomini possono venire a trovarci – e lo fanno, certo, perché mica abbiamo fatto voto di castità. Ma non possono vivere con noi. Le regole sono regole».

Claire aveva ascoltato distrattamente mentre faceva la prima visita a River. Poi aveva dovuto chiedere a Heath di osservare in silenzio oppure di aspettare fuori. «Adesso voglio ascoltare bene il cuore».

Heath aveva detto: «Ha un cuore tanto grande, anche se so che non è quello di cui sta parlando lei; volevo solo che lo sapesse. Vero, tesoro?» aveva detto rivolta al bambino. «Tu vuoi bene a tutte le persone buone, proprio come la mamma». E River aveva risposto: «Le vorrò bene lo stesso, dottoressa Geller, anche se mi fa la puntura».

Cinque giovani donne che vivono insieme collaborando come un branco di elefantesse, amichevoli verso i maschi della specie ma indipendenti da loro. Un approccio alla vita che pareva molto piú saggio di quello di Claire.

Heath si asciugò gli occhi e disse: «Quando è svenuto a quel modo... Non avrei mai immaginato che non fosse in perfetta salute, al cento per cento. Vederlo cosí è tremendo. Anche se so che adesso è tutto a posto. Vero?»

Claire annuí. «Tutto sembra molto a posto, te l'assicuro. Lo terremo qui in terapia intensiva per un altro paio di giorni, per essere sicuri che stia guarendo come si deve. Poi lo trasferiremo in reparto. Penso che potresti aspettarti di riportarlo a casa all'inizio della prossima settimana».

«Davvero? Okay, fantastico. Grazie mille». Heath fece una pausa per asciugarsi gli occhi. «So che per voi è routine, ma per me è assolutamente miracoloso».

«Non diventa mai routine» disse Claire, anche se in verità troppi aspetti del suo lavoro erano esattamente cosí. Altri erano molto irritanti. Per esempio, gli espedienti che aveva dovuto usare per far sí che Medicaid coprisse gli esami e le cure di River. Non aveva scelto medicina per un desiderio di risolvere grane burocratiche.

«Dottoressa Geller? Se posso permettermi, non ho potuto fare a meno di notare che lei accumula molta tensione nella parte superiore del corpo, nel collo e nella testa».

Claire lanciò un'occhiata alla postazione dell'infermiera, dove la sua quasi amica Jennifer stava preparando le cartelle. Jennifer alzò lo sguardo e le lanciò un'occhiata interrogativa: *Hai bisogno di essere salvata?* Lo sguardo di risposta di Claire: *Non ancora.*

Heath continuò: «Non sono affari miei, non dovrei chiederle cosa le crea tensione, ma posso offrirmi di aiutarla ad alleviarla. Insomma, è il minimo che possa fare, no? E non si preoccupi, non si tratta di droghe, non è il mio campo. Credo di averle detto che insegno yoga...»

Claire alzò una mano per fermarla. «Grazie, ma sto bene cosí. La tensione fa parte integrante della mia giornata». A cui si aggiungeva l'ansia per David ogni volta che andava da Chad. E poi la riluttanza di Beck a vendere il rustico. E il fatto che ogni conversazione con sua sorella la faceva pensare a Paul e, maledizione, era stanca di sentirsi in colpa per una cosa che non aveva mai davvero fatto; era successo tutto nella sua testa.

Inoltre, provava un leggero turbamento per la sospetta omosessualità di Paul. Vedendolo al funerale e poi a casa, avrebbe voluto dargli un pugno in faccia, punirlo per tutti i problemi che aveva involontariamente causato. Sapeva che non era stato lui a provocare la fine del suo matrimonio, ma era arrabbiata per quella situazione e qualcuno doveva pagare. Non lo aveva preso a pugni e non aveva nemmeno messo alla prova la sua sessualità quando ne aveva avuto l'occasione, da sola nel suo ufficio (dove non si aspettava che lui la sorprendesse nell'atto di inalare alcuni suoi atomi). Perché mai aveva speso anche solo due minuti in fantasie in cui lui restava talmente impressionato dai suoi successi da scaricare Beck, sua *sorella*, per lei e scappare insieme a lei da qualche parte ai tropici per fare sesso bollente e bere drink ghiacciati preparati con il frullatore? Perché invece aveva sposato un uomo il cui modo di dimostrare amore comportava continui suggerimenti per correggerla o migliorarla? *Sai, potresti perdere piú velocemente quei chili di troppo se... Sai, saresti davvero bella se... Sai, se ti rilassassi di piú durante il sesso, sarebbe...* E ora gli lasciava David tre sere la settimana e una domenica sí e una no. Povero bambino. Non avrebbe mai voluto fargli questo.

Quindi sí, tensione, ogni giorno.

Disse a Heath: «Purtroppo lo stress è inevitabile».

«Quindi mi sta dando ragione. Deve fare un po' di yoga con me – pratico l'Anusara, in una sala riscaldata – e la mia ragazza, Tina, è una massaggiatrice esperta. Io la farò rilassare e poi un massaggio profondo dei tessuti le scioglierà i muscoli».

Claire disse: «Conosco i benefici di entrambe le cose. Ma...»

«Ma non fa mai nessuna delle due, giusto? In pratica».

Claire mantenne un tono calmo e amichevole. «Apprezzo il tuo interessamento...»

«Non è vero» disse Heath, nello stesso tono amichevole. «Il mio interessamento non le piace. Lo capisco perfettamente; chi sono io per inserirmi nella sua sfera personale, giusto? Ma lei ha aiutato me e River. Ora le sto restituendo la buona azione – cioè, mi sto offrendo di farlo – invitandola a venire da noi per fare yoga e un massaggio».

«È molto generoso da parte tua» disse Claire, «ma non c'è bisogno di favori. Vengo pagata bene per il mio lavoro».

Il che non significava che navigasse nei soldi: il solo debito universitario si aggirava ancora intorno ai duecentomila dollari. Se a questo si aggiungevano due mutui, gli alimenti, il mantenimento di David, la rata dell'auto, l'assicurazione contro i danni causati da condotta negligente, un piccolo contributo per la pensione, la metà delle spese extra di David e quanto le costava la pensione diurna per Goliath, alla fine del mese non rimaneva molto.

Heath aveva un figlio in terapia intensiva. Heath tirava avanti insegnando yoga e viveva in una minuscola capanna nei boschi. La parte superiore del corpo di Heath era sciolta, quasi rilassata, anche lí, in quel momento. Le sue mani non erano contratte.

«Mi auguro che sia pagata bene; quello che fa è estremamente importante. E mi aspetto che paghi la lezione di yoga e il massaggio. Non è un omaggio, dottoressa Geller. Il favore è l'invito. Stiamo molto attente a chi facciamo entrare».

«Be', allora mi sento privilegiata per aver ricevuto l'invito, ma adesso» disse Claire guardando l'orologio «devo scappare. Se deciderò di accettarlo, te lo farò sapere».

Heath non si lasciò scoraggiare. Prese una penna dal taschino del camice bianco di Claire, le afferrò il polso e sul palmo della mano scrisse un indirizzo e un orario. «Questa sera o giovedí: cosa preferisce?»

«Senti, io...»

«Scelga» disse Heath. «Sul serio. Venga. Ne ha bisogno».

Claire era contemporaneamente infastidita e affascinata dall'insistenza di Heath. Disse: «Sei una persona molto premurosa e lo apprezzo. Davvero. Ma non sono sicura che sia professionale da parte mia interagire con la famiglia di un paziente nel modo che mi stai proponendo».

«È sicura?»

«Be'...» Claire fece una pausa. «No, in realtà no».

«Stasera o giovedí: scelga».

«Okay, okay, hai vinto» disse Claire per cavarsela. «Stasera».

«Benissimo. Ci vediamo dopo».

Poco dopo, mentre stava uscendo dal reparto, Jennifer la raggiunse. «Ehi, prima che tu vada, volevo chiederti se puoi contribuire con venti dollari alla lotteria del reparto: ci stai ancora? Il montepremi è di oltre cento milioni».

«Oh, dimenticavo. Certo, sprecherò venti dollari fantasticando di diventare multimilionaria con uno schiocco di dita». Prese il portafoglio dalla borsa.

«Quella mamma è davvero insistente, anche se superdolce. Quindi ci andrai?»

Claire disse: «No. Ho accettato solo per placarla. Non sono proprio dell'umore giusto».

«È proprio per questo che dovresti andarci».

«Oh, adesso devo mettermi a discutere anche con te?»

«Ti fa bene» disse Jennifer. «Andarci, intendo. Non discutere se andarci o no».

«Dovrei lasciare Goliath alla pensione».

«Allora portacelo. Quella ragazza ha ragione. Hai le spalle praticamente incollate alle orecchie. Cerca di fare anche una sauna, se ce l'hanno».

Claire chiese: «Qualche altro consiglio?»

«Quando esci mettiti il cappello».

«Oh, mamma».

«Lo so» disse Jennifer con aria severa, «ma non vogliamo che tu ti prenda un accidente, sai?»

«Se questo significa che posso evitare di andare da Heath in mezzo a quelle sciroccate...»

«Puoi evitarlo» disse Jennifer. «Ma non dovresti. E poi cos'altro hai da fare stasera? David è da Chad, giusto?»

Claire sospirò. «Sí, va bene. Ci andrò. Ci andrò! Cosí vi toglierete dalle scatole e già basterà questo ad alleviare il mio stress».

Jennifer disse: «La buona notizia è che domani saremo tutti multimilionari. Cosí potremo licenziarci e vivere come bradipi. Animali a bassissimo livello di stress».

Claire prese il berretto fatto a maglia dalla tasca del cappotto e si diresse verso le porte, salutando con la mano. Infinito tempo libero da riempire? Nessuna distrazione per dimenticare il fallimento? Quello sí che era un pensiero stressante.

I fiocchi di neve cadevano rapidi e pesanti e Claire uscí dopo essere tornata a casa a mangiare un boccone veloce e a cambiarsi. Come aveva potuto pensare che la neve fosse romantica? Bleah. Lí sarebbe stato inverno per sempre. Perennemente freddo. Ghiaccio e neve ovunque. I suoi esercizi cardio sarebbero consistiti nello spalare il vialetto e il marciapiede per l'eternità, amen. Perché permettersi anche solo di immaginare qualcosa di diverso? Aveva fatto le sue scelte.

Con la Subaru risalí l'altura di Duluth dal bacino del lago Superior e raggiunse l'altopiano che si estendeva a ovest della città. Non c'era bisogno di andare lontano per sentirsi dentro la foresta selvaggia che caratterizzava la maggior parte del Minnesota settentrionale, soprattutto dopo il tramonto e durante quel tipo di nevicate umide e quasi primaverili.

La neve ricopriva i rami degli alberi e accresceva i cumuli lungo il ciglio della strada, ma le strade erano semplicemente bagnate. Per i circa venti minuti necessari ad arrivare dalla periferia della città all'indirizzo che le aveva scritto Heath sul palmo della mano, Claire guidò in una specie di fantasticheria zen creata dal movimento ritmico dei tergicristalli e dalla costante raffica di fiocchi di neve. Forse l'unica cosa di cui aveva bisogno era continuare a guidare. Proseguire a ovest verso Fargo, Bismarck, Billings, poi Bozeman, Missoula, Spokane. Arrivare fino a Seattle e poi prendere un volo per Maui. Per Tokyo. Per Seoul. Aspetta, no; tappa a Maui. E poi cosa ci faceva lí? La sua esistenza le sembrava insignificante. Dimenticati di puntare verso ovest; basta sterzare di scatto, finire in un fosso o contro un albero e farla finita.

«Piantala» si disse ad alta voce. «Datti una regolata».

La lunga strada che portava alla proprietà era un tappeto di ghiaia ghiacciata, delimitato da fitti filari di splendide betulle bianche. Lí la neve cadeva piú leggera e danzava nel fascio di luce dei fari. In fondo alla strada c'era un'area di parcheggio demarcata da una recinzione spaccata. Dietro la recinzione, un'ampia struttura rettangolare in travi piallate con da quel lato quattro finestre uniformemente distanziate. Vicino a un'estremità dell'edificio erano appoggiate tre paia di sci da fondo, e un'unica lampadina nuda creava una pozza di luce accanto alla porta. C'erano già parcheggiati cinque o sei fuoristrada. Chi avrebbe mai detto che un posto come quello fosse tanto conosciuto?

Claire prese il tappetino da yoga e la bottiglia d'acqua, entrambi poco usati, e seguí il sentiero ripulito dalla neve fino alla porta. All'interno trovò un lungo corridoio con luci fluorescenti e porte su entrambi i lati.

La prima a sinistra si apriva su una sala yoga piccola ma sorprendentemente invitante: le luci erano basse e calde, le pareti dipinte di un tenue color caffè, il pavimento di legno risplendeva dorato dove non era coperto dai tappetini.

Heath notò Claire e le si avvicinò. «Ehi, ce l'ha fatta. Sono orgogliosa di lei».

«Grazie» disse Claire.

«Abbiamo qualche minuto prima che inizi la lezione; perché non appoggia le sue cose laggiú?» e indicò uno spazio vicino alla parete sinistra. «Le faccio fare un giro».

Lungo il lato sinistro del corridoio c'erano una seconda sala yoga non riscaldata, due stanzette accoglienti per i massaggi e una toilette. In fondo, un'ampia e calda cucina con un camino di pietra, e accanto un tavolo da pranzo affiancato da due panche e un seggiolone. Ai fornelli c'era una giovane donna che stava preparando qualcosa dal profumo incredibile. Probabilmente è pieno di sodio, pensò Claire; per quanto riguardava le sue papille gustative, tutto quello che valeva la pena mangiare era vietato. Aspettava ancora la promessa scomparsa della voglia di sale, cosí come aspettava di acclimatarsi al freddo estremo di Duluth.

La giovane donna salutò Heath e Claire. «Benvenuta».

Heath disse: «Hannah, ti presento la dottoressa di River, Claire Geller, quella di cui ti ho parlato». A Claire disse: «Quando Hannah non prepara piatti favolosi per noi, si occupa di arte tessile. Tra poco visiteremo il suo regno».

Hannah disse: «Grazie per essersi presa cura del nostro bambino. Torni qui prima di andarsene; ho un pacchetto per lei».

Heath disse: «Il tuo famoso pane alle noci e spezie, scommetto».

Hannah annuí. «Sí, tra l'altro».

«Davvero, non è necessario».

«È necessario, invece» disse Heath, riaccompagnando Claire nel corridoio. «È assolutamente indispensabile».

La prima delle stanze sulla destra era dotata di due lavandini industriali e di una serie di stendini e recipienti di plastica, alcuni grandi come vasche da bagno. Nella stanza aleggiava un leggero odore che ricordava l'acetosella.

«Sala di lavaggio della lana» disse Heath. «Tosiamo le pecore, mettiamo il vello in queste vasche, poi lo portiamo qui per lavarlo e asciugarlo».

Nella stanza successiva c'erano ampi tavoli circondati da pareti di scaffali contenenti una serie di strumenti appuntiti che Claire non riuscí a identificare, insieme a spazzole di diverse dimensioni.

Heath disse: «Qui si fanno la cernita, la pettinatura e la cardatura. Bisogna trasformare la lana in una fibra filabile. E oltre a lavare la lana nell'altra stanza, qui la tingiamo anche. River l'adora; ha una certa sensibilità per i colori, sa? Però odia la tosatura. È rumorosa, e poi ha paura che le pecore tosate prendano freddo».

In una terza stanza c'era un assortimento di filatoi e accessori, oltre a un'intera parete di scaffali pieni di matasse di lana tinta in decine di colori.

«È il magazzino del nostro negozio online. Non tutti vogliono tingersi la lana da soli».

«Ne voglio una di ogni colore».

«Lavora a maglia?» chiese Heath.

«Non ne so nulla».

«Dà una soddisfazione incredibile. E le regole di base sono semplici. Perfino River conosce il punto legaccio. Ha fatto una sciarpa al suo orso di peluche».

Claire esclamò: «Impossibile».

«Non dico bugie. Glielo chieda lei stessa. Ecco» disse selezionando una matassa verde vivo. «Prenda questa. Le darò un paio di ferri e lui potrà insegnarle. Gli piacerebbe molto».

Claire non riusciva a immaginare che sarebbe riuscita a trovare il tempo per la lezione, tanto meno per lavorare davvero a maglia. Però l'idea le piaceva, come le piaceva il sale. Rispose: «Okay, perché no?»

«Cosí mi piace. *Cavolo, perché no*: è una lezione di vita per tutti. Possiamo essere diversi. Non dobbiamo essere tutte pecore – senza offesa!» gridò rivolta verso quelle che dovevano essere le loro pecore.

Claire disse: «A dire il vero, ci sono molte situazioni e occupazioni – compresa la mia – in cui si deve rigare dritto. Certi tipi di conformismo sono necessari».

«Certo» disse Heath. «Chi ha detto di no? River ha un orario per andare a letto. Io pago le tasse. Non sono per l'anarchia – be', forse un po'. Comunque, il giro è finito! È ora di iniziare la lezione».

Nella sala yoga si sentiva musica new age a basso volume. Le aspettavano altre undici donne, giovani e anziane, di ogni forma e dimensione, che chiacchieravano tra loro con familiarità e disinvoltura. Claire prese posto vicino al muro e si sedette sul tappetino accanto a una donna bianca angolosa dai capelli argentei, con la pelle rugosa e sottile e un tatuaggio a forma di loto sul polpaccio. Di fronte a lei c'era una nativa appena piú giovane (ma non veramente giovane), i cui folti capelli grigi le spiovevano sulla schiena. Quando girò la testa Claire vide che aveva il setto nasale forato. Quelle donne erano tutte ciò che lei non era: anticonvenzionali.

Si ritrovò lí seduta con indosso capi da yoga firmati che non usava da almeno un anno, senza tatuaggi, con un solo foro in ciascun lobo dell'orecchio. Non poteva vedere le altre senza girarsi e dare nell'occhio, quindi era possibile che non fosse l'unica presente senza tatuaggi, senza piercing e senza esperienza. Forse c'era qualcun'altra in preda all'ansia di sembrare sbagliata, di fare male gli esercizi e rendersi ridicola. Quel pensiero non le fu di grande conforto.

Heath si sedette su una stuoia di fronte al gruppo. Disse: «Buonasera. Un benvenuto speciale a Claire, che si unisce a noi per la prima, ma speriamo non ultima volta».

«Benvenuta, Claire» dissero le donne, voltandosi a guardarla. L'anziana signora dai capelli bianchi aggiunse: «*Bienvenue*». Sorrise, aveva uno spazio tra i denti.

Heath continuò: «A titolo personale, vi chiedo di inviare un po' di energie positive perché River prosegua nel suo processo di guarigione. E ora iniziamo ripensando alla nostra intenzione principale, che è quella di essere presenti e aperte in modo da poter entrare nel flusso della grazia. Ci apriamo per diventare recipienti dello Spirito, in comunicazione con tutto ciò che è divino dentro e fuori di noi, dischiuse alla libertà, all'agio, all'amore. Ora ognuna di noi si prenda un momento per decidere la propria intenzione personale per la pratica di stasera».

Devo riuscire a non ridere, pensò Claire, ma poi si rimproverò. Doveva sforzarsi di stare al passo. Forse la pratica dello yoga insegnava davvero qualcosa; lo pensavano milioni di persone. Ovviamente milioni di persone pensavano anche che i gamberi fossero commestibili, e Claire non era dello stesso avviso. Ma andava bene cosí, *respirate... allungatevi... giratevi... tenete la posizione...*

Claire e le altre donne trascorsero l'ora successiva nella penombra calda della sala sotto la guida ipnotica di Heath, che teneva la voce alta quanto bastava perché si sentisse sopra la musica. Claire fece del suo meglio per far assumere al proprio corpo le posizioni corrette (alcune delle quali dolorose, altre neanche lontanamente possibili), cercando al tempo stesso di ignorare che l'anziana accanto a lei non faceva nessuna fatica. Probabilmente non lavorava cinquanta ore alla settimana mettendocela tutta per curare bambini malati, crescere un figlio, accudire un cane, combattere con un ex, pagare le bollette e piangere la morte prematura, anche se in qualche modo prevedibile, di sua madre. Probabilmente quella donna faceva yoga tutti i giorni da prima che Claire nascesse.

(Concentrati. Ricordati la pressione alta).

Heath continuava con le sue istruzioni calme e rassicuranti. «... ora inspirate, allungate il collo ed espirate dal terzo occhio...»

Claire non riusciva neanche a capire come espirare da uno degli occhi che sapeva di avere, figuriamoci da quello che sapeva di non avere. Si accontentò del naso.

A differenza di Heath, con i suoi piercing e la sua pelle istoriata, Tina la massaggiatrice era semplice come un bicchiere d'acqua tiepida. Portava i capelli biondo cenere, lisci e lunghi, con la riga in mezzo. Il suo dolcevita blu e i suoi pantaloni blu si distinguevano solo per una sfumatura. Carnagione pallida, lineamenti banali, e quando le disse: «Le lascio un paio di minuti per spogliarsi e sistemarsi, a faccia in giú, sotto la coperta» usò un tono gentile. Sembrava completamente padrona di sé, in sintonia con l'universo. Claire avrebbe voluto essere Tina.

Come nella sala yoga, anche lí la musica era rilassante, uniforme. Si tolse i vestiti umidi e li piegò ordinatamente sulla sedia di legno. Forse a causa della lezione di yoga che aveva appena fatto, forse a causa della neve che cadeva fuori dalla finestra, o della musica, o della scarsa illuminazione, o dell'atteggiamento non minaccioso di Tina, Claire si sorprese (per il momento) quasi acritica nei confronti del proprio corpo nudo. Sí, i seni erano un po' irregolari nelle dimensioni e un po' piú bassi e pesanti di quanto non fossero prima di David. Sí, aveva alcune smagliature sulla pancia e sui fianchi. Aveva la cellulite e cosce e sedere piú pesanti sia di Beck sia di Sophie. (Con Beck ce l'aveva; invece, riusciva a perdonare Sophie, che non aveva avuto figli.) In quel momento, però, provò gratitudine per essere stata capace degli sforzi (a volte imbarazzanti) appena compiuti dal suo corpo, gratitudine per la fortuna (spesso era solo fortuna) che le aveva regalato una salute sempre buona, tale da permetterle di trovarsi proprio lí a fare yoga. Forse era questo atteggiamento piú gentile che intendeva Heath quando parlava di «entrare nel flusso»?

Quando Tina tornò, Claire era sdraiata, come da istruzioni, a faccia in giú sotto la coperta.

«Ho qui dell'olio caldo e mi sono riscaldata le mani, quindi possiamo iniziare. C'è qualche zona su cui preferisce che mi concentri o che eviti?»

«Non direi» disse Claire. Teneva il viso premuto contro la ciambella imbottita. Del pavimento sottostante riusciva a vedere un pannello a mosaico fatto di pietre lisce trovate sulla riva del lago, divise secondo uno schema di colori dalle sfumature simili e disposte a formare il disegno dell'Albero della Vita.

«Il volume della musica va bene?»

«Sí, bene».

«Ottimo, allora cominciamo. Mi faccia sapere se le sto facendo male, okay?»

«Va bene».

Mentre Tina iniziava, Claire si rese conto che nessuno toccava il suo corpo nudo da piú di tre mesi, dalla vigilia di Natale, notte in cui aveva sedotto il vicino di casa che stava dall'altra parte del vicolo. Dalla finestra della cucina aveva visto Brendan in piedi sulla veranda posteriore di casa sua, che guardava fuori nella penombra. Era carino e sembrava cosí solo; le sue due figlie erano con la madre per le vacanze. Claire era andata alla porta e l'aveva chiamato: «Vieni che ti offro un grog».

Il sesso era stato goffo e veloce, ma anche soddisfacente, come grattarsi un prurito. Quel prurito, però, non aveva molto a che fare con Brendan. Era un bravo ragazzo, abbastanza piacevole, ma assolutamente da escludere come candidato per un futuro coinvolgimento. Il prurito era per il sesso senza sensi di colpa. Sesso divertente con qualcuno che non fosse Chad. Sesso con un uomo che non si preoccupasse di metterla in posizione per ricavarne il massimo godimento. *Sai, se ti metti in ginocchio e ti pieghi in avanti di circa quarantacinque gradi...*

Tina le tolse le mani dalla gamba sinistra per iniziare sulla parte bassa della schiena. Mentre premeva, Claire emise un sospiro di piacere.

«È un buon punto, eh?»

«Mmm».

Il sesso con Brendan alla vigilia di Natale era stato anche un modo per compensare il trauma delle feste precedenti: il giorno del Ringraziamento, la visita a casa dei genitori di Chad che aveva accelerato la loro separazione. Dopo il banchetto nel primo pomeriggio, avevano trascorso il resto della giornata a guardare i Bears che battevano i Lions. Michelle, la sorella di Chad, aveva convinto Claire ad aiutarla a preparare dei boilermaker. Tutti si stavano divertendo. Il divertimento era stato interrotto dall'assistente di Chad, che aveva chiamato per un'emergenza, e Chad aveva detto che dovevano tornare subito a Duluth – dei documenti nel suo ufficio, solo lui poteva occuparsene, era molto importante, ragazzi, mi dispiace rovinarvi la festa.

Durante il viaggio di ritorno, Claire aveva deciso di

sentire le sue sorelle. Beck e Paul organizzavano tutti gli anni una festa con i loro figli, Marti e a volte Sophie, oltre ai vari «vedove e orfani» della loro rete di colleghi e amici. Quell'anno Sophie stava trascorrendo un non-Ringraziamento a Londra con il suo ultimo fidanzato-bambino, Marco. Di solito il giorno dopo Claire chiamava sempre Marti. In quel momento però, lí nell'oscurità della Saab rimessa a nuovo di Chad, senza nulla da fare o da vedere, si sentiva vibrante, calda e piena d'affetto e voleva prolungare la sensazione, che Chad aveva bruscamente interrotto.

Cosí prima aveva provato a chiamare Sophie e aveva trovato la segreteria. Poi aveva chiamato il fisso di Beck e Paul, dicendo a Chad: «Cosí sono sicura di trovarla, non avrà il cellulare a portata di mano». (E in quel modo, poi, poteva risponderle Paul.)

Aveva invece trovato Cammie, che sembrava di fretta. «Ehi, zia Claire! Buone feste! Stavo per non rispondere: siamo tutti dietro, intorno al falò. Sono entrata solo per fare pipí. Se aspetti, chiamo la mamma e la nonna...»

«No» aveva detto Claire, demotivata dall'immagine che le parole di Cammie avevano suscitato, dal divertimento che stavano vivendo senza di lei, senza che nessuno pensasse alla sua assenza. «Non disturbarle. Le chiamerò domani».

«Sei sicura?»

«Sí. Vai a divertirti».

«Allora va bene. Dai un abbraccio al mio David».

Claire aveva risposto di sí e aveva chiuso la telefonata. «Stanno facendo festa fuori» aveva detto a Chad.

Lui aveva commentato: «Bisogna riconoscerlo, Beck sa organizzare dei Ringraziamenti straordinari. Proprio degli eventi».

«A-ah».

«A-ah? Ogni anno una cena formale completa per almeno una dozzina di persone, e la casa sembra sempre uscita da una rivista di arredamento».

«Sí, be', lei ha il tempo di occuparsene».

Beck era famosa perché iniziava a cucinare tre giorni

prima. Era famosa perché creava elaborati centrotavola usando qualsiasi materiale andasse di moda quell'anno. C'erano sempre zucche, fiori, tessuti, candele, portatovaglioli e cristalli, il tutto sapientemente coordinato e disposto sul grande tavolo da pranzo in noce e sulla credenza anni Cinquanta che lei stessa aveva restaurato, oltre che in altre zone ben visibili della casa.

«Non si tratta solo di avere il tempo» aveva ribattuto Chad, scaldandosi. «È che lei alimenta volutamente un vero e proprio clima festivo. La lista degli invitati, il menu, le decorazioni, perfino le foto su Facebook sono di prim'ordine. Forse è la sua formazione da giornalista. Ha davvero occhio per tutto quello che viene bene in fotografia».

«Sí, Beck è perfetta. Vita perfetta, figli perfetti...»

«I loro figli non sono perfetti. Cammie ha zero interesse per l'università e Zack ha messo incinta la sua fidanzata per sbaglio. Chi è che alla loro età fa ancora queste cose?»

«Non è successo per sbaglio. L'hanno deciso. Te l'ho detto».

«È stata un'ingenuità stupida, ecco. Questi ragazzi pensano di poter stravolgere le norme e che tutto finirà come nelle favole...»

«Inoltre ha un marito perfetto» aveva dichiarato Claire, senza quasi sentire Chad.

«Paul, perfetto? È calvo e non ha neanche cinquant'anni».

«E allora? La calvizie non è un difetto caratteriale».

«Si guadagna da vivere editando libri che nessuno legge».

«Io li leggo. Le giurie dei premi li leggono».

«Hai mai notato i suoi bicipiti? No, perché scommetto che non è mai entrato in una palestra. Beck avrebbe potuto trovare molto di meglio».

«Oh, perché Beck si merita un uomo con gli addominali a tartaruga? Uno come te, immagino. Ma la sai una cosa? Paul ha un corpo molto attraente. Non ha bisogno di andare in palestra cinque mattine a settimana».

«Per favore. Tu pensi che sia attraente».
«Sí, lo penso».
«Ma davvero».
«Davvero» aveva ripetuto Claire. «L'ho sempre pensato. Se Beck non l'avesse già acchiappato...»
«Cosa, te lo saresti preso tu?»
«Certo che sí. Se fossi stata abbastanza grande. Trovo che sia una persona straordinaria».
«Forse vorresti che fosse tuo marito».
«Forse sí».
Chad era scoppiato a ridere. «Ma certo. Quel nerd contro di me».
«Vincerebbe lui» aveva sentenziato Claire.
«O sei fuori di testa o sei ubriaca».
«Forse sono un po' ubriaca, ma sono anche del tutto sana di mente. Lo amo da quando l'ho visto per la prima volta, quando avevo quattordici anni».
Mentre quelle parole le uscivano dalla bocca, Claire si era sentita al tempo stesso esaltata e inorridita per aver detto l'indicibile. E l'aveva detto con tanta facilità, tanta sicurezza nella voce.
Chad aveva commentato: «Non posso credere a quello che sento».
«Invece credici» gli aveva risposto Claire. «Ma poi che importa se lo amo? Non fa nessuna differenza per la vita di nessuno. Lui ha sposato Beck. Io ho sposato te. Ed è l'unica cosa che conta».
Ah, ma per Chad non era l'unica cosa che contava. Prima che il weekend fosse finito, aveva deciso che Claire era un essere umano infido, insincero e immondo. Non poteva e non voleva sopportare di essere una scelta di ripiego. Un premio di consolazione. Si stimava troppo per accettarlo. Non sarebbe mai piú riuscito a vederla sotto la stessa luce.
Nessuna scusa, spiegazione o negazione avrebbero potuto cancellare i suoi sospetti che Claire avesse fantasticato su Paul mentre era a letto con lui (e infatti era cosí). Entro domenica sera aveva trovato un appartamento ammobiliato ed era arrivata la fine. Quel tra-

dimento era imperdonabile. Aveva già sprecato troppo tempo della sua vita con lei.

Non era un atteggiamento irragionevole. Tuttavia, Claire avrebbe voluto che fosse pragmatico come lo era stata lei in tutti quegli anni. Che mettesse da parte la ferita al suo ego e si concentrasse sulla realtà. Per anni era riuscita a convivere con la dissonanza tra ciò che desiderava fosse vero e ciò che lo era; perché lui non poteva almeno provare a fare lo stesso? Invece no.

Tina si mise a lavorare sui muscoli delle spalle e del collo.

«Hmm, è ancora piuttosto contratta».

«Dovrei fare piú yoga».

«È sicura che non ci metto troppa forza?»

«No, vai pure» disse Claire. «Ne ho bisogno».

Un po' di dolore poteva essere una cosa buona. Il divorzio era stato doloroso, ma ora che aveva superato il rifiuto totale di Chad anche dinanzi a una Claire molto contrita, non poteva biasimarlo per le sue azioni o opinioni. Al suo posto, avrebbe potuto provare gli stessi sentimenti per un uomo che aveva sempre desiderato un'altra? No, impossibile. Voleva la stessa cosa che voleva Chad: devozione totale da parte del partner. Lui se la meritava. Lei se la meritava. L'aveva avuta, piú o meno; Chad era stato totalmente devoto alla Claire che continuava a cercare di creare. Ora voleva tutto o niente. Quella era crescita. Quella era emancipazione.

Claire si abbandonò alle mani forti di Tina, alla pressione e al ritmo. La schiena era fatta, ora toccava alla parte anteriore. Cuoio capelluto, orecchie, fronte, base del collo... Era sensuale ma non sessuale, e bello, bellissimo. Si sentiva sazia, illuminata da un appagato rilassamento.

Quando Tina ebbe somministrato gli ultimi delicati massaggi e fu sul punto di uscire, Claire, con gli occhi ancora chiusi, disse: «Era proprio quello di cui avevo bisogno. Grazie. Mentre me ne stavo sdraiata qui, pensavo che per troppo tempo ho creduto di valere solo se un uomo mi desiderava. Ma adesso basta. Mi sento...» Fece una pausa, pensando a come descrivere al meglio il suo stato d'animo. Poi continuò: «Mi sento completa. Ricostruita».

Tina le accarezzò il braccio. «È davvero meraviglioso. Sono grata di averlo potuto condividere con lei».

Claire si infilò il cambio d'abito che aveva portato. In realtà si sentiva quasi ubriaca; fisiologicamente, si trattava di un eccesso di endorfine. Sapeva che era cosí, ma allo stesso tempo accolse quel cambiamento emotivo e lo riconobbe come autentico. Si era ricostruita per davvero. Era libera da Chad. Libera dal desiderio non corrisposto, dalla resistenza e dalla rabbia che aveva provato per Paul. Andate con Dio, amici miei, pensò, inviando il suo messaggio a ciascuno attraverso il terzo occhio in quel presunto fiume psichico di grazia.

Si sentiva cosí rinnovata che, dopo aver pagato lezione e massaggio, si iscrisse a un workshop sull'arte tessile per la domenica successiva, quando David sarebbe stato da Chad. Era brava con le mani; non doveva essere troppo difficile imparare a lavorare a maglia. Poteva iniziare facendo una sciarpa a Goliath.

Fuori la neve era diminuita. Claire mise in moto l'auto, poi controllò il telefono e fu sorpresa nel vedere un messaggio in segreteria, di Paul. Il cuore, che aveva rallentato fino a prendere un ritmo tranquillo, ricevette una nuova scarica di adrenalina e dimenticò ogni pace. Dimenticò la ricostruzione, gli stati di grazia. Lei era un medico del cuore, ma quella era l'ulteriore prova che la laurea in medicina non le dava alcun vantaggio rispetto al piú ignorante degli innamorati.

Come sarebbe diventata la sua vita se lui non fosse andato al *bat mitzvah* di Eileen Greenburg, o se non ci fosse andata lei? Maledizione, Paul, pensò. Perché non riesco a lasciarti?

Inspira profondamente, espira lentamente. Okay. C'era solo quella chiamata persa e nessun messaggio, quindi non era un'emergenza. Per ora poteva ignorare la segreteria. Evitare qualsiasi questione lui volesse discutere; sicuramente la chiamata aveva a che fare con il testamento. Qualche documento da farle firmare, qualche informazione da chiederle.

Si impose di lasciar perdere, per il momento. Dimenticati Paul. Torna al flusso. Inspira profondamente... Riempi i polmoni... Senti il cuore che si espande...

Inserí la marcia, uscí dal parcheggio, percorse il lungo vialetto delimitato da betulle e imboccò la strada. Un miglio, due, tre... Poi: «Hai vinto» esclamò ad alta voce, forse rivolta a Paul, forse a Dio, forse a Satana (anche se a Satana non aveva mai creduto fino a quel momento). Accostò, tirò fuori di nuovo il telefono e ascoltò il messaggio.

Claire, ciao, sono Paul. Ascolta, sono stato... No, aspetta, richiamami quando senti il messaggio, okay? C'è... Devo parlarti di una cosa. Okay. Spero che tu stia bene. Grazie. Ciao.

I fari dell'auto illuminavano i cumuli di neve sul ciglio della strada. Claire puntò lo sguardo nella notte, con il sangue che le rombava nelle orecchie. Quello non era un messaggio di lavoro, era evidente. Però non era altrettanto evidente cos'altro potesse essere. Perché aveva bisogno di parlare con lei se non c'entrava il testamento?

Forse... stava cercando un confessore?

Forse.

E lei voleva prestarsi?

Forse sí.

O forse no.

Ma almeno cosí avrebbe saputo.

Chiamarlo ora o chiamarlo da casa? Farsi rovinare il suo (patetico e improbabile) sogno adesso o piú tardi?

«Oh, al diavolo» disse, e fece la telefonata.

Lui rispose subito e con la massima disinvoltura possibile lei disse: «Ciao, ho appena sentito il messaggio. Cosa c'è?»

«Grazie per avermi richiamato».

«Figurati».

«Scusa se ti sono sembrato un po' agitato. Forse avrei dovuto rifletterci meglio».

«No, tranquillo. Va tutto bene?»

«Be', sí e no. Cioè, stanno tutti bene. I bambini, Leah. Anche Beck, presumo».

«Presumi?»

«È nel Maine. Non ti ha detto che c'è rimasta?»

«Sí» disse Claire. «Pensavo solo che vi parlaste regolarmente».

«Ogni tanto. Comunque» ribadí Paul, «stanno tutti bene. Ma... be', la verità è che non sto bene io».

Ci siamo, pensò Claire. Stava per bucare la sua fantasia, sgonfiarla, ridurla a una cosa rattrappita e appassita insieme alla sua anima. Pazienza. Se era cosí che doveva andare, okay. Non poteva farci nulla, se non continuare a essere sua amica.

«Posso fare qualcosa?» disse. Mentre pronunciava quelle parole notò qualcosa di scuro e grande che si avvicinava al fascio di luce dei suoi fari. «Un alce!» esclamò. «Oddio, c'è un alce proprio davanti alla mia macchina. Cristo santo! È enorme!»

«Cosa? Dove sei?»

«Su una strada secondaria, a ovest della città». Guardò il maestoso alce maschio attraversare la strada. Doveva essere alto un metro e ottanta e probabilmente lungo due metri e mezzo. Il corpo dalla pelliccia folta occupava l'intera visuale. «Non ne avevo mai visto uno. È... caspita. Magnifico». Era una specie di segno? Heath, l'alce, Paul... qual era il legame? E c'era un legame, poi? Suo padre amava parlare delle «coincidenze significative» di Jung, e lei aveva appena trascorso due ore nel flusso dell'universo...

Paul disse: «Stai guidando?»

«No, ho accostato».

«Okay, bene, ero preoccupato». Poi: «Sai, forse questa non è stata un'idea intelligente. Non dovrei disturbarti con i miei...»

«No, no, non mi disturbi. Figurati. Scusa se ti ho interrotto in questo modo. È solo che...»

«Ma certo. Avvistare un alce! Nemmeno io ne ho mai visto uno».

Claire disse: «Ora sta entrando nel bosco. Sono tutt'orecchi».

Nessuna risposta.

«Paul?»

«Ci sono. Scusa». Lo sentí sospirare. Poi in tutta fretta aggiunse: «Okay: sto pensando di chiedere il divorzio da Beck. Non sto qui a spiegarti i motivi; è una cosa complicata, e io... non ho intenzione di annoiarti. Ma ho una domanda per te: come pensi che reagirebbe?»

Claire restò piú sorpresa che davanti all'alce. Disse: «Noi due non ci confidiamo molto, quindi...»

«Giusto, lo so, ma ho pensato che forse ultimamente...»

Claire ripensò a quella sera al 432 di Park Avenue. Ai martini. All'atteggiamento quasi disinvolto di Beck. «Io... Caspita, Paul, è un vero shock. Per me. Ma forse non per Beck. Voglio dire, se conosce le ragioni forse sarà della tua stessa idea».

«Non sono sicuro che le conosca» disse Paul. «Il momento che ho scelto, però... potrebbe essere crudele. Ho paura di ferirla moltissimo».

«In realtà, io... cioè, non posso parlare a nome di Beck con totale sicurezza, ma diciamo che potresti restare sorpreso da come la prenderà bene».

«Dici?» fece lui con evidente sollievo. «Mi fa piacere sentirtelo dire. In un certo senso. Da un altro punto di vista, dovrei sentirmi malissimo all'idea che a lei vada bene, perché significherebbe che sono stato completamente cieco riguardo ai suoi sentimenti. D'altra parte, sarebbe molto meglio sia per lei sia per me, se fosse d'accordo con questa decisione di lasciarci».

Poi aggiunse: «Dire tutto questo ad alta voce è surreale».

Dimmi di piú, pensò Claire. Dillo e basta, maledizione. Sfogati! Tu ti sentirai meglio, anche se io no.

«Credimi, ti capisco».

«Ne ero certo, considerando che anche tu hai affrontato una rottura. Non dev'essere stato facile».

Ecco di nuovo la sua consueta premura, il suo tono affettuoso. Perché i migliori dovevano essere tutti gay? Presumibilmente gay. Forse gay.

Oppure no!

Ma allora, come aveva detto Sophie, Beck non avrebbe dovuto essere al corrente di questo fatto molto meglio di Claire? Sí, Beck sapeva.

Voleva chiedere a Paul di elencare le sue ragioni. Si trattava di Geoff, il suo assistente? Aveva una doppia vita? Lei poteva capire!

Se avesse insistito, però, rischiava di turbarlo e rovinare quel momento, la folle, stupida tenerezza dello starsene seduta lí al buio, la neve leggera illuminata dai fari, un alce nel bosco, la voce di Paul all'orecchio, nella testa – forse per l'ultima volta, se lui e Beck si separavano.

«No, non è stato affatto facile. Ma alla fine è stata la scelta giusta» disse.

«Forse un giorno ci incontreremo e ci confronteremo».

«Forse» rispose lei. Aveva usato un tono malinconico? Sperava di no.

«Allora, l'altra domanda, data la tua esperienza, è: secondo te qual è il modo migliore per dirglielo? Non per telefono, ovviamente».

«No» rispose Claire, «sicuramente di persona. Comportati da ragazzo attento quale sei».

«Io cerco di essere attento, Claire, ma sai, non sempre ci riesco. Ho dei difetti. Ovviamente».

«Tutti ne hanno. Fai del tuo meglio. Siete grandi amici. Questo non cambierà».

«Non ne sono convinto quanto te. Be', dipende. Comunque, non voglio trattenerti oltre. Sono sicuro che vuoi tornare a casa. Grazie per avermi permesso di appoggiarmi a te. Te ne sono molto grato».

«Sono felice di essere stata d'aiuto».

«Abbi cura di te, okay? Stai al caldo».

«Va bene» disse lei, e in quel momento sentí davvero caldo. Era l'effetto Paul. «Ah, Paul?»

«Sí?»

Claire stava per dire: *Chiamami quando vuoi*, ma ci ripensò: non voleva che la chiamasse, mai, se questo significava essere torturata di nuovo.

Era quello il messaggio della comparsa dell'alce: un

avvertimento, un promemoria del fatto che il prossimo incontro avrebbe potuto essere una catastrofe, e perché rischiare? Perché ficcarsi in mezzo ai guai se li si può evitare facilmente?

«Non importa. Buona fortuna. Sono sicura che andrà tutto benissimo».

Poiché nel rustico non c'era connessione wi-fi, se Beck voleva cercare sul web informazioni sul passato di sua madre (cosa che ovviamente voleva fare), sarebbe stato meglio farlo altrove – e dove se non nella vicina biblioteca di Somesville, il piccolo edificio bianco accanto a Mill Pond dove aveva passato tante ore estive? Era appena piú grande del rustico dei Geller, ma per la giovane Beck era stata vasta come i suoi interessi e la sua immaginazione.

Seduta al grande tavolo di legno di fronte alle finestre, iniziò la ricerca in maniera generica. Era sempre stata la sua prassi: gettare un'ampia rete poteva dare risultati piú corposi e talvolta inaspettati. Una volta, lavorando a un articolo sui cosiddetti *teacup dogs* aveva finito per riunire due gemelle adottate da due famiglie diverse e cresciute separatamente, che poi erano diventate entrambe allevatrici di Yorkshire in miniatura pur vivendo alle estremità opposte del New Jersey.

Con un certo ottimismo, cercò su Google i nomi di sua madre e dei suoi nonni. E non trovò nulla. Nemmeno un risultato che li riguardasse. La cosa non era poi cosí sorprendente: molte persone lasciavano poche o nessuna traccia online, soprattutto se avevano vissuto la maggior parte o tutta la vita prima dell'invenzione di Internet.

Poi cercò nei registri immobiliari locali, nei registri matrimoniali, in quelli delle nascite e dei decessi, e trovò solo poche prove che confermassero l'esistenza delle persone nominate da sua madre nel video. Stanley e

Miriam Newman possedevano una fattoria, poi persa a causa di un pignoramento; Stanley era morto nel 1973, Miriam nel 1986 – sua nonna era ancora viva, quando lei aveva all'incirca dieci anni, e Beck non l'aveva mai saputo! Carl Newman aveva prestato servizio nell'esercito americano in Vietnam ed era stato ucciso in combattimento. Ma Marti Newman non compariva da nessuna parte in quei documenti.

«Dove sei, mamma?» mormorò Beck, mentre consultava il database della Mount Desert Island Historical Society. Impossibile sapere quali reliquie si possono trovare in questo tipo di raccolte di documenti locali.

Non c'era nulla sui suoi nonni, né su suo zio, né su nessuno che facesse di cognome Newman, con un'unica eccezione: Martina «Marti» Newman, ritratta in una foto, insieme a un ragazzo che strizzava gli occhi, accanto a una Buick Wildcat rossa degli anni Sessanta, parcheggiata davanti al grande «cottage» della famiglia Callaghan, una proprietà battezzata Cal Eyrie. Il ragazzo che strizzava gli occhi era Roderick «Chip» Callaghan.

Era l'amore infelice di Marti? Quasi certamente; la foto era datata '66 o '67, e i Callaghan sembravano esattamente il tipo di persone che avrebbero disprezzato la figlia adolescente di un povero contadino. Beck aveva conosciuto un giovane Callaghan, un'estate, e lo aveva frequentato un po'. Le era bastato; era antipatico e pieno di sé, come sicuramente lo era stato Chip.

Guardò Marti, che indossava pantaloni alla pescatora verde brillante e una camicetta a pois annodata in vita. Scarpe da ginnastica bianche. Un nastro bianco tra i capelli scuri e ondulati. La punta della scarpa destra copriva la sinistra. Era nervosa, nonostante il gran sorriso. Sapeva di essere fuori posto, di avere scarse probabilità di appartenere a quell'ambiente. Eppure era lí, aveva fatto un tentativo.

«Povera mamma».

Che fine aveva fatto Chip? Fu questa la domanda successiva che Beck si pose. Google aveva piú informazioni su di lui. Maggiore di quattro figli, amministratore delegato (ora in pensione), sposato (ancora) con Penelope Marie Whitlock Callaghan. Figlio di Roderick Senior (deceduto) e di Deirdre, di Boston. Padre di sette figli – sette! – che, come Beck e le sue sorelle, non sarebbero mai esistiti se si fosse comportato bene con Marti Newman, con i suoi pantaloni verdi e la sua camicetta a pois.

Le strade non prese.

Sui Callaghan non c'era altro. E i Newman? Beck trascorse un'altra ora al lavoro, provando tutti gli archivi a cui aveva accesso e ritrovandosi a mani vuote. Stanley e Miriam Newman non avevano lasciato tracce facili da seguire.

Beck scattò una foto e la inviò alle sorelle:

La storia dei Newman è per lo piú un vicolo cieco, ma qui c'è la mamma con l'uomo che l'ha messa incinta, ne sono quasi certa.

Potrei approfondire la storia dei Newman con gli archivi cartacei, quando avrò piú tempo. Ma forse è meglio lasciare la cosa in sospeso?

Sophie rispose subito:

Dipende da te, ma credo che ne sappiamo abbastanza.

Però la mamma!

Tu al liceo eri identica. Solo che i suoi vestiti sono piú carini.

Dopo aver sfogliato dei libri per qualche minuto, Beck ne scelse alcuni, li prese in prestito, poi uscí dalla biblioteca e andò a vedere se riusciva a localizzare la casa e il terreno appartenuti ai suoi nonni. Il tragitto dalla biblioteca fu breve e non particolarmente interessante. Beck, però, immaginò com'era dovuto sembrare a sua madre, adolescente problematica con ben poche opzioni. La paura che aveva sicuramente avuto di tornare a casa. La breve speranza di quand'era stata accolta dai Callaghan. Il desiderio di lasciare l'isola, una volta che tutto era andato a rotoli.

Quando arrivò alla parte di Crooked Road dove avrebbe dovuto trovarsi la fattoria, non vide altro che alberi e, in lontananza, i resti malandati di un fienile. Accostò e scese dall'auto. Non c'era nessuno a vederla infilarsi nella recinzione e camminare per un breve tratto, per poi rimanere lí con il vento a scompigliarle i capelli e tirarle il cappotto.

«La patria» disse, e raccolse una manciata di terra, anche se si sentiva stupida. Non era certo paragonabile a un viaggio a Gerusalemme. E scoprirsi cosí sentimentale nei confronti di un luogo che evidentemente sua madre non aveva amato era altrettanto sciocco.

Gettò la terra nel vento, dicendo: «Okay, come vuoi».

La reazione di Claire alla foto arrivò a tarda sera, dopo che Beck aveva finito di levigare le ante del mobile della cucina e si era sdraiata sul divano scozzese con del ghiaccio sul gomito a rileggere *Piccole donne*.

Dio, sembra proprio Beck!

Sono d'accordo nel lasciar perdere. Storia vecchia. Cos'altro vuoi sapere?

Beck scrisse:

Forse hai ragione. Vorrei solo sapere perché la mamma ha pensato che volessimo rinunciare a tutto questo.

Comunque, il prestito sembra in regola, ma l'agenzia delle Entrate è lenta con le verifiche sulla dichiarazione dei redditi. La valutazione è mercoledí prossimo. Non avrò pace finché non avrò il Sí definitivo.

Sophie rispose subito: *Scrivi appena hai notizie.*

Claire scrisse:

Goliath sta vomitando e David ha bisogno di una mano per il suo progetto di scienze. Che vita affascinante! Devo andare. Tienici informate.

Beck mise giú il telefono e disse: «Mamma, se mi stai ascoltando, ho bisogno che mi aiuti a capire. Dammi un segno».

Attese.

Nient'altro che il rumore dell'acqua che gocciolava – il rubinetto del bagno andava riparato, ed era sí un segno, ma di vecchiaia e incuria.

«Forse dovrei riformulare la frase: mamma, se mi stai ascoltando, dammi qualche indizio».

Beck scrutò il soggiorno, soffermandosi sull'attizzatoio, su un piattino di vetro a forma di granchio, sul gioco Yahtzee a cui mancavano due dadi. Vide delle tende con i volant. Una sua foto con le sorelle in canoa, nel 1989 circa. Sulla mensola del camino, una fila di cinque «pupazzi di neve» – un progetto di famiglia iniziato un'estate, gli omini erano realizzati con pietre dipinte che il padre aveva incollato insieme. Ognuno doveva somigliare all'artista che l'aveva realizzato. Quella fu l'estate in cui Claire aveva contratto la varicella e l'aveva attaccata a Beck e Sophie. Claire era rimasta cosí affascinata dall'esperienza che, una volta tornati a casa a New York, aveva iniziato a leggere enciclopedie mediche.

Quando ebbe l'impressione che Marti non l'avrebbe aiutata, Beck riportò l'attenzione su *Piccole donne*, dove, quando girò la pagina per iniziare il capitolo successivo, un paragrafo attirò il suo sguardo:

> Di tanto in tanto, a intervalli di due, tre settimane, Jo si chiudeva nella sua stanza, indossava la sua tenuta da scrittrice e «si tuffava nel vortice», come amava esprimersi, il che significava dedicarsi corpo e anima al suo romanzo buttando giú una pagina dopo l'altra. Non avrebbe avuto pace finché non fosse finito*.

«È ora di tagliare la testa al toro» si ripeté Beck. Posò *Piccole donne* sul tavolino e aprí il portatile.

La Stanza da Scrittrice di Beck (come recitava un biglietto attaccato alla porta) era la piú piccola delle tre camere da letto, e tempo addietro era stata sua. La sua piccola, gloriosa cameretta, anche se solo per brevi periodi. Non le importava che fosse piccola; era abituata ad avere poco spazio per sé. Le importava poter tenere fuori le sue sorelle. Poteva chiudere la porta e sentirsi in un altro universo.

Poteva aprire la finestra e far entrare l'aria profumata di mare ed essere un'orfana in una grande avventura su-

* Louisa May Alcott, *Piccole donne*, traduzione di Chiara Spallino Rocca, Mondadori, Milano 2019.

gli oceani, dove il suo letto era la sua barca e i gabbiani che la chiamavano e planavano fuori erano i suoi compagni di viaggio, che l'avrebbero aiutata a raggiungere un'isola dove avrebbe salvato il ragazzo carino che era stato rapito e tenuto prigioniero lí.

Oppure poteva essere la star di un musical di Broadway, in piedi sul palcoscenico (il suo letto) a cantare la colonna sonora di *Saranno famosi* o a interpretare la disperatamente devota Sandy di *Grease*.

Oppure poteva essere Dickinson o Austen o Woolf o Plath o Didion, seduta sul letto tutta concentrata, con un taccuino in grembo su cui trascrivere gioie e dolori componendo brutte poesie o racconti o saggi piú simili a invettive. Allora ogni emozione le pareva travolgente. E lo stesso accadeva ora.

Preparò il caffè e si sedette al tavolo che aveva piazzato davanti alla finestra della Stanza da Scrittrice. Su quel tavolo c'era il portatile, con la pagina bianca e il cursore lampeggiante, in attesa, in attesa, in attesa di *les mots justes*. Il suo progetto di scrittura era: usare gli appunti raccolti nel corso degli anni, ricominciare daccapo la narrazione e scrivere duemila parole al giorno. Quando fosse arrivata a trentamila parole – un terzo della storia, piú o meno – lo avrebbe rifinito e inviato alla sua amica Gina, che era un'agente letteraria e le avrebbe detto se era buono.

Aveva messo in atto il suo piano ogni giorno da quand'era arrivata. Scriveva la mattina a partire dalle cinque, riversando le parole sulla pagina in fretta, in maniera acritica; l'importante era buttare giú la storia, non lasciare che i dubbi la paralizzassero ancora. Avrebbe rivisto il tutto piú tardi. Nel pomeriggio, e fino a sera, stuccava, stendeva il fondo, imbiancava pareti, mobili, armadietti. Smontava vecchi impianti idraulici e ne montava di nuovi, strofinava le fughe e scacciava i ragni. Portava delle cose al negozio dell'usato e ne riportava indietro altre.

Solo a tarda notte, quand'era sdraiata a letto in attesa del sonno, Beck pensava a come sua madre avesse vissuto ogni giorno sopportando la tensione tra verità e paura. Ogni estate, quando veniva sull'isola, doveva guardarsi alle spalle per assicurarsi di non essere riconosciuta da qualcuno che apparteneva al suo passato. Non c'era da stupirsi che avesse preferito restare vicino al rustico e che, quando usciva, scegliesse Southwest piuttosto che Bar Harbor.

Che fosse stata tutta quell'ansia repressa la causa del cancro? Forse non direttamente, ma se l'avesse resa piú vulnerabile? La connessione mente-corpo esisteva davvero.

«Mamma, se mi senti, ti perdono per averci ingannato. Però non sono ancora contenta di questa storia della vendita».

Ma fino a quel momento la soluzione di Beck (per quanto costosa) stava funzionando: l'istituto di credito aveva dato l'approvazione preliminare al prestito, in attesa delle necessarie verifiche sul reddito e sul patrimonio di Paul e Beck e di stabilire il valore del rustico; sebbene sembrasse volerci un secolo, a quel punto erano solo formalità. Aveva mandato un messaggio alle sorelle per rassicurarle che il fine settimana insieme sarebbe stato una festa e, Beck lo sperava, il primo di una serie di incontri annuali da tenersi lí, per approfondire il loro legame. Per quanto lei e le sue sorelle fossero diverse, il lato leggermente positivo della scomparsa della madre era che le aveva obbligate a rimanere in stretto contatto, e a Beck questo piaceva molto.

Nel frattempo stava dimostrando a sua madre (e a sé stessa) cos'era in grado di fare.

Il primo giorno scrisse: «Sono carichissima!»

Il secondo giorno scrisse: «Ho realizzato il mio sogno – almeno per il momento, e poi cos'altro può esserci?»

Il terzo giorno scrisse: «Posso farcela. Posso. Farcela. Posso farcela!»

E cosí via, con diversi gradi di sicurezza. Però si metteva alla scrivania ogni mattina. Scriveva le parole sulla pagina. Il peggio era fatto.

Anche quel giorno si alzò alle cinque. Si fece il caffè.

Si sedette al tavolo e aprí il file alla scena in cui si era interrotta il giorno prima. La protagonista, Caitlinn, quattordici anni, era andata a trovare il padre morente all'ospedale di Pottsville, in Pennsylvania. L'uomo era malato di antracosi perché aveva lavorato in una miniera di carbone fin dall'adolescenza. Caitlinn era nella sua stanza da quasi cinquemila parole, e Beck doveva farla uscire e passare alla scena successiva, in cui sarebbe andata a trovare il prete di famiglia, angosciata per l'imminente morte del padre, e in cui il prete, con il pretesto di confortarla, le avrebbe fatto delle proposte sessuali.

Quando aveva discusso l'idea della trama con Gina, qualche anno prima – in maniera noncurante, fingendo che le fosse venuto in mente che se avesse voluto scrivere un romanzo, poteva essere quello – e aveva aggiunto che non era sicura che sarebbe successo – Gina l'aveva messa in guardia sul fatto che avrebbe potuto essere troppo deprimente.

«Qualcosa di allegro e piú vicino alla tua esperienza personale potrebbe essere la scelta migliore».

«Certo» aveva risposto Beck, sapendo che avrebbe ignorato il consiglio. I romanzieri seri scrivevano di argomenti seri, soprattutto se erano sposati con editor seri i cui autori venivano talvolta selezionati per i premi piú prestigiosi.

Beck guardò il cursore cercando di decidere come concludere la scena. Caitlinn e suo padre avevano molte questioni in sospeso da affrontare prima della morte di lui. Poteva costringere Caitlinn a fare i conti con le questioni irrisolte piú tardi. Poteva far sí che il padre restasse in vita ancora un po', magari anche in seguito a un breve miglioramento? Ma se avesse preso quella strada, avrebbe dovuto pensare a qualcosa di diverso da una morte imminente per sconvolgere Caitlinn al punto da spingerla a chiedere consiglio al sacerdote. Hmm.

Il cursore lampeggiava.

Beck sorseggiò il caffè e pensò ancora un poco.

Digitò un dialogo. Piú che altro un monologo, dal momento che il padre riusciva a malapena a parlare.

Cambiò idea e cancellò quel che aveva scritto.

Scrisse qualcos'altro.

Lo cancellò.

E cercò di soffocare la voce che nella testa le sussurrava: *Ci risiamo. Ci siamo già passati...* Taci, pensò. Continua a scrivere.

Quando, poco dopo, alzò lo sguardo dallo schermo, erano le tre e dal conteggio delle parole ne mancavano duemila giuste giuste. Il che non era necessariamente un problema! Però Caitlinn era ancora nella stanza d'ospedale.

«Benissimo» disse. «Puoi anche restarci». Chiuse il portatile di scatto e andò a prepararsi il pranzo. Cibo per il cervello; non aveva ancora mangiato quasi nulla. Non c'era da stupirsi che non riuscisse a scrivere.

Solo che dopo pranzo era ancora bloccata. Alla faccia della lucidità mentale. Alla faccia della grande energia.

«Insisterò piú tardi» disse e andò a mettersi i vestiti da lavoro.

Dolce, acuto

Quella mattina C.J. si svegliò al suono dolce e acuto di uno scricciolo che cantava fuori dalla finestra. Rimase lí ad ascoltare, meravigliandosi della purezza del canto, dell'energia che l'uccello profondeva nel trasmettere il suo messaggio. Aveva cercato di fare la stessa cosa con Avery, di trasmetterle in qualche modo la purezza del suo cuore quando aveva a che fare con lei. Ma da quando era partito da Broad River cantava fuori dalla sua finestra (per cosí dire) ogni due o tre giorni, e tutto ciò che otteneva era un pollice in su ai messaggi, in pratica una conferma che lei sapeva che era vivo e di nuovo libero, ma non le importava abbastanza da scrivergli una vera risposta.

Dopo colazione Carol Barksdale passò a prenderlo per una seconda visita alla casa di fronte a quella dei Geller. La cosa non lo entusiasmava. Avrebbe preferito vedere casa Geller. Carol gli aveva inviato alcune foto degli interni e del panorama; sembrava tutto fantastico. Arredamento tipico di una casa sul lago, cucina vecchiotta eccetera, ma sicuramente c'era margine di miglioramento. Purtroppo al riguardo non c'erano ancora informazioni certe di alcun tipo, quindi si ritrovava di nuovo alle prese con la casa numero cinque, quella dei Barrett.

Carol disse: «Ha fatto bene a voler dare un'altra occhiata, ora che hanno abbassato il prezzo».

«Stavo pensando che se aggiungessi un secondo piano avrei almeno una vista parziale sul lago».

«Ecco fatto! I problemi vanno risolti – avrei dovuto pensarci. È quello che cerco di fare anch'io. Mi dispiace di non essere riuscita a convincere i Geller a impegnarsi a vendere. So che ci sperava. Se dovessi tirare a indovinare, direi che non riescono a mettersi d'accordo. Succede spesso».

C.J. era in piedi rivolto verso l'acqua. «Se potessi salire sul tetto avrei una visione migliore del panorama, per quanto possibile. Crede che ci sia una scala, a portata di mano?» Mentre parlava stava già passando sul retro.

«Aspetti» disse Carol seguendolo.

«Eccone una» disse C.J. notandola a terra vicino allo stretto garage, e fece per prenderla.

«Fermo, non si può fare, mi dispiace» disse Carol. «Abbiamo bisogno del consenso dei proprietari e c'è una questione di responsabilità. Vediamo se riesco a fissare un appuntamento per venire qui insieme a un muratore. Potrebbe salire e dare un'occhiata per suo conto, scattare qualche foto».

C.J. guardò la scala. Era proprio lí. Doveva solo appoggiarla alla casa, salire, dare un'occhiata con i propri occhi, scendere. Cinque minuti e avrebbe avuto ciò che gli serviva per decidere come o se procedere. Disse: «Posso prometterle di non fare causa a nessuno. E metterlo per iscritto, se ha un foglio».

«Mi dispiace» insistette Carol. «Meglio non rischiare!»

Lui sospirò. «Bene, certo, nessun problema».

«Proverò per domani» disse Carol e iniziò a digitare un messaggio.

Era una casa perfetta, relativamente economica. Troppo piccola e troppo buia, e aveva una vista del tutto parziale sul lago, che si intravedeva da lontano. Ma si poteva sistemare. Era disponibile. Certo, chi poteva dire che tipo di problemi avrebbe riscontrato una volta iniziata la ristrutturazione? Voleva un posto tutto suo, non una voragine che inghiottisse soldi e nemmeno un progetto a lungo termine.

«La sa una cosa? Non importa. A essere sincero, non me la sento, anche se la casa potrei risistemarla».

«È sicuro? Potrei riuscire a far venire qualcuno oggi, nel tardo pomeriggio, se faccio qualche telefonata. Non è un problema».

«No, non si disturbi. Devo solo avere pazienza. Il posto giusto arriverà».

«È vero! Bisogna solo avere fede, come dice Billy Joel. Mi aspetto che entro la fine della settimana ci saranno nuove case da vedere».

Quando C.J. tornò a casa Callaghan, trovò Melissa con le valigie pronte e quasi fuori dalla porta.

«Mi sono perso qualcosa? Sono arrivate le vacanze di primavera?»

«Piú o meno. La signora ha deciso di riportare Arlo a Boston per alcuni colloqui per il collegio. Credo che stia valutando Hillside e Bement. In realtà avevo fatto domanda per lavorare a Bement, ma finora non ho avuto fortuna. Comunque, la signora C. dice che devo restare a casa mia fino alla prossima settimana per non "intralciarti". Magari ci vediamo quando torno?»

«Be', fai buon viaggio» rispose lui.

In cucina, Arlo era chino sulla sua ciotola di cereali e li rimestava svogliato con il cucchiaio.

«Ehi, campione» lo salutò C.J. A Deirdre disse: «Va a Boston, allora? Ho incontrato Melissa che usciva».

«Sí. Sono riuscita a fissare dei colloqui con due scuole di alto livello».

«Che fortunato» commentò C.J. a beneficio di Arlo. «Cavolo, anch'io avrei voluto avere la possibilità di frequentarne una. Un collegio? Cavolo. Era il mio sogno». Deirdre lo guardò. Stava esagerando? Forse. Continuò: «Ma tornerai tra qualche giorno, vero?»

Arlo annuí.

«Ho comunque altre cose da fare per la ricerca della casa, quindi non ti perderai molto. Se vuoi metto in pausa il nostro progetto finché non torni. Che ne dici?»

«Va bene» disse Arlo. Non aveva ancora alzato la testa.

Deirdre disse a C.J.: «Andrà tutto bene».

A chi? pensò lui. Poi disse: «Piú che bene. Sarà eccezionale».

Arlo disse: «Tu e la nonna potete smetterla di comportarvi come se fosse una cosa fantastica».

Deirdre portò la sua tazza di caffè al lavello: «C.J., lo so che ha dovuto rimandare la sua corsa di stamattina. Forse ora può andarci... non deve perdere nemmeno un giorno. Arlo, finisci, è ora di andare».

«È una cosa stupida» disse Arlo.

C.J. mise per un attimo la mano sulla testa del ragazzo. «Non dare problemi alla nonna, va bene? Ci rivedremo presto».

«Vabbè» disse Arlo.

Quel pomeriggio, dal ferramenta, armato di due latte di mordente che gli serviva per le travi da mettere in giardino, per posarle sul bancone C.J. passò davanti alla donna alta in attesa alla cassa.

«Non sto saltando la fila» disse alla donna, che gli dava le spalle. «Volevo solo riposare le mani mentre aspetto il mio turno. Spero che non sia un problema».

«No, per niente» rispose lei lanciandogli un'occhiata.

Era un viso familiare e dalla sua faccia ebbe l'impressione che anche lei stesse riflettendo su dove l'aveva visto. Poi capí: in quel negozio, una settimana prima o giú di lí, quando c'era entrato con Arlo. Allora indossava un cappello, ma comunque era lei. Ora era senza cappello e schizzata di vernice, e gli sorrideva. Aveva un bel sorriso. Aperto. Rughe leggere agli angoli degli occhi. Gli venne voglia di fare uno schizzo di quell'espressione, per cercare di catturarne il sorriso enigmatico. Sembrava sincera. Senza malizia. In altre parole: l'opposto di Melissa. Era contento che se ne fosse andata. Non rappresentava una tentazione per lui, solo una lieve seccatura, un'ape che dovevi continuare a scacciare mentre ti girava intorno alla testa.

La donna disse: «Oh, lei è quel tipo "senza regole" del negozio. Come va? Ha in corso altri lavori di ristrutturazione?»

«Il progetto procede» rispose.

«Dov'è suo figlio?»

«Arlo? Oh, non è mio figlio; è di un'amica che sono venuto a trovare». Indicò i vestiti di lei. «Sembra che anche lei si stia dando da fare. Ristrutturazioni, intendo».

«Come? Oh, sí. Solo un po' di pulizia. Ho finito la pittura e mi è rimasta mezza parete!»

«A me sembra un espediente inconscio per rimandare. Ho conosciuto degli scrittori e a volte scrivere è l'ultima cosa che sono pronti a fare».

«Be', in questo c'è del vero». Guardandosi continuò: «È buffo che ciò che migliora i muri abbia l'effetto opposto sulla persona che li dipinge».

«Oh, non direi».

«Lei è molto gentile». E sorrise.

Sorrise anche lui.

Il commesso portò una latta di vernice al bancone. «Ecco qua».

«Grazie». Lei la prese e poi si girò di nuovo verso C.J. «Credo sia meglio che io torni al lavoro».

Se ne andò e l'irremovibile proposito di C.J. di non complicarsi la vita con garbugli femminili perse ulteriormente forza e si trasformò in una regola del tipo «non complicarti la vita con donne difficili». Questa? Dava l'impressione di essere facile. Cioè, non facile in quel senso. Facile nel senso «a bassa manutenzione». Facile come una domenica mattina.

Il pensiero fece scaturire il desiderio di quella situazione, piú che di quella donna in particolare. Una donna che gli facesse compagnia in un'accogliente cucina, che beveva il caffè mentre lui friggeva le uova e preparava i pancake. O forse una donna da pane tostato e marmellata, che avrebbe sbocconcellato leggendo l'inserto cultura del giornale, lui si sarebbe avvicinato per rabboccarle la tazza di caffè e le avrebbe tolto le briciole dalla maglietta del pigiama (una delle sue vecchie t-shirt), l'avrebbe baciata e lei avrebbe sorriso e messo da parte il giornale e...

«Signore?» disse il commesso. «In cosa posso aiutarla?»

«Per caso conosce quella signora, quella che ha appena preso la vernice?»

«Mi dispiace, non la conosco».

Anche a me dispiace di non conoscerla, pensò C.J.

Tornato a casa, mise il mordente nel capanno degli attrezzi con gli altri materiali. Per quanto gli sarebbe piaciuto rimettersi subito al lavoro, anche solo per svolgere senza pensieri un compito per riempire il resto della giornata, voleva mantenere la promessa e aspettare il rientro di Arlo. Tanto meglio: si era alzato il vento e le nuvole solcavano il cielo coperto. La sua applicazione meteo diceva che durante la notte sarebbe nevicato. Non era insolito per il Maine, a marzo.

Tuttavia questo, sommato all'assenza di progressi riguardo la casa e al suo non riuscire a creare arte, alle sue ansie per Arlo e perfino all'incontro con la donna al negozio di ferramenta, davano a C.J. la sensazione di stare indietreggiando. Qual era il problema? Stava affrontando le cose un giorno alla volta. Avrebbe trovato la casa adatta. Non aveva bisogno di una relazione con una donna qualsiasi. Non aveva bisogno di farsi spezzare il cuore da un ragazzino ricco e orfano.

Eppure eccolo lí, a salire le scale fino alla sua cameretta perché era preoccupato per lui. Si sdraiò sul letto a baldacchino e immaginò di essere un bambino di otto anni in quella stanza, nella vita che Arlo ora viveva. Arlo non parlava dei suoi genitori. Non parlava dei suoi amici. Parlava di rocce, di fossili e di come gli uccelli fossero uguali ai dinosauri, solo piú piccoli. Diceva che da grande sarebbe diventato «lo chef di un chiosco di tacos» perché secondo lui le persone erano sempre felici quando mangiavano cose buonissime, e i tacos erano buonissimi.

Nessuno aveva autorizzato C.J. a farsi quell'idea romantica di lui e Arlo, cosí come non avrebbe dovuto soffermarsi sulla piccola fantasia avuta nel negozio di ferramenta, sul suo amore domenicale.

Si mise a sedere, disse al telefono: «Metti Etta James», poi andò in camera sua a prendere il blocco da disegno e il carboncino. Quel tipo di amore, almeno, era adatto e a portata di mano.

Non volendo cenare da solo nella casa vuota, andò da Leary's Landing, portandosi dietro un vecchio romanzo di James Michener – in brossura, alto una spanna, trovato tra le centinaia di tascabili che tappezzavano gli scaffali del soggiorno dei Callaghan. Se necessario quel libro lo avrebbe tenuto occupato per molti (molti, molti) pasti a venire.

Uno dei vantaggi di non essere piú rinchiuso era che poteva scegliere quando stare o non stare con le persone. E se non faceva le flessioni da una o due o anche tre settimane, andava bene lo stesso. Ora poteva rilassarsi un po'. Prendersela comoda. Seguire un programma prefissato. In carcere, aveva passato molte (molte, molte) ore a immaginare come sarebbe stata la sua vita una volta scontata la pena. Ora aveva tre anni in piú, era di tre anni piú saggio, e non era disposto a lasciarsi dominare da antichi impulsi e desideri. La prova? Aveva resistito alle proposte di Melissa. Aveva resistito a offrirsi a Deirdre come alternativa al collegio. Aveva resistito a costringere Avery a vederlo o anche solo a parlare con lui. Era giusto desiderare le cose senza inseguirle, senza ottenerle.

Arrivò al ristorante. Il parcheggio non era pieno neanche per metà. Forse la maggior parte delle persone era a casa ad apprezzare il tramonto vivacissimo che sgusciava da sotto le nuvole, saturando il cielo di arancioni e rosa intensi. C.J. rimase accanto alla sua auto, ad apprezzare invece l'aria fredda e salata sul viso e nei polmoni, mentre osservava i colori del cielo che diventavano viola, zaffiro e blu, le stelle che facevano capolino tra le nuvole, l'arrivo della sera.

«Mi siedo al bar» disse alla direttrice di sala quando entrò, poi puntò un posto libero in un bar per lo piú vuoto. Quelli che erano lí erano già accoppiati; non c'erano altre persone sole e immerse nei loro pensieri, o comunque non ancora.

Al momento il barista non c'era, cosí C.J. aprí il libro, cercò gli occhiali da lettura e scoprí di averli lasciati a casa. Se teneva il libro a distanza e socchiudeva gli occhi, con quella luce fioca riusciva quasi a distinguere la frase iniziale.

Una voce alle sue spalle: «Bene, ci incontriamo di nuovo».

Si girò, era la donna del negozio di ferramenta. Questa volta portava un maglione pesante, jeans e alti stivali di pelle con il tacco basso. Aveva con sé un giaccone arancio e fece per appenderlo allo schienale della sedia del bar accanto alla sua. «Le dispiace se le faccio compagnia?»

«Prego» disse lui. «Se dobbiamo continuare a incontrarci cosí, penso che dovrei almeno presentarmi. Mi chiamo C.J.»

Lei si sedette con calma. «Io Beverly» disse. «Piacere di fare la tua conoscenza».

«È un nome che non si sente spesso» disse C.J. Anche se il modo in cui l'aveva detto gli fece sospettare che non si chiamasse cosí e che non fosse un'abile bugiarda, oppure non avesse avuto intenzione di mentire fino a quel momento. Ma non aveva importanza. Se voleva chiamarsi Beverly, andava bene lo stesso.

Fece segno al barista, che era riapparso dalla cucina. «La signora prende...»

«Gin e soda, un goccio di lime».

Lui ordinò: «Laphroaig Lore con due cubetti di ghiaccio. E un paio di menu, per favore. Grazie».

La sua compagna sembrava divertita. «È un'ordinazione molto specifica».

«E la tua no?»

«Io non ho specificato la marca».

«Quindi pensi che io sia uno di quei tipi difficili».

«E non lo sei?»

«Sono uno che in vita sua ha bevuto abbastanza whisky scadente da essere disposto a pagare un extra per quello buono. Sono anche un tipo che ha scoperto di essere troppo lento nel bere, il ghiaccio si scioglie e mi rovina il whisky. Quindi ho imparato che è meglio bere piú in fretta, o chiedere meno cubetti».

«O berlo liscio. Visto che è di qualità e compagnia bella».

«Oppure non bere affatto, ma non è una soluzione» aggiunse C.J. mentre il barista metteva davanti a «Beverly» il suo drink.

«Alla salute» disse lei e alzò il bicchiere con la sinistra, dove non portava la fede.

Arrivò il drink di C.J. Lui lo sollevò e disse: «Salute».

Lei era molto attraente. Ma non stava flirtando, giusto? E lui non ne aveva bisogno, giusto? Si portò il bicchiere alle labbra e bevve. Per qualche istante il whisky torbato e morbido gli diede qualcosa di diverso a cui pensare. Rame liquido uscito dritto da un angolo di Scozia.

Lei rivolse un cenno al libro. «È bello?»

«Lo pensavo, quando l'ho letto trent'anni fa. Hai mai letto uno dei suoi romanzi?»

«Confesso di no. Ma mi fa piacere vedere che leggi narrativa».

«E se non lo facessi?» domandò C.J.

«Potrei chiederti di spostarti all'altro capo del bancone. Per citare Jane Austen: "La persona cui non piaccia un buon romanzo non può che essere incredibilmente stupida"*».

«È bene che abbia questo libro con me, allora, come prova della mia non stupidità. Se lo affermassi senza prove potrebbe essere solo una bugia per evitare di finire nella categoria disprezzata dalla signora Austen, per cosí dire».

«Allora facciamo un test per dimostrare in maniera definitiva che il fermaporta di Michener non è solo un oggetto di scena: dimmi il titolo del tuo romanzo preferito di tutti i tempi. Ti avverto: se rispondi *Il richiamo della foresta*, la conversazione finisce qui».

«Il mio preferito? Di tutti i tempi? Non saprei; credo che sia un'impresa assurda. Io il mio amore lo elargisco ovunque».

«Ah, sí? Ho sentito parlare di uomini come te. Come si dice, al cuor non si comanda».

* Jane Austen, *L'abbazia di Northanger*, traduzione di Linda Gaia, BUR Rizzoli, Milano 1998.

Gli piacevano il suo senso dell'umorismo, il sorriso audace, la sicurezza dei movimenti – era alta, la consapevolezza del proprio corpo nello spazio era quella di una ballerina. La sua ipotesi (o speranza?) era che fosse single da un po' e che le piacesse. Non ostentava eccessiva disinvoltura, non era a caccia. Aveva conosciuto molte donne di quel tipo durante i suoi viaggi di lavoro. Aveva visto anche molti uomini in preda alla stessa disperazione. Come a dire, *devo trovarmi subito una compagna di letto, altrimenti dovrò affrontare un'altra lunga e solitaria notte di alcol e televisione commerciale.* «Beverly» non gli si sarebbe appiccicata e non l'avrebbe costretto a staccarsela di dosso come una sanguisuga dopo una nuotata in un lago fangoso. E tantomeno sarebbe accaduto l'opposto. Bene. Tutto risolto.

«Quando non scrivi cosa ti piace fare? Hai un altro lavoro o sei una donna con dei mezzi?»

«Quando non scrivo il romanzo a cui sto lavorando, scrivo altre cose a pagamento. Lavoro come freelance. E tu? Quando non leggi Michener o progetti di ristrutturare casa...?»

Pensò a come inquadrare al meglio la risposta, poi disse: «Dipingo. Belle arti, cioè, non sono un imbianchino, anche se, come hai visto oggi, non mi dispiace prendere in mano i pennelli grandi».

«Qual è la tua specialità? Paesaggi, ritratti o altro? O forse l'astrattismo? Con quale tecnica? Confesso che non me ne intendo molto di arte».

«Tutti i soggetti, soprattutto a olio».

«Hai uno stile preciso?»

E gli indicò i polsini della camicia. Erano in una fantasia cashmere, in contrasto con il gessato del resto. «Mi piace pensare di essere elegante a metà».

«Interessante» disse lei. «Direi per tre quarti. Non ti sminuire».

«Una volta mi piacevano i modernisti e i loro alti ideali. Ora, però, mi interessa il barocco. La drammaticità, l'intensità delle luci e delle ombre. Si tratta di un modo diverso di affrontare le cose, e questo si confà di piú alla mia età e alla mia esperienza». Si strinse nelle spalle, un po' imbarazzato.

«Il barocco cioè Rembrandt, Caravaggio, quei tipi lí, giusto?»

Lui annuí. «Esatto».

«Non credo che avrei mai immaginato che fossi quel tipo di pittore. Sono cosí...»

«Incredibilmente dotati?»

«Be', sí, ma quel che voglio dire è che le loro opere sono cosí serie. E tu...»

«Faccio il pagliaccio nei bar e ordino drink astrusi. È vero. E quando mai un ragazzo del Sud come me è riuscito a diventare un artista serio? Credimi, è una domanda che mi sono posto molte volte. Cosa posso risponderti? È la musa a scegliere le sue vittime, non il contrario».

«Penso che chiunque voglia creare possa essere un artista. Se vuoi dipingere come Caravaggio e Rembrandt, dovresti farlo senza problemi».

C.J. disse: «Parlami del tuo libro. Quello che stai scrivendo».

«Non dirai sul serio».

«Strano, giurerei di averlo appena fatto».

«Lo troveresti stupido».

«Non ti ho appena messo a nudo la mia anima artistica?»

«Oh, quindi stiamo giocando a "Io ti mostro la mia, tu mi mostri la tua"?»

Lui rispose: «Era questa la proposta in ballo, sí». E mentre lo diceva capí che era vero. Lo pensava. Lo sperava.

«Va bene, ma se pensi che sia tremendo non dirmelo».

Gli raccontò la trama: la storia di un'adolescente anoressica in una città carbonifera, suo padre era affetto da antracosi e la sua comunità era afflitta da tossicodipendenza e abusi. «Parla di perdita e scoperta di sé e, be', di verità essenziali sull'essere umano».

«Sembra...»

«Cosa?»

«Sto cercando la parola giusta. Deprimente» disse

con una risatina di scuse. «Ma non è una critica! Molti grandi romanzi sono deprimenti».

«Esatto. Ma ha anche una trama» aggiunse lei sulla difensiva. «Succedono delle cose».

«Okay!»

«Non è una storia d'amore appassionata o quello che gli uomini pensano che le donne scrivano. Shopping e sesso».

«A me il sesso va bene» disse lui. «Anche le storie d'amore. E mi piace fare shopping. La mia ex moglie ne faceva molto per mio conto quand'ero sposato, credo sia abbastanza tipico. Ora scelgo da solo».

«Secondo me l'abbigliamento è l'espressione esteriore del nostro io interiore».

«Allora chi ha scelto quel giaccone?»

«Io! Non è favoloso? Mia figlia è arrabbiata perché non gliene ho preso uno uguale. Tu hai figli?»

«Sí» rispose lui. «Una figlia, ed è grande».

Quindi parlarono di figlie e dell'essere genitori e del sollievo che si prova quando tuo figlio arriva all'età adulta senza catastrofi. E di quanto può essere difficile fare il genitore anche quando si ha la fortuna di affrontare solo problemi normali. A parte la curiosità sul nome di lei, a C.J. sembrava di conversare con una vecchia amica, una cara amica che gli era mancata e che era felice di rivedere. Pensò che era una sensazione stranissima: gli sembrava di conoscerla, anche se non sapeva perché. Inoltre, trovava che quella cara vecchia amica fosse sexy; non c'era altro modo per dirlo. Non si trattava solo di un giudizio sul suo aspetto (anche se in parte sí); era un giudizio sul suo carattere, sui suoi modi di fare, sul tono della sua voce, bassa e roca, ma intrisa di umorismo e calore.

Lui e «Beverly» avevano di nuovo vuotato i bicchieri. «Un altro?» disse C.J., pronto a chiamare il barista.

«Meglio di no. Mangiare sarebbe una buona idea, però».

Studiarono i menu in un silenzio complice. C.J. si sentiva rilassato e felice. Sí, era leggermente sbronzo. Tuttavia, questo non spiegava il calore che avvertiva nell'anima. Anche se forse spiegava come potesse pensare a «calore» e «anima» insieme, quando in un'altra situazione avrebbe trovato quei concetti un po' stucchevoli. Ma questa donna gli faceva credere che il calore dell'anima poteva essere una cosa vera. «Beverly» la scrittrice. Intrepida bevitrice di gin qualunque, affamata di...

«Le patatine fritte mi sembrano perfette» disse lei.

C.J. annuí in segno di apprezzamento. «Immagino che le abbineremo alle cozze».

«Oh, e alla zuppa di aragosta. Sembra ottima anche quella».

Ordinarono tutto e due bicchieri di rosso della casa, perché, insomma, le calorie avrebbero compensato l'alcol, si stavano divertendo e C.J., almeno, era ormai convinto che di piú fosse meglio. Soprattutto riguardo a quella donna attraente che, a quanto pareva, non provava il minimo desiderio di fare giochetti ed era genuina al cento per cento: che prospettiva tonificante!

Mangiarono, risero, parlarono e quando ebbero finito si divisero il conto. Poi C.J. disse: «Una passeggiata? O fa troppo freddo?»

«Sono una newyorkese; metà della vita l'ho passata a camminare al freddo. Ma prima fammi fare un pit stop veloce».

«Farò lo stesso anch'io».

Nella toilette degli uomini fece quel che doveva fare e poi stipulò anche una polizza assicurativa, cioè infilò quattro quarti di dollaro in un distributore di preservativi e si comprò un po' di tranquillità.

Stava uscendo dalla toilette quando si fermò.

Non c'era da stupirsi che quella bella donna gli sembrasse cosí familiare: in effetti conosceva «Beverly». Maledizione, come aveva fatto a metterci tanto a identificarla?

Anche se ovviamente erano passati secoli dall'ultima volta che l'aveva vista. Era successo l'estate in cui era ospite di Joseph. Caspita. Lo *sapeva* che doveva conoscerla. Si chiamava Beckie. No, Beck. Beck... qualcosa; aveva perso il dettaglio a causa del tempo trascorso, ma cazzo, sperava proprio che lei non avesse la stessa illuminazione perché altrimenti il suo interesse per capire dove sarebbe andata a parare la serata rischiava di diminuire parecchio. Avrebbe potuto ricordare le promesse fatte, e quelle non mantenute senza dare spiegazioni.

Non pensava a quell'episodio da molto tempo, perché si vergognava di aver potuto fingere di essere un semplice studente universitario la cui vita non era un intricato ginepraio di bambini e problemi famigliari. Voleva disperatamente essere il C.J. che le aveva mostrato; un C.J. piú vero sotto molti aspetti, ma anche impossibile. Inoltre, perché tormentarsi con i sogni a occhi aperti di una ragazza che avrebbe potuto amare da matti, se ne avesse avuto veramente la possibilità? Si era imposto di lasciar perdere tutto e di essere l'uomo che pensava di dover essere.

Doveva parlargliene adesso? Scusarsi? O sperare che non si ricordasse e lasciar perdere?

«Lascia perdere» si disse. «Non rovinare il divertimento a tutti e due».

Beck lo aspettava vicino alla porta con un'espressione preoccupata. Ebbe paura di chiedere perché.

Lei disse: «Nevica».

«Davvero? Avevo visto le previsioni. È un problema?»

«Non per me, ma pensavo che potesse esserlo per te, che sei del Sud».

«Sí, ma non ho certo paura di bagnarmi».

«Allora andiamo».

Piú tardi non avrebbe ricordato di cos'avevano parlato in quei primi minuti dopo essere usciti dal locale, ma avrebbe ricordato il punto esatto in cui lei gli aveva preso la mano per tirarlo dietro l'angolo di un edificio, al riparo dalla luce dei lampioni, dove l'aveva messo spalle al muro e l'aveva baciato. Avrebbe ricordato che aveva il naso freddo. Che il bacio era stato intenso, ma che lei non aveva premuto il proprio corpo contro il suo, no. Non ancora. Lo aveva tirato, lo aveva baciato, poi aveva fatto un passo indietro e ridendo aveva detto: «Oddio, cos'ho fatto? È stato bellissimo!»

Lui e Beck potevano essersi brevemente frequentati tanto tempo prima, ma adesso si conoscevano appena. E aveva importanza? Due adulti consenzienti che avevano intenzione di fare un po' di sesso ricreativo: a lui sembrava tutto a posto. Davanti al sorriso mezzo timido e mezzo malizioso di lei, C.J. era pronto a tutto.

Dovevano quindi decidere se andare altrove. Un posto intimo e caldo.

C.J. disse: «Casa mia o casa tua?»

Lei rispose: «La mia è a circa quindici minuti da qui».

«Allora la mia?»

«Aggiudicata».

«Vuoi venire con me o... Scusa, domanda stupida. Vorrai essere autonoma».

«Ti seguo».

Quando arrivarono, lei scese dall'auto e osservò la casa, illuminata ad arte da alcune luci disposte in giardino. Il chiarore caldo proveniente dall'interno ne aumentava il fascino. Come gran parte di ciò che C.J. vedeva lí, quel momento si prestava a essere reso su tela, probabilmente, o magari in miniatura, su legno. La piacevole scena domenicale gli si presentò di nuovo, questa volta con lui nel suo futuro studio a dipingere, e Beck da qualche altra parte nella sua futura casa a scrivere. Finestre aperte. La radio sintonizzata su un canale pubblico che trasmetteva musica classica. Lei avrebbe fatto una pausa e sarebbe andata a trovarlo con una tazza di caffè in mano. Si sarebbe appoggiata allo stipite della porta e gli avrebbe sorriso proprio come aveva fatto pochi minuti prima...

Lei disse: «Davvero una bella casa. È quella dei Callaghan, giusto?»

«Esatto» disse lui, diffidente. C'erano mai stati insieme? Non gli pareva, ma non riusciva a ricordare con certezza.

«Chi altro c'è?»

«Solo noi».

«Okay, bene. Entriamo?»

Dopo essersi liberati di scarpe e cappotti, C.J. le fece

strada in salotto. Lei disse: «Immagino che tu debba conoscerli molto bene per poter stare qui da solo».

«Ci conosciamo da tanto».

«Il ragazzino con cui ti ho visto...»

«Arlo».

«Arlo è il figlio del tuo amico?»

«No, è il nipote della signora che abita qui, Deirdre Callaghan. Poverino, è rimasto orfano qualche mese fa». C.J. descrisse la situazione, poi aggiunse: «Mi dispiace molto. E per certi versi credo di identificarmi con lui. Non perché è orfano, ma perché è la pecora nera della famiglia».

«Tu? Davvero?»

«Diciamo che non sono l'uomo che mio padre voleva come figlio. Ma non importa» disse avvicinandosi a lei.

«Se lo dici tu».

«Lo dico io».

Si baciarono incerti, come se ognuno mettesse alla prova l'impegno dell'altro davanti a ciò che stava (quasi certamente) per accadere. Come per verificare se quella che era sembrata una buona idea quando avevano flirtato al bar di un ristorante e poi in un vicolo buio fosse davvero ciò che entrambi volevano adesso, lí, da soli. E per superare lo straniamento di baciare una persona nuova. Per vedere se l'intesa era piú forte dell'imbarazzo e, almeno nel caso di C.J, del timore di non farla divertire come entrambi avrebbero voluto.

La chimica non era un problema: la situazione si scaldò rapidamente. C.J. la portò in camera da letto, ma nel mentre si chiese se non fosse una scelta sbagliata. Forse un coito rapido e bollente proprio lí in salotto, in piedi e appoggiati a una parete, sarebbe stata l'opzione migliore. In prigione i ragazzi non continuavano a ripetere fino alla nausea che le donne ormai volevano dai loro uomini rapporti sessuali di qualità televisiva e cinematografica? Che al giorno d'oggi le aspettative erano hollywoodiane? Ma C.J. non sapeva ancora bene dove fossero collocate le telecamere di sicurezza. Inoltre non era piú un giovane stallone (se mai lo era stato). Era un uomo di mezza età fuori allenamento. Meglio stabilire aspettative realistiche. Meglio affrontare la cosa di petto.

La fece sedere sul letto insieme a lui. «Giusto perché tu lo sappia, è da un po' che non intrattengo una signora in questo modo».

Lei rispose: «È da un po' che qualcuno non mi intrattiene in questo modo. Possiamo fingere di essere vergini».

«È un'idea» disse lui. «Impazienti, ma nervosi».

«Esatto».

Si baciarono di nuovo, a lungo e profondamente, ma poi lei si staccò e disse: «Non hai malattie veneree, vero?»

Lui rise. «No, per fortuna no. Suppongo che dovrei farti la stessa domanda».

«Certo, dovresti. No, nessuna malattia venerea. Inoltre, probabilmente avrei dovuto pensarci prima di arrivare qui: non ho protezioni a portata di mano. Non mi aspettavo una cosa del genere, quindi...»

Lui tolse il preservativo dalla tasca. «Non c'è da preoccuparsi».

Ora doveva solo ricordarsi come infilare quel dannato coso con un minimo di grazia ed efficienza; non usava un preservativo da quando lui e tutti gli altri ragazzi li chiamavano gommini e ne conservavano uno nel portafoglio a partire dai quindici anni, «per ogni evenienza». Per altri tre anni, mentre cresceva in altezza e volume, quel portafoglio l'aveva tormentato rammentandogli che non aveva ancora incominciato a scopare. Era convinto che tutti gli altri ragazzi fossero molto piú avanti di lui. Che idiota era stato! Il sesso a quindici, sedici, diciassette anni... anche se succede, è comunque imbarazzante, brutto e poco prudente.

Disse: «Devo dirtelo, in questa situazione ci sono molte cose che mi fanno sentire come un adolescente», ma poi si pentí immediatamente delle sue parole. Qualsiasi richiamo alla loro storia avrebbe potuto scatenare la memoria di lei. Anche se era stata lei l'adolescente, e non lui, e non avevano mai fatto sesso. Il che non avrebbe avuto la minima importanza se si fosse improvvisamente ricordata del suo pessimo comportamento di allora. Ti prego, Dio, pensò, non tradirmi proprio adesso.

Aggiunse: «Ma spero di essere piú bravo di allora. Lo scopriamo insieme?»

Lei lo spinse all'indietro e si chinò su di lui. «Sí, facciamolo».

Da quel momento si svestirono in fretta, entrambi desiderosi di raggiungere lo stato che la natura prevedeva per quel genere di cose. Qualsiasi nervosismo provassero, fu in breve dimenticato. C.J. non faceva sesso da cosí tanto tempo che gli odori, i sapori e la sensazione della pelle di Beck sotto le dita e le labbra furono a dir poco sublimi. Gli offriva il suo corpo come un banchetto e lui era famelico. Dimenticò le ansie, si perse nella meccanica e nei ritmi primordiali dell'atto. E forse perché era passato cosí tanto tempo dall'ultima volta, o forse perché il sesso lo faceva con quella donna, antico amore estivo a cui doveva delle scuse (e quale modo migliore di rimediare alle sue cattive azioni di allora se non offrire una grande prestazione, anche se solo lui conosceva la verità?), riuscí ad assaporarlo, ad assaporare lei, a darle tutto il piacere che provava. Quando venne, gemette e rise al tempo stesso, e rise anche lei, e per quei pochi secondi, caspita, fu come un miracolo di piacere, come i primi orgasmi nella storia dell'umanità, come se il sesso l'avessero inventato loro, ne avessero definito i termini e stabilito lo standard con cui tutto il sesso futuro (il loro e quello di tutti gli altri) sarebbe stato giudicato.

Dopo qualche istante di stordimento, si stesero e restarono lí a guardare il soffitto. Lei disse: «È stato... Wow. Non so neanche... Già. Wow».

Lui rise. «Anch'io».

«È stato pazzesco! Ho il corpo tutto...»

«Idem».

«Cioè... grazie. Grazie! È stato fantastico».

Evidentemente non era abituata a fare sesso cosí. C.J. si sentí piuttosto orgoglioso. E poi lei gli piaceva molto. Non sarebbe stato cosí bello se non fosse stata tanto *presente.* Cosí presente, cosí comunicativa, cosí generosa.

Era sdraiato a godersi il brivido delle endorfine quando lei disse: «Bene» e batté le mani una volta, poi si alzò e recuperò le sue cose. Mentre si rivestiva disse: «Mi sono divertita molto. Davvero. Grazie».

Lui si mise a sedere e prese i boxer.

«Non c'è bisogno che ti alzi. Resta lí al caldo. Posso uscire da sola. Buon riposo, per il resto della notte. Forse ci vediamo in giro».

E lo lasciò lí senza un bacio, senza voltarsi a guardarlo. Lui fece per seguirla, poi si trattenne. Era chiarissimo che non voleva avere ulteriori interazioni. Meglio lasciarla andare.

C.J. non sapeva cosa pensare di quella brusca conclusione. Aveva puntato tutto sul «niente complicazioni» e la parte razionale del suo cervello si congratulava con lui per aver raggiunto l'obiettivo di fare sesso solo per divertimento. Un'altra parte, però, rimuginava, cercando di decidere se si sentiva ferito o usato o deluso o...

Lei non gli aveva lasciato il numero di telefono. Non sapeva dove vivesse. Sapeva solo che voleva fargli credere di chiamarsi Beverly (o forse si chiamava davvero cosí, e il suo ricordo era completamente sbagliato) e che aveva appena avuto uno dei migliori rapporti sessuali della sua vita: il sesso non poteva essere migliore di cosí. Voleva farlo di nuovo. Con lei, chiunque fosse. E presto.

Solo che... si sentiva usato come un puro intrattenimento. Era come se, avendola ritenuta una che non faceva giochetti, non avesse colto che tipo di gioco stava facendo. O forse quella fuga non era un giochetto? Forse era semplicemente una pratica che alcune donne avevano finalmente adottato, dopo esserne state cosí spesso vittime.

Si infilò l'accappatoio e andò in cucina, che gli sembrò piú vuota che mai. «Smettila di pensarci, Reynolds» disse. Preparò un decaffeinato, mangiò una focaccina, fece qualche disegno, ricordandosi per quale motivo era venuto lí. Non per una donna, a prescindere dall'ottimo sesso. Non per costruire orti e giardini. Non per fare amicizia con un ragazzino smarrito. «Riordina le priorità» si disse. Aveva bisogno di una casa tutta sua. Da troppo tempo ormai.

Il pensiero delle case gli fece venire in mente i Geller e poi un'illuminazione: «Beck Geller».

Oh, cazzo. La situazione si stava facendo sempre piú complicata.

Be', almeno ora sapeva dove trovarla.

Se voleva trovarla.

Voleva trovarla?

No, maledizione. Voleva trovare una casa. Punto e basta. Quella della madre di Beck, se fosse riuscito ad averla. Sfortunatamente, sembrava che lei facesse dei giochetti anche con quella.

Non era questo il punto

Con la stessa disinvoltura sfoggiata quando aveva lasciato C.J. nel suo letto, Beck salí in macchina e partí. Alla traversa successiva, però, svoltò e accostò al ciglio della strada. Le tremavano le mani. Le uscirono degli scoppi di risa, piccoli sprazzi di sorpresa e gioia. Che cos'aveva appena fatto?

Esattamente quel che aveva voluto.

Quella sera aveva deciso di essere audace, vivace e sexy, come aveva sempre immaginato potesse essere una brillante e intelligente ragazza di New York (o di qualsiasi altro posto). O dovesse essere, visto che siamo in un'epoca di autorealizzazione. Voleva fare del sesso bollente e atletico con un tipo bollente e atletico. E cosí aveva fatto.

Era piuttosto orgogliosa di sé stessa.

Era ancora piú orgogliosa di come se l'era cavata.

Dal momento in cui C.J. le aveva detto come si chiamava, sapeva che se fossero finiti a letto insieme (e ci sperava), avrebbe eseguito quell'uscita di scena senza tante storie. *Usare e lasciare*, non era forse questo il motto del club di cui lui e tanti altri maschi facevano parte? Di certo combaciava con ciò che sapeva del clan Callaghan (compreso il buon vecchio Chip), e chiaramente C.J. era ancora legato a Joseph, il compagno d'università che tanti anni prima era stato abbastanza carino, ma anche un po' antipatico. Distratto. Usare C.J. nel modo in cui aveva appena fatto era una dolce vendetta a lungo rimandata, non solo per sé stessa ma anche (in minima parte) per sua madre, e messa in atto alle sue condizioni.

Che faccia aveva fatto!

Era stata cosí presa da lui quell'estate dei suoi diciassette anni, quando lui era venuto lí con Joseph a pavoneggiarsi su Sand Beach e a chiacchierare con le ragazze. L'intesa era stata immediata, come il giorno in cui l'aveva incontrato di nuovo nel negozio di quadri con quel ragazzino, Arlo. Il giovane C.J. si era invaghito di lei come lei di lui, o almeno cosí era sembrato all'epoca. Dieci gloriosi giorni d'estate in cui praticamente non si erano mai lasciati. Pesca all'aragosta. Gelato. Oziare sulla spiaggia. Escursioni in montagna a Dorr, Penobscot e Acadia, Gorham e Parkman, South Bubble. E il Beehive, naturalmente, perché era lí che i suoi genitori si erano conosciuti e Beck era sempre stata un'inguaribile romantica. Niente sesso vero e proprio, ma molto petting e respiri affannosi. Un addio pieno di lacrime. La promessa di rimanere in contatto per continuare. La loro storia d'amore era stata la fantasia delle vacanze estive di una ragazza di città, e chi poteva sapere come sarebbe diventata con il tempo? A lui mancava un anno di università. A lei un anno di liceo. Poi, il futuro era tutto loro.

Ah, e invece no. La fantasia della ragazza di città era rimasta tale.

Oddio, tutte quelle lettere sentimentali e innamorate che gli aveva inviato prima di capire che le risposte non arrivavano non perché fosse occupato o la posta fosse lenta. Semplicemente, non le rispondeva. Non gli era importato nulla di lei. L'aveva usata. Aveva provato dolore e imbarazzo. Quando aveva conosciuto Paul, un anno dopo, era una ragazza piú triste ma piú saggia, pronta a vedere nel dolce Paul la risposta alla sua preghiera a Dio: che la volta successiva le mandasse del materiale migliore.

Per quanto fosse tentata di dare la colpa del comportamento di quella sera alla droga fumata prima di uscire a cena, lo spinello non l'aveva spinta a fare nulla; se l'era acceso ore prima di spogliare C.J. e aiutarlo a fare lo stesso con lei. No, la marijuana (e i drink bevuti a cena) aveva semplicemente preparato il terreno perché le sue inibizioni potessero a loro volta calare le mutande e farle adottare quel comportamento da perfetta cattiva ragazza.

«Wow» esclamò, e la sua mente tornò al sesso. Ecco cosa le era mancato in tutti quegli anni. Santo cielo. La portata di quella perdita rasentava la tragedia. Le persone potevano fare sesso a quel modo. Aveva creduto che succedesse solo nei film e in televisione. Ora, però, aveva raggiunto l'illuminazione. Era piena di luce fino a traboccare. Raggiante.

Tornando a casa, si sentí in colpa solo perché non si sentiva in colpa. Avrebbe dovuto, invece. Almeno un po', per aver tradito Paul. Un po' di vergogna, magari, per aver avuto un'avventura di una notte. Un pizzico di rimorso per aver usato C.J. come giocattolo. E invece no. Si sentiva euforica. Giovane. Desiderabile. Viva. Era come se avesse scoperto un portale per un mondo alternativo che pareva quasi identico a quello in cui aveva vissuto, ma in cui poteva essere la persona che aveva represso per tutti quegli anni perché si era convinta di dover rispettare i sentimenti di Paul, quelli dei bambini, quelli di sua madre... Tutte stronzate. Vivere nel timore del giudizio negativo degli altri era un modo di vivere assurdo. Sua madre ne era la prova.

«Non lo farò piú» disse al paesaggio buio, agli edredoni addormentati, alle strolaghe e alle morette dal piumaggio arlecchino, alle piccole gemme che stavano per schiudersi sui rami degli alberi di tutta l'isola e che in quel momento aspettavano il ritorno del sole per poter fiorire come voleva la natura. Non avrebbe dovuto fare lo stesso anche lei?

Se aveva un rimpianto per quella sera, era non essere riuscita a dirgli il suo vero nome poco prima di andarsene, il che avrebbe reso la conquista ancora piú dolce. Oh, pazienza.

Una volta in casa, buttò in un angolo borsa e giaccone e andò a guardarsi nello specchio del bagno. «Beck Geller» disse. «Non sei per niente male, bella mia. Ma cos'hai da dire a tua discolpa, eh? Qualcuno potrebbe darti della sgualdrina. Della puttana. Della troia infedele e infida». Aggrottò le sopracciglia e arricciò il naso. «Eh, un po' troppo».

Inclinò il viso verso lo specchio, come a presentargli un'altra Beck. Una Beck meno critica, piú accomodante. Una Beck saggia. Quella Beck era determinata. «Non voltarti indietro, capito? Alla riscossa!»

Studiò ancora un attimo il proprio riflesso. «Ma senti, sarebbe molto sbagliato farlo di nuovo? Con lui? No, non con lui. Con lui è finita. Con qualcuno come lui. Che ne dici?»

Oppure con lui.

No, con lui no.

Aveva bisogno di un parere autorevole sulle relazioni extraconiugali, cosí, nonostante fosse quasi l'una di notte, chiamò Claire.

Quando rispose al telefono, la voce di sua sorella era lenta e assonnata.

Beck domandò: «Ti ho svegliato?»

«Piú o meno. Mi sono appisolata cercando di mettermi in pari con la lettura delle riviste di medicina. È una fatica di Sisifo. Cosa c'è? Tutto bene?»

«Sí, cioè, credo di sí. Sto per dirti una cosa e ho bisogno del tuo parere in merito».

Beck raccontò gli eventi di quella sera, senza dire che l'uomo era il suo amore estivo di gioventú e senza descrivere nel dettaglio le parti di sesso ed euforia. Perché, sebbene lei e Claire fossero sufficientemente in confidenza per quel genere di confessione superficiale, certe cose erano ancora troppo personali, troppo private. Inoltre, non raccontare quei particolari li preservava e li rendeva ancora piú straordinari perché erano suoi e solo suoi. Nella vita aveva avuto cosí poco di veramente suo.

Per tutto il tempo in cui parlò, Claire rimase in silenzio, ad ascoltare, pensò Beck, in attesa che arrivasse la fine del racconto. Per concludere aggiunse: «Quindi, sai, ho pensato che tu, piú di tutti, avresti potuto capire perché l'ho fatto e magari darmi un consiglio su come procedere».

Claire non rispose.

Beck guardò lo schermo del telefono per assicurarsi che non fosse caduta la linea. «Ehi, ci sei?»

«Ci sono» disse Claire. «Sono solo... Pensavo che si trattasse di qualcos'altro. Non importa. Perché proprio io?»

«Perché hai avuto un'esperienza simile».

«Cosa ti ha detto Sophie?»

Beck rispose: «Sophie? Niente».

«Aspetta» disse Claire. «A cosa ti riferisci esattamente?»

«Alla tua storia? Sophie non mi ha detto una parola, ma ho dato per scontato che avessi una storia e che fosse questo il motivo per cui tu e Chad vi siete lasciati. Sono impazzita? Non avevi alluso a una cosa del genere, quand'è successo? Non era questo il motivo?»

«Io... Sí. Era proprio questo. Non sono stata prudente e Chad non ha saputo gestire la situazione, e cosí è finita. Ma mi stai dicendo che vuoi lasciare Paul per questo tipo?»

«No, non per lui. Per me stessa. Aspetta. Stai dicendo che tu non volevi lasciare Chad?»

«Non era il mio obiettivo, no. La mia situazione... non era la stessa. Lui è sposato e non abbiamo avuto un rapporto con del vero potenziale».

Beck disse: «Forse è meglio cosí, perché non dovresti passare da un matrimonio all'altro. Io non ho nessuna mira in quel senso. Oddio. Sono stata sposata per tutta la mia vita adulta! Non sto cercando di trovarmi un altro marito. Un giorno, forse. Ma non si trattava di questo. Per niente».

«No, giusto, hai ragione». Claire ora sembrava piú animata. «Ti meriti di vedere cosa significa essere indipendente, se è questo che vuoi. Soprattutto se avevi ragione quando hai detto che Paul è gay».

Beck disse: «Un cambiamento può essere positivo, no? Anche se forse ho frainteso tutto con te. Scusa, non volevo essere insensibile. Sei cosí tosta che mi è difficile immaginare che la reazione di Chad alla tua situazione ti abbia ferito. Ma forse mi sbaglio?»

«È piú per David che per Chad. Non capisce perché non riusciamo a ricucire».

«E perché non ci riuscite?»

«Certe persone fanno davvero fatica a elaborare e perdonare il tradimento. È comprensibile. Quando ti fidi di una persona e questa persona abusa della tua fiducia in modo cosí evidente...»

«Ha senso. Chad è una persona orgogliosa».

«Vero» disse Claire. «Francamente, però, se la situazione fosse stata invertita, probabilmente io avrei reagito nello stesso modo. Comunque non voglio tornare con lui. Voglio solo che smetta di punirmi e ci permetta di continuare la nostra vita con una certa armonia, per il bene di David. Non dobbiamo essere sempre incattiviti. Non riesco a immaginare Paul che si comporta cosí con te».

«Spero di no».

«Quindi glielo dirai?»

«Sí. Cioè, non voglio fargli una vera confessione; quello che non sa non lo può ferire, giusto? Ma dobbiamo parlare di come rimodulare la nostra relazione. E disfare il nostro matrimonio. Gliene parlerò dopo aver risolto i problemi della casa. Oddio! Non posso credere che lo farò davvero!»

Claire disse: «La vita è troppo breve per continuare a vivere nell'infelicità. Per il bene di chi?»

«Sí, hai ragione» disse Beck. «In fondo non ho fatto del male a nessuno». E ne era davvero convinta! Anche se ora si sentiva un filo contrariata per il proprio comportamento. Un filo in conflitto con i sotterfugi che aveva impiegato, soprattutto con C.J., forse perché quella era la situazione piú fresca. Si sarebbe sentita in colpa per Paul piú tardi.

Disse: «Allora, c'è solo un'altra cosa...»

«Cosa?»

«Riguardo al tipo di stasera. Non voglio assolutamente fare sul serio. Non gli ho nemmeno dato il mio vero nome, il mio numero o qualsiasi cosa gli permetta di rintracciarmi facilmente. Ma... in realtà non mi dispiacerebbe ripetere l'esperienza» disse, nonostante tutte le ragioni per cui non avrebbe dovuto rivederlo. Il sesso, però! E se fosse riuscita a tenerlo sulla corda, come fanno spesso gli uomini con le donne? Non era sicura di essere capace di tanta astuzia machiavellica, ma forse valeva la pena provare. «Dovrei chiamarlo?»

Claire disse: «Non ti ha proposto un altro appuntamento?»

«No. Ma non gliene ho dato la possibilità».

«Avrebbe potuto, però, se avesse davvero voluto».

«È vero. Quindi non cerchiamo di forzare le cose» disse Beck.

«Esatto».

«Lasciamo che sia il destino a decidere, o quel che è».

«È un buon modo di vedere la cosa».

Beck disse: «Okay. Okay, sí, mi sembra saggio. Meno divertente, ma saggio. Grazie per avermi aiutato a capirci qualcosa».

«In realtà non ho fatto molto».

«Mi hai ascoltato. Hai giudicato con obiettività».

«A cos'altro servono le sorelle?» disse Claire.

«Una volta pensavo che servissero soprattutto a rompermi le scatole a morte».

Claire rise. «Idem».

«Ehi – e non prenderla come un'accusa, perché non lo è assolutamente –, ma perché hai parlato a Soph della tua relazione e non l'hai detto a me?»

Claire domandò: «Le hai già detto della cosa di stasera, oppure hai intenzione di dirglielo?»

«Ho pensato che eri tu la persona giusta per questo, data l'esperienza che hai avuto. Ma probabilmente glielo dirò».

«Ecco, probabilmente. In quel momento ho pensato che fosse lei la persona giusta con cui parlarne».

Beck disse: «Sono passati mesi, però».

«Senti, te lo dico senza rancore: a volte sei piuttosto critica. Non volevo sentirmi giudicata».

«Io giudico?»

«Mettiamola cosí: hai delle opinioni ferme sulle cose, e le esprimi senza riserve».

«Hai ragione» disse Beck. «A volte lo faccio. Me ne dispiace. Cercherò di fare meglio in futuro». Si sedette sulla moquette calda. «Spero che i miei allegri discorsi sul divorzio non siano di cattivo gusto, visto che tu stai ancora combattendo con il tuo».

«Niente affatto. Sono felice per te. È un po' assurdo che qui tu faccia la parte di Sophie».

Beck disse: «Oh, non ci avevo pensato. Allora in fondo io e lei alcuni geni li condividiamo».

«Non avevo dubbi».

«Una volta mi chiedevo se l'ospedale non avesse sbagliato, mandando a casa la mamma con una neonata *goy* dai capelli d'oro».

«Io non me lo chiedo piú» rispose Claire. «E adesso ho bisogno di dormire un po'. Tu stai bene, vero?»

Beck sorrise. «Meglio di quanto non sia stata per molto tempo».

Che bella carica di energia e buona volontà può dare un po' di ottimo sesso: dopo aver riagganciato, sapendo che non sarebbe riuscita a dormire subito, Beck andò nella sua Stanza da Scrittrice e aprí il portatile.

Rilesse gli ultimi paragrafi che aveva scritto all'inizio della giornata. «Oh, questi non vanno bene» disse. Evidenziò un blocco di testo e premette il tasto *Canc.* Anche la pagina precedente non andava bene. La cancellò. «Ma cos'avevo in testa?» si domandò leggendo quello che c'era scritto prima. «È proprio deprimente. Troppo deprimente. Non c'è bisogno di sputare cosí tanta robaccia nera in questo punto, no?»

Appoggiò la schiena alla sedia. Tutta la scena le sembrava discutibile e questo decisamente Non Andava Bene. Era Quello che Succedeva Sempre.

«Facciamo questo, invece». Aprí Google, con la sua invitante stringa di ricerca, e digitò «C.J. Reynolds».

Non era la prima volta che lo faceva. Quando Internet era una risorsa nuova, eccitante e meravigliosa, si era collegata al suo account AOL e aveva chiesto a Jeeves di trovare informazioni su quel suo amore passato, per vedere se riusciva a scoprire chi era diventato. Non un gran bottino: soltanto un accenno in una pubblicazione della Cornell in cui veniva nominato come «Coleman (C.J.) Reynolds». Anni dopo, quando i ragazzini avevano iniziato ad abbandonare Facebook e ci erano approdati gli adulti, aveva cercato il profilo di C.J. Non l'aveva. Però era elencato tra i dirigenti aziendali della Reynolds Fasteners, il che suggeriva che non si era persa nulla di speciale.

Il primo risultato di quella sera non produsse nulla sul suo C.J., ma un sacco di informazioni su un tipo con lo stesso nome che insegnava letteratura a West Philadelphia. Beck guardò un paio di suoi video su YouTube, prendendo appunti per un possibile articolo da proporre, poi tornò al compito principale. «Coleman J. Reynolds» digitò, e premette il tasto invia.

Una foto segnaletica?

Porca miseria. Una foto segnaletica.

Arresto, incriminazioni.

Leggendo, restò a bocca aperta. Tentato parricidio?

«Ma che diavolo...»

Passò da un articolo all'altro, provenienti da fonti giornalistiche di tutto il Sudest e alcune anche nazionali, oltre a qualche pezzo pubblicato in altri paesi in cui la Reynolds Fasteners possedeva degli impianti di produzione. Coleman Jenkins Reynolds Jr. era stato arrestato, processato, condannato e messo dentro. Alla fine, la condanna gli era stata inflitta per un reato minore – condotta pericolosa – ma comunque? L'uomo che non aveva mai dimenticato da quando aveva diciassette anni, l'uomo affascinante, dolce, intelligente, bello che si era appena portata a letto, che non piú tardi di due ore prima le aveva regalato il miglior sesso della sua vita, qualche anno prima aveva impugnato una pistola, l'aveva puntata contro suo padre e aveva premuto il grilletto.

«Mio Dio» disse Beck.

Qualunque faida ci fosse tra i due uomini, qualunque fosse la motivazione di C.J. per il suo gesto, ovviamente non era una persona da frequentare. Avrebbe dovuto capirlo ancora prima di lasciarsi trasportare dalle endorfine nel letto a quattro piazze dei Callaghan. La vendetta non era piú cosí dolce. E comunque non era quello il motivo per cui era arrivata lí.

Che pessima giudice era stata! Che importava se era carismatico e bello? E se ventisette anni prima avevano avuto una storia? Chiaramente era stata cieca di fronte alla sua vera natura e doveva essere grata di averlo scoperto prima di fare ciò che aveva iniziato a immaginare suo malgrado: rivederlo, rivelargli il suo vero nome, chiedergli perché l'avesse lasciata tempo addietro, perdonarlo e trasformare una nuova occasione in qualcosa di simile a ciò che aveva pensato sarebbe diventata la vecchia.

No, ora quella storia era diventata esattamente ciò che era sempre stata: una maledetta delusione.

Bene, d'accordo. Aveva imparato la lezione. Due volte.

Aveva pensato di aspettare fino al mattino dopo per fare la doccia, e invece andò in bagno e aprí il rubinetto. Si sarebbe cancellata dalla pelle le tracce di lui e avrebbe chiuso per sempre, in modo totale, completo, assoluto.

Dopo la doccia si asciugò e si mise un pigiama di Hello Kitty che aveva trovato al negozio dell'usato, poi preparò un caffè e tornò nella sua Stanza da Scrittrice, decisa a finire la scena entro l'alba e a consegnare le pagine riviste a Gina entro lunedí. Il successo sarebbe stato il modo migliore di vendicare le delusioni, passate e presenti.

Disse: «Se mi ascolti, mamma, ho un messaggio per te: credo di aver capito perché volevi tagliare i ponti con l'isola, ma io farò questa cosa, qui e ora, e sarà meglio che nessuno cerchi di fermarmi».

Una volta sviluppata, straordinaria

Sophie, tutta dolorante dopo aver dormito per una settimana su un materasso scalcagnato in uno scalcagnato albergo anonimo di Jersey City, suonò il campanello dell'elegante palazzina e aspettò. Dopo un minuto, dal raffinato interfono accanto alla porta uscí una voce femminile. «Chi è?»

Sophie alzò lo sguardo verso la telecamera. «Sophie Silverberg, al suo servizio!»

«Oh, ehi, è in anticipo».

«Davvero?» disse lei, pur sapendolo molto bene. L'autista Uber aveva il piede pesante e il traffico era stato leggero, quindi era arrivata venti minuti prima. «Devo tornare piú tardi?»

«Può?»

«Certo! Non c'è problema! Posso lasciare le valigie, però?»

«Le metta nell'ingresso» disse la voce. Poi sentí un ronzio e un clic. Depositò le valigie appena dentro la porta, soffermandosi solo per un'occhiata all'ambiente in cui avrebbe fatto la dog sitter per qualche giorno. Pavimento in ardesia. Pannelli di legno caldo. Atmosfera industrial. Le piaceva il modo in cui quella parte della città si stava rivitalizzando. Il Village vibrava dell'energia delle anime degli artisti. Non lontano da quella palazzina, gli architetti della Gilded Age Richard Morris Hunt e Stanford White avevano costruito case e uffici; nelle vicinanze la scultrice e mecenate Gertrude Vanderbilt Whitney aveva avuto il suo studio privato. Bastava lanciare un sasso in qualsiasi direzione e si trovava un edificio che aveva ospitato Berenice Abbott, Edward Hopper o Winslow Homer, per non parlare degli scrittori e dei musicisti per i quali il Village era stato «casa». Forse il quartiere si stava imborghesendo troppo in quell'epoca di redditi eccessivi, ma dovendo scegliere Sophie preferiva l'industrial chic allo squallore d'artista. L'atmosfera lí era ancora percepibile, se si faceva attenzione. Mattoni e pietra erano impregnati di storia.

Nonostante fosse vestita in maniera anonima visto che doveva presentarsi come professionista dell'*house sitting* (capelli raccolti, niente trucco, J.Crew dalla testa ai piedi, scarpe da ginnastica), pensò che per fare buon uso del suo tempo poteva fare un salto da Ochoa. Non ci sarebbe stato nessuno al lavoro, quindi niente commenti tipo: *Ehi, non ti avevo riconosciuta!* da parte dello staff che l'aveva vista sempre e solo in tiro. Il sotterfugio era ovviamente intenzionale; non poteva rischiare che i nuovi clienti la riconoscessero per avere visto la sua foto sui giornali e altrove. Al massimo avrebbe potuto sentirsi dire: *Mmm, mi sembra di conoscerti*, commento che in una città di milioni di persone poteva sempre essere liquidato con un'alzata di spalle.

E ora eccola davanti alla porta della galleria. Durante il viaggio dal New Jersey aveva mandato un messaggio a Paul per avere conferma che avesse effettivamente spedito gli assegni all'indirizzo di Ochoa, che usava da piú di un anno: sensato, visto quant'era diventata nomade. Oh, quanto sarebbe stato meraviglioso essere stabile in una casa con una cassetta della posta tutta per lei. Un letto tutto per lei. Uno scaffale con i suoi libri e i suoi piccoli oggetti da collezione. Forse anche un cactus. Addirittura piú d'uno. E un'agave. Una pianta ragno. In pratica, tutte le cose verdi che Tania le aveva raccomandato di non innaffiare troppo. Sarebbe stato tanto, tanto, tanto bello smettere di preoccuparsi dei soldi! Ora tutto si stava sistemando. Lentamente, certo, ma stava succedendo davvero.

Come aveva previsto, la galleria era buia, tranne

che per la piccola vetrina, in cui non avevano mai messo vere opere d'arte, ma solo poster di opere d'arte o poster sull'arte. L'eccezione arrivava due volte l'anno, quando Benji lanciava un concorso per gli studenti delle scuole superiori pubbliche, che dovevano realizzare una riproduzione creativa del nome Ochoa con qualsiasi materiale. Poi esponeva in vetrina i vincitori e i secondi classificati e assegnava cinquecento dollari come primo premio. In vetrina ora c'erano i vincitori piú recenti. *¡Ochoa!* gridava una scultura colorata a tecnica mista che coniugava elementi di design ispirati al Mardi Gras e al Día de Muertos.

In piedi davanti alla porta, Sophie tirò fuori il portachiavi della galleria e cercò di infilare la chiave nella serratura. Non entrava. La rovesciò per riprovare, anche se era sicura che non fosse fatta per entrare in quel modo. Ancora niente da fare. Provò di nuovo a metterla diritta. No.

«Ma che cazzo?» esclamò.

Provò tutte le sei chiavi dell'anello, sentendosi una stupida (sapeva qual era quella della porta d'ingresso), ma anche recalcitrante a prendere in considerazione la conclusione piú ovvia: la serratura era stata cambiata.

«No. No, no, no, no. Maledizione, no!»

Essendo New York, nessuno dei passanti sul marciapiede fece caso alla donna bionda in piedi davanti alla porta della galleria che urlava al telefono: «Maledizione, Benji, rispondi!» E nemmeno quando, dopo aver provato con il marito di Benji, Evan, ottenendo lo stesso risultato, prese a calci la porta e imprecò di nuovo. Quando si sedette con la schiena all'ingresso e appoggiò la fronte alle ginocchia per riflettere, nessuno si fermò a chiederle se avesse un problema. Ma una donna che passava si accorse di lei, si fermò e le offrí una banconota da cinque dollari. Sophie la prese.

Il nome del cane morente era Mathilda. «Con l'acca» disse la donna che stava per essere trascinata controvoglia a trascorrere quattro giorni a Rio. E se Mathilda, un setter irlandese, fosse morta mentre lei era via? Sophie disse: «Non morirà. Glielo garantisco. A meno che non stia aspettando che lei se ne vada. L'ho già visto succedere. Forse vuole risparmiarle il dolore di vederla andarsene».

«Oddio» esclamò la donna, una cinquantenne eccezionalmente ben conservata, disegnatrice di tessuti. «Non ci avevo mai pensato. Dice che ho prolungato le sue sofferenze?»

L'uomo intervenne: «Questo viaggio sarà una benedizione. Ora muoviamoci altrimenti perdiamo il volo».

Mathilda aveva dodici anni e una camera da letto tutta sua. Era arredata un po' come un casino di caccia: poltrone in pelle, quadri di scene venatorie, carta da parati con conigli e fagiani in rilievo, luci basse e un grande letto per cani in lana d'agnello piazzato davanti a un caminetto a gas, sul quale la vecchia Mathilda stava distesa mentre accanto si svolgeva la conversazione. Anzi, lí sarebbe rimasta per tutti i quattro giorni di permanenza di Sophie (tranne circa tre ore) in quel monumento a quattro piani fatto di legno, acciaio, vetro e pelle e tanti, tanti splendidi tappeti e tessuti.

Per tutto il fine settimana, mentre oziava su un divano qui, una poltrona là e su ognuno dei cinque diversi letti (ma non su quello di Mathilda) di quel vero e proprio servizio fotografico da *Architectural Digest* di cui, purtroppo, non poteva rivelare molto su Instagram, Sophie si interrogò sul cambio di serratura alla galleria, sulla scomparsa del proprietario e su ciò che quei due fatti potevano lasciar presagire. Lasciò a Benji dei messaggi di testo, dei vocali e delle mail. Chiese agli altri dipendenti se avessero ricevuto comunicazioni dal capo. Nessuno rispose in maniera affermativa.

Nella tarda serata di domenica le venne l'idea di contattare i due fratelli di Wall Street di cui aveva organizzato la consegna degli acquisti la sera in cui Benji l'aveva mandata a casa dopo averle detto che si sarebbe occupato lui stesso degli ultimi dettagli.

Prima chiamata, segreteria telefonica: «Salve, sono

Sophie Geller, di Ochoa. Spero che vada tutto bene. La chiamo per assicurarmi che sia soddisfatto dei suoi recenti acquisti, noi di Ochoa lo speriamo. Ci faccia sapere se possiamo fare qualcosa per lei. Grazie ancora. Apprezziamo moltissimo che si sia rivolto a noi».

Risposta alla chiamata numero uno, via sms:

Salve Sophie. Be', a dire il vero non ho ancora ricevuto nulla: la mia assistente avrebbe dovuto contattarla domani.

Sophie fissò il messaggio. «Cazzo» esclamò, poi rispose: *Rintraccerò la spedizione. Mi faccio viva presto!*

Anche la seconda telefonata al secondo cliente finí nella segreteria telefonica. Mentre gli lasciava un messaggio sentí il bip di una chiamata in arrivo, quella di Krystal che, quando Sophie la richiamò, le disse: «So che probabilmente sei occupata, ma sono a una mostra privata a Inwood, tra 204th Street e Vermilyea Avenue, e ci sono dei pezzi davvero eccezionali. Magari ti va di venire?»

Da almeno dieci anni Sophie non partecipava a una mostra privata, cioè a una mostra di opere d'arte allestita nella residenza personale di qualcuno, di solito di basso livello, a volte molto basso, a volte in posti perfino squallidi. In genere si trattava di «mostre d'esordio» che venivano organizzate perché gli artisti erano troppo inesperti (o spesso non sufficientemente dotati) da essere presi in considerazione da persone come Sophie, che sorvegliavano l'accesso a quell'ambiente. Che ne influenzavano i gusti. Una volta ogni tanto, la mostra era la stravaganza di qualche ricco e si teneva in un palazzo dell'Upper East Side, dove i soldi potevano comprare ammirazione incondizionata, probabilmente l'unica cosa che l'artista in questione desiderava.

Sophie rispose: «Sí, perché no?» Aveva bisogno di qualcosa che compensasse la sensazione terribile, cattiva, sgradevole che la sua vita come l'aveva vissuta fino a quel momento fosse finita. Naturalmente, poteva esserci una ragione del tutto valida per quel che stava succedendo. Qualcosa di cui avrebbe riso con Benji quando fosse tornato. Sí. Doveva essere cosí. Una specie di innocente confusione, una coincidenza di qualche tipo, ne avrebbero riso e lei gli avrebbe raccontato quello che avrebbe visto quella sera e sarebbero andati a prendere il sushi da Tomoe, e sarebbe andato tutto bene, bene, bene. Disse a Krystal: «Mandami un messaggio con l'indirizzo».

Era una serata mite, quindi si mise jeans e canottiera, un paio di scarpe da ginnastica con plateau di Valentino senza calzini, e completò il tutto con un cardigan di cashmere Loro Piana che forse era stato di Tania, che forse chissà come era finito tra i suoi vestiti e poteva costare piú di duemila dollari. Comunque, i ragazzi che avrebbe incontrato quella sera non potevano sapere nulla della provenienza o del costo, e nemmeno ci tenevano. A loro sarebbe interessato che faceva la scout per Ochoa. Sempre che lo venissero a sapere. Mandò un messaggio a Krystal per avvertirla di non tradirla. Per lei, il modo migliore di vedere opere d'arte era l'anonimato. In purezza. Non che un artista potesse fare molto per influenzarla. Era insensibile alle bustarelle o alle suppliche, in quel campo. L'arte era tutto.

Prima di uscire per l'appuntamento, si fermò a dare un'occhiata a Mathilda, che era distesa davanti al fuoco con gli occhi socchiusi. Avevano appena fatto una breve passeggiata nel cortile, Mathilda aveva fatto la pipí con poca convinzione nel pezzo di prato a lei destinato, aveva accettato qualche boccone del fegato macinato che adorava, e quando Sophie le disse: «Starò via per circa tre ore. Quattro al massimo. Non aspettarmi alzata» sbatté le palpebre e sospirò. Sophie le baciò il naso tiepido, poi uscí nella serata d'aprile.

«Oddio, mi sembra di essere tornata indietro nel tempo» disse a Krystal quando si incontrarono sul marciapiede di fronte al palazzo. Intorno a loro c'erano gruppetti di giovani, alcuni parlavano concitati, altri ridevano sulla scala antincendio in acciaio, con le sigarette in una mano e bicchieri di plastica rossa nell'altra. «Quando studiavo alla School of Visual Art, andavo alle mostre private in centro, angusti appartamenti a scatoletta ficcati sotto le ascelle dell'East Village e del Lower East Side, dove spostavano tutti i mobili per fare spazio».

«Come stasera» disse Krystal. «In piú c'è della birra scarsa». Levò in alto il bicchiere. «Una botticella piena».

«Prevedibile. Fammi vedere dov'è».

«Hai intenzione di bere questa schifezza? O... aspetta; farà parte dell'allestimento, giusto?»

«No» disse Sophie. «Ho sete. È birra. Andiamo».

Si fecero largo tra la calca di corpi nel corridoio e lungo le scale, dove all'aria stantia e surriscaldata si mescolavano profumi d'incenso, marijuana, acqua di colonia a buon mercato e sudore. C'erano tanto rumore ed energia, ma non quella che si respira in un bar o in un locale o a una festa il cui obiettivo è semplicemente socializzare. Quel brusio era serio. Era vero e aveva uno scopo.

La botticella e il relativo banco si trovavano fuori dalla porta dell'appartamento, che era aperta per facilitare il passaggio. «Ehi» disse Sophie al ragazzo appoggiato al muro. Lí vicino c'erano due suoi amici. «Offrimi da bere».

«Due dollari» replicò lui, prendendo un bicchiere rosso da una pila e aprendo la spina. Le riempí il bicchiere. Sophie gli diede la banconota da cinque dollari che le aveva regalato la donna fuori dalla galleria. «Anche per la mia amica» disse.

Krystal si fece dare una seconda dose, poi lei e Sophie entrarono. Come c'era da aspettarsi, tutti i mobili erano stati spostati. Le pareti erano dipinte di un bianco tenue ed erano ricoperte di tele e fotografie senza cornice. A illuminare le opere era stata piazzata una serie di lampade a stelo di quelle economiche.

«Sono cinque artisti» disse Krystal per aiutarla. «Tre qui dentro, uno su ogni parete, e poi due in camera da letto».

«Capito. Ti entusiasma qualcuno?»

«A me? Mi innervosisce un po' dirlo».

«No, dai, non aver paura. Il tuo gusto, qualunque sia, è legittimo. Piú tardi discuteremo del perché e del percome».

«Okay. Mi piacciono i numeri due, tre e cinque. Hanno tutti qualcosa, solo che quei tre hanno qualcosa di speciale. Credo. Sono curiosa di vedere cosa ne pensi tu».

Sophie attraversò lentamente la stanza. Osservò attenta tutti i numerosi dipinti, disegni e fotografie, cercando le qualità rivelatrici che suggerivano un talento forse non ancora emerso ma che, con il tempo, avrebbe potuto diventare straordinario. In tanti ci sapevano fare abbastanza bene da trovare un impiego, ad esempio, nella creazione di immagini omogenee e piacevoli per un vasto pubblico, riproducibili in serie per essere vendute nei negozi al dettaglio. In pochi avevano quell'ineffabile qualcosa di speciale, quel qualcosa che faceva reagire visceralmente galleristi come Sophie e Benji (ovunque fosse, il maledetto).

Però la cosa davvero affascinante, per Sophie, era che quella reazione era sempre soggettiva. Quante volte era stata alla mostra di un nuovo artista di grido e non aveva provato nulla davanti ai lavori? Oppure aveva visto opere vincitrici di premi e si era chiesta come avessero potuto selezionarle? Al tempo stesso aveva imparato a fidarsi dei propri gusti e giudizi, per quanto eterogenei, perché sapeva che ci sarebbero sempre state altre persone a condividere la sua visione e, tra queste, collezionisti desiderosi di possedere i meravigliosi bagliori di luce immortalati in un'opera.

Mentre guardava i lavori, parlava anche con gli artisti – con discrezione, senza rivelare le sue conoscenze o la sua posizione. *Mi ha chiesto di venire la mia amica,* disse a tutti. *Mi piace l'arte. Che tipo di formazione hai? Cosa significa per te creare? Chi è il tuo pubblico?* Ascoltò attentamente le risposte, ma anche le conversazioni dei presenti nella stanza, le reazioni a ciò che stavano vedendo. Le loro osservazioni erano piú acute di quanto si aspettasse.

«Sono tutti cosí entusiasti» disse dopo a Krystal, quando furono di nuovo fuori. Si sentiva inebriata dalla birra e dagli stimoli. «Gli artisti, ma anche tutti questi ragazzi. Mi rendono felice».

«Lo so! Danno la sensazione di vivere una cosa pura. Te ne dimentichi, alla galleria».

«È vero» disse Sophie. La galleria era un ambiente rarefatto, ed era cosí di proposito. Esisteva in una stratosfera autocreata e autoalimentata fatta per autoperpetuarsi. Quando Sophie studiava, considerava le persone che si trovavano a quelle vette degli «snob del cazzo», e ora era una di loro.

Krystal stava dicendo: «Qui nessuno potrebbe comprare anche solo una minima parte delle cose che abbiamo in vendita. Pare di essere su un altro pianeta».

«Lo trovo sbagliato, e tu?» disse Sophie.

«Però immagino che possano comprare gli uni dagli altri».

«Sí. E sono sicura che lo fanno. Ma... Credo che vogliano tutti qualcosa di piú. Qualcosa che elevi i valori e l'esperienza al livello adeguato. Non come stiamo facendo a Ochoa; quello è artificiale».

«Wow» disse Krystal. «Detto chiaro e tondo. Complimenti».

Sophie si inclinò verso di lei. «Sentimi la fronte, probabilmente mi sono presa qualcosa».

Krystal rise. «Non preoccuparti, non farò la spia. Vorrei tenermi il lavoro».

Già, pensò Sophie. Anch'io.

Disse: «Per quanto riguarda i numeri due, tre e cinque: dal punto di vista Ochoa, ti concedo il cinque e forse il due. E anche se Benji non sarebbe d'accordo con me, il quattro – quella ragazza haitiana dei ritratti a carboncino e a pastello – ha decisamente qualcosa di speciale».

«Piace anche a me. Ma non credi che i soggetti siano troppo ordinari?»

«Sí, certo, lo sono eccome. È quello che dice con i suoi strumenti che è eloquente. Per me, almeno. Sento che c'è una vera energia che fluisce dal suo cervello e dai suoi occhi attraverso le dita. È tutto nella tecnica, non nei soggetti. Quando troverà il soggetto giusto, farà faville».

«Mmm» disse Krystal. «Devo dare un'altra occhiata».

«Vai pure. Ti aspetto».

Erano quasi le dieci, ma la gente continuava ad arrivare. La serata dava la sensazione di essere promettente. In parte era dovuto semplicemente alla giovinezza, ma insieme alla giovinezza c'era un senso di ottimismo che sorprendeva Sophie, perché sembrava immeritato rispetto ai tempi in cui vivevano. Quei ragazzi non erano interessati a giocare secondo le vecchie regole. Non si lasciavano abbattere dalla situazione, e forse non lo avrebbero mai fatto. Creavano, cercavano e reagivano. Sophie provò una certa malinconia a pensare a tutto questo. Quanto tempo era passato dall'ultima volta che si era comportata in maniera sincera?

Quando Krystal la raggiunse disse: «Sai cosa mi farebbe molto felice? Pane tostato con pancetta e maionese. Ti va di trovare un diner?»

«Okay» disse Krystal. «Magari riesco a convincerti a raccontarmi le tue storie dal fronte».

«Ti avverto, potrebbe rovinare la celebre mistica da SimplySophie!»

«No» disse Krystal. «Penso che tu sia come il numero quattro, lassú. Quello che mostri non è il meglio che hai. Penso che ci sia decisamente di piú».

Solo a metà mattina di lunedí Sophie ricevette una risposta alla sua seconda richiesta di informazioni sulle consegne. Le arrivò dal cliente, e lasciò partire la segreteria telefonica perché aveva già tentato di ottenere l'accesso ai conti bancari aziendali di Ochoa, che però le era stato negato.

Anche il secondo cliente non aveva ancora ricevuto i suoi acquisti. E non li avrebbe mai avuti, Sophie ne era ormai certa. Era anche sicura che, se fosse riuscita a trovare un modo per entrare nella galleria, avrebbe scoperto un grande spazio spoglio. Se fosse riuscita ad accedere ai conti, avrebbe trovato vuoti pure quelli. Sospettava che le opere d'arte che erano state appese alle pareti ormai libere sarebbero finite, un po' alla volta, sul mercato nero internazionale e che nemmeno un dollaro della cifra a cui le avrebbero vendute sarebbe finito in tasca agli artisti. Neanche uno.

Era sempre piú certa che Benji ed Evan avrebbero usato quei soldi per allietarsi la vita in esilio, ovunque fossero fuggiti, al sicuro dai federali.

«Che stronzi» disse a Mathilda mentre si sdraiava accanto al cane sulla cuccia di lana d'agnello. «Quel bugiardo figlio di puttana». Mathilda la guardò sbattendo le palpebre e sospirò.

Mandò un messaggio a Paul per dirgli di annullare gli assegni che aveva inviato. *Piccola crisi alla galleria,* scrisse. *Posta danneggiata. Posso ritirare i nuovi assegni direttamente da te domani?*

Lui rispose che le avrebbe lasciato una busta alla reception. Grazie a Dio. I soldi le avrebbero permesso di sopravvivere ancora per un po', ma poi? La puzza di quel che Benji aveva fatto, qualsiasi cosa fosse, le sarebbe rimasta addosso, indipendentemente dalle sue sincere professioni di innocenza. Nessun gallerista rispettabile l'avrebbe assunta, sulla scia di quel futuro scandalo. Piú che mai aveva bisogno che Beck ottenesse l'ipoteca, in modo da poter pensare alla prossima mossa, alla prossima persona che sarebbe diventata.

Proprio in quel momento le squillò il telefono, ricordandole che doveva pagare le rate della carta di credito.

«Non mi rompere i coglioni». E soffocò il telefono con un cuscino.

Il fatto era che – se avesse scelto di farlo – Sophie poteva contare su Claire per un po' di soldi per tirare avanti. Lo stesso valeva per Beck e Paul. Che cavolo, poteva chiedere a Tania di anticiparle molto piú denaro di quanto qualunque delle sue sorelle avesse da offrire, e Tania glielo avrebbe versato senza fare domande. Ma tutto questo significava ammettere che lei, Sophie, non era altro che una simulatrice fallita. Tutta fumo e niente arrosto. E non era disposta ad ammetterlo, se poteva evitarlo. Se il piano di Beck non fosse andato in porto, il rustico sarebbe stato messo in vendita subito dopo. E probabilmente sarebbe stato venduto in fretta. Resisti ancora un po', ragazza, e nel frattempo pensa veloce.

Alterare l'ecosistema

Dopo aver tergiversato per piú di una settimana, Paul capí che doveva agire. Per quanto sarebbe stato difficile smantellarlo, lasciare il suo matrimonio allo stato attuale era poco gentile nei confronti di Beck, e sbagliato. Un inganno. Doveva farlo subito, di persona. Doveva andare nel Maine, perché non sapeva quando sarebbe tornata.

Però aveva paura che se le avesse detto del viaggio, avrebbe dovuto mentire e dire che voleva solo vederla, senza nessuno scopo preciso, oppure avrebbe dovuto spiegare il suo vero obiettivo e a quel punto la conversazione si sarebbe svolta al telefono. E sarebbe stato sbagliato.

Quindi non le disse niente ma ci andò e basta.

Parcheggiò accanto all'auto di Beck e scese. Stirò le braccia sopra la testa, si piegò da un lato e poi dall'altro. Inspirò il fresco, umido profumo di pino del Maine a inizio primavera. Oltre la casa, il lago era argentato dalla luce della tarda mattinata. Un kayak rosso era ormeggiato sulla riva vicino al molo. Gli unici suoni erano quelli dei gabbiani lontani e del vento tra gli alberi. Dire che era pittoresco significava sottovalutare l'impatto di quel panorama. Capí di nuovo perché Beck era riluttante a mollare la presa.

Sarebbe stata altrettanto riluttante a mollare la presa su di lui? Sperava quasi di sí. Ma questo che parlava, lo sapeva, era il vecchio Paul spaventato, il Paul che voleva che l'universo si riordinasse da solo per non doverlo fare lui.

«Puoi farcela» si ripeté.

Beck doveva aver sentito la macchina. Uscí sui gradini dell'ingresso, palesemente sorpresa. Aveva un aspetto familiare e al tempo stesso estraneo. Era sempre stata cosí alta? Aveva i capelli piú lunghi, piú morbidi, le incorniciavano il viso. Sembrava stanca. Cauta. Diffidente? Sí.

«Be', non me l'aspettavo. Mi sono persa qualche messaggio?»

«No. Io... È una sorpresa».

«Se l'avessi saputo avrei organizzato qualcosa. Per fortuna ho fatto scorta per il weekend tra sorelle su cui mia madre aveva tanto insistito. Ti ricordi che verranno qui domani sera, vero? Hai intenzione di rimanere?»

«Solo stanotte».

«Oh. Okay».

Paul osservò la sua espressione interrogativa, ma Beck non fece domande e disse solo: «Com'è andato il viaggio?»

«Bene. Nessun problema» rispose prendendo la borsa dal sedile posteriore. Chiuse la portiera dell'auto e si guardò intorno. «Avevo dimenticato quanto fosse bello quassú, anche in questo periodo dell'anno. Ha tutto un profumo cosí buono».

Salí i gradini e si abbracciarono. In quella stretta lei si sentí estranea. Non solo diversa, ma strana e nuova. Singolare. Single. Ebbe l'immediata sensazione che nelle poche settimane in cui era stata via molte cose fossero cambiate, e non solo per quanto riguardava il rapporto con lui.

«Vieni dentro. Hai fame? Ho preparato un curry. È vegetariano, ma credo che ti piacerà».

«Mi sembra un'ottima idea» disse lui e la seguí dentro.

La casa era completamente trasformata. Le pareti squallide e le finiture di legno scuro erano ora di un bianco immacolato. Tutti i mobili datati erano spariti, sostituiti da pezzi semplici e attraenti in tonalità complementari di azzurro. Alcuni quadri e accessori decorativi selezionati con cura erano stati collocati in punti selezionati con cura. Cestini intrecciati, cuscini e tappeti a colori vivaci, coperte lavorate a maglia e tende fantasia ammorbidivano la stanza e rendevano coerente il tutto. Era sicuramente pronta per essere affittata o venduta a degli acquirenti contemporanei, con le loro idee di eleganza ispirate a Pinterest. Aveva acceso un fuoco, il cui bagliore rendeva l'ambiente tragicamente romantico.

Vedere Beck, vedere tutto questo, la fatica che aveva fatto per quel posto che amava, fece venire a Paul la voglia di stringerla ancora. Era una persona straordinaria, dalla testa dura ma con il cuore tenero. L'aveva sempre pensato, ma negli anni si era abituato a lei e aveva smesso di notare tutti i modi in cui aveva arricchito la sua vita. Aveva permesso che il fattore dell'attrazione sessuale (o meglio, la sua mancanza) prevalesse sul fattore della tranquillità domestica. Ora però si chiese se non fosse il caso di rivedere le sue conclusioni.

«Questo posto è fantastico» disse, allontanando per il momento quei pensieri. «Non posso credere che sia la stessa casa. Se finirai per metterla sul mercato, la venderai il primo giorno».

«Sí, ma per fortuna quello non sarà un problema. L'istituto di credito ha ricevuto la perizia, quindi tra una settimana sarà tutto pronto».

Paul posò la borsa sulla panca accanto alla porta. In qualsiasi altro momento l'avrebbe portata nella camera che avrebbe condiviso con sua moglie. Non riusciva a immaginare che quella notte avrebbero dormito nello stesso letto. Forse non sarebbe stato il benvenuto, una volta che avesse detto quel che doveva dire. Se fosse andato fino in fondo. Eccola lí, in piedi, con quell'espressione interrogativa. Come poteva fare del male a questa donna, a quest'amica di una vita? Ne conosceva cosí bene il viso. Tanto quanto conosceva il proprio, in realtà. Non l'aveva forse osservata bene, per tanto tempo?

«Anche le camere da letto e il bagno sono stati rifatti?» Aveva dipinto i pensili della cucina e cambiato il rivestimento e le maniglie. Il tavolo era stato ridipinto e le sedie erano nuove. Un cartello sopra l'uscita che conduceva al portico diceva: TROVA LA TUA FELICITÀ. Come se la porta potesse diventare un portale. Forse potevano attraversarlo insieme e vedere cosa sarebbe successo.

Beck rispose: «Ritinteggiatura e biancheria e tende nuove. Non c'è budget per dei mobili, ma non li avrei comunque sostituiti; adesso ha personalità. Dai un'occhiata, se vuoi».

Paul obbedí, poi fece una rapida visita al bagno. Mentre si lavava le mani si guardò allo specchio e cercò di ripercorrere il momento di stupore vissuto quando aveva capito che camminare nell'acqua e nuotare non erano la stessa cosa. E quando poi aveva avuto il coraggio di chiamare Claire per un consiglio. (Cosí aveva sostenuto. In realtà voleva sentire la sua voce, provare la scossa che sapeva quella conversazione gli avrebbe dato.)

E se avesse avuto la certezza che Claire non avrebbe mai e poi mai potuto prenderlo in considerazione dal punto di vista sentimentale, per qualsiasi motivo? Sapeva di piacerle molto. Ma si era anche concesso di credere che tra loro ci fosse qualcosa di piú. Pensava di poterlo percepire sotto forma di ioni carichi, elettroni o altro (era un editor di narrativa, non un fisico). Ma ora? Ora si chiedeva se si fosse illuso per anni, se avesse vissuto come nella caverna di Platone. Senza catene, non riusciva a capire cosa fosse reale e cosa no. Era venuto lí credendo davvero che Claire potesse rappresentare il suo futuro? Era disposto ad annullare quello che c'era tra lui e Beck, a prescindere da ciò che sarebbe successo dopo?

«Cos'avrebbe fatto Fred Rogers?» chiese alla propria immagine riflessa.

«Il vecchio Fred non si sarebbe mai ficcato in questo pasticcio».

Beck lo chiamò: «Ho aperto un nuovo pinot nero che mi piace molto. Te ne verso un po'?»

«Grazie. Arrivo subito».

La raggiunse e si accomodò su una delle due nuove poltrone che fronteggiavano un divanetto per due. Lei gli versò il vino. Aveva già cominciato a bere.

Disse: «Nel tardo pomeriggio in genere esco con il

kayak. È un affare decrepito. La pagaia pesa una tonnellata rispetto a quelle nuove. Devo aggiornare tutta l'attrezzatura. Però è stato cosí bello uscire sull'acqua. Una coppia di aquile sta facendo il nido su un albero sulla riva sudovest».

«Oh, bello». Paul indicò una scultura lignea colorata che rappresentava un uccello, sistemata sulla mensola del camino. Era piuttosto stravagante. «Quella è un'aquila?»

«No, uno spirito gufo. L'ha realizzato un artista tribale wabanaki. Mi aveva molto colpito».

«Ha un nome?»

«Io lo chiamo Gustav» disse lei. «Non proprio originale, lo so».

«Gustav il gufo».

«Sí, Gustav il gufo».

Paul guardò la danza del fuoco. Era rilassante. Come il vino. Anche se avesse saputo che sarebbe venuto, lei non avrebbe potuto fare un lavoro migliore per rendergli tutto facile. Ma ora non era cosí sicuro di cosa voleva dirle esattamente.

Meglio buttarsi. Essere chiari e onesti e lasciare che le cose si risolvessero da sole, com'era sicuro che sarebbe successo una volta che le avesse esposte alla luce e all'aria. Non doveva sapere quale sarebbe stata la conclusione. Doveva solo spingere la situazione al limite, spingere sé stesso al limite, e poi avrebbe saputo con certezza se era un'opportunità per rivedere il loro matrimonio o se in realtà erano giunti al bivio.

Lei aspettava.

Dille tutto, pensò.

Quasi tutto.

Le parti necessarie.

Sí. Okay... Pronto.

Disse: «Cos'altro hai fatto?»

«Be'... Ho scritto. Un romanzo».

«Davvero? È una novità».

Lo sguardo di Beck abbandonò il suo. «In realtà no. Sono anni che ci provo. Solo che non te ne ho mai parlato».

«Da anni? E perché no?»

«Lo sai come sei. Hai degli standard molto alti».

«E non volevi che ti scoraggiassi» disse Paul.

«Già».

«Be', accidenti. Mi dispiace tantissimo di averti fatta sentire cosí. Davvero».

«Non ti scusare. Non hai fatto nulla».

«Senza volerlo ti ho fatto spaventare al pensiero di condividere il tuo lavoro con me».

«Allora puoi scusarti senza volerlo. Ma lascia perdere. E poi potrebbe essere una merda e saremo entrambi contenti che io non te l'abbia rifilato. Ho appena mandato trentamila parole a Gina. Mi darà un feedback obiettivo».

«Ne sono sicuro» disse Paul e fece roteare il vino nel bicchiere. «Ma vorrei... "anni" è un periodo lungo per lavorare a un romanzo e non parlarne mai».

«Con te. Alla mamma l'avevo detto. Spero che tu non ti offenda».

Invece si era offeso, un po'.

«No, per niente. Capisco. Capisco, davvero. Comunque sono sicuro che il feedback di Gina sarà migliore del mio». Paul alzò il bicchiere. «Al tuo romanzo».

«Romanzo in progress» precisò lei. «C'è ancora molta strada da fare. Ma possiamo parlarne un'altra volta. Immagino che tu sia venuto qui per un motivo...»

Paul si alzò per attizzare il fuoco e trovare il coraggio. Sapeva che parlando avrebbe dovuto guardarla in faccia, ma non riusciva a girarsi. Se l'avesse guardata, rischiava di non riuscire a spiccicare parola.

Disse: «Sai, non ti merito» che era un esordio come un altro. «Per tutti questi anni sei stata la mia piú cara amica, ma non sono sempre stato sincero con te. Ti ho... be', ti ho nascosto delle cose, ma non per mancanza di rispetto. Al contrario, in realtà. Per rispetto e gentilezza. Almeno, è quello che mi sono sempre ripetuto».

Beck disse: «Oh, cavolo. Sospettavo che si trattasse di questo».

Lui continuò. «Da molto tempo so di non essere del

tutto me stesso, non faccio ciò che voglio, non ho ciò di cui ho bisogno. Ma non è affatto colpa tua: quelle scelte le ho fatte io. Però qualche anno fa... Si è presentata un'opportunità e l'ho colta».

Beck chiese: «Geoff?»

Paul si girò sorpreso.

Lei proseguí: «È la mia prima ipotesi. Ho notato che eri diverso e mi sono chiesta se c'entrasse con Geoff».

«Oh... no, oddio, non si tratta di Geoff. Tu... cioè, pensi che io sia...»

«Gay? Sí. O forse bisessuale. Spiegherebbe molte cose. Stavo aspettando che trovassi il momento giusto per dirmelo».

Paul era sbalordito. Beck pensava che fosse gay? Lui? L'eterissimo Paul Balashov, senior editor, protettore delle lavoratrici del sesso con cromosoma XX, amante non corrisposto di Claire Geller, il cui viso e il cui corpo erano da tempo oggetto dei suoi desideri romantici e sessuali. Non poteva essere meno gay di cosí.

Rimase lí, senza parole.

Lei continuò: «So che non abbiamo mai affrontato l'argomento – ma avremmo dovuto farlo e adesso che ne stiamo parlando tanto vale mettere tutto in piazza – e forse avrei dovuto affrontarlo io piuttosto che lasciare il compito a te, che devi sentirti cosí vulnerabile – ma, comunque, non facciamo sesso da molto tempo. Un tempo lungo in maniera anormale anche per due persone sposate da anni. E anche quando abbiamo fatto sesso... be', devo proprio dirlo: non è stato un granché. Mai. Il che andava bene, ma era anche un po' triste, quando mi sono resa conto che il problema era probabilmente biologico, non personale, e che avremmo potuto fare del gran sesso con altri. Entrambi».

«Io... caspita. Un sacco di argomenti da affrontare».

«Paul. Questa non è analisi letteraria. È la nostra vita. Dai... Dimmelo e basta. Se non è Geoff, allora chi?»

Lui si sfregò la testa. Da dove cominciare? «Oddio, che difficile...»

«Un altro uomo? Uno che non si è ancora dichiarato? Giuro che non dirò una parola. E non c'è bisogno di cambiare nulla a casa, sai. Mi andrebbe bene se modificassimo solo l'ecosistema, per così dire, e lasciassimo tutto il resto al suo posto».

«Beck. Non si tratta di questo» disse. «Non sono gay. Per niente. Non che io pensi che ci sia qualcosa di sbagliato nell'essere gay. Ma sono completamente eterosessuale». Si scolò tutto il vino nel bicchiere, poi continuò: «A te non piace nemmeno il sesso. Pensavo di farti un favore».

Beck lo fissò come se si fosse messo a parlare arabo.

«Cosa?» disse. «Cosa? Quand'è che hai pensato di farmi un favore? Come?»

«Non volevo importi...»

«Stai cercando di dirmi che hai frequentato un'altra donna?»

«Sí. Cioè, piú o meno».

«O l'hai fatto oppure no».

Paul si coprí la faccia con la mano. «Ho frequentato una persona. Per fare sesso. Non era una relazione».

E a quel punto raccontò tutta la triste storia (quasi tutta). Quello che aveva creduto. La Specializzanda. La sua sostituta. Il senso di colpa e il sollievo. Beck ascoltò senza interromperlo. Quando lui finí, si alzò e andò in cucina.

«Vuoi che ti scaldi del pane da mangiare insieme?»

«Sí, certo, sarebbe carino da parte tua» disse, seguendola.

Lei accese il forno, preparò la pagnotta e la mise dentro. Fece tutto con alacrità ed evidente preoccupazione. E lui poteva capirlo! Le aveva dato molto su cui riflettere.

«Posso aiutarti in qualcosa?»

Lei si girò con il coltello da pane ancora in mano. «Dimmi il resto. So che c'è dell'altro. Ti conosco. In realtà, forse no! Ma so questo. Che altro c'è? Qualunque cosa sia, devi dirmela e basta».

«Non c'è altro».

La voce di lei si addolcí. «Dai, Paul. Stai mentendo».

«Va bene. C'è dell'altro. Ma non posso...»

«Allora perché ti sei disturbato a venire qui? Potevi aspettare che tornassi a casa».

«Non sapevo quando saresti tornata. E se saresti tornata».

Lei si mise a preparare la tavola. «Allora... non mi hai mai trovato particolarmente attraente?»

«Beck. Io ti trovo bellissima. Questo non c'entra».

«È stato difficile vivere con me?»

«Per niente».

«Questa è sicuramente una bugia».

«Abbiamo avuto una vita abbastanza armoniosa insieme. Non sei una persona difficile».

«Quel che voglio dire» disse Beck «è che sono confusa sulla parte del sesso. A volte mi sembravi... non proprio riluttante, ma incerto. Come se non fossi sempre sicuro di voler fare quello che stavamo facendo».

«Ero preoccupato che non ti piacesse davvero».

«Perché non hai detto niente?»

«Perché non hai detto niente tu?»

«Non volevo che ti sentissi giudicato! Il problema non era che non lo sapevamo fare. Quando andavi con altre donne, eri incerto?»

«Non direi. Non dopo aver superato lo strano effetto che mi faceva».

«Quindi con me non l'hai mai superato».

«Cosa? No, non è cosí. Ho capito solo dopo che...» Paul si interruppe. Stava per dire che solo dopo aver scoperto i suoi sentimenti per Claire aveva capito quanto fossero diversi da quelli che provava per Beck. «Non importa».

«No, dimmi. Cos'hai capito?»

«Che l'attrazione sessuale è una cosa complessa. E tra noi è meno forte. Chissà per quale motivo».

«Quando l'hai capito?»

«Un po' di tempo fa».

«Per via delle lavoratrici del sesso?»

«No, quella è una cosa completamente diversa. È una specie di... masturbazione di livello superiore. Piú o meno. Uh» disse, strofinandosi la faccia. «È davvero difficile parlarne».

«Lo so. Anche per me, ma dobbiamo andare a fondo della questione. Se non è per loro, allora...?»

«Claire» sbottò lui. «Cazzo. Mi dispiace, Beck».

Lei aggrottò la fronte. «Cosa? Stai dicendo che dietro a tutta questa storia c'è Claire? Claire, mia sorella?»

«Non è come pensi tu. Cioè, lei non c'entra. Io non ho mai... è una questione che riguarda solo me, Beck. Solo me e la mia sciocca, sconsiderata... Non ha idea che io pensi a lei come a qualcosa di diverso dalla tua sorellina».

«Oddio. È Claire quella giusta per te. Claire».

Paul avrebbe voluto che la smettesse di pronunciare il suo nome.

Beck continuò: «È incredibile. Quando hai...»

«Anni fa. Ho cercato di reprimere la cosa. Non ho mai, mai nemmeno tentato di passare ai fatti».

Beck si sedette. «Be', cazzo».

«Già».

«Davvero non lo sa? Voi due non siete stati...»

«No! Per quanto io sia cattivo, non sono cosí scapestrato».

«Quindi... sei venuto qui per dirmi...?»

«Che credo sia giunto il momento di darci la libertà».

«In modo che tu possa corteggiare mia sorella».

Paul si strinse nelle spalle con aria infelice. «Non mi sembra un'opzione praticabile».

«Allora perché disturbarsi?»

«Doveva essere fatto a prescindere. Lo so che sei d'accordo».

Lei disse: «Era molto piú facile quando pensavo che fossi gay».

«L'ho capito».

«Perché... be', lo usavo per razionalizzare il mio comportamento» disse lei. «La mia trasgressione. Tanto vale che tu lo sappia».

«Tu? Quando? Con chi?»

«Una settimana fa. Non lo conosci. Solo un tipo che

ho incontrato qui. In realtà non è vero. L'ho appena incontrato, ma l'ho incontrato anche molto tempo fa. Ti ricordi che ti avevo raccontato che qui mi hanno spezzato il cuore, quando avevo diciassette anni? Be', è lo stesso uomo. Solo che non ho capito subito che era lui, è stata solo una coincidenza casuale. Anche se papà probabilmente direbbe di no, che è stata una coincidenza significativa, cioè il destino.

«Comunque, abbiamo avuto un'avventura di una notte, se vogliamo chiamarla cosí. E sai cosa? È stato fantastico. Lo dico tranquillamente. È stato sesso davvero, davvero fantastico. Quindi capisco che c'è una differenza. Ma... Paul, dai: Claire? Perché mia sorella, per l'amor di Dio?»

«Il destino?»

Beck appoggiò la fronte al piano del tavolo. Disse: «Non sei neanche arrabbiato con me, vero?»

Paul cercò di capire cosa provava per quello che lei aveva fatto, poi disse: «No, credo di no».

«È la prova» disse Beck «che tra noi è davvero finita». E si tirò su.

«Neanche tu eri arrabbiata, finché non siamo arrivati alla parte su Claire».

«E quale sarebbe il punto?»

«Il punto è che... Mi dispiace. Farti del male è l'ultima cosa che desidero».

Lei disse: «E adesso?»

E adesso? pensò Paul. Era evidente che doveva andare avanti da solo, costasse quel che costasse.

«Ti prego, dimmi che non lascerai perdere la richiesta di prestito».

«Mi dispiace...»

«No» disse lei. «No. Non puoi farmi questo. Possiamo... Possiamo semplicemente vivere separati».

«Potrebbe sembrare piú semplice, ma a un certo punto causerebbe dei problemi anche a te. Devi essere libera di metterti con chiunque, in qualsiasi momento, senza dover spiegare che hai un marito ma solo di nome. E poi adesso non posso assumermi un altro obbligo ipotecario. Ho intenzione di cercare un appartamento in città e tu sai quanto sia importante avere delle finanze solide».

Lei lo fissò come se avesse appena strangolato il loro cane e lo tenesse ancora per il collo.

Lui proseguí: «So di darti una delusione, ma...»

«Volevo vivere qui» disse Beck a bassa voce.

«Cosa intendi per vivere qui? L'hai arredata per farne una casa delle vacanze».

Lei scosse la testa. «L'ho detto solo perché tu accettassi di accendere il mutuo. Te l'avrei detto dopo il contratto. Volevo farti il "discorso" dopo che tutto fosse stato sistemato, ma tu mi hai preceduto».

«Stavi per lasciarmi?» disse Paul. «Per tutto questo tempo hai mentito su tutto?»

«Non per cattiveria. Io...» E le parole sfumarono.

Paul si accasciò su una sedia della cucina. «Ho mandato tutto all'aria, vero?»

«Non è troppo tardi per rimediare. Almeno in parte. Tu puoi tenere la casa...»

«Non voglio tenere la casa. Abbiamo vissuto lí per il bene dei bambini».

«Ma pensavo ti piacesse non dover stare sempre in città».

«Mi piace non dover fare il pendolare cinque giorni alla settimana. Ecco perché vorrei vivere lí».

«Bene, quindi devo sacrificare l'unica cosa che mi sta molto a cuore perché tu non debba fare il pendolare. Lo trovo giusto».

«Oh, ed era giusto che mi mentissi per tenerti questo posto? E poi non si tratta solo di convenienza, Beck. Lo sai che ho ragione. Non vedo perché tu non possa essere altrettanto felice a Irvington. Hai reso quella casa bella come questa, e non avrai problemi a pagare le rate, una volta venduta questa».

«Il mio posto è qui».

«E il mio è a Manhattan».

Paul guardò Beck avvicinarsi a un mobiletto e tirare fuori una bottiglia di gin. Lei disse: «L'alcol non risolverà la situazione, lo so, ma adesso o butto giú un paio di bicchieri o accidentalmente ti accoltello a morte».

Paul disse: «Voto per il gin».

Lei trovò un vassoio e ci mise un bicchiere di ghiaccio, un lime, un coltello e il gin. Disse: «Vorrei poter dire che è davvero spaventosamente egoista da parte tua, ma non sono un'ipocrita». Prese il vassoio dal bancone e si diresse verso il corridoio.

Paul chiese: «Non ne parliamo piú?»

«No. E tanto per essere chiari: tu dormirai nella stanza di *Claire* e te ne andrai alle prime luci dell'alba».

Turbolenza

Se Marti Geller vegliava sulle sue ragazze, avrebbe potuto vedere Claire che incontrava Sophie al gate dell'aeroporto di Newark dopo essere arrivata in aereo da Duluth. Due delle sue figlie si riunivano per incontrare la terza, esattamente come aveva ordinato lei. Ciò che stava per accadere alle sorelle Geller, però, non era esattamente quel che Marti aveva immaginato.

Il tempo era instabile. I voli, cancellati o in ritardo. I viaggiatori erano ansiosi e agitati, e tra loro c'era anche Claire. Il volo di collegamento da Minneapolis a Newark era stato turbolento fin dal decollo. Aveva le mani rigide per essersi aggrappata ai braccioli.

«Che bello rivederti» disse, salutando Sophie mentre non avevano nemmeno un minuto per la coincidenza per Bangor, «ma ricordami perché ho preso tre voli in un giorno in cui il tempo fa schifo e in un periodo dell'anno in cui non vorrei nemmeno essere nel Maine.»

«Perché l'ha voluto la mamma» rispose Sophie. «E poi cos'altro avevi intenzione di fare questo fine settimana?»

«Lavorare a maglia. Ho fatto una sciarpa in un giorno! Ora credo di voler provare a fare un calzino».

Arrivò l'annuncio dell'imbarco e si diressero verso il gate. «Dici sul serio?» chiese Sophie.

«Certo» rispose Claire.

«Il Minnesota ti ha davvero conquistato! Come sarebbe avvenuto questo pittoresco sviluppo?»

Mentre si imbarcavano e trovavano posto, Claire raccontò a Sophie di River e Heath, poi disse: «Ho partecipato a un laboratorio. Abbiamo cardato la lana grezza, l'abbiamo filata, tinta e ora sto lavorando a maglia con il filato che ho fatto io. Tra qualche settimana potrò tosare una pecora, se i miei impegni si incastrano con i loro».

«Sembra che tu sia ben preparata per un eventuale accoppiamento con Paul... Bunyan».

«Oh, ah-ah. Spiritosa» disse Claire.

«Che brutta battuta, lo so. Scusami. Era troppo difficile resistere».

«Suppongo che sia un po' divertente, sí. In senso tragicomico».

Passarono la mezz'ora prima del decollo a chiacchierare tranquille. Quand'era stata l'ultima volta che avevano trascorso del tempo cosí da sole? Forse l'estate prima che Claire partisse per la facoltà di Medicina, con lo sguardo rivolto all'imminente balzo verso la carriera medica. Le preoccupazioni di Sophie erano concentrate sull'eliminazione dell'acne e sul numero esatto di giorni che mancavano al suo sedicesimo compleanno, giorno in cui intendeva regalarsi la perdita della verginità. Nessuna delle due riusciva a ricordare un evento o una situazione particolare in cui fossero state costrette a stare insieme, ma concordavano sul fatto che probabilmente era successo al lago.

Sophie disse: «Sai che dovremo comunque condividere la camera. Beck ha detto che nella sua vecchia stanza ci ha fatto una saletta per la televisione».

«Non lo sapevo» disse Claire. Lei e Beck non si parlavano da quella telefonata notturna. «Ma credo che non mi dispiacerà. È passato un po' di tempo dall'ultima volta che ho avuto un altro essere umano adulto nella mia camera da letto».

«Idem» disse Sophie. «Ma se russi, allora vaffanculo lo stare insieme, sei fuori».

L'assistente di volo fece l'annuncio sui dispositivi elettronici mentre Sophie alzava il telefono sopra la testa e si scattava alcune foto all'interno della cabina. Poi disse: «Cosa dovremmo fare questo fine settimana?»

«Semplicemente stare lí, credo» disse Claire. «Come omaggio a mamma e papà, o qualcosa del genere».

«Mm» disse Sophie, creando un post su Instagram. «Ecco» disse quando ebbe finito. «Per quel che vale».

«Quanti follower hai in questi giorni?»

«Tre virgola due». Allo sguardo confuso di Claire, Sophie chiarí: «Milioni».

«È una follia». Claire aveva aperto un account Instagram un paio di anni prima. Aveva postato tre foto e aveva dodici follower.

«So che sembra roba grossa» disse Sophie, «ma non è niente in confronto agli influencer seri».

«Non capisco neanche quel mondo lí» disse Claire. Del resto, non capiva quasi piú nemmeno il proprio. Niente era andato come aveva creduto.

L'aereo rullò fino alla pista, poi decollò nel cielo basso e pesante, dove l'aria era cosí agitata e il viaggio fu cosí turbolento che gli assistenti di volo dovettero rimanere allacciati ai sedili. Claire passò il tempo cercando di reprimere l'impulso di vomitare e poi, con molto imbarazzo, soccombendovi.

Disse a Sophie: «Sarà meglio che questo fine settimana ne valga la pena».

Imbacuccata in un lungo maglione, Beck aspettava di fronte alla casa avvolta nella nebbia. Sorrise e salutò, ovviamente felice di vederle, ma sembrava che non dormisse da giorni.

«Sono contenta che siate arrivate bene» disse.

«Anch'io» rispose Sophie. «C'è una nebbia pazzesca. Ma la dottoressa Geller è bravissima al volante».

«Avete bisogno di una mano con le vostre cose?»

Claire disse: «No, viaggiamo leggere».

«È il mio Principio di Vita» disse Sophie, avvicinandosi a Beck per abbracciarla. «Fondamentale per le fughe di breve durata».

Claire la seguí. Un'occhiata piú attenta le mostrò che non solo a Beck mancava il sonno, ma anche una doccia. I capelli sulla fronte erano in un disordine selvaggio.

Dietro erano arruffati, come se si fosse sdraiata su una superficie dura, a faccia in su. Era successo qualcosa e Claire sospettava che avesse a che fare o con Paul o con il mutuo. Probabilmente con il mutuo, visto che Beck non era ancora tornata a casa.

L'abbraccio di Beck fu rapido. Poi si allontanò, dicendo: «Bene, ci siamo» e si fece da parte per farle entrare.

«Wow» esclamò Sophie osservando lo spazio ristrutturato. «Questo posto è fantastico!» Indicò la cucina. «Quei mobiletti sono nuovi?»

«Riverniciati» disse Beck. «Ma le maniglie sí. Anche il rivestimento».

«Sei stata tu?»

«Sono stata io. Ho ridipinto tutto. Ho eliminato le tende e gli avvolgibili, ho risigillato la vasca... Ho fatto praticamente tutte le cose che avrei fatto se avessi avuto la certezza di poterla tenere».

«E adesso?» chiese Sophie. «A che punto sei con le tue fatiche?»

«Ti aggiorno dopo che ti sarai sistemata».

Claire indicò i candelabri dello Shabbat, su cui c'erano dei ceri nuovi, accesi e splendenti su una credenza accanto al vecchio tavolo da pranzo, appena riverniciato di un blu grigiastro. «Davvero bello» disse. «Alla mamma piacerebbe».

«Una piccola cosa» disse Beck senza guardare Claire. «La mamma diceva di aver conservato questi oggetti dalla casa in cui era cresciuta, ma ora mi chiedo se sia vero. Forza» disse posando una mano sulla spalla di Sophie, «portate su le vostre cose; avrete avuto una giornata lunga».

Quando furono in camera Beck le chiamò: «La cena è a base di avanzi; non avevo voglia di cucinare. Prima beviamo qualcosa? Vino?»

«Decisamente un superalcolico» disse Claire, scambiando il cappotto con un cardigan di lana e aggiungendo calze pesanti al paio che già indossava. «Bourbon, se ce l'hai».

Sophie uscí dalla camera spiegando a Beck: «Claire ha viaggiato con le turbolenze da Minneapolis, e poi ne abbiamo avute di bruttissime da Newark a Bangor. L'assistente di volo le chiamava "shaker". Claire ha vomitato».

«Sophie invece non ha battuto ciglio» disse Claire, raggiungendole.

Sophie disse: «Le turbolenze non hanno mai fatto precipitare un aereo di linea».

«Eppure» disse Claire.

«Pensavo fossi una donna di scienza!»

«Lo sono. Quello che ti devi ricordare è che la scienza è sempre un work in progress».

Presero i loro drink e andarono in soggiorno. Claire disse: «Va bene se accendo il fuoco? Ho freddo. Ho sempre freddo».

«Oh, sí!» esclamò Sophie. «Adoro il fuoco».

Sophie e Beck si sedettero insieme sul divanetto. Sophie mise un braccio intorno alla sorella. «Che trasformazione, Beck. Hai davvero talento per l'arredamento».

A Claire piacevano di piú le cose com'erano prima. Adesso la casa era troppo luminosa e ordinata, troppo... arredata. Ma sapeva bene che non avrebbe dovuto dirlo.

«Grazie». Beck saltò su di nuovo. «Sapete una cosa? Vado a scaldare del pane. Ci starebbe bene, non credete?»

Mentre lei andava in cucina, Sophie sussurrò a Claire: «Sembra distrutta. Cosa pensi stia succedendo?»

«Difficile dirlo».

Se le condizioni di Beck non erano dovute al mutuo, pensò Claire, forse c'entravano con il tipo con cui aveva avuto un'avventura. Forse si trattava di entrambe le cose. Oppure nessuna delle due; in realtà, Claire non aveva idea di cos'altro ci fosse nella vita di sua sorella, e comunque non era mai stata brava a capirla.

Per la giovane Claire, Beck era sempre stata la maggiore in movimento, in giro per il mondo a vedere e fare e poi a catalogare il tutto nei suoi quaderni. Condivideva alcuni di questi pensieri con il padre o la madre, ma mai con lei. Con il senno di poi, Claire si era resa conto che alcune delle riflessioni, dei punti di vista e dei sentimenti di Beck dovevano essere emersi nelle storie che a volte inventava per Sophie. Nel corso degli anni aveva prestato poca attenzione, gelosa del fatto che le storie fossero per Sophie e non per lei. O almeno cosí le era sembrato all'epoca. Per Claire, Beck era sempre stata un codice cifrato.

Quando tornò in soggiorno, Beck si muoveva come se la sua gravità personale fosse doppia rispetto a quella terrestre. Si sedette inclinando il corpo verso Sophie. Claire, ora comoda su una poltrona alla sua destra, avrebbe potuto benissimo non essere lí.

Non riusciva a farsi venire in mente niente che avesse potuto scoraggiare sua sorella, eppure, mentre parlavano di ciò che Beck aveva piú o meno scoperto nella sua ricerca di informazioni sulla famiglia Newman, continuava a tenere il viso e il corpo inclinati verso Sophie.

«Allora» stava dicendo Sophie, «immagino che qui porterai avanti la storia della famiglia Geller. Sono felice che si sia risolto tutto».

«A questo proposito» disse Beck in tono cupo, e solo allora si voltò verso Claire. «Avevi ragione» disse. «Su Paul. Non credevi che fosse gay, e avevi ragione. Non lo è».

Claire sobbalzò. Paul non era gay! Il suo cuore si gonfiò di una gioia inaudita – ma aspetta: perché, se non era gay, voleva mettere fine al suo matrimonio? Doveva esserci qualcun altro, a parte Geoff. Una donna. Il cuore di Claire si strinse. Anzi, diventò piccolo piccolo. Racchiuso nelle sue viscere, a contorcersi nella consapevolezza di aver sprecato tempo su una fantasia che non aveva mai avuto alcuna possibilità di realizzarsi.

Sophie disse: «Allora finalmente sei riuscita a farlo parlare! Quando è successo?»

«È stato qui, è venuto ieri e se n'è andato stamattina. Doveva parlarmi. Non poteva aspettare, mi ha detto. Ci separeremo. Vuole trasferirsi a Manhattan, il che significa che non posso...» Beck si fermò a metà frase. Lo sguardo di Sophie stava praticamente ustionando Claire. Beck disse: «Cosa c'è?»

«Cosa dovrebbe esserci?» disse Sophie.

«Perché stai fissando Claire? Lo sapevi?»

«Sapevo cosa?»

«Te l'ha detto, vero?»

Sophie sembrava perplessa. «Paul non mi ha mai detto nulla. Di che cosa stai parlando?»

«Di Claire! Che è innamorato di Claire da anni».

Sophie sgranò gli occhi, poi scoppiò a ridere. «Oddio! È... oh, cavolo. È pazzesco».

Claire, però, non riuscí a reagire. Rimase seduta come congelata, terrorizzata all'idea di muoversi o parlare, come se una sua risposta potesse rompere l'incantesimo.

Paul.

Innamorato.

Di lei.

Magia buona, non cattiva.

«Non lo trovo affatto divertente» disse Beck a Sophie.

«No... sono scioccata, tutto qui. È una cosa scioccante».

«Esatto». Beck guardò Claire con espressione né ostile né fredda, solo triste. «Davvero una bella ironia» disse. «Credevo che avesse perso la testa per il suo assistente, e invece no, sei sempre stata tu. Mi dispiace molto di avertelo fatto scoprire cosí. Avrei voluto essere un po' piú... delicata. O non dirtelo affatto. Non avevo ancora deciso».

Claire riuscí a dire solo: «Sono felice che tu l'abbia fatto».

Poi Beck si rivolse a Sophie. «Ti rendi conto che questo significa che non posso ottenere il mutuo, quindi dobbiamo vendere?»

«Oh. Oh, cazzo». Sophie le prese la mano. «Tesoro, mi dispiace. Questa cosa non sta andando per il verso che avresti voluto».

Sophie riportò lo sguardo su Claire, con un'espressione che ardeva di consapevolezza e allegria. Claire si chiese se non fosse il caso di confessare. No, oddio, che cosa le veniva in mente! In quel momento Beck provava compassione per lei, per il fatto che Claire fosse finita nel mirino senza averlo desiderato. In quel momento era la sorellina innocente e Paul il cattivo che le aveva ingannate entrambe. Non esisteva alcun motivo di disilluderla.

Lanciò un'occhiata a Sophie, che sembrava sul punto di scoppiare. Cazzo. Non sarebbero mai riuscite a superare quel fine settimana, Sophie l'avrebbe sicuramente messa nei guai. O almeno fu questo che pensò prima di dichiarare...

«Era – è – una cosa reciproca».

Perché andava detto, e meglio che lo facesse lei piuttosto che Sophie.

Reciproca. Quella verità si era depositata nel suo cervello come un rifiuto radioattivo che le penetrava nel corpo, alterandone le cellule in maniera irrevocabile.

Continuò: «Lui non lo sa. Non l'ho mai detto a nessuno a parte Chad e poi Sophie, quando le ho spiegato perché io e Chad ci siamo lasciati. Ecco perché mi stava fissando. Mi dispiace. Mi detesto».

Beck si alzò e uscí dalla porta principale.

«Perché glielo hai detto?» chiese Sophie.

«Per batterti sul tempo. Eri lí che friggevi tutta. Lei lo sapeva che c'era qualcosa sotto. È solo che... siamo troppo vecchie per avere dei segreti. Per fingere».

Sophie non replicò.

«Ora mi odia» disse Claire. «Non la biasimo».

«Cazzo. E adesso cosa dovremmo fare?»

«Lasciarla stare».

Sophie annuí. «È una bella sberla».

Le sorelle rimasero lí in silenzio per un poco, ma Beck non tornò.

Claire disse: «Dovremmo lasciarle tenere questo posto senza che debba darci dei soldi».

«Oh, no, no, non possiamo. La mamma ha detto...»

«La mamma non è piú qui. Non lo saprà».

«Allora a cosa serve un testamento» disse Sophie «se la famiglia non lo rispetta?»

«Da quando sei diventata cosí rigida?»

«Da quando... Aspetta, okay?» Sophie si alzò e uscí. Un minuto dopo era di ritorno e teneva il braccio intorno alla vita di Beck. Stava dicendo: «... visto che qui ci stiamo raccontando tutto, tanto vale che lo faccia anch'io».

Beck non guardava in faccia Claire. Disse: «Non so se sono pronta, di qualunque cosa si tratti». Però si sedette al tavolo della cucina, il piú lontano possibile dalla sorella pur trovandosi essenzialmente nella stessa stanza.

Sophie rimase in piedi. Raddrizzò le spalle e intrecciò le dita come se stesse iniziando un recital. «Allora, la questione è questa» cominciò. «Ho otto carte di credito e le ho esaurite tutte: ho un debito di decine di migliaia di dollari. Forse addirittura novantamila. Riesco a malapena a pagare le rate minime.

«Tania aveva bisogno di riavere indietro l'appartamento e io non ne ho uno mio da anni, il che significa che sono sempre senza casa. Tutto quello che possiedo è nel mio bagaglio a mano e in uno scatolone che adesso è in un deposito. Benji è evidentemente scappato chissà dove per eludere il fisco e la galleria è chiusa, credo per sempre. Questo significa che sono disoccupata e che è molto probabile che la mia assicurazione sanitaria sparisca insieme al mio capo. Ho qualche entrata dagli sponsor, ma ultimamente sono rimasta indietro – perché, davvero, a chi cazzo importa che rossetto uso o che gioielli indosso o qual è la mia discoteca preferita? Tra poco avrò trentasette anni, non ho un compagno, non ho genitori, non ho figli, non ho animali da compagnia, non ho nemmeno delle piante. Potrei anche non esistere! E quindi, anche se mi piacerebbe che tu riuscissi a tenerti questo posto, Beck – come ha suggerito la povera, colpevole Claire per risolvere tutti i tuoi problemi – io non posso accettare. Ho proprio bisogno di quei soldi».

«Be'» disse Claire, scioccata quasi quanto dopo la notizia di Paul. «Questa sí che è una rivelazione».

Beck lanciò un'occhiataccia a Sophie. «E noi cosa dovremmo fare? Dire: "Oh, povera Sophie, fai la vita peggiore di tutte, hai vinto"? Sono sicura che sei in una situazione da schifo. Ma le scarpe che porti in questo momento? Costano almeno seicento dollari. La tua borsa è una Fendi, quanto costa? Tre o quattromila come minimo. Non riesco nemmeno a immaginare quanto spendi per fare in modo che i tuoi capelli sembrino una cascata di seta. I problemi che hai sono principalmente provocati da te».

«Mentre i tuoi quasi non esistono!» esclamò Sophie. «Io devo darmi da fare ogni giorno, cazzo, mentre tu hai ricevuto tutto. Hai avuto vita facile, sempre. Claire stava per darti quello che vuoi solo perché sei uscita con il muso! Povera Beck, non c'è piú la mamma a farla sentire la piú speciale».

Claire disse: «Ci sono borse che costano cosí tanto?» Non aveva intenzione di accanirsi, era solo che la cifra l'aveva stupita. «Perché pagare migliaia di dollari per una borsa?»

«Oh, grazie, Claire. Sei di grande aiuto» replicò Sophie. «Io ti insegno come spendere i tuoi soldi?»

«No, ma io non finisco sotto una montagna di debiti per poi chiedere comprensione».

Sophie disse: «Ma voi due vi rendete conto di quanto sia difficile diventare importanti nel mondo dell'arte? No, certo che no. Non ne avete la minima idea».

«E quella borsa e quelle scarpe ti rendono importante?» disse Beck.

«In un certo senso, sí».

Le tre si scambiarono occhiate cattive. Poi Sophie disse: «Non pensavo che foste cosí senza cuore».

E Beck: «Non pensavo che fossi cosí irresponsabile».

«Perché te la prendi con me in questo modo? Non sono mica stata io a tradirti!»

Claire disse: «Non ho potuto farci niente. Non scegliamo di chi innamorarci, capita e basta. Come può essere un tradimento se non ho avuto la possibilità di scegliere? Ero infelice, ma me lo sono tenuto per me e ho sofferto, okay? Ho sopportato perché avevo troppo rispetto e amore per te per fare diversamente. Questo non conta proprio niente?»

Beck si era infilata le mani tra i capelli e li stringeva come per evitare che la testa le si scoperchiasse. Disse: «No. Forse. Non lo so. Devo pensarci».

Si voltò verso Sophie. «Mi dispiace di averti aggredito. Sono solo molto arrabbiata. Non ne avevi bisogno, non te lo meritavi».

«Grazie» disse Sophie. «Adesso basta con queste cazzate, va bene? Siamo sorelle. Io ho fame. La cena ha un profumo fantastico. Mangiamo?»

Era una cosa reciproca, continuava a ricordare il cervello di Claire, anche se sapeva che per questo avrebbe potuto perdere Beck.

Reciproca.

Lei e Paul.

Aveva dimenticato che esisteva qualcosa come il cibo.

Beck disse alle sorelle: «Non ho molto appetito. Voi due fate pure. Ci vediamo domattina».

In camera, chiuse la porta e si lasciò cadere sul letto. «Sei una maledetta sciagurata» disse.

E il soffitto sapeva la verità: era una maledetta sciagurata.

Per qualche minuto rimase lí a crogiolarsi nella sua infelicità, esaminandone la forma e il contenuto. Le cose che erano successe. Di chi era la colpa.

Era colpa di Claire.

Era colpa di Sophie.

Era colpa di Paul.

Era colpa di sua madre.

Era colpa sua.

Si alzò dal letto e tornò in cucina.

«Il problema è che nessuno di voi è come pensavo che fosse, com'è possibile? Pensavo che la mamma fosse un'orfana arrivata dal Kentucky, e invece no, è cresciuta in una fattoria a cinque chilometri da qui. Credevo che Paul fosse un gay non dichiarato e invece no, è un angioletto stupido e idiota che ha cercato di fare la cosa giusta per me anche se era innamorato di te» disse indicando Claire, «che mi sembravi una che ha tutto sotto controllo, che fa tutte quelle robe da medico, che salva bambini guadagnando trecentomila dollari all'anno...»

«Guadagni cosí tanto?» disse Sophie.

«... ed essendo la perfetta dottoressa Geller pensavo

che tu e Chad vi foste lasciati perché avevi trovato un uomo davvero degno di te. Ma forse è andata proprio cosí!» La risata ironica di Beck era per metà un singulto. «E tu, Sophie: ma che cazzo? Insomma, siamo seri, ma che cazzo fai?

«Mi sembra ovvio che non posso contare su niente e nessuno e non capisco cosa cazzo mi è successo! Desideravo soltanto poter vivere qui e continuare a scrivere quel cazzo di romanzo che ho finalmente iniziato – di nuovo – dopo anni di tentativi abortiti. Tutto qui. Non volevo altro».

«Cosa?» disse Sophie. «Un romanzo? È fantastico. Favoloso. Quando potrò leggerlo?»

«Ovviamente non prima che sia finito. E adesso non sono sicura che succederà mai».

«No».

«Come sarebbe a dire, no?»

«Mi dispiace, ma se è quello che desideri davvero, non puoi mollare, non se è un desiderio autentico che nasce dal cuore... E non me ne frega niente se i cinici di tutto il mondo ridono di me per averlo detto. Sono cosí stanca di quella gente».

Beck fu colta alla sprovvista da quella frase, che la intenerí. Le rallentò i battiti del cuore. Le spense in qualche modo la rabbia, che non era rabbia vera, ma ansia e dolore.

Sophie continuò: «Mi dispiace per la parte che ho avuto in questa storia. Non avrei mai voluto farmi coinvolgere da quel mondo cosí artificioso. Non avrei mai pensato di poter adottare quello stile di vita. È stata una specie di dipendenza, me ne rendo conto adesso. Ma sono ben decisa a smettere. Basta con i debiti. Basta con le finzioni. Basta nutrirmi dell'adulazione di facciata di estranei che pensano che sia piú di quella che sono».

Beck andò da lei e l'abbracciò. «Sono molto arrabbiata con te, ma sono anche orgogliosa di te».

«Sí?»

«Sí».

Sophie stava ancora cercando di risolvere il problema. Disse: «Claire, non hai bisogno che Beck te li anticipi, giusto? Quindi forse può chiedere un mutuo piú piccolo. La metà dell'importo. Potrebbe funzionare? Sto cercando di fare un po' di brainstorming».

Claire disse: «Preferirei averli prima...»

«Un minuto fa eri pronta a rinunciare a tutto!»

«Per il senso di colpa» rispose Claire.

«E ora ti senti assolta? Dai, potrebbe funzionare».

Beck disse: «Dubito che potrei chiedere un prestito cosí alto da sola».

«Claire potrebbe farti da garante».

«No» disse Claire. «Sono già al limite. Nessuna banca mi presterebbe tanto».

«Be', per quanto mi riguarda non permetterò che una questione misera come quella dei soldi impedisca a Beck di tenersi questo posto».

Beck doveva riconoscerlo a Sophie: sembrava proprio che per lei il denaro non fosse un problema, anche quando non ne aveva.

Sophie si mise a camminare avanti e indietro, dal soggiorno alla cucina, alle camere da letto e viceversa. «Pensate, gente. Su cosa possiamo contare?»

«Alla fine avrò metà del patrimonio mio e di Paul» disse Beck. «Ma ci vorranno mesi. Non credo che voi possiate aspettare ancora un po', vero?»

Sophie scosse la testa. «Per quanto ne so, grazie a Benji ai miei debiti andranno ad aggiungersi anche le spese legali. Ho bisogno di tutti i soldi che posso mettere insieme, il piú velocemente possibile. Ma c'è una soluzione. So che esiste».

Claire disse: «Senza offesa, ma sarebbe molto piú semplice se tu non avessi speso come un marinaio ubriaco in licenza».

Beck disse: «Sarebbe piú facile se la mamma non avesse detto di vendere la casa».

«Per te» obiettò Sophie. «Per me è un'ancora di salvezza».

Claire disse: «Pensi che sapesse che ne avevi bisogno?»

«Forse». Sophie smise di camminare. «Non me l'ha

mai detto, ma è possibile. La mamma sapeva essere stranamente intuitiva».

L'idea che Marti avesse usato il suo intuito per fregare lei e salvare Sophie era irritante, ma Beck tenne la bocca chiusa. Lamentarsi di favoritismi non sarebbe servito a nulla.

Disse: «Quando avrai i soldi, comunque li otterrai, potresti usarne una parte per uno psicologo. In modo da non ripetere gli stessi errori».

«Ah, sí?» disse Sophie. «È un'opinione professionale?»

«Non ha tutti i torti» disse Claire.

«Be', dottoressa Geller, grazie per il suo interessamento. Le assicuro che ho imparato la lezione. Non solo, ma ho delle idee su come muovermi in direzioni che mi corrispondono di piú. Sono a terra, ma non sono fuori gioco».

Claire disse: «Ah, sí? E quale sarebbe il piano?»

Beck guardò le sue sorelle che discutevano le idee di Sophie per costruirsi un nuovo futuro come *art concierge*. Siamo tutte sull'orlo, pensò Beck. E non era facile capire esattamente l'orlo di cosa. Era chiaro, però, che quella sera aveva rappresentato un fulcro per tutte e tre e che in futuro nulla sarebbe stato piú come prima. Avrebbero volato o sarebbero cadute?

Beck andò a letto esausta. Dormí per un paio d'ore un sonno pesante e senza sogni, poi si svegliò mentre una luce morbida e argentea filtrava dalla finestra e con i richiami delle strolaghe che fendevano acuti il mattino nebbioso. Nel suo letto, caldo e accogliente, con le lenzuola pulite e il piumino, visse un momento perfetto prima dell'intrusione della realtà: sí, doveva vendere. Non c'era altro modo.

Il che significava che doveva decidere per quanto tempo ancora sarebbe rimasta lí. Lei e Paul non avevano discusso le questioni pratiche da affrontare. Era chiaro, però, che avrebbero dovuto farlo al piú presto e iniziare a preparare la casa di Irvington per metterla sul mercato.

Beck non sapeva dove voleva vivere o cosa voleva fare. Sapeva solo che tutto doveva essere diverso, perché lei era diversa. Eppure non sapeva bene chi era, il che le rendeva difficile capire chi dovesse diventare. Era un enigma.

«Prima il caffè» disse uscendo dal bozzolo ed esponendosi al freddo della stanza.

Sophie era in cucina, vestita per fare fitness, firmata da capo a piedi. Beck chiese: «Vai a correre?»

«Ci sono già andata. Cadillac Mountain all'alba, tesoro. Sono una bomba».

«Impressionante. Sembra che vada come una bomba anche la macchina del caffè». Beck si riempí una tazza e se la portò al tavolo della cucina. «Grazie».

«Non c'è di che! Si serva anche lei, dottoressa Geller» disse Sophie quando Claire le raggiunse, con i capelli che le spiovevano sulle spalle. «Sembri la Claire adolescente».

«Non guardarmi troppo da vicino».

«Ora che siete in piedi, vado a farmi una doccia. Poi penso che andrò in centro per un po'».

«Dovresti» disse Beck. Si sedette con le mani chiuse intorno alla tazza. «Sarò una pessima compagnia mentre aspetto che si faccia viva l'agente immobiliare».

Claire disse: «Soph, ti va bene se vengo in centro con te? Ho promesso a David di portargli un souvenir».

«Sí, certo» disse Sophie. «Beck, tu cosa farai?»

«Delle cose. Dovrei elaborare qualche idea da proporre. Non scrivo articoli da prima che la mamma morisse».

«Se ti occupi ancora di profili di personaggi famosi, potrei metterti in contatto con alcune persone. Ho molti agenti e manager nella mia rubrica».

«Perché non mi hai mai fatto prima quest'offerta?»

«Non potevo; Benji diceva che non sarebbe stato etico. Era cosí "puro". Ah-ah. Altroché».

«Allora sí, grazie. Sono pronta per qualche articolo agiografico su vip che hanno intrapreso nuove carriere, per un po' di riabilitazione della reputazione altrui e per qualsiasi cosa vogliano affibbiarmi. Sarà un'ottima distrazione».

«Vedrò cosa posso fare».

Sophie andò a fare la doccia. Claire si mise a rovistare nel frigorifero. «Non sono granché come cuoca, ma sono in grado di strapazzare le uova. Ne vuoi?»

«Mettici anche un po' di quelle verdure a dadini, se ti va... lo vedi il contenitore, lí, con il coperchio rosso?»

«Visto». Claire si mise al lavoro. «Senti, voglio solo ripeterti ancora una volta quanto... mi senta strana per com'è andata a finire. Insomma, sono contenta che non ci siano piú segreti e non mi dispiace che Chad mi abbia lasciato. Non siamo mai stati una bella coppia. Lui in realtà desidera una moglie trofeo adorante la cui massima ambizione sia mantenere sé stessa e la casa in condizioni perfette».

Beck disse: «Be', con Paul non avrai questo problema».

«Come se potesse succedere davvero» disse Claire. «Solo perché io e lui... Voglio dire, non riesco proprio a immaginarci insieme. Realisticamente».

Beck aveva una mezza idea di dirle: *Sai, pagava delle donne per farci sesso.* Per metterla in guardia? O per dispetto? Si trattenne, voleva mostrare solo i lati migliori del proprio carattere. Invece disse: «Sai, quando ho pensato che poteva essere innamorato di Geoff, ero preoccupata che si approfittasse di lui. Come avrei fatto per un qualsiasi buon amico. Non ero gelosa né arrabbiata. Volevo davvero che Paul fosse felice. Che fosse sé stesso. E la sai una cosa? Lo voglio ancora. Cioè, dovrebbe essere diverso solo perché l'oggetto del suo affetto si chiama Claire? Hai ragione, è difficile immaginarvi insieme, ma nessuno è mai stato piú bravo di te ad affrontare le sfide».

«Come fai a essere cosí generosa?»

«Non lo sono. Credo che sia solo perché ti voglio bene, e voglio bene a Paul, e se mi tengo fuori dai piedi il resto si risolverà da solo».

Claire disse: «Papà diceva sempre: "Sono sicuro che l'universo se ne occuperà". Ricordi? Non aveva mai paura di nulla».

«Soph è proprio come lui, vero?»

«Piú di quanto pensassi» disse Claire. Riempí i piatti e li portò in tavola. «Stavo pensando che stare qui con te e Soph è come essere su un'isola dove il tempo non passa».

«Anche per me. Sono contenta che tu sia venuta. Grazie».

«Ringrazia la mamma».

Beck guardò verso il cielo. «Grazie, mamma».

Ma anche no, pensò, con la mente che si impigliava nelle spine delle ipotesi. Qualche settimana prima, Helen le aveva consigliato di stroncare i rimpianti prima ancora che nascessero. Ma come evitarli, quando tutto ciò che contava in quell'ambito era completamente fuori dal suo controllo? Si sentiva fatta di rimpianto, come se il rimpianto fosse una pasta altrimenti informe che prendeva la forma di un gruppo di idioti arrabbiati e pieni di sensi di colpa, incapaci di vedere il precipizio prima di saltare giú.

In fiore

Dopo essere uscito per una corsa sulle strade asfaltate del parco di Acadia, C.J. tornò alla proprietà dei Callaghan per scoprire che Deirdre e Arlo erano rientrati da Boston. Deirdre era in piedi nel bovindo della sala da pranzo e guardava verso il capanno degli attrezzi. Vide C.J. e indicò dalla finestra. «Si è trasferito nel capanno» disse.

«Arlo?»

«Sí. Per protesta. Anche se dice che forse le darà il permesso di fargli visita. A me, invece, l'ha proibito. Abbiamo fatto un bel viaggio; Arlo è stato educato, anche se non particolarmente disponibile, e le scuole non vedono l'ora che si iscriva. Ho deciso di scegliere la Bement. È stata fondata da una suffragetta convinta. Arlo, ovvio, non è particolarmente interessato alla cosa».

«Capisco che non lo entusiasmi» disse C.J.

«Mi dica, qui come va? Ha fatto progressi nelle sue attività? Sa che la terrei volentieri qui tutta l'estate? Arlo ha fatto capire chiaramente cosa vorrebbe e non ho problemi ad ammettere che mi farebbe un favore. Ci saranno i soliti ospiti, il solito va e vieni, naturalmente, ma se sa bere cocktail su una barca si troverà bene. Ho detto ad Arlo che non dovrà partire per la nuova scuola prima di agosto, anche se a quanto pare non è una consolazione. Quindi si è trovato un posto dove vivere per conto suo».

«Vado a parlarci».

C.J. tornò fuori e attraversò l'ampio prato. L'erba sotto i piedi sembrava ammorbidita. I pettirossi saltellavano in cerca di insetti e vermi. Le gemme ingrossate sui rami delle latifoglie erano vicinissime a schiudersi; presto gli alberi sarebbero stati circondati da una nuvola di rossi, oro e verdi, la promessa del vero arrivo della primavera nel Maine, non solo una data sul calendario. Sbocciamo tardi, pensò C.J., ma sbocciamo.

Squillò il telefono: era Carol Barksdale. «Ehi, Carol, come va?»

«Non crederà mai chi ho appena incontrato».

«Martha Stewart?»

«Le sorelle Geller!» esclamò, come se fosse un gruppo musicale tipo le Dixie Chicks. «Be', due delle tre».

«Quali due?»

«Sophie e Claire. Beck è quella che ho conosciuto il primo giorno, quando ho scattato le foto».

C.J. sapeva chi era Beck ma non lo disse. «E quindi?»

«Le daranno un'opzione sulla casa ristrutturata, se vuole. Altrimenti sarà ufficialmente sul mercato dalla prossima settimana».

«Be', caspita. Ha già un prezzo?»

«È stata valutata 864.000 dollari. So che è molto di piú di quanto intendeva spendere, ma ha subito notevoli modifiche da quando ho scattato le foto, e naturalmente la posizione fronte lago significa...»

«La compro».

«Non crede che dovrebbe vederla di persona prima di decidere? Anche se a volte i miei acquirenti a distanza si affidano solo a me per...»

«Sí. Quando? E poi la compro».

Carol scoppiò a ridere. «Mi lasci scoprire il momento migliore e la richiamo».

C.J. andò a bussare alla porta del capanno, pensando a parole come forza d'animo, pazienza, fortuna e destino. Mentre bussava gridò: «Ehi, amico. Ho sentito che hai un nuovo indirizzo».

Sembra che presto ne avrò uno anch'io.

«Amico o nemico?» gridò Arlo.

«Amico. Decisamente. Hai qualche dubbio al riguardo?»

Arlo aprí la porta quel tanto da far vedere a C.J. che

aveva steso un materassino e acceso una stufetta. Era elettrica e presumibilmente aveva un termostato e un interruttore, ma C.J. se ne sarebbe assicurato.

«Sembra piuttosto accogliente lí dentro».

«Non ci vado, in quella scuola. Se sei venuto per cercare di convincermi, puoi anche andartene».

«Cavolo, no» disse C.J. «Non voglio parlare di questo. Voglio mostrarti un sasso che ho trovato oggi. Credo che ci sia dentro un fossile, ma non sono un esperto». E tese il sasso perché Arlo la vedesse.

«Okay, puoi entrare» disse Arlo. Prese il sasso, poi si spostò verso il materassino e si sedette.

Anche C.J. si sedette e guardò Arlo esaminare il sasso. «Cosa ne pensi?»

«Questi segni potrebbero essere di un trilobite» disse Arlo.

«Ah, sí? In effetti ci speravo».

«Ho dimenticato di portarmi l'iPad, altrimenti potevamo fare una ricerca».

«Non c'è problema. Ehi, allora, la nonna ha detto che le piace la Bement School. Ma immagino che a te no».

«Ovviamente».

«È la scuola o il fatto di doverci andare senza conoscere nessuno? Perché ti faresti subito degli amici».

Arlo disse: «Ho dei soldi miei, sai. Me li hanno lasciati mia madre e mio padre. Quindi non vedo perché devo permettere a qualcun altro di comandarmi».

«Certo. Be', sei un ragazzo intelligente. Potresti pensarci tu, a te stesso. Voglio dire, non sai ancora guidare, ma credo che potresti assumere un autista. E non sei un granché come cuoco, ma potresti imparare. Qui potresti farti mettere una piastra elettrica, certo. Un microonde. O semplicemente ordinare fuori. Probabilmente la nonna ti farà pagare il wi-fi, ma puoi permettertelo. Lo trovo perfetto».

«Potresti venire ad abitare con me. Possiamo costruire un letto a castello».

C.J. si guardò intorno. «Forse lo spazio c'è. Ma io preferirei un posto con bagno e doccia. Senza offesa».

«A me piacciono le cose selvagge. Fare la pipí fuori è divertente».

«Tutti i gusti son gusti» disse C.J. Guardò meglio la stufetta. Non c'era pericolo.

Arlo disse: «Credevo che anche tu volessi vivere da selvaggio».

«Fino a un certo punto. L'acqua calda, però...»

«Possiamo fare una doccia solare come quella che ho visto su Discovery Channel. Andrebbe bene, no?» Lo guardò implorante con quelle iridi cosí azzurre. «Resta qui con me».

«Sai, io ci verrei anche. Ma ho appena scoperto che è in vendita una casa su cui avevo messo gli occhi. Un posto davvero carino. Quindi penso che prenderò quella strada, se mi riesce. Spero che verrai a trovarmi».

«Ci saranno delle stanze per gli ospiti?»

«Certo che sí. Niente di paragonabile alla casa di tua nonna, ma almeno un paio le troverai».

Arlo si rigirò il sasso tra le mani. Poi disse: «Okay, ecco la mia proposta: vengo a vivere con te nella tua nuova casa».

«Ma che proposta sarebbe?»

«Non vorrai abitarci da solo. Stare soli fa paura».

C.J. sentí un groppo in gola. Disse: «Può essere. Hai ragione. Apprezzo davvero l'offerta».

«Accetti?»

«Oh, amico... Ecco il mio problema: in base alle regole, è la nonna che deve decidere dove andrai a vivere. E lei pensa che il posto migliore per te sia la scuola che avete visitato. Non posso prenderti con me e mettermi contro queste regole. Se lo facessi, finirei in prigione».

Arlo scoppiò a piangere. «Non è giusto» disse.

Era vero. Molte cose della vita non sono giuste, ma un bambino di otto anni aveva davvero bisogno di imparare la lezione con la stessa durezza con cui l'aveva imparata lui? Certo, altri bambini se la passavano molto peggio, non c'era dubbio. Questo bambino, però, era seduto in lacrime davanti a C.J. E desiderava solo essere un bambino normale con una vita normale. Una vita che si adattasse a lui, non una vita a cui lui si doveva adattare.

C.J. lo strinse finché quel corpicino non smise di singhiozzare e tremare. Poi disse: «Facciamo cosí: vado a parlare con la nonna e vedo se c'è qualche margine di manovra, okay? Però voglio avvertirti – e sei abbastanza grande per capirlo – che potrei non riuscire a cambiare nulla. La nonna potrebbe arrabbiarsi con me per aver ficcato il naso nei suoi affari e cacciarmi via, e io e te non ci vedremmo piú. È un grosso rischio. Siamo pronti ad affrontarlo?»

Arlo alzò lo sguardo e annuí. Aveva le ciglia impastate di lacrime.

«Okay, allora» disse C.J. alzandosi. «Tu resta qui. Ti faccio sapere com'è andata. E ricorda: qualunque cosa lei dica, io e te resteremo amici. Sempre».

«Me lo giuri?» disse Arlo.

«Te lo giuro».

C.J. uscí dal capanno e tornò in casa, interrogandosi su quel che aveva appena fatto. Era l'ennesimo gesto impulsivo che avrebbe creato infelicità a lui e a chi gli stava intorno?

Deirdre si era preparata un tè ed era seduta in soggiorno con i piedi sollevati. «Com'è andata?» disse.

«Credo che siamo giunti a un accordo».

«Ah».

«Credo di sí, ma dovrà confermarmelo lei». Le si sedette accanto. «Ho appena ricevuto una proposta per una casa: un posto davvero bello, a pochi chilometri da qui. Tranquillo. Molto carino. Un sacco di spazio. Arlo pensa che sia il posto giusto per lui e io sono d'accordo. Non stiamo cercando un accordo finanziario speciale, niente del genere. Saremmo solo una coppia di scapoli che imparano l'uno dall'altro le cose importanti della vita».

«Be', non è esattamente quel che mi aspettavo». Deirdre posò la tazza da tè sul piattino. «È a dir poco irregolare».

«È vero. Ma non può dirmi che starebbe meglio in

collegio. Non lui. Francamente, da quello che mi ha detto dei suoi genitori – e non è per denigrare sua figlia – non credo che nella vita gli sia capitato spesso di ricevere le attenzioni e le cure che merita. E lei vuole fare la cosa giusta, l'ho capito. Quindi, forse, potrebbe dare una possibilità a quest'idea».

Deirdre rispose: «Ho già versato un anticipo alla scuola».

«Se non glielo restituiscono, glielo rimborso io».

Lei lo scrutò muta. Poi disse: «Parliamo di quella situazione sgradevole con suo padre».

Oh, cazzo, pensò lui. «Ah, sí» disse, con la speranza che affondava e il terrore che veniva a galla. «Mi lasci dire che giuro di non aver mai avuto intenzione di sparare a mio padre; altrimenti non sarebbe sopravvissuto tanto da chiamare la polizia».

«Quindi è stato tutto un grosso errore. Un malinteso».

«No, aveva capito esattamente cosa stavo per fare».

«Sta dicendo che voleva spararg1i e mancarlo».

«Sí, esatto» disse. «Le racconterò tutta la storia e lei potrà giudicare come meglio crede». Forse non le sarebbe piaciuta, visto che probabilmente aveva piú cose in comune con i suoi che con lui. Ma non aveva scelta. Il processo ebbe inizio.

Era il fine settimana del Ringraziamento. Tutta la famiglia di C.J. era riunita a casa dei suoi genitori ad Aiken. Giovedí avevano fatto la grande cena a base di tacchino e sabato tutti gli uomini e i ragazzi erano usciti a caccia di cervi.

«Ho odiato la caccia al cervo per tutta la vita» raccontò a Deirdre. «Quand'ero bambino volevo stare a casa a disegnare o dipingere. Ma l'arte era una cosa che si comprava, non una cosa che si faceva. I Reynolds erano uomini d'affari e i nostri hobby erano le armi, i cani, i cavalli, il golf e forse le corse automobilistiche NASCAR, anche se era un po' troppo da bifolchi. Però era comunque accettabile. Dipingere l'alba sulla palude, per esempio, era un tipo di cosa che facevano le femminucce; me lo dicevano sempre i miei cugini quand'eravamo adolescenti. Quando i miei zii o mio padre mi rimproveravano, lo facevano in termini piú duri. “La pittura è roba da froci e checche” dicevano. “Proprio non capisco perché tu lo faccia”».

Quel sabato, mentre erano nell’altana sull’albero, suo padre aveva tirato fuori l’argomento, anche se C.J. lavorava per lui da vent’anni e non dipingeva piú.

«Era una cosa che faceva di tanto in tanto» disse C.J. a Deirdre. «Per prendermi in giro. Per tenermi al mio posto, credo. Per ricordarmi che non ero mai stato un uomo come lui, mio zio e i miei cugini. A golf giocavo da sfigato. Non mi piaceva fumare il sigaro. Non prendevo un cervo da quando avevo dodici anni».

E poi c’era Denise, su cui Coleman padre faceva spesso delle battute, sostenendo che usasse C.J. solo per «fare la furba e decidere lei a quale famiglia dovesse toccare la sua bambina», come se il medico con cui Denise era stata sposata fosse inferiore perché, originario del Michigan, non aveva radici profonde nel Sud. «Ricordatevi che sono riusciti ad avere un figlio solo» aveva detto Coleman padre al gruppo quel sabato, nell’altana per la caccia al cervo. «Una grande delusione per me, come tutti sapete. Chi porterà avanti il nome dei Reynolds? Avevi un solo compito, figliolo» aveva aggiunto rivolto a C.J., scuotendo la testa. Gli altri uomini erano scoppiati a ridere.

C.J. disse a Deirdre: «Deve capire che subivo da anni. Da tutta la vita, in pratica, e tenevo la bocca chiusa. Non so spiegarle perché quel giorno fu tutto diverso. Forse perché io e Denise stavamo passando un brutto periodo e mi sembrava di non fare niente di giusto, niente che avesse importanza per nessuno. Men che meno per me stesso».

Quand’erano tornati alla casa, gli uomini si erano messi a scaricare i due cervi che avevano ucciso. C.J. aveva cercato di allontanarsi da quell’incarico e dagli uomini il piú velocemente possibile, ma Coleman padre aveva detto «Fermo lí, figliolo» e l’aveva fatto entrare nella stanza dei fucili, dove si era piazzato su una panca imbottita e gli aveva chiesto: «Chiudimi il fucile nell'armadietto e poi aiutami con questi stivali. Almeno cosí oggi ti sarai reso utile».

C.J. raccontò a Deirdre: «Stavo per avvicinarmi all'armadietto, stringendo i denti come al solito, e poi ho pensato: maledizione, ne ho abbastanza. Voglio mettere il vecchio al suo posto».

Si era girato e aveva puntato il fucile. Verso suo padre, non contro di lui.

«Che idiozia credi di fare?» aveva detto suo padre, non ancora spaventato ma solo irritato. «Mettilo via».

C.J. aveva tolto la sicura. «Sono stufo di sopportare le tue stronzate».

«Maledizione, Junior».

«Di cosa ti preoccupi? Non riesco neanche a colpire la parete piú lunga di un fienile. Non è quello che mi dici sempre?»

«Anche gli orologi rotti due volte al giorno ci azzeccano» aveva ribattuto Coleman padre, che ora sembrava nervoso. «Su, figliolo. Mettilo giú. Se ho detto qualcosa che ti ha fatto arrabbiare, stavo solo scherzando. E tu lo sai». Gli tremava la voce.

C.J. aveva preso la mira con attenzione, il mirino su un punto a diversi centimetri da Coleman padre, e poi aveva sparato, provando una grande soddisfazione nel vederlo sussultare e gettarsi a terra mentre il proiettile gli sfrecciava vicino a un orecchio e si conficcava nel muro.

«Maledizione. Ho fatto cilecca».

Suo padre l'aveva guardato e la paura si era trasformata in rabbia. «Continua a parlare» gli aveva detto. «Tanto è tutto quello che sai fare. È tutto quello che hai sempre saputo fare». Ma i suoi occhi erano ancora puntati sul fucile.

C.J. l'aveva rimesso nell'armadietto. «È difficile prenderti sul serio quando sei in ginocchio. È piuttosto divertente, perché, sai, stavo solo scherzando».

Gli tornò in mente la sua espressione fredda. Gli occhi socchiusi nel viso magro. La piega cupa e risoluta delle labbra sottili. Coleman padre ora sapeva che C.J. non aveva voluto colpirlo e sapeva anche che poteva plausibilmente sostenere il contrario.

Prima ancora che i famigliari allarmati si precipitassero nella stanza, Coleman padre era al telefono con il centralino del 911 per segnalare la presenza in casa di una persona armata. «È mio figlio, è squilibrato» aveva detto fissando C.J. «Sta cercando di uccidermi – ha già sparato una volta e mi ha mancato, grazie a Dio. Qui a casa c'è un sacco di gente e non so cos'altro potrebbe fare. Lo sto tenendo a bada, ma è meglio che mandiate qualcuno alla svelta».

C.J. aveva aspettato che terminasse la telefonata. La stanza si era riempita di gente. Prima la famiglia, poi la polizia. La madre di C.J. li aveva accolti sulla porta e aveva garantito che potevano rimettere le armi nella fondina; non c'era pericolo per nessuno. I poliziotti erano entrati, avevano sgombrato la stanza, avevano rivolto alcune domande a entrambi gli uomini, poi avevano ammanettato C.J., che si aspettava che suo padre chiedesse agli agenti di sbatterlo in prigione e trattenerlo per un po'. Dopotutto, era una questione di principio. Però non si era aspettato di essere accusato di tentato omicidio.

Era stata la reazione di Coleman padre, in preda al panico, a determinare il destino di C.J. Suo padre era stato messo in imbarazzo e aveva trasformato l'imbarazzo in rabbia e la rabbia in azione. C.J. se n'era reso conto piú tardi, quando si era ritrovato seduto in aula per il processo. Non si era sbagliato sul principio che aveva cercato di affermare, ma aveva giudicato male l'effetto che affermare quel principio avrebbe avuto su un uomo come suo padre.

«Un grave errore di valutazione da parte mia» disse a Deirdre. «Non sopportava che l'avessi visto spaventato».

«Suo padre ha lasciato che lei finisse in prigione».

«Certo che sí. Coleman J. Reynolds padre non avrebbe permesso a nessuno di dire che era un debole». La ferita bruciava ancora. Suo padre aveva avuto tutte le intenzioni di impartirgli «una gran bella lezione», non solo per l'umiliazione patita ma anche per l'ingratitudine ricevuta.

Deirdre domandò: «Vi siete parlati di recente?»

«Non dal mio arresto».

«Potrebbe stupirla quanto avrà imparato da allora. Lo dico pensando alla mia storia: sono stata... una forza nella vita dei miei figli, se vogliamo dire cosí. Non sempre in modo positivo, a quanto sembra. Credo di capire perché abbia sentito il bisogno di compiere un gesto cosí drammatico, dopo anni di provocazioni. Anche suo padre potrebbe capirlo».

«Forse» disse C.J., per gentilezza. Se suo padre avesse cambiato rotta, ne sarebbe già stato al corrente. Aggiunse: «Senta, non sono un uomo perfetto, ma sono piuttosto bravo. Cerco di stare attento agli altri, all'ambiente, alla flora e alla fauna. Adesso non desidero altro che ricominciare da zero. Direi che anche Arlo ne ha bisogno».

Deirdre ci pensò su, mentre con una mano si accarezzava oziosamente un punto del petto appena sotto la clavicola, quello in cui, sotto la pelle e la carne, un piccolo dispositivo regolava il cuore ormai provato. Infine disse: «Dovrebbe sottoporsi a un test antidroga».

C.J. rise di sollievo. «Non vuole chiedermi altro?»

«Può farmene una colpa, visto quello che abbiamo passato io e Arlo?»

«No, signora, direi di no».

«Posso essere sincera con lei?»

«La prego».

«Non ho mai visto Arlo piú felice di quant'è stato con lei in queste settimane. "Irregolare" potrebbe essere l'aggettivo giusto per tutti noi».

«Ne sono convinto».

«Ma attenzione, prendiamocela calma e vediamo come andranno le cose alla fine dell'estate».

«Certamente. Non mi aspetto nulla di diverso».

«Non so cosa penserà la famiglia» disse Deirdre.

«Mi sembra che abbiano già detto la loro. Questa decisione spetta a lei».

«Sono una donna anziana e non ho sempre preso le decisioni migliori. Ho imposto la mia volontà agli altri, cercando sempre di fare la cosa giusta. Ma poi sono arrivata a pensare: giusta per chi? Credo che lei possa essere una manna dal cielo. Di certo Arlo sarebbe d'accordo. Gli altri dovranno solo "starci", come dite voi giovani».

«Grazie».

«Allora, se su questo siamo d'accordo, credo che andrò a stendermi per un po'. Confido che darà lei la notizia al nostro ragazzo».

C.J. sorrise a quelle parole, a quel «nostro», per la meraviglia di quant'era stato giusto e facile, una volta che si era finalmente lasciato trasportare. Come se esistesse davvero il concetto di destino, e lo avesse portato fin lí.

La strada per il cuore di Beck

Tornando al rustico dopo l'incontro con Carol Barksdale, Sophie disse a Claire, che guidava perché Sophie non aveva mai imparato: «Ti mancherà questo posto?»

«Non lo so. Forse. Ma non come mi mancherà l'appartamento».

«Sí. Idem per me. Sta cambiando tutto di colpo. La morte della mamma a quel modo è stata come una bomba sganciata in mezzo alle nostre vite. Bum! E detriti ovunque. Sono contenta che siamo almeno riuscite a sistemare questa parte. Sempre che quel tizio voglia davvero comprare il rustico».

«Io sono contenta che tu abbia avuto la presenza di spirito di pensare di contattare Carol. È una fortuna che lui non abbia già trovato qualcos'altro».

«Come l'ha chiamata Carol?»

«Kismet».

«Esatto. Kismet. Mi piace questa parola».

Sophie appoggiò i piedi sul cruscotto e resistette all'impulso di fotografarsi gli scarponcini da trekking di Alaïa. Per il momento SimplySophie! era in pausa, forse per sempre. Anche se per lei sarebbe stato un vantaggio modificare la sua presenza sui social, piuttosto che eliminarla. Trasformare quei follower in mecenati. Incoraggiarli a partecipare all'arte invece di essere spettatori passivi il cui interesse per qualsiasi immagine nei feed durava solo pochi secondi. La gente ha bisogno di rallentare. Di impegnarsi. Era proprio per quel motivo che Sophie aveva accolto con favore l'idea di Beck di scrivere un romanzo (ma l'aveva fatto anche per sostenere la sorella maggiore). Scrivere è una forma d'arte proprio come la pittura, la scultura o la fotografia. Anche il cinema. La musica. La danza. Il teatro. È vita, con riflessi che contano davvero.

Claire disse: «Se si fa avanti il compratore di Carol, le cose saranno molto piú facili per Beck. Tutta la drammaticità del processo sparirà. Non ha bisogno di drammi, in questo momento».

«Di certo grazie a te!» la punzecchiò Sophie.

«E pure a te!» rispose Claire.

«Be', adesso però ho rimediato».

«Per te stessa».

«E per te. E anche per Beck. In piccolo – hai appena detto che non ha bisogno di drammi, e questo dovrebbe servire. Mi chiedo cosa farà dopo».

Claire disse: «Immagino che farà un accordo con Paul».

«Intendo dire dopo. Fossi in lei, me ne andrei per un po'. In giro per il mondo».

«Dovresti dirglielo».

«Non ci penserà da sola?»

«In questo momento è impantanata nel fango emotivo. Il che rende difficile avvistare l'orizzonte».

«È vero» disse Sophie, mentre arrivavano al rustico e parcheggiavano. «Prima le cose importanti, però. Lascia parlare me, okay?»

«Certo».

Dentro, Beck stava inscatolando la famiglia di «pupazzi di neve» in pietra e disse: «Volete tenere quelli che avete fatto voi?»

«Cosa, vuoi separarli?» disse Claire. «Chi terrebbe quelli di mamma e papà?»

Sophie disse: «Possiamo pensarci dopo. Beck, non volevo dirti niente prima di essere sicura che potesse succedere, ma il cliente di Carol Barksdale non ha ancora trovato una casa ed è molto ansioso di vedere questa. Verranno qui tra mezz'ora, quindi dobbiamo levarci di torno per un po'».

Beck disse: «Immagino che dovrei prenderla come una buona notizia».

«Be', sí. Se compra, risparmieremo piú di venticinquemila dollari di commissioni. Ogni dollaro è importante! Inoltre, avere un compratore in contanti disposto a pagare subito è la migliore prospettiva possibile».

«Bene» disse Beck. «Voglio solo chiudere la faccenda. Andiamo fuori a pranzo? Magari da Quietside a Southwest Harbor. Preferirei evitare Bar».

«Ah, sí?»

«Niente di grave, ma ho avuto una breve storia con un tipo che ho conosciuto lí, preferirei non rischiare di incontrarlo di nuovo».

«Oh!»

«Lo so» disse Beck in tono piatto. «Stupore infinito».

«Dimmi di piú!» esclamò Sophie.

«È stato uno sbaglio. Mi dispiace di averlo fatto. Fine».

«Io lo definirei un inizio. Un passo in una nuova direzione».

«Non hai sentito quando ho detto che mi dispiace? Non importa. Andiamo e basta, okay?»

Al Quietside Sophie ordinò un Last Kiss: salsiccia di fegato con cipolle e germogli su pane di segale. «In onore della mamma» disse. «Ha mai preso altro, quando venivamo qui?»

«Lo stesso per me» disse Claire alla cameriera.

«Anche per me» disse Beck.

Sophie aggiunse: «Piú tre zuppe di pesce e torta di mirtilli per tre». Voleva rallegrare Beck, anche se solo in quel piccolo modo, perché il cibo era sempre stato una via d'accesso al suo cuore.

Quando la cameriera se ne andò Claire disse: «Ho mangiato cosí tanta salsiccia di fegato quand'ero adolescente. Era la cosa piú facile da preparare dopo la scuola, quando dovevo andare subito al lavoro».

«La mangiavi con la gelatina d'uva?» domandò Beck.

«Oddio, no! Usavo la maionese, che è altrettanto orribile. E tu?»

«Sempre» rispose Beck. «Disgustoso, vero? Ma a me piaceva da impazzire. Mi stupisce che non vi abbia costretto ad assaggiarla».

Sophie disse: «Ci hai provato. Papà ha visto cosa stava succedendo e ti ha fatto smettere».

«Non me lo ricordo proprio».

«Io ho messo della gelatina sul mio *gefilte fish*, dalla nonna Geller».

«Forse è da lí che mi è venuta l'idea di metterla sulle salsicce di fegato» disse Beck.

Sophie pensò che ora sembrava un po' piú rilassata. O rassegnata. Se era cosí, andava bene. Meglio che lottare contro i mulini a vento. Il movimento in avanti, ecco cosa funzionava – anche se sfiorare qualche momento ben scelto del passato poteva essere una medicina altrettanto efficace, nel giusto dosaggio.

Sophie prese la mano di Beck, poi anche la mano di Claire. «È cosí bello» disse. «Non trovate? Proprio quello di cui abbiamo bisogno».

Stavano salendo in macchina, Beck e Sophie sui sedili anteriori, quando squillò il telefono di Sophie. «Aspettate, è Carol» disse, e prese la chiamata. «Salve, Carol. L'ho messa in vivavoce. Qual è la sentenza definitiva?»

«La sentenza definitiva è *urrà*! Il signor Reynolds adora la casa e vuole offrire il valore della stima piú il cinque per cento come incentivo per tenerla fuori mercato. Pagamento in contanti, con rogito fissato appena possibile».

«È un'offerta notevole» commentò Sophie.

«Chiamatemi signora Shadchan!»

Beck prese il telefono e disse: «Aspetti: il compratore, come ha detto che si chiama?»

«C.J. Reynolds. Vuole trasferirsi qui dal South Carolina. È un uomo cosí gentile. Questo acquisto per lui è un sogno che diventa realtà».

Beck disse: «Dica pure al signor Reynolds che lo ringraziamo per l'offerta, ma che preferiamo non vendere a chi ha precedenti penali. Vedremo cosa ci porterà il mercato». Poi chiuse la comunicazione e si infilò il telefono nella tasca posteriore.

Sophie esclamò: «Ma che cavolo! Dammi il mio telefono».

«Perché, cosí puoi richiamarla per darle una risposta diversa? No. Non venderemo a quel tizio. Ricordi l'uomo che ho detto di non voler piú vedere? È lui».

Claire chiese: «Aspetta, ma C.J. Reynolds non è lo studente universitario che ti piaceva tanto quell'estate?»

«Sempre lui» disse Beck.

«Lo sapevi quando...?»

«Sí, ma non ho detto niente e lui non mi ha riconosciuto. Io ho mentito sul mio nome, lui sulla sua storia. Proprio una bella coppia».

Mentre Beck metteva in moto, Claire chiese: «Cosa intendevi con "precedenti penali"?»

«Ha cercato di sparare a suo padre. È stato tre anni in prigione!»

Sophie si strinse nelle spalle. «Va bene, per voi due non si tratta di una situazione perfetta, ma per il rustico sí».

«No. Mi dispiace, ma a lui non venderemo». Beck uscí in retromarcia dal parcheggio. «Presto si presenterà qualcun altro».

«Non puoi saperlo».

«Ci scommetterei».

«Sí, be', io non sono interessata a scommettere» disse Sophie.

Claire intervenne: «Nemmeno io. Non vedo alcun motivo valido per rischiare mettendola sul mercato quando abbiamo un compratore sicuro».

«Ha sparato a suo padre. Non ti interessa?»

«Cosa c'entra con noi? Le situazioni famigliari possono essere problematiche e delicate» disse Claire. «Ci sono stati momenti in cui anche io avrei voluto sparare a Chad».

«Ma non l'hai mai fatto».

«Non c'era la pistola».

Sophie non aveva intenzione di lasciarsi scappare l'affare. Disse: «Non conosciamo le circostanze. Potrebbe non essere tutto come sembra. In ogni caso, se ha scontato la pena e ha pagato il suo debito con la società, merita di essere trattato come chiunque altro. Non hai mai visto *Les Misérables*?»

Beck disse: «Non è solo il fatto che ha sparato. Voi non capite. So che è successo cent'anni fa, ma mi ha deliberatamente fatto credere di essere innamorato di me, mentre per lui era solo un passatempo, come è successo alla mamma con il figlio dei Callaghan, solo che io non sono rimasta incinta. In quel momento è stato il dolore piú forte che avessi mai provato. E poi lo incontro di nuovo e si presenta come il signor Uomo ideale, ma è tutto un trucco».

Erano di ritorno. Beck parcheggiò e rientrò in casa senza restituire il telefono a Sophie. Sophie la seguí. Disse: «Capisco che per te sia come rivivere tutto di nuovo. Ma che differenza fa quello che ha fatto lui? Fa tutto parte del passato ormai».

Beck disse: «Non voglio che Helen debba avere paura che il nuovo vicino possa farle del male».

«Pensi davvero che sia pericoloso?» disse Claire, arrivando per ultima. «Perché quando mi hai chiamato quella sera non sembravi spaventata».

Sophie disse: «Forse vuoi solo punirlo per averti fatto un torto».

«Forse» disse Beck. «Ma questo non significa che le altre ragioni non siano valide».

«Davvero? Invece ti sbagli. A me sembrano egoiste e irrazionali. Immaginate come deve sentirsi in questo momento. Gli diamo il via libera per fare un'offerta e poi gli diciamo: "Scusa, scherzavamo!" È un comportamento di merda, Beck, e non è degno di te».

«Se avessi saputo che era lui, non gli avrei dato il via libera».

«Senti» intervenne Sophie, «avere il cuore spezzato a diciassette anni non fa di te una vittima, e non ti rende speciale...»

«Okay, ma se non mi avesse spezzato il cuore non

avrei sposato Paul e ora la mia vita non sarebbe un completo e totale caos. Non sto dicendo che sia colpa sua...»

«A me sembra proprio di sí».

«Sto dicendo...» Beck fece una pausa. «Sto dicendo che non merita di essere lui, okay? So che a voi due sembra perfetto, ma... non è cosí che doveva andare. Per niente».

Sophie sapeva che per il momento l'unico modo per superare l'impasse era rassegnarsi alla situazione. Disse: «Hai intenzione di spiegare tutto questo a Carol e a lui? Perché noi non lo faremo di certo».

Beck taceva.

«Credo che dovremmo metterlo ai voti». Sophie alzò la mano e disse: «Tutte favorevoli a vendere il rustico a C.J. Reynolds?»

La mano di Claire si alzò. Beck incrociò le braccia. Aveva le lacrime agli occhi.

«Approvato. Dirò a Carol di stilare il contratto e poi potremo andare avanti con le nostre vite». Sophie guardò Beck. «Non ti opporrai, vero?»

Beck si asciugò gli occhi. «Come se avessi scelta. Per la cronaca: vi odio».

Sophie le mise le mani sulle spalle e la guardò negli occhi. «Andrà tutto bene, sai».

«È facile per te dirlo» replicò Beck scrollando le spalle.

«So che sembra che alcune cose stiano funzionando per noi e non per te. Non sei l'unica persona che soffre, però. Tutte abbiamo perso la mamma, e niente di tutto questo può compensare la perdita».

«Quindi mi state dicendo che devo darmi una calmata».

«Piú o meno».

«Ci lavorerò su».

Se quella sera Marti Geller guardava dall'alto le sue ragazze, le avrebbe viste sedute fuori davanti al fuoco, dove le fiamme sputavano scintille nel freddo cielo stellato della notte. Le sorelle non erano egualmente soddisfatte, ma a Marti sarebbe bastato solo pensarle lí insieme, a sistemare le cose in modi che lei non avrebbe mai immaginato necessari.

Avrebbe visto Sophie aprire una bottiglia di Veuve Clicquot e difendere quella spesa di lusso dicendo: «Bisogna mantenere un certo livello».

Avrebbe visto Claire avvolta in un piumino e sdraiata sulla poltrona Adirondack a rimuginare su un piano che aveva osato elaborare poco prima.

Avrebbe visto che lo champagne, per quanto delizioso, stava facendo ben poco per placare l'agitazione di Beck. Ma andava bene cosí. Avevano fatto progressi: Beck si era sbloccata, forse era addirittura priva degli ormeggi.

Marti era stata al Madison Square Garden nel 1972 e aveva cantato insieme a Mick Jagger che ribadiva alle persone nel pubblico che, sebbene non sempre potessero ottenere ciò che volevano, avrebbero potuto – provandoci – ritrovarsi con quello di cui avevano bisogno. La storia di Beck non era ancora finita.

Un invito

Il volo di domenica mattina da Bangor a LaGuardia non avrebbe potuto essere piú tranquillo. Aria calma e limpida dal decollo all'atterraggio. Eppure il cuore di Claire aveva pulsato e accelerato tutto il tempo. Non disse nulla. Sophie, però, parve intuire: tenne Claire per mano per quasi tutto il volo e parlò continuamente. Il suo progetto di diventare *art concierge* avrebbe cambiato le carte in tavola nell'ambiente dell'arte, disse. Si sarebbe proposta a collezionisti autentici che non erano interessati a speculazioni. Persone che acquistavano opere d'arte con l'unica intenzione di possederle, apprezzarle, provare qualcosa. Aveva anche avuto l'idea di sviluppare un'app, come metodo per democratizzare le cose – non l'arte in sé, ma il processo di acquisto e vendita. Disse: «Potrei anche chiamare Liev Schreiber, perché no?» Benedetta Sophie per il suo entusiasmo, per il suo sostegno, per averle aiutate a superare la crisi.

Quando lei e Claire furono sul punto di separarsi all'uscita, Sophie disse: «Ehi, ce la farai, hai capito? Andrà tutto bene. Piú che bene. Sarà favoloso, cazzo».

Claire si mise a trascinare il trolley verso l'area ristoro del terminal principale. Passò la maniglia dal palmo umido a quello meno umido e pulí l'altra mano sul cappotto. Non meritava la fiducia di Sophie: era una pessima idea. Davvero stupida. Non avrebbe dovuto mandare un messaggio a Paul venerdí sera tardi, chiedendogli, senza preamboli, se fosse disposto a vederla quella mattina stessa.

L'aeroporto non era il posto giusto per quella conversazione. E se Beck si fosse sbagliata? Se Paul fosse stato un po' troppo affezionato a Claire in passato, ma ora non lo fosse piú? O forse l'aveva semplicemente usata per esemplificare come, non essendo piú emotivamente coinvolto da sua moglie, avrebbe potuto scoprirsi attratto da altre donne, lei compresa. Beck, per la sorpresa e lo sgomento, poteva aver frainteso.

Il telefono squillò e Claire si fermò a leggere il messaggio: *Sono qui. Sono felice che il tuo volo sia arrivato in orario. A prestissimo.*

Fece un respiro profondo contando fino a cinque, trattenne il fiato per cinque secondi, espirò per altri cinque.

Entrando nell'area ristoro, vide Paul seduto rivolto verso di lei. Alzò la mano in segno di saluto.

Le venne in mente la prima volta che l'aveva visto, in piedi con Beck al *bat mitzvah* di Eileen Greenburg, ai margini della pista da ballo a guardare la gente. Dietro di loro: tappezzeria a fiori, nera con boccioli fucsia grandi come le loro teste. Fanno tappezzeria, si era detta, pensando che era divertente e che avrebbe potuto avvicinarsi e fare una specie di battuta. Poi ci aveva ripensato: e se il ragazzo carino vicino a Beck non l'avesse trovato divertente? Si sarebbe sentita in imbarazzo e avrebbe voluto morire.

Ripensò a un giorno, anni dopo, al Canal Park di Duluth. Un momento speciale, in cui Paul l'aveva guardata come se fosse stata lei ad appendere in cielo la luna. Un momento fondamentale, aveva pensato in quell'istante, ma poi era passato e non era cambiato nulla e lei si era detta: Basta.

Ah-ah.

Si avvicinò al tavolino e Paul si alzò. Non si abbracciarono, come avrebbero fatto in un'altra circostanza.

Lei disse: «Ciao, grazie di essere venuto. È spaventosamente presto, lo so».

Paul indicò la tazza sul tavolino. «Espresso doppio. Te ne prendo uno?»

«Ho smesso con la caffeina, ho la pressione troppo alta». Probabilmente in quel momento era molto alta.

«Oh, accidenti. Ma con i precedenti di tuo padre, non c'è da stupirsi. Spero che tu ti tenga controllata».

«Sí, ci provo».

Si sedette.

Si sedette anche lui.

«Allora» disse Claire, «Beck ci ha fatto una bella sorpresa con la notizia della vostra separazione. So che avevi detto che l'avresti fatto, quella sera che abbiamo parlato, ma non pensavo... cioè, non avevo capito...»

«Claire» la interruppe Paul, con uno sguardo cosí dolce e una voce cosí tenera che il suo nome diventò una poesia. Allungò una mano sul tavolino e gliela offrí. Un invito.

Equilibrio nell'universo?

Mai la mattina era sembrata cosí amara a Beck, che era riuscita a dormire solo poche ore prima di alzarsi presto per salutare le sorelle che partivano. Fuori, però, si sollevava la nebbia, rivelando un cielo azzurro, pini di un verde intenso e un sole abbondante che entrava nella cucina come se Dio stesso ne avesse direzionato i raggi. La cosa la rallegrò, suo malgrado.

Si vestí per stare all'aria aperta, poi scese sulla spiaggia e spinse lo scafo del kayak in acqua, salí e usò la pagaia per allontanarsi un poco. Il ghiaccio orlava ancora la riva nei punti in cui la luce del sole non arrivava. Presto quelle rive ombreggiate avrebbero ceduto dinanzi alla naturale inclinazione della terra verso le lunghe giornate calde del Maine, quando la popolazione di Mount Desert Island sarebbe aumentata grazie alle famiglie benestanti che tornavano ai loro rifugi estivi, e ai turisti che arrivavano come storni per appollaiarsi e banchettare prima di volare via di nuovo.

Ora, però, lunghi minuti di perfetto silenzio, spezzati solo dal ritmico immergersi della pagaia nella superficie vitrea del lago, dal vento che sussurrava tra i pini, da un falco pescatore di passaggio e dal suo richiamo – e dal suono del telefono.

Lo tirò fuori dalla tasca del giubbotto salvagente: era Gina.

«Ciao» disse Beck. «Non mi aspettavo di sentirti prima della prossima settimana».

«Be', so quanto sei ansiosa di ricevere un riscontro,

quindi volevo farlo subito. Beck, la qualità della tua scrittura mi ha davvero conquistato, e questo non mi sorprende».

Beck ne fu entusiasta. Finalmente una buona notizia.

«La tua prosa è cosí raffinata e chiara. Non c'è dubbio, hai le carte in regola per scrivere narrativa».

Gli occhi le si riempirono di lacrime di gratitudine. «Grazie» disse. Era proprio quello di cui aveva bisogno. Conferme. Speranza.

«Hai creato immagini davvero convincenti e Caitlinn è un personaggio forte. Ma il punto è questo: la storia... è tremendamente deprimente. Cioè, fin dall'inizio rovesci addosso al lettore tutta questa infelicità, e...»

Beck allontanò il telefono dall'orecchio. No. No. No, maledizione. No. Non era cosí che doveva andare. La nebbia era sparita, il sole brillava: cose che dovevano far presagire una ripresa, un rinnovamento, perfino una rinascita.

«... ci sei ancora? Beck?» disse la voce metallica di Gina.

Le ci volle tutta la sua forza di volontà per portare di nuovo il telefono all'orecchio. «Sono qui».

«Ovviamente non è quello che volevi che ti dicessi, ma credo che ci sia molto da imparare da questa storia. Tu sei un'ottima scrittrice, e non è una scoperta. Sembra solo che... be', non credo che tu ci abbia davvero messo il cuore. Sono certa che quando riverserai il tuo talento in una storia che solo tu potrai raccontare, avrai tra le mani un lavoro vincente».

Beck sentiva un'oppressione al petto, che rischiava di spaccarsi da un momento all'altro. Disse: «Bene, grazie per la valutazione. Ti devo molto».

Non la salutò nemmeno prima di scagliare il telefono il piú lontano possibile. L'apparecchio descrisse un arco sull'acqua, poi colpí la superficie e affondò, e a Beck non importò niente.

Prese la pagaia e si diresse verso la riva piú lontana. Al diavolo la pace, il silenzio e il falco pescatore, remava a tutta forza, come se stesse lottando per la vita. Come se ogni colpo di pagaia fosse un fendente calato con la spada su un demone. *Beccati questo, e questo, e questo.* Colpiva l'acqua con forza, il sudore le imperlava il viso, le colava lungo le orecchie fino alla mandibola e al mento... o forse erano lacrime. Non le importava, avrebbe continuato a colpire, a sudare e a piangere finché non avesse finito l'acqua...

Sobbalzò in avanti quando la pagaia si spezzò, metà le scivolò dalle mani e scomparve nella scia del kayak, dove affondò quasi con la stessa rapidità con cui era affondato il telefono.

Si guardò alle spalle e gridò: «Cazzo!» poi si accasciò sul sedile. Il kayak continuò ad andare verso un pezzo di costa sporgente, con lo scafo che ora grattava il fondo, e poi si fermò.

Non c'era anima viva sull'acqua, nessuno che potesse sentirla urlare o assistere al suo pianto, che stavolta era vero, e dopo un minuto o due le sembrò una piccola benedizione.

Sfinita, si asciugò il viso con i polsini della camicia, poi tornò indietro. Mentre remava con la pagaia rotta il lago era almeno ottomila volte piú grande di quand'era partita, e il ritorno le sembrò lungo dieci anni. Quando arrivò in vista del molo, a ogni pagaiata sentiva dolore alle spalle e alle vesciche sui palmi delle mani. Giunta a riva, gettò a terra la pagaia rotta e uscí, immergendosi nell'acqua gelida con la rassegnazione di Giobbe. Che importava se le venivano i geloni e l'ipotermia? E se Helen fosse venuta a salutarla e avesse scoperto il Ghiacciolo Beck inerte sulla sponda del lago? Cosí le sue sorelle avrebbero potuto dividere il ricavato della vendita in due parti, invece che in tre.

Il fatto era che, morta di freddo o no, era stata sconfitta. Dopo una vita passata a esserci per la sua comunità, suo marito, i suoi figli e i suoi genitori, ma soprattutto per sua madre, dopo una vita passata a fare sempre la cosa giusta, finalmente si era affacciata dal nido e si era buttata, sbattendo forte le ali. Però era atterrata di schianto, mentre intorno a lei gli altri si alzavano in volo. Perché?

Perché Paul e Claire potevano avere l'amore l'una dell'altro?

Perché Sophie poteva ritrovarsi con tutti i soldi di cui aveva bisogno e anche di piú?

Perché C.J. Reynolds poteva ottenere il rustico?

Mentre se ne stava lí un falco pescatore le passò sopra reggendo nel becco un pesce guizzante. Un attimo dopo, il pesce ricadde in acqua.

Pesce fortunato.

Uccello sfortunato.

Equilibrio nell'universo?

Beck non lo sapeva e comunque non aveva importanza.

Tirò fuori il kayak dall'acqua e tornò verso il capanno, non voleva indulgere ulteriormente nel vittimismo. Non era nel suo stile, non era una bella sensazione e non serviva a nulla.

E poi doveva trovare un altro telefono.

Era stata coraggiosa, lí a Mount Desert Island. Era uscita dalla sua zona di comfort, aveva corso dei rischi, fatto delle scelte e affermato i suoi desideri. Aveva lavorato sodo.

Sí, aveva mentito a Paul. Sí, lo aveva abbandonato. Sí, aveva ingannato C.J. e lo aveva usato per fare sesso. Ma tutto questo non avrebbe dovuto essere annullato dai torti che avevano fatto a lei? Era semplice algebra.

Ma la vita non funzionava cosí. Lei lo sapeva bene. Alle persone cattive succedevano cose belle. Alle persone buone succedevano cose brutte. Non si poteva contare sul fatto che ciascuno avesse ciò che meritava. Lei aveva avuto ciò che meritava? O era stata maltrattata dal destino, ennesima vittima del pensiero magico?

Per la prima volta da quando aveva completato il *bat mitzvah* e provato la delusione del non doversi piú preoccupare di comportarsi bene per Dio e per i suoi genitori, avrebbe voluto essere credente. Che i Geller fossero stati persone non solo di cultura, ma anche di fede. Quanto sarebbe stato piú facile, se quel giorno avesse potuto depositare il suo fardello nel grembo di Dio.

«Dovrebbe essere un grembo molto grande» disse.
Immaginò di prendere il diario e scrivere:
Chi sono?
Qual è il mio posto?
Tutto questo è una maledizione o un dono?
Voglio che sia un dono.
Ti prego, fa' che sia un dono.

Alla fine sta tutto qui

Sono passati otto mesi movimentati da quando me ne sono andata da Mount Desert Island. E per *movimentati* intendo spaventosamente stressanti e pieni di lezioni difficili che non ero pronta a imparare.

A un tratto però sono stata pronta.

E finalmente ho imparato!

(Credo.)

Se nella vita vi state dando un gran daffare, come me quando io e Paul abbiamo concluso quello che ora considero il Grande Scioglimento, e riuscite a trovare la libertà di andarvene, come trattamento vi consiglio la Svizzera, se non proprio come cura (la cura deve venire da dentro). Quale posto migliore dove mettere radici, se non in una terra nota per la certezza e la precisione e, cosa per me particolarmente interessante, la neutralità?

Avevo tanto bisogno di non sentirmi giudicata.

Nella vita svizzera servono poche congetture, non c'è caos e tutto è molto pulito. Inoltre: i treni puliti attraversano stazioni pulite e nel novantanove per cento dei casi sono in orario, e quando non lo sono ai viaggiatori vengono comunicati delle scuse, una motivazione e un orario di arrivo previsto. Pensate! Se avessi un dollaro per ogni volta che ho aspettato in piedi su un binario di New York in preda alla frustrazione, ora non vivrei in affitto in un monolocale nello chalet di qualcun altro. Non starei risparmiando ogni centesimo, accumulando in vista di un futuro ancora incerto.

Ovviamente non sono in Svizzera per i treni. Sono

solo un piacevole vantaggio secondario scaturito dalla mia impetuosa decisione di seguire l'esempio di Cammie e levare le tende diretta a un luogo sconosciuto. Ho prenotato in un pomeriggio afoso di metà luglio, quando hanno venduto la casa di Irvington e ho dovuto traslocare nel giro di quattro giorni. Stavo portando uno scatolone di vecchi dvd al negozio dell'usato e in cima c'era *Heidi*. Il paesaggio alpino sembrava cosí fresco e invitante che ho messo lo scatolone nel bagagliaio, sono tornata a casa e, dopo una brevissima riflessione, ho comprato un biglietto aereo di sola andata per Zurigo e un biglietto ferroviario per Interlaken, perché avevo letto che era la cittadina piú bella dell'Oberland Bernese. Ho prenotato una camera d'albergo per una settimana, che ritenevo sufficiente per farmi un'idea della zona e decidere cosa fare dopo.

Da lí ho trovato un appartamento in affitto nella vicina Grindelwald e, sempre seguendo l'esempio di Cammie, mi sono trovata un lavoro part time non ufficiale. (Non ditelo al governo svizzero, non voglio mettere nei guai nessuno.) Sono qui da quasi cinque mesi, ma ora è arrivato il momento di cambiare.

Vado a Parigi.

Parigi!

È un lusso che provo a credere di meritarmi. Un soggiorno breve rispetto al tempo trascorso qui, e cercando di spendere poco. Eppure è sempre Parigi. La Ville Lumière.

Spero di raccoglierne l'energia e immagazzinarla nel mio cuore in via di guarigione, come ho fatto qui.

E poi?

«È davvero il tuo ultimo giorno?» mi chiede Birgitta mentre mi allaccio il grembiule per l'ultimo turno di servizio ai tavoli della Berggasthaus. Siamo a piú di duemila metri, sulle pendici dell'innevata Schwarzhorn, una montagna minore da queste parti, ma con un'incredibile vista panoramica che comprende la leggendaria parete nord dell'Eiger, dal 1935 assassina di scalatori squilibrati. È stata la vista che mi ha attirato qui ed è stata la vista che mi ha spinto a tornare a lavorare in questo ristorante cinque sere la settimana, dopo aver finito di scrivere.

Ogni giorno, prima di andare al lavoro, stampo quello che ho scritto e impilo i fogli sulla scrivania. La scrivania (che in realtà è un tavolino) si trova in un angolo della stanza dove c'è anche il mio lettino, insieme a una libreria bassa che funge da cassettiera, un minifrigo, un forno a microonde e una piastra elettrica. La stanza ha due finestre, entrambe con vista sullo chalet accanto. Una bella struttura. Molto svizzera. Quando scrivo, però, non riesco a vederlo, e va bene cosí, perché l'attenzione, dopotutto, dev'essere rivolta alla pagina. Ormai la pila è consistente. Un romanzo, quasi finito. Ma non è la storia di Caitlinn. È la mia.

Prima, il mio lavoro prevedeva che intervistassi qualcuno e poi scrivessi delle sue esperienze, della sua vita. Era sempre la storia di qualcun altro, perché la mia era molto ordinaria. Il pubblico vuole dramma, azione, suspense, un mistero, magari qualche spargimento di sangue e poi morte, e di sicuro un po' di sesso. Anch'io volevo tutto questo (tranne lo spargimento di sangue e la morte). Cosí lo cercavo nelle vite degli altri e ne scrivevo in modo da permettere al lettore di viverlo in prima persona. Ho sempre cercato di farvi provare quello che provavano i miei interlocutori, che fosse gioia o angoscia. Era come se mi stessi allenando per quando sarebbe arrivato il mio momento, per quando i riflettori avrebbero ruotato e puntato il loro raggio su di me.

Avevo delle cose da dire, con quelle storie. E ho cose da dire con questa. Birgitta è una donna di origine austriaca di mezza età, con la corporatura robusta di chi ha gareggiato alle Olimpiadi nel lancio del peso (l'ha fatto sul serio). È alta quanto me ed è divorziata. Siamo diventate buone amiche. Per lei, però, la Svizzera è casa per sempre, non una tappa di passaggio. Ho sempre saputo che non sarei rimasta: è troppo lontano dai miei figli e dalla mia nipotina (Leah compirà due anni il prossimo giugno!). Tuttavia, non so ancora dove mi fermerò. Non so come finirà la mia storia.

Birgitta e io ci mettiamo a riempire le saliere e le pepiere. Dietro di noi c'è una finestra panoramica che si affaccia sulle cime spruzzate di neve delle montagne, un imponente profilo di granito frastagliato che si staglia contro un cielo azzurro puro.

Le foto non riescono a cogliere l'imponenza, la profondità di campo, i profumi della foresta e della flora alpina, la sensazione di essere incredibilmente fortunati ad assistere di persona a tutto questo, pur sapendo di essere del tutto irrilevanti. È un'esperienza che ti fa sentire piccolo piccolo, e insieme ti riempie di ammirazione.

Avevo bisogno di sentirmi piccola piccola – ora lo capisco. È l'antidoto all'autocommiserazione, a cui ammetto di essermi abbandonata piú di qualche volta durante il Grande Scioglimento, quando mi permettevo di pensare che agli altri andasse tutto bene. Stare sul sentiero che costeggia l'Eiger e guardare in alto; o salire sul treno che porta alla cima gemella, lo Jungfrau, e guardare in basso; allora capisci quanto sei piccolo, quanto è grande il mondo, e quante cose esistono, piú importanti di quello che sta succedendo nel tuo puntino sul pianeta.

Dico a Birgitta: «Mi dispiace lasciare questo posto e tutti voi».

«Ma perché andarsene ora? Ti perderai tutte le feste natalizie».

«Per me non è un problema, sono ebrea».

«Ma anche gli ebrei festeggiano il nuovo anno, no? Le feste di Stephan sono famose. Verranno un sacco di uomini attraenti, e non tutti gay».

Nel mio mondo non mancano gli uomini attraenti. Tipi rustici che arrivano nei mesi caldi per fare escursioni. Tipi rustici che arrivano nei mesi freddi per sciare. Tipi raffinati che si vestono come se fossero rustici, solo con capi firmati piú cari, e ignorano le convenzioni, perché elargiscono mance con un'estrema generosità che ha lo scopo di impressionare i loro amici belli e alla moda, ma anche il personale di servizio. *Vedete quanto sono munifico e gentile? Vedete come apprezzo chi lavora bene?* Questi tipi non sono tutti cattive persone. Alcuni capiscono davvero di vivere nel privilegio e vogliono distribuirne un po' agli altri.

Gli uomini abbastanza grandi da non vedermi come un tipo materno attaccano bottone con diversi livelli di interesse e aggressività, e ad alcuni ho reagito positivamente. Ho pomiciato in una cabina della funivia. Mi sono denudata nelle spa di un paio di alberghi (anche se qui non è una cosa fuori dal comune) e in un paio di camere d'albergo. Alla fine, però, torno sempre nel mio appartamento, da sola. Non mi interessano le complicazioni. La compagnia che gradisco di piú è quella delle mucche che pascolano sui prati d'alta montagna dove spesso ho fatto escursioni nei mesi estivi. Quale suono è piú piacevole dei campanacci che rintoccano pigri, a tempo con il girovagare degli animali sui pendii?

«Sono sicura che mi pentirò di essermi persa la festa» dico. «Il fatto è che passerò il Capodanno a Parigi».

Birgitta si interrompe. «Devi incontrare un uomo! Chi è? Perché mi hai tenuto nascosto questo segreto?»

«Non incontrerò nessuno... non tutto è mirato a conoscere un uomo, sai».

«Certo che no. Ma gli uomini giusti sono divertenti, e a me piace divertirmi. E piace anche a te».

«Ammetto che è stato un piacevole cambiamento».

«Rifletticі, su questa idea di Parigi. Se vuoi stare da sola a Capodanno, raggiungi a piedi uno dei rifugi, non andare a Parigi. Stai sprecando i tuoi soldi. Resta qui, vieni alla festa di Stephan con me. Ti presto un vestito».

Rido perché tra noi questa è una battuta ricorrente. Io non mi metto mai vestiti, lei sempre. «Grazie, ma comunque il mio contratto d'affitto è scaduto e non l'ho rinnovato».

«Vieni a dormire da me».

«Non pensare che non apprezzi l'offerta» dico. «È solo che... è ora che me ne vada».

«Ma poi tornerai».

«Prima o poi».

«Presto. Porta la famiglia».

«È una bella idea» dico, e lo penso davvero. Che cosa possa significare in pratica, però, è una questione aperta.

Per il momento Sophie è a Los Angeles e vive in una pensione che funziona anche da sede della sua azienda. Ha degli investitori e un piccolo team di informatici, e la sua galleria online ha ormai decine di migliaia di iscritti. Finalmente è riuscita a saldare i debiti delle carte di credito. Manda regolarmente messaggi a me e a Claire, vuole accertarsi che stiamo bene, ribadisce che lei sta bene, e di tanto in tanto ci avverte di «occasioni pazzesche!» che riguardano prototipi di oggetti di design realizzati da amici suoi. A marzo ci ritroveremo tutte a casa di Tania a Panama e accenderemo una candela per lo *yahrzeit* della mamma.

Dopo aver litigato con Chad per questioni di affidamento e tempo da trascorrere con David, Claire ha accettato un lavoro a Manhattan, presso il Kravis Children's Heart Center dell'ospedale Mount Sinai. Sono fortunati ad averla (e anche Paul). Lei e David (e Goliath) hanno preso un appartamento nell'Upper West Side. È accogliente e disordinato, come è diventata anche Claire. Paul è a SoHo. Stanno facendo le cose con calma, per il bene dei bambini, suppongo, perché sono tutti e tre ancora un po' a disagio con questa versione coniugale del gioco delle sedie.

Io? Ho finalmente fatto pace con tutto questo. *Leben und leben lassen.*

La mia stazione parigina della metro è Saint-Sulpice, a pochi passi dai giardini del Luxembourg e da Saint-Germaine, il quartiere dove bazzicava la Generazione Perduta letteraria. Nella settimana dacché sono arrivata qui, non ho fatto altro che scrivere e camminare, seguendo i passi di Gertrude Stein, Djuna Barnes, Sylvia Beach e Zelda Fitzgerald, ma non solo.

Cosa amo di Parigi: la continua sensazione di essere immersi nella storia. Gran parte dell'Europa deve dare questa sensazione, per non parlare del Regno Unito, dell'Asia, del Medio Oriente e dell'Africa. Tutti posti dove in realtà non sono ancora stata. Gli americani sanno essere cosí ignoranti, con la loro compiaciuta e presuntuosa superiorità. Siamo gli ultimi arrivati a detenere il potere mondiale, e certo, molte cose le abbiamo fatte bene (il nuovo può essere un bene!), ma molte le stiamo sbagliando.

Ovunque intorno a me gli edifici sono antichi. Le strade sono antiche. Hanno ispirato artisti ed eserciti. Anche certe parti di New York danno questa sensazione. Mi sento a casa in questa città, come se Parigi fosse la sorella maggiore e piú sexy di New York e mi permettesse di uscire per un po' insieme a lei.

Non guasta il fatto che Sophie mi abbia sistemato nel pied-à-terre di Tania. È spazioso e lussuoso e si trova nella stessa via in cui abita Scarlett Johansson. Suppongo che si conoscano, ma forse no. Però non importa, perché anche se dormo in un letto che appartiene a una pop star ricchissima, non conto (per lei o chiunque altro) piú del parente povero di una duchessa qualsiasi. Qui nessuno mi conosce, il che va benissimo. È perfino comodo.

Finora i miei posti preferiti a Parigi sono i giardini del Luxembourg, Notre-Dame e il Pont des Arts, dove, come Sabrina nell'omonimo film, vado la mattina con il mio caffè e il mio diario. Guardo la Senna, il traffico fluviale, i gabbiani che si librano e scendono in picchiata e si azzuffano per il territorio e gli scarti. Mi piace soprattutto il fatto che, stando sul ponte, da un lato vedo la cupa facciata meridionale del Louvre, ricettacolo di arte straordinaria, e dall'altro l'Institut de France, con la sua cupola barocca e le sue cinque accademie di studiosi fondate a partire dal Seicento. Tutto questo mi fa sentire piccola come quand'ero sulle Alpi. E ispirata.

Stasera mi concedo una cena fuori, in un bistrot di rue Guisarde. È un posto intimo e allegro, proprio adatto a questa serata umida e fredda in cui sono un po' stanca, perché ho scritto una scena in cui sono in kayak e la mia amica Gina, l'agente letterario, mi chiama. Il ricordo emotivo di quel momento è lei che mi dice che non ho talento. Un po' di prospettiva ha portato chiarezza: non aveva affatto detto questo! Il che non significa che riviverlo non sia stato difficile! Meno, però, che scrivere le scene precedenti: quella con Paul nel rustico e quella con le mie sorelle. E quella che non ho ancora scritto, forse perché la sto elaborando.

Erano passati tre giorni dalla telefonata di Gina e il giorno dopo avrei dovuto lasciare il rustico. Quella mattina andai a fare una passeggiata mentre l'ispettore pagato da C.J. faceva il suo lavoro. Carol mi aveva detto che l'ispezione sarebbe durata circa due ore.

Aspettai una mezz'ora in piú prima di tornare, poi presi l'auto, tutta quella situazione mi faceva incazzare (è davvero *le mot juste*). Mi lamentavo tra me e me. Perché la mia casa ce l'ha lui? Perché Paul non può continuare a vivere a casa nostra e aiutarmi a ottenere il mutuo? Perché in qualche modo merito meno felicità di tutti quelli che mi stanno intorno? Quando arrivai nel vialetto il furgone dell'ispettore era ancora lí, insieme a un'auto. Non sapevo con certezza di chi fosse e non volevo entrare per scoprirlo.

Prima che potessi voltarmi per andarmene, però, uscí C.J. e, dietro di lui, Arlo. Mi videro. C.J. disse qualcosa ad Arlo, che arrivò saltellando al mio finestrino con un gran sorriso. Poi disse: «Mi piace molto questo posto. Grazie per aver venduto a C.J. la tua casa».

Cosa potevo fare? Gli risposi: «Sai una cosa? Ho dimenticato una cosa al negozio. È meglio che torni indietro. Stammi bene, okay?»

E me ne andai. Sono stata vigliacca, lo so. Rimasi via per altre due ore, a girare in macchina con il broncio. Pensavo: mamma, se stai guardando questo film spero che tu sia contenta.

Quell'uomo e quel piccolo orfano, però... Continuo a pensare alla tenerezza che avevo notato tra loro vedendoli insieme il primo giorno, e alla gioia evidente sul viso di Arlo – e in tutto il suo corpo – quando si è fermato accanto alla mia auto per ringraziarmi. Il C.J. che è frutto della mia angoscia e autocommiserazione non corrisponde a quello che Arlo ama.

Arlo potrebbe sapere delle cose che io mi sono rifiutata di vedere o accettare. Che cos'aveva detto C.J. quella sera, sull'essere la pecora nera della famiglia? Mi era parso ferito. Probabilmente ha una storia che, se ora la conoscessi, me lo farebbe vedere sotto una luce diversa. Forse il suo passato criminale non è cosí criminale come pensavo.

Comunque sia, capisco che devo lasciar correre.

Al ristorante mi fanno accomodare a un tavolino in fondo alla sala. Chiedo (in un francese molto stentato) dell'acqua di rubinetto e un bicchiere di *vin rouge* mentre considero le proposte sul menu del giorno.

Quasi tutti i tavoli sono occupati. Le conversazioni emergono e mi nuotano intorno. Francese, italiano, tracce di Europa dell'Est che non riesco a identificare. C'è anche una musica soffusa. Il tintinnio della forchetta sul piatto. Risate. Un rumore metallico dalla cucina. Lungo il soffitto c'è una fila di luci colorate, un tocco festivo per il periodo natalizio, suppongo. Mi chiedo chi tra i miei commensali indossi qualcosa che gli è stato regalato dalla persona amata la mattina di Natale, ormai quattro giorni fa. Quella sciarpa a colori vivaci. Quella giacca dall'ottimo taglio. Quei gemelli fatti con monete antiche. Questa sera sembrano tutti allegri. Anch'io mi sento un po' cosí.

Con il vino, ordino un semplice e gustoso *cassoûlet* e pane croccante con una spalmata di burro giallo vivo. Sono a tre bocconi dalla fine quando sento la voce: la riconosco senza dover alzare lo sguardo, il suo calore meridionale attrae le mie orecchie miscredenti come la visione della terra un marinaio che sia stato in mare troppo a lungo. Un'occhiata alle mie spalle mi conferma che C.J. Reynolds è qui.

Qui.

C.J.

Con lui c'è Arlo, che lo precede seguendo il cameriere fino a un tavolo vicino al mio. Tra Arlo e C.J. c'è una donna il cui cappotto sbottonato rivela che è incinta di circa sei mesi. Noto anche che porta la fede.

«Ti sei dato da fare» mormoro, e mi giro dall'altra parte, infuriata; dovrei aver chiuso con lui, dannazione. Perché dovrebbe importarmi che abbia trovato la felicità con una donna che non sono io? Non voglio assolutamente preoccuparmene. Ho quarantacinque anni; non sono ancora padrona delle mie emozioni?

Evidentemente no.

Chi sia la donna, perché Arlo sia con C.J. e come mai siano entrati in questo ristorante questa sera sono tutte domande estremamente interessanti che rifiuto di pormi. Voglio solo andarmene senza che mi vedano.

Sembra che finora ce l'abbia fatta. Se non li guardo, forse riuscirò a pagare il conto e a scappare. Faccio segno al cameriere e gli consegno i soldi. «*Gardez la monnaie. Je vous prie*» aggiungo, storpiando un po' una delle poche frasi che ho cercato di imparare durante il mio soggiorno a Grindelwald. (La preferita di tutti i camerieri: tenga il resto.) Poi afferro il giaccone che avevo appoggiato su una sedia, me lo infilo e prendo la strada piú lontana possibile per evitare il trio, puntando alla porta, anche se la strada piú lontana possibile non è particolarmente lontana, in questa sala. Comunque sono solo un corpo in mezzo a tanti altri, e ho i capelli lunghi che mi nascondono la faccia, raggiungo l'ingresso...

«Beck Geller!» esclama lui.

Non devo fermarmi. Non devo girarmi.

Mi fermo. Mi giro.

«Che sorpresa» dice, avvicinandosi. «Quasi non ti riconoscevo! Ma una donna alta con un giaccone arancio vivo... chi altro potrebbe essere?»

Il mio cuore miscredente ha accelerato i battiti e pompa il sangue nel collo e nel viso. Ho perfino caldo alle orecchie.

«Chiunque, direi» rispondo.

C.J. dice: «No, tu sei indimenticabile».

Sorride, e non sopporto che quel complimento mi faccia sentire ancora piú caldo. Vedi, è cosí che ti frega! Pensi che sia dolce e affascinante e che non lo caccerresti mai e poi mai dal tuo letto. Pensi di poterti fidare, che ti dirà la verità, che non ti nasconderà mai nulla, che non se ne approfitterà mai.

C'è gente intorno e non ho nessuna voglia di fare una scenata. Sarò educata e poi mi leverò di torno.

«Ti piace Parigi?» dico.

«È uno dei posti piú belli che conosco. Sto facendo vedere al ragazzo le mie opere d'arte preferite. E tu cosa ci fai qui? Sei con la famiglia o...?»

«Lavoro. Un articolo».

«Durante le vacanze? Non mi sembra giusto, anche se è Parigi».

«Eppure. A proposito, ho ancora delle cose da fare, quindi...»

«Certo, certo. Non potevo lasciarti andare senza salutarti. Credo che dovremmo sederci e parlare. Le cose hanno preso una piega un po' strana a Mount Desert Island e...»

«Acqua passata».

«Sí, ma ti devo anche una spiegazione per quello che è successo tanto tempo fa. Avrei dovuto iniziare da lí, la sera in cui...»

Non serve dire altro. Il ricordo è vivissimo.

Dico: «Sapevi chi ero? Quella sera... lo sapevi?»

«Sí. E tu?»

Vorrei mentire per provare indignazione al pensiero della sua bugia. Invece rispondo: «A dire la verità, sí».

«Senti, se domani hai un po' di tempo andiamo a fare una passeggiata? Forse per te non sarà niente, ma io vorrei chiarire certe cose che mi disturbano da tempo».

Lancio un'occhiata alle sue spalle, verso sua moglie e Arlo che ci guardano da lontano.

Lascia correre, penso. Lascia correre tutto quanto.

«Mi dispiace. Sono impegnatissima tutto il giorno. E anche dopo. Ho un programma molto fitto».

Mi aspetto che continui a insistere, che dia la priorità a ripulirsi la coscienza rispetto al mio desiderio di essere lasciata in pace. Invece dice: «No, certo. Ti capisco perfettamente».

«Nessuna di quelle cose del passato ha piú importanza per me, te lo assicuro».

«Okay» dice. «Okay, va bene. Be', è stato un piacere vederti. Ti auguro un felice anno nuovo».

Gli ho già voltato le spalle.

Le strade bagnate riflettono la luce delle finestre di rue Guisarde. È cosí bello e romantico e sprecato per me. Mi sento come se stessi per prendere fuoco. Ho bisogno del brivido della neve sciolta sul viso. Ho bisogno di movimento. Cosí percorro a grandi passi rue Princesse, rue du Four, rue de Buci, rue de Seine: poi scopro che è una direzione quasi obbligata verso il Quai, verso il fiume, verso il mio ponte.

Solo a metà strada mi fermo. Mi aggrappo al parapetto e comincio a calmarmi. Le luci ambrate si riflettono sull'acqua e nelle strade. La gente mi passa accanto con gli ombrelli aperti. Dietro l'ansa del fiume, la torre Eiffel fa scorrere il suo faro sulla città. È qui. Io sono qui. Tutte queste altre persone sono qui. È normale che ci siano anche C.J. e compagnia. Che differenza fa?

Se quello che gli ho detto, sul fatto che il nostro passato non ha importanza per me, non è del tutto vero, voglio che diventi vero. Posso renderlo vero. La mia vita è molto piú importante di un uomo, chiunque sia.

E ora intuisco: ecco perché sono qui a Parigi nello stesso momento in cui c'è lui! Perché l'universo sa che sono davvero, finalmente pronta a un ultimo scatto di crescita.

E sono pronta a scrivere la fine del mio romanzo.

Poi potrò tornare a New York a vedere cos'altro posso diventare.

Sí?

Sí.

Ma quando mi volto per tornare verso il Quai, vedo C.J., a sei metri di distanza, che mi aspetta.

Mi fermo di botto. «Mi hai seguito?»

«Sí» dice. Si avvicina. «Non sono riuscito a impedirmelo».

«E tua moglie?» È una sfida. Sto pensando: non farle questo. Non fare questo a me.

«Oddio!» Scoppia a ridere. «No, quella è Avery. Mia figlia. Suo marito arriva domani. Credevi...?»

«Come facevo a saperlo? È passato un sacco di tempo».

«Sí, certo. È questo il mio problema con te: continuo a darti l'opportunità di sbagliare». Si avvicina ancora. «Mi permetti di rimediare, Beck? Spero di sí».

Ora è cosí vicino che posso vedere le gocce di pioggia sui capelli e sul suo viso. Siamo stupidi a stare qui senza ombrello. La sua sciarpa si è allentata. Allungo la mano e gliel'avvolgo intorno al collo.

«Prenderai freddo».

«Ne vale la pena».

Sorride. Sorrido anch'io.

Tutto questo è valso la pena.

Qualche pagina fa vi ho raccontato che non sapevo come sarebbe finita la mia storia. Ora posso dirvelo:

Finisce con me e C.J. insieme al centro del Pont des Arts.

Finisce con spiegazioni e scuse.

Finisce nel modo in cui finiscono tante storie amate: con una promessa e un bacio.

(E questa coda)

La vita è troppo spesso breve e disordinata, piena di complicazioni, difficoltà, tradimenti, errori. Piena di ingiustizie e perdite. E di domande. Quante domande! Le mie iniziano spesso con «Perché?»

A volte le risposte arrivano. A volte no.

Ho pensato molto alla mamma. A quello che ha passato e a come questo l'abbia plasmata. A quello che ho passato io e a come mi ha plasmato. Ai costi e benefici delle bugie e della verità.

Non credo che la mamma volesse che vendessimo il rustico e che Mount Desert Island non facesse piú parte della nostra vita. Non credo che sapesse che Sophie aveva un disperato bisogno di soldi. Credo che sapesse che se non mi avesse costretto – di nascosto, facendomi intuire e mettere in discussione le sue intenzioni – avrei rischiato di giocare per sempre sul sicuro. La mamma sapeva bene cosa vuol dire. È una cosa che ha dei vantaggi, ma c'è anche un prezzo da pagare. Facendomi decidere se lottare per il mio sogno, mi ha dato la possibilità di ottenere una soddisfazione autentica, e le sono grata.

Mi piace pensare che fosse lí alle mie spalle, mentre scrivevo la nostra storia. Che abbia guidato i miei ricordi, abbia dato una spinta alle mie conclusioni, che mi abbia fatto da madre come sempre nella vita. La immagino come la signora March, che quando Jo, dopo un rifiuto, scrive un racconto per la sua famiglia che viene ben recensito, le dice:

Il segreto è che in quella storia tutto è vero, vissuto. Umorismo e sentimento la rendono viva e tu hai trovato finalmente lo stile che ti è piú congeniale. Ora scrivi senza piú pensare ai soldi e al successo, e ci metti il cuore, figliola. Hai provato il lato amaro della vita e ora ti tocca quello dolce. Continua a impegnarti cosí e goditi il tuo successo come facciamo noi.

Ho ragione su tutto questo? Non lo so con certezza. Lo sento giusto, però, e mi fido di questa sensazione.

Nella vita ci sono cosí tante lezioni diverse da imparare. Tanta saggezza da acquisire se siamo disposti a farci piccoli, a commettere errori, a essere a volte disordinati e vulnerabili.

Capire come stanno le cose e prendere la decisione giusta è un'odissea che dura tutta la vita e nessuno arriva mai alla fine. Ma forse sta tutto nel comprendere che dovremmo accettare la mano che il destino ci offre e cavarne il piú possibile.

Infrangere le regole quando è necessario.

Abbracciare le possibilità.

E poi c'è la questione dell'amore, in tutte le sue forme. Chi è che preferirebbe farne a meno?

L'amore. Sí. Forse voi la vedete in modo diverso, ma per me alla fine sta tutto qui.

Ringraziamenti

Vorrei esprimere tutta la mia gratitudine alle solite persone: per il modo in cui in questi anni avete sostenuto le mie fatiche letterarie, e soprattutto negli ultimi due (in cui scrivo), durante i quali la pandemia si è abbattuta sul lancio del mio romanzo precedente, *Un bel quartiere*. Rispetto al trauma piú grave vissuto da molti, io e il libro ne siamo usciti bene. Ma ci sono stati comunque dei momenti bui ed è proprio da quell'oscurità, oltre che dall'oscurità del mondo che mi circondava, che è nata l'idea di questo nuovo romanzo.

Visto che avevo appena pubblicato la mia rivisitazione in chiave moderna di una tragedia classica, il mio team editoriale a St. Martin's Press avrebbe potuto facilmente nicchiare, quando mi sono presentata con l'idea di una tragicommedia famigliare disordinata, piena di umorismo ironico e con un finale gioioso. Ho scritto dei cosiddetti romanzi femminili, romanzi storico-biografici e tragedie letterarie, ma mai una storia come questa, allegra e piena di cuore. Invece, come hanno fatto altre volte, hanno accolto la mia nuova proposta con entusiasmo, e di questo li ringrazio. Parlo di Jen, Lisa, Dori, George, Jess, Marissa, Sallie, Kejana e, naturalmente, Olga Grlic, per il delizioso design della copertina, che ha convinto tutti che avevamo trovato il titolo giusto.

Durante il processo di scrittura Sarah Cantin, già mia editor per *Un bel quartiere*, ha dimostrato di essere anche lei molto dotata. Non solo: mentre cercavo di dare forma alla trama di questa storia e al tempo stesso mi occupavo di alcune misteriose e inquietanti questioni di salute, le acute valutazioni editoriali di Sarah su ogni bozza e la maniera con cui ha fatto il tifo per questo libro e per me sono uno dei motivi per cui ora è nelle vostre mani.

Nessun mio libro è mai andato in stampa senza che nei ringraziamenti comparisse il nome della mia cara amica Sharon Kurtzman. Lo stesso vale per Wendy Sherman, agente, sostenitrice e amica, e per Jenny Meyer (se state leggendo questo libro in una lingua diversa dall'inglese, è perché è stata Jenny a renderlo possibile). Grazie, signore, per come mi tenete in carreggiata, ognuna a suo modo.

Ho tre figli fantastici (due nati da me, uno acquisito con il matrimonio) che danno completamente per scontato che io abbia finito un altro libro e che sia in grado di scrivere narrativa per vivere – il che in realtà, se ci pensate, è il complimento piú bello che uno possa sentirsi fare! Sono cosí fortunata che loro (e i loro partner) facciano parte della mia vita.

E a proposito di fortuna: che destino straordinario è stato trascorrere la pandemia di Covid-19 con il mio compagno e collega John Kessel, la cui fiducia nel mio talento di scrittrice è nata prima di quella di chiunque altro, e le nostre chiacchierate notturne sono una delle ragioni per cui credo ancora nell'amore. Continuiamo a essere sdolcinati insieme.

Indice

Questo libro è stampato col sole

Fabbricato da Grafica Veneta S.p.A. con un processo di stampa e rilegatura certificato 100% carbon neutral in accordo con PAS 2060 BSI

Stampato per conto di
Neri Pozza Editore, Vicenza
da Grafica Veneta S.p.A., Trebaseleghe (PD)
nel mese di giugno 2024
Printed in Italy